源代码

从科幻小说到电影经典

吕哲　编著

天津出版传媒集团

百花文艺出版社

图书在版编目（ＣＩＰ）数据

源代码：从科幻小说到电影经典 / 吕哲编著. --
天津：百花文艺出版社, 2015.6
（科幻文学馆）
ISBN 978-7-5306-6650-0

Ⅰ.①源… Ⅱ.①吕… Ⅲ.①科学幻想小说–小说研
究–世界②科学幻想片–电影剧本–创作方法 Ⅳ.
①I106.4②I053.5

中国版本图书馆 CIP 数据核字(2015)第 108353 号

| 选题策划:成　全 | 美术编辑:王　烨 |
| 责任编辑:成　全　郑　爽 | 责任校对:陈　凯 |

出版人: 李勃洋
出版发行: 百花文艺出版社
地址: 天津市和平区西康路 35 号　　**邮编:** 300051
电话传真: +86-22-23332651（发行部）
　　　　　　 +86-22-23332656（总编室）
　　　　　　 +86-22-23332478（邮购部）
主页: http://www.baihuawenyi.com
印刷: 天津市永源印刷有限公司
开本: 720×970 毫米　1/16
字数: 260 千字　　**图数:** 108 幅　　**插页:** 2 页
印张: 19.25
版次: 2015 年 6 月第 1 版
印次: 2015 年 6 月第 1 次印刷
定价: 39.00 元

目 录

1

当科幻小说遇上光影魔术（代前言）

目 录

当科幻小说遇上光影魔术(代前言)

　　一八九五年十二月二十八日，在法国巴黎卡普辛路十四号大咖啡馆的地下室里，卢米埃尔兄弟放映了几部刚刚拍摄好的短片，有《工厂的大门》《拆墙》《婴儿喝汤》《火车到站》等。尽管这些片子的画面质量还不及用现在的山寨手机摄像头拍出来的效果，但在当时，这些由光影幻化出的"魔术"足以让在座的众人瞠目结舌。从此以后，电影就成为我们生活的一部分。

　　不过，只有当故事片诞生的时候，现代电影工业才算真正开始成型，而种类繁多的小说就成了电影拍摄的"天然"题材库，由此电影改编，或者说是电影故事片对长短篇小说的"译写"就成了电影工业的一个重要环节。这其中，自然也包括从科幻小说改编而成的科幻电影，甚至可以说，科幻小说与科幻电影之间的关系远比其他类型的小说与电影之间的关系要密切得多。

　　一九○二年，号称"影史上第一位天才导演"的法国人梅里爱推出了经典科幻片《月球之旅》。这部影片取材于凡尔纳的《从地球到月球》和威尔斯的《首次登上月球的人们》，算得上是第一部改编自科幻小说的电影。虽然受制于当时的电影技术和特效水平，这部仅有二十一分钟的无声片还无法充分展现两位大师笔下气势恢宏的太空旅行，但却让观众们第一次在文字出版物之外，以形象而直观的方式领略到了科幻的魅力。此后，梅里爱又把凡尔纳的《海底两万里》搬上了银幕。

　　自梅里爱之后，众多经典科幻小说被世界各国的电影人改编成科幻片，像玛丽·雪莱的《弗兰肯斯坦》、英国作家斯蒂文森的《化身博士》、威尔斯的《隐身人》、凡尔纳的《海底两万里》《神秘岛》，等等。一九三六年，在 H.G.威尔斯的亲自监制下，英国导演孟席斯改编拍摄了科幻片《未来世界的面貌》，将威尔斯在小说《未来世界》中对未来的种种描写，活灵活现的展现在世人面前，并开创了科幻小说家亲自参与科幻片拍摄的先河。

二十世纪五十年代，世界科幻电影的重心转向美国好莱坞。一九五三年改编自威尔斯的《两个世界的战争》的科幻片《世界之战》上映。该片不仅创下了票房佳绩，还是第一部入围奥斯卡金像奖的科幻片，获得"最佳剪辑奖"。随后，好莱坞片商纷纷涉足科幻片，凡尔纳的《海底两万里》和《地心游记》，威尔斯的《时间机器》等先后被改编成美式科幻片。

进入二十世纪六七十年代，好莱坞的科幻片呈现出大分流的趋势，一方面大量打着科幻片旗号的廉价电影充斥着银幕，成为不折不扣的票房毒药；另一方面经典作品也不断涌现。其中，尤其值得一提的是大导演斯坦利·库布里克，他不仅把英国作家彼得·乔治和安东尼·伯吉斯的作品分别改编成了科幻电影《奇爱博士》和《发条橙》，而且在一九六八年，把阿瑟·克拉克的短篇小说《哨兵》改编成了科幻影史上划时代的杰作《二〇〇一年太空漫游》。同年，改编自法国作家布勒同名小说的电影《猿猴星球》上映。后来，以该片为起点，发展出了波澜壮阔的"猩球五部曲"。同一时期，在苏联、法国、日本等地，改编自科幻小说的电影也层出不穷。

以乔治·卢卡斯的《星球大战》系列为起点，科幻片进入了"重特效时代"，制作精良、富于视觉冲击力的科幻片，成为各大电影公司在全球攫取票房的利器。尤其是电脑3D动画技术的出现，更是让科幻片有了质的飞跃。越来越多的科幻小说被改编成了电影，而越来越多的观众也开始习惯于通过电影来接触凡尔纳、威尔斯、海因莱因、阿西莫夫、布雷德伯里、克拉克、迪克、克莱顿等人的作品。

然而，从小说到电影，必然要经历情节和人物的取舍，环境、空间元素的强化，以及场景与对白由风格化向情景化的转变等。想象一下，那些讲述穿越古今、纵横星海，洋洋洒洒数十万字、甚至上百万字的科幻小说，为了适应电影拍摄的惯例，必须要压缩到九十分钟左右的时间来呈现给观众，这无可避免的会对原著的精彩内容造成损耗。如果再遇到那些不靠谱的电影公司、二把刀的电影编导，结局会怎样也就可想而知了！因此，对于真正的科幻迷来说，只看电影，不读原著将是一个巨大的缺憾。

当然，在今天这个效率为王的时代，我们需要一种更有效率的阅读方式。于是，就有了这部《源代码——从科幻小说到电影经典》。这是一本能够捧在手上的科幻影集。它将带你从熟悉的科幻片开始，深入背后的小说原著，领略那些大师级作家的生花妙笔，讲述关于作家或小说中不为人知的秘密故事。相信，只要是喜欢科幻的人，都会从这部书中有所得。

经历了一百多年的发展，科幻小说与科幻电影都走到了历史的转折点。时至今日，经济与科技力量日渐崛起的中国正在成为世界科幻版图中最富活力的新增长极国家。了解了前人的成就，就有助于我们把握未来发展的方向。但愿这部书能够成为新世纪中国科幻强势发展的助推器。

幻想之旅的起点——林肯号

在一百多年前的十九世纪末，一位伟大的梦想家用他手中的笔，勾勒出或能"上九霄揽月"、或能"下五洋捉鳖"的各种神奇机器。而我们今天蔚为发达的科技文明既滥觞于此。这位梦想家就是现代科幻小说的开山宗师、法国人儒勒·凡尔纳。《海底两万里》就是这位大师最著名的杰作之一。

I

梦想起航：
《海底两万里》

【精彩剧透】

十九世纪六十年代末的美国，南北战争的硝烟刚刚散去，重归一统的国家正在以惊人的速度恢复与重建，到处充满了机遇和挑战，堪称是冒险家和发明家的天堂。

一八六七年的一天，在美国科学学会的报告厅里，来自法国巴黎自然博物馆的年轻助理教授皮埃尔·阿龙纳斯正在发表一个惊人的科学演讲。这个演讲的主题是围绕最近几年间，在大洋上频繁发生的与"不明水下物体"接触事件。在这些事件中，有的船长声称它十分巨大，有的说它速度奇快，有的船只甚至险些被它撞沉，而最不可思议的就是它的活动范围异常广大，在世界各地都能找到它的踪迹。在皮埃尔的演讲过程中，听众中有人忍不住插话，说那应该是一艘巨大的潜水船。皮埃尔则反驳说，要制造出这样的潜水船，需要得到当时全世界所有国家科技和财政力量的支持，而事实上，根本就不存在这样一份国际合作协议；又或者是某一位民间的发明家掌握了当时远超过各国海军部门的高科技？在皮埃尔看来，这更是无稽之谈。说到这，听众中已经有人不耐烦了，向皮埃尔追问他的结论到底是什么？皮埃尔充满自信地拿出早已准备好的幻灯片，向在座的众人展示了他的结论：所有这些神秘事件的"肇事者"其实是一种生活在深海中的独角鲸。在抛出这个骇人听闻的结论后，皮埃尔还振振有词地引用亚里士多德的名言来证明自己的观点，并且质问在场的众人，除此之外，还有什么更加合理的解释。但场内的听众在皮埃尔说出"独角鲸"这个词以后就已经开始奚落和嘲笑他了。尽管如此，皮埃尔仍然坚持自己的论调。不过，眼见没人支持自己，他也清楚多说无益，于是便收拾东西离开了会场。

当他走到会场门口处时，皮埃尔向刚才严词攻击他"独角鲸理论"最为起劲的一位老者愤愤不平地说了一句："谢谢，爸爸！"原来，此人正是皮埃尔的父亲，在科学界享有盛誉的蒂埃里·阿龙纳斯。虽然身为父子，但是两人的关系却非常紧张。这一回，老爹竟然在公开场合让儿子在众人面前下不来台，就连跟蒂埃里一起前来、今后极有可能成为皮埃尔继母的莉迪亚·罗林斯小姐也觉得这位父亲的言行实在有些过火。

当皮埃尔走出报告厅，准备离开的时候，一个中年男人从他身后赶了上来，叫住了他。这个男人自称萨克森，是康纳德公司的职员，负责在大洋上开拓新的观光游轮航线。而神秘海怪的出现，威胁到了海上航行安全，极大地影响了萨克森的生意。于是,他说服公司以海洋考察为名,资助了一次旨在捕获或消灭海怪的探险活动。而皮埃尔正是他一直想物色的随船海洋学家的理想人选。起初,皮埃尔对萨克森的提议嗤之以鼻,不想把自己的研究跟赤裸裸的商业利益挂上钩。但萨克森不愧是个公关高手,他抓住了皮埃尔的弱点,说这是一次证明他的理论、向曾经嘲笑过他的人反击的绝好机会,而且会让他永远丢掉"小阿龙纳斯"这顶帽子。最后,皮埃尔动心了,答应了萨克森的请求。

皮埃尔和萨克森再次返回科学学会大楼。在走廊里,皮埃尔遇到了莉迪亚。与薄情相待的父亲相比,皮埃尔的这位"准继母"却对他的才华大加赞赏,甚至说是他的忠实粉丝也不为过。恰在此时,蒂埃里走了过来,皮埃尔趁机上前说想跟父亲单独谈谈。随后,他告诉父亲,自己已经决定转天前往波士顿,参加康纳德公司与美国政府联合组织的探险活动,准备去亲手捕捉那只海怪。鉴于此次行动有可能遭遇生命危险,皮埃尔特意过来向父亲郑重其事的告别——这也有可能是父子间此生的

上图:尼摩船长浮出水面成了"肯德基爷爷"
下图:玛拉如同水下仙女一般

诀别。听到这里,蒂埃里的语气变得凝重起来,但说着说着却又忍不住在众人面前出言挖苦儿子,然后丢下一脸尴尬的儿子,自顾自地走开了。

转天早上,当皮埃尔收拾起行囊准备离开旅馆的时候,莉迪亚赶来给他送行。为了让皮埃尔的心情能舒畅一点,莉迪亚谎称是代他父亲前来道歉。而皮埃尔则说,如

果父亲真心实意要道歉的话,完全可以亲自过来。莉迪亚显然不希望皮埃尔就这样出发,她告诉皮埃尔,作为一个寡妇她没有太多的选择余地,尽管蒂埃里性情暴躁、我行我素,但始终是个可以依靠的男人。接着,莉迪亚提到自己的前夫在南北战争中战死在里士满,她不想再看到皮埃尔一去不复返。说到此处,莉迪亚难掩自己激动的心情,走上前去,与皮埃尔深情的拥吻。可当两人重新清醒过来时,莉迪亚感到非常羞愧,甩开呆立在当场不知所措的皮埃尔,匆匆地奔下楼梯,"逃离"了旅馆。

怀着复杂的心情,皮埃尔离开了旅馆前往火车站,与萨克森会合,准备一起乘车前往波士顿。站台上,乘客们鱼贯而行,排队登车。排在皮埃尔和萨克森前面的是一个身体壮硕的黑人男青年。当他向正在检票的白人列车员出示自己的车票时,对方极不友善的用手团烂了他的车票,并拔出手枪抵住黑人男青年的胸口威胁他,命令他马上离开。皮埃尔见状非常愤怒,想上前跟列车员理论,但身边的萨克森劝他少管闲事。黑人青年无奈之下,只好提起自己的行李箱,朝着站台后侧走去。此时,皮埃尔和萨克森已经登上了列车,但皮埃尔仍然为那个不能上车的黑人青年抱不平。于是,他穿过车厢,从后门下车截住了那个正准备离开车站的黑人青年,趁列车员不注意,把他拉上了车,并把自己

上图:小说中的尼摩船长是个老绅士

下图:水下的凯布尔

的车票给了那个黑人青年。黑人青年对皮埃尔的义举非常感激,并说自己名叫凯布尔·阿图斯,来自新奥尔良,这次乘火车前往波士顿,是为了寻找自己在种族大屠杀中牺牲的曾祖父的殉难地,当然如果可能的话,也希望在那能找到一份工作。

在波士顿港,三人遇到了此行的另一位关键人物,捕鲸手尼德·兰。与一心想要证明自己的皮埃尔不同,尼德·兰参与这次海上冒险的唯一动机就是船长承诺给第一个捕获海怪者的五百美元奖金。就这样,皮埃尔、萨克森、尼德·兰以及装扮成皮埃尔仆人的凯布尔·阿图斯四人结伴登上了美国海军最新式的巡防舰林肯号。在甲板上,一行人见到了林肯号的指挥官麦卡琴舰长。谈话中,舰长告诉皮埃尔,有人叮嘱他说皮埃尔是个需要照顾的人,但他实在没空充任保姆的角色,会对皮埃尔一视同仁。感到自尊受伤的皮埃尔回答说自己有能力照顾好自己,并反问舰长,是谁对他说了这些话。舰长回答说,是皮埃尔的父亲老阿龙纳斯发电报告诉他的。这让皮埃尔更感难堪。

随着林肯号的拔锚起航,追捕海怪的冒险之旅开始了。但这趟旅程一开始并不像人们想象的那样充满刺激和新奇,相反出海后的大部分时间都在平淡无奇的日常事务中度过。皮埃尔开始撰写航海日志,这既是为了保留资料,也是为了他的个人事业。他曾经跟尼德·兰提到,希望能在航海日记本写满之前找到海怪。不过,在航行中,最让皮埃尔感到耿耿于怀的是那个一直困扰着他的噩梦。在梦中,皮埃尔打开一扇房门,汹涌的海水便灌进了屋子。皮埃尔被海水淹没,他在水中拼命挣扎,却似乎被一张巨大的渔网缠住没法动弹。而在远处,有一个模糊不清的人影在晃动,似乎还出言讥笑他。这个噩梦反复出现,让皮埃尔有了一种强烈的预感,只要他找到那头海怪,就能破解隐藏在噩梦中的谜团。

在林肯号出发六个星期后的七月十四日,天还没亮,麦卡琴舰长便把皮埃尔叫到了甲板上。当皮埃尔见到舰长的时候,麦卡琴舰长正在翻看皮埃尔的著作《深海中的隐秘生物学》,但他却觉得皮埃尔的著作荒唐透顶,并质问皮埃尔,既然这些生物不为人所知,他又是如何知道的。皮埃尔回答说,这是他的课题,研究方法就是根据已知的生物学知识,再根据逻辑和想象力加以推测。而舰长则告诉皮埃尔,如果那个"海怪"的真身是一艘用来当作杀人工具的人造潜水船的话,他一定会抓到那艘船和造船的人。皮埃尔听了船长的话后,依然坚持自己的观点,认为那一定不会是人造物。两人的谈话不欢而散。

　　一天早上，正在甲板上瞭望的尼德·兰突然发现在林肯号前方不远处有鲸群游过。兴奋的他立即向舰长报告，并请求开始捕鲸。麦卡琴舰长同意了尼德·兰的请求，并命令林肯号调整航向航速，准备开始捕鲸。这时，在甲板另一边工作的凯布尔对舰长突然下令捕鲸有些不解，就问身边的另一个水手丹尼森，是不是船上的食物储备不够了。丹尼森回答他说，食物很充足，足够撑到抓住海怪为止。这让凯布尔意识到，船员们捕鲸的目的只是单纯为了杀戮而已。这让他非常愤怒，立即跑到船舱里，把皮埃尔叫到甲板上，希望他阻止尼德·兰的捕鲸行为。但皮埃尔却告诉凯布尔，对尼德·兰这样的捕鲸手来说这是必要的练习，否则他们的技术就会生疏。眼见皮埃尔也不站在自己一边，而尼德·兰也已经准备好捕鲸工具，凯布尔索性跳上了船头，用自己的身体挡住尼德·兰，阻止他捕鲸。两个人先是一阵激烈的争吵，随后便扭打在一起。打斗中，凯布尔抓住缆绳，飞起一脚，正踢中尼德·兰的前胸，由于用力过猛，尼德·兰的身子飞了起来，掉进了海里。看到有人落水，甲板上的人们赶紧抛下缆绳，想把尼德·兰拽回到船上。但尼德·兰只爬到一半，就因为体力不支，又跌回到了海里。危急时刻，凯布尔不计前嫌，抱起一个漂浮包[①]，跳进海里去救尼德·兰。

　　就在凯布尔马上就要游到尼德·兰身边的时候，尼德·兰突然感觉自己脚下的海水中有东西游过，定睛一看，竟然就是那个传说中的"海怪"。与此同时，林肯号上的人们也发现了海怪的踪迹，麦卡琴舰长立即下令向海怪开炮。然而，林肯号猛烈的炮火非但没有伤到海怪，反而激怒了它，径直向林肯号扑来。当海怪露出"背鳍"以惊人的速度撞向林肯号的时候，正在甲板上瞭望的皮埃尔清清楚楚地看到了那海怪根本就不是什么独角鲸，而是一艘货真价实的人造潜水船。至于为什么林肯号上如此猛烈的炮火仍然奈何不了它，此时正在舰桥上指挥战斗的麦卡琴舰长也从望远镜中得到了答案：潜水船上的装甲足有半英尺厚，自然刀枪不入。说时迟，那时快，林肯号虽然勉强躲过了潜水船的撞击，但舰桥上突然发生了不明原因的爆炸，爆炸的冲击力是如此巨大，以至于很多人都从甲板上掉落到海里，其中就包括皮埃尔。就在皮埃尔落水的同时，一块飞溅的木板砸在了他的脑袋上，皮埃尔顿时失去了知觉。

　　当皮埃尔苏醒过来的时候，他看见凯布尔和尼德·兰在他身边。而受了重创的林肯号已经距离他们很远了。凯布尔告诉皮埃尔是尼德·兰救了他。尼德·兰则半开玩

---

① 作用类似救生圈。

笑的向皮埃尔抱怨说,自己最早发现了海怪,但现在舰长显然不会再回来向他兑现奖金了。而最让皮埃尔震惊的是,他们三个人现在就待在海怪的钢铁脊背上。既然已经证实了海怪是一艘人造的潜水船,事实上也就宣告了皮埃尔的"独角鲸理论"破产,但皮埃尔却并未因此流露出任何沮丧的神情,反而一边摸着潜水船的外壳,一边称赞这个科学奇迹。恰在此时,已经三个小时纹丝不动的潜水船突然开始下潜。这让三人吓了一跳,赶紧拍打船体,大声呼救。这么一番折腾,还真让潜水船停下来了。随后,船体上升起几块不大不小的顶板,从底下的缝隙中吹出阵阵烟雾。皮埃尔等人吸进了这些烟雾后,顿时咳嗽不止,不一会就晕了过去。

当皮埃尔三人醒过来的时候,发现他们正置身于一个全封闭的金属船舱里,头顶上电灯把整个舱室照得非常明亮。三人感到非常惊讶,不知道头顶上的照明设备到底是以什么原理工作的。[1]不过,尼德·兰更加关心的是他们现在到了什么地方。他跑到船舱的另一头,用力敲打舱门,朝门外大声喊叫。没想到,这么一番折腾下来,厚重的舱门竟然真的打开了。随即,一个高大魁梧的中年男人出现在三人面前。

来人自称为尼摩船长,并说三个人登上的这艘潜水船名为"鹦鹉螺",而现在他们正处在海平面以下两百英尺深的海中。尼摩船长告诉三个人,他们三人现

上图:尼摩船长带着皮埃尔在鹦鹉螺号上参观
下图:这两个人真是黑白分明

---

[1] 在真实的科技史上,第一盏实用电灯(白炽灯)是美国大发明家托马斯·爱迪生在一八七九年研制成功的。

在的身份是战俘,并暗示他不会放他们离开鹦鹉螺号,但相对的,可以给他们在鹦鹉螺号上随意行动的自由。皮埃尔、凯布尔和尼德·兰不愿任由尼摩船长摆布,想硬冲出去,可是刚一跑出船舱门,就被早已埋伏多时的鹦鹉螺号船员抓住,动弹不得。尼摩船长警告他们不要再动歪脑筋,只要他们接受邀请,同意留在船上,就随时可以获得自由。随后,三人被重新关进船舱里。尼摩船长转身离去。

即便是有限的自由也总好过身陷囹圄,三人最后还是选择了接受尼摩船长的条件。尼摩船长也并未食言,不但把他们放了出来,还带他们参观了鹦鹉螺号,并告诉他们,海洋为他们提供了一切所需,衣服、食物、住房等,应有尽有。而且,单就食物来说,像肉类、蔬菜、奶油、糖,这些都能从海洋中获得。所有这一切都来自于海洋深处。尼摩船长还说,为了获得食物,他们有时候去捕捞,有时候去打猎。听到"打猎"这个词,尼德·兰的脸上闪过一丝兴奋的表情。尼摩船长接着说道,他早已下定决心,永远不再依赖外面的世界。听到这里,皮埃尔不禁要问尼摩船长,难道他不怀念陆上的生活,不怀念音乐、艺术?

为了解答客人的这个疑问,尼摩船长顺手打开了眼前的一扇舱门。三人走了进去,顿时间眼前豁然开朗,一座上下两层的宽大书房呈现在他们面前。这里收藏着为数众多的图书和名贵艺术品,让三人目不暇接。此时,从楼下一层传来了悠扬的乐曲声,原来尼摩船长正在演奏他那台硕大的管风琴。三人顺着楼梯下到一层。皮埃尔对尼摩船长丰富的音乐收藏颇感兴趣。而尼摩船长则把这些解释为是对陆上生活的回忆。随后,尼摩船长把三人请到摆满美味佳肴的餐桌前。他告诉三人,船上的光线是仿照陆地上的日照变化设计的,以维持船员们体内生物钟的正常,而现在已经到了黄昏时分。他邀请三人共进晚餐,并强调通常船员们的饮食都非常简单,这些佳肴是专门为欢迎他们而准备的。说着,尼摩船长又搬动闸杆,装在两个大型透明舷窗外的金属罩缓缓打开,一幅三人此前从未见过的深海奇景顿时呈现在他们面前。

用过晚餐后,尼摩船长又带他们参观了鹦鹉螺号的动力机房。皮埃尔对这套巨大而复杂的动力系统产生了浓厚的兴趣,他问尼摩船长,这是靠什么驱动的。尼摩船长回答说是靠水力发电,他进一步解释说,海洋不断吸收太阳能,而这些巨大的能量可以用来转化成无穷无尽的电能,通过轮机,海水自身会给鹦鹉螺号提供前进的动力。听到这,一直琢磨着如何逃出去的尼德·兰意识到,他们可以想办法弄坏动力系统,趁着鹦鹉螺号上浮到海面的机会逃脱。不过,此时他的身边有鹦鹉螺号的船员寸步不离的监视,尼德·兰也无从下手。

参观结束后,皮埃尔不禁称赞鹦鹉螺号是独一无二的杰作,没有哪个国家能单独把它造出来。尼摩船长则回答说,正因为如此,鹦鹉螺号的制造技术才称得上是顶尖机密,船体的各个部分是在九个不同的国家分别制造的,之后再运到岛上进行组装。听到这里,皮埃尔不禁感叹道,如果这些技术落到海军手中,不知道会发生什么事情。尼摩船长斩钉截铁地告诉他,真要发生那种情况,他们会不惜生命炸毁这艘潜水船,没有人能把鹦鹉螺号当成武器。

从此之后,三个人便开始了在鹦鹉螺号上的生活。尼摩船长遵守了让他们在船上自由活动的承诺,并为他们提供了宽敞的船舱和换洗衣服。但尼德·兰却并不领情,他和凯布尔一直在想方设法逃离这艘船。只有皮埃尔在仔细查看鹦鹉螺号,想弄清楚尼摩船长建造这艘船的真正动机,但始终一无所获。

这天,正在书房里聊天的三人接到了尼摩船长的一封邀请信,邀请他们前往克雷斯普岛外打猎。三人接受了邀请。事实上,这次所谓的打猎并不是在陆地上,而是在深海中进行的。尼摩船长请他们换上专用的潜水服,并为他们提供了打猎专用的防水电气枪。当然,尼摩船长并不担心三人会趁机逃走,因为从如此深的海底游向海面,人会因为吸入过多的氮气而患上致命的深海眩晕症。

当深海猎人们离开鹦鹉螺号,深海中瑰丽壮美的景致令他们赞叹不已。这次打猎的主要目标是深海中的鲨鱼。尽管猎人们的装备精良,但要想征服这些海洋中的顶级掠食者却并非易事,大家接连射击,却都没有命中。恰在此时,尼德·兰又动起了歪脑筋,他趁尼摩船长不备,举枪向他射击。幸运的是,尼摩船长虽然中弹,但潜水服内的绝缘体保护了他。而正当尼德·兰得意洋洋的时候,一头大白鲨从他的背后悄然接近。就在鲨鱼张开血盆大口,咬向尼德·兰的时候,尼摩船长果断举枪射击,一枪就击毙了大白鲨。而随同尼摩船长一起前来打猎的鹦鹉螺号船员此时也纷纷上来缴了尼德·兰的枪,并把他押回了鹦鹉螺号。作为对他袭击尼摩船长的惩罚,尼德·兰被关进了禁闭室。

一个月后,鹦鹉螺号航行到了印度洋水域。此时的皮埃尔已经渐渐适应了鹦鹉螺号上的生活。而在陆地上,他的父亲老阿龙纳斯和罗林斯小姐从死里逃生的林肯号舰长麦卡琴的口中得知了皮埃尔的"死讯"。两人伤心欲绝。麦卡琴舰长把皮埃尔的航海日志交给了老阿龙纳斯,并嘱咐他不要当着罗林斯小姐的面看。

在印度洋的深海中，尼摩船长派人去海底安装了"探矿装置"。但是，一个在附近采珠蚌的小姑娘，无意中触动了这个装置。尼摩派出的潜水员试图阻止她，但小姑娘还是拔走了探矿装置上的控制钥匙。尼摩船长见状立即命令鹦鹉螺号上浮去追赶那个小姑娘，留在水下的潜水员则拼尽全力想控制住探矿器。混乱中，小姑娘的采蚌小船被鹦鹉螺号上浮激起的海浪掀翻。危急时刻，凯布尔挺身而出，纵身跃入大海，救起了溺水的小姑娘。尼摩船长的手下，虽然也从她身上拿回了钥匙，但为时已晚，探矿装置因内部压力失控而爆炸，潜水员逃避不及，以身殉职。尽管如此，但尼摩船长并没有迁怒于那个小姑娘，反而把她救上了鹦鹉螺号。当皮埃尔问他为什么要这样做的时候，尼摩船长回答说，他也是在与那小姑娘类似的艰苦环境中长大的，言下之意是希望帮这个小姑娘脱离苦海。随后，鹦鹉螺号上的全体船员为在事故中丧生的同伴尤恩·麦考利举行了海葬。

此后，凯布尔开始专心照顾那个溺水昏迷的小姑娘，尼德·兰在禁闭室里每天锻炼身体，并不停地咒骂尼摩船长，皮埃尔为了要说服尼摩船长尽快释放尼德·兰，同时想多了解一点有关尼摩船长的事，为此，皮埃尔潜入了尼摩船长的卧室，从书桌抽屉中找到了一张妻子和女儿的合影。正当皮埃尔看得出神之时，尼摩

上图：捕鲸手尼·德兰向往自由的人生
下图：凯布尔在关键时刻伸出援手

船长从他身后掐住了他的脖子,把他推到门口,并警告他不要再做类似的事情。

说到这,我们不妨再回头看看在这段时间里,陆地上的世界又发生了些什么。儿子皮埃尔的死与一艘极其先进的潜水船有关,这件事给身为父亲的老阿龙纳斯带来了意想不到的麻烦。不管他走到哪里,都有人向他追问这件事,搞得他不胜其扰。更让他恼怒的是,从皮埃尔的日记中,他知道了罗林斯小姐曾经在送别皮埃尔的时候,与他有过拥抱和接吻。为此,他甚至极不理智的在公众场合扇了罗林斯小姐一个耳光,但这仍不能消除他心中的愤懑。

鹦鹉螺号驶入了一片珊瑚礁,在礁床上有一艘古沉船。尼摩船长派人去沉船上打捞珠宝,带回到鹦鹉螺号上。凯布尔对此颇不以为然,认为这是盗墓贼的行为,并向尼摩船长发出了决斗的要求。尼摩船长接受了凯布尔的决斗要求。两个人很快就扭打在一处。皮埃尔趁机偷走了禁闭室的钥匙,把尼德·兰放了出来。尼德·兰一脱离牢笼,就撺掇皮埃尔跟他一起去破坏轮机舱。两个人来到轮机舱后,尼德·兰将扳手卡在了活塞上,轮机顿时失灵。这时,刚刚勉强制服了凯布尔的尼摩船长,发觉鹦鹉螺号的动力系统遭人破坏。他立即带人赶往轮机舱,抓住了正准备逃走的尼德·兰和皮埃尔。尼摩船长大声斥责二人的行径让全船人都陷于危险之中。此时,本来就对尼德·兰的破坏行为有所保留的皮埃尔自告奋勇去排除故障。尼摩船长同意了他的要求。皮埃尔冒险回到轮机舱,从齿轮的缝隙中拔出了扳手。可是,因为他的动作稍微慢了一点,右手被夹在了齿轮中。皮埃尔剧痛难忍,勉强从齿轮中抽出了手掌,却因疼痛和失血过多而昏迷了过去。

当皮埃尔苏醒过来的时候,他发现自己正躺在一张宽大的床上,而尼摩船长正站在舱房门口。皮埃尔这才意识到自己是被尼摩船长救了,而当他抬起手臂的时候,发现那只受伤的右手已经被换成了用绝缘体材料制造的假肢。虽然是假肢,但每个关节都能活动自如,与真手的功能几乎没有区别。这时候,皮埃尔注意到尼摩船长也有一只跟他一样的假手,此前尼摩船长一直戴着手套,所以他并未察觉。尼摩船长告诉皮埃尔,给他更换假肢是不得已而为之,希望他继续安心静养。皮埃尔则向尼摩船长问起,自己昏迷前好像曾经看到过一个女孩。尼摩船长回答说,船上除了被救起的那个马来姑娘以外没有其他女人,那一定是皮埃尔在昏迷前的幻觉。

鹦鹉螺号继续在深海中潜行。皮埃尔也终于搞清楚了尼摩船长收集沉船珠宝的真正用途。他将那些珠宝交给了印度的起义军,资助他们从事反抗英国殖民统治的斗争。尼德·兰再次被关进禁闭室，长时间的囚禁让他变得更加歇斯底里。凯布尔仍然一心一意的照顾那位昏迷的小姑娘，期盼他早日醒来。突然有一天，凯布尔一觉醒来，发现小姑娘不见了踪影。他马上去找皮埃尔，两人一起在鹦鹉螺号上四处寻找。无意中，他们发现了一间隐藏在舱壁后的密室。密室里居然住着一个相貌俊美又博学睿智的女孩。交谈中，皮埃尔和凯布尔得知，这个女孩就是尼摩船长的女儿，名叫玛拉。皮埃尔受伤昏迷前看到的那个女孩就是玛拉。而一直昏迷的马来姑娘艾美之所以能够苏醒，也多亏了玛拉配制的新药。玛拉还告诉皮埃尔，之前尼摩船长所说的海底探矿装置，其实是为释放地球内部的能量而布设。这些装置分布在全球各地的海底，当它们同时起爆时，形成的冲击波就如同是给地球做肌肉按摩，可以减少地震的发生，能让他们在深海的"新家"变得更安全。正在几个人聊得起劲的时候，尼摩船长从外面带人闯了进来，把皮埃尔和凯布尔强行带出了玛拉的房间。接着，尼摩船长警告皮埃尔，如果再骚扰他的女儿，就对他不客气。但此时，皮埃尔已经对玛拉起了倾慕之心，尼摩船长的警告已经没有多少威慑力了。

鹦鹉螺号一路向南，直抵南极洲深水海域的一个火山溶洞，尼摩船长要去检查布设在那里的爆炸装置。玛拉趁机去找皮埃尔，给他带来一件礼物。原来，玛拉是皮埃尔著作的超级粉丝，她亲手按照皮埃尔书中的描绘雕刻了深海生物的模型，作为礼物送给皮埃尔。在她看来，皮埃尔是除他父亲以外唯一真正的科学家。就在两人谈的投机之时，鹦鹉螺号的船体突然猛烈的晃动起来。原来，溶洞中的火山突然爆发，喷涌而出的岩浆让周遭海水的温度迅速上升，超过了潜水船的设计负载能力，鹦鹉螺号的外壳和液压系统都出现了故障。玛拉和皮埃尔为了要取回重要的藏书，结果被大火困在了通道之中。关键时刻，刚刚从禁闭室里被救出来的尼德·兰用他在捕鲸时练就的投掷本领，把一柄长扳手抛向顶部的蒸汽管道阀门。阀门被扳手砸开后，管道内的水蒸气喷涌而出，扑灭了大火，受困的两人才得以逃生。

但鹦鹉螺号的危机警报并未解除，尽管他们幸运地找到了溶洞的出口，但是由于潜水船的动力系统受损，氧气也所剩无几，而覆盖在水面上、厚达数百米的冰层令他们无法随意上浮。于是，尼摩船长和全体船员在氧气即将耗尽和动力系统随时可能失灵的双重威胁下，拼尽全力，终于找到了能让潜水船上浮到水面的冰裂缝。鹦鹉螺号顺利浮出水面，众人从舱门中一拥而出，贪婪地呼吸着冰冷的空气。尼摩船长吩咐手下的船员尽快修好受损的船体，然后前往温暖海域。

就在鹦鹉螺号的船员们夜以继日地整修潜水船的时候，一艘由麦卡琴舰长指挥、旨在猎捕鹦鹉螺号的"复仇战舰"也已经蓄势待发。与麦卡琴舰长同行的还有皮埃尔的父亲老阿龙纳斯。所不同的是，麦卡琴舰长要挽回的是他作为海军军人的荣誉，而对老阿龙纳斯来说，"为子报仇"只不过是个华丽的借口。

在鹦鹉螺号维修的这段时间，尼摩船长把皮埃尔找到书房，进行了一次长谈，感谢他在危急时刻陪伴在玛拉身边，也认可了他们之间的感情，还透露了一些自己早年的人生经历。这让皮埃尔对尼摩船长的认识又加深了一层。晚上，皮埃尔和玛拉走到甲板上，在炫目的极光映衬下，两人深情拥吻。

在恢复潜航能力之后，鹦鹉螺号立即起航，向大西洋的温暖水域前进。航行途中，皮埃尔在尼摩的书房里发现了一本法国作家儒勒·凡尔纳创作的小说《地心游记》。读过这本书后，皮埃尔开始担心，如果尼摩船长的爆破装置炸穿了地壳，令海水都灌入地心世界，地球表面就会因为干旱

上图：主角们的大集合
下图：尼摩船长在掌舵

而变成荒漠。皮埃尔把自己的想法告诉了凯布尔和艾美，而玛拉也有跟皮埃尔类似的担心，认为父亲没有重视这种可能性。

当鹦鹉螺号抵达温暖水域后，潜水船上浮到海面，进行维修保养。凯布尔和艾美

趁机跳入海中游泳嬉戏。没过多久,尼德·兰也跳入了海中,但他可并不是想跟同伴一起戏水。原来,尼德·兰通过航海日志和海图得知附近有一座无人岛。于是,便决定冒险潜泳逃到小岛上去。靠着意志力的支撑,尼德·兰真的游到了小岛上。可惜好景不长,他的"鲁滨孙式"的荒岛生活还没持续几天,就被尼摩船长的手下重新抓回到鹦鹉螺号上。在被押进船舱前,尼德·兰奋力挣脱束缚,抢过一把匕首,挟持了玛拉小姐,想以此威胁尼摩船长放他离开。结果,玛拉小姐凭借自己的机智,摆脱了尼德·兰的挟持。皮埃尔因为恼火尼德·兰把玛拉作为人质,在擒拿尼德·兰的过程中险些把他掐死。幸而被尼摩船长及时制止。尼摩船长下令把尼德·兰第三次关进牢房,而出言为尼德·兰鸣不平的凯布尔也被关了起来。

尽管已经有了多次逃跑失败的教训,然而对自由的渴望让尼德·兰再次选择了"越狱"。他利用艾美送来的工具,自制钥匙,打开了牢门,跟凯布尔一起逃了出来。可是,鹦鹉螺号毕竟是尼摩船长的地盘,他们刚一逃出牢房就被尼摩船长发现了。尼摩船长和他的船员们前后夹击,把三人堵在了通道里。愤怒之极的尼德·兰不顾一切地冲向尼摩船长。而尼摩船长从容的启动电闸。转眼间,尼德·兰就全身痉挛的倒在了通电的金属地板上。这次电击险些要了他的性命。之后,尼摩船长把受了重伤的尼德·兰和凯布尔分开关押,并给他们上了脚镣。

在经历了这么多事情之后,尼摩船长的想法也在悄然发生着改变,开始认真考虑爆破除震可能带来的负面影响。为此,他举行了一个私人晚餐会,邀请了包括尼德·兰和凯布尔在内的所有宾客参加。在用餐前,尼摩船长把用来起爆的装置拿到了尼德·兰面前,请他做出是否引爆的选择。尼德·兰毫不犹豫地把起爆装置砸得粉碎。尼摩船长平静地接受了他的选择,并说会把他们"新家"的命运交给上天。另外,尼摩船长还承诺,当他们旅途抵达终点时,会允许他们自愿选择去留。

经过了海底的漫长旅途,鹦鹉螺号终于抵达了他们此行的终点,尼摩船长的海底新家园——亚特兰蒂斯。这片曾经只存在于传说中的土地,在远古时代就已经沉入深海。现在,尼摩船长和他的船员们把它改造成了适宜人类居住的海底家园。尼摩船长、皮埃尔、玛拉、凯布尔和艾美分乘潜水钟(深潜器)进入到这片深海中的世外桃源。眼前的壮丽景象让第一次身临其境的来宾们惊叹不已。

就在尼摩带着众人在亚特兰蒂斯内参观的时候,尼德·兰用偷来的汤匙撬开了脚上的镣铐。他拄着拐杖,拖着伤残的肢体,来到了尼摩船长的书房。复仇的冲动冲昏了他的头脑,他不顾一切的抡起拐杖,猛击书房内的大玻璃舷窗。被砸出裂纹的玻璃舷窗在巨大水压的作用下,瞬间崩溃。汹涌而入的海水灌进鹦鹉螺号内部,淹没了众多舱室,尼德·兰也葬身其中。由于潜水船遭受重创,留在艇上的大副,一边指挥船员关闭水密舱门,一边命令抛弃压舱物紧急上浮。但让他们意想不到是,海面上一个残忍的猎手早已经等候多时了。

原来,麦卡琴舰长通过研究鹦鹉螺号的活动规律,发现它在这片水域出没的次数最频繁。于是,便指挥战舰在这片水域设伏。眼见海浪翻滚,麦卡琴舰长不禁一阵狂喜,立即命令战舰向鹦鹉螺号开炮射击。在遭到攻击后,鹦鹉螺号上的船员试图发射鱼雷反击,但由于电路故障,鱼雷无法发射。而麦卡琴舰长又派出两艘小型潜艇,在鹦鹉螺号的侧腹部安装炸弹。随着两声巨响,鹦鹉螺号的船体再遭重创。潜水船上的船员们自知无力回天,决定弃船,纷纷走上甲板,举手投降。但麦卡琴舰长显然不想留下活口,命令水兵用机枪扫射,鹦鹉螺号上残存的船员均被击毙。

再说身在亚特兰蒂斯的尼摩等人。当看到鹦鹉螺号突然上浮的时候,尼摩船长立即感到大事不妙。他让凯布尔保护玛拉和艾美,自己跟皮埃尔乘坐潜水钟去追赶鹦鹉螺号。但玛拉不愿意让父亲和皮埃尔独自去面对危险,她跟凯布尔和艾美也乘上另一只潜水钟去追赶他们。谁知,玛拉等人的潜水钟遇到了一头正在觅食的巨型章鱼,章鱼巨大的触手抓住了潜水钟,令其动弹不得。见此情形,凯布尔不顾危险,穿上潜水服,拿起铁矛,跃入水中,与章鱼展开搏斗。但是长着八只巨手的章鱼绝非善类,凯布尔非但没有占到任何便宜,反而被章鱼的巨手死死缠住。这可急坏了潜水钟里的艾美,她不顾一切的也穿上潜水服,跃入海中去搭救凯布尔。最终,两人合力打退了章鱼,令载着玛拉的潜水钟得以逃脱。不过,当玛拉的潜水钟升到水面的时候,却被麦卡琴舰长捕获。玛拉被捕,并被关进了船舱。

就在军舰上一片忙乱的时候,老阿龙纳斯悄悄地爬上了一艘小型潜艇,独自一个人驾艇向鹦鹉螺号驶去。原来,贪慕虚名的老阿龙纳斯一直向麦卡琴舰长请求把登上敌船、宣布缴获鹦鹉螺号的任务交给他,但是麦卡琴舰长坚称这份荣誉是属于舰长的特权。于是,老阿龙纳斯便趁人不备,驾驶小艇前去抢功。

与此同时,尼摩船长和皮埃尔也回到了鹦鹉螺号上。面对严重受损的船体和遭人屠戮的船员,尼摩船长怒火中烧,发誓复仇。他让皮埃尔掌舵,自己则跑到鱼雷舱内,试图修复受损的电路。可是,电路损坏严重,情急之下,尼摩船长干脆用自己的那只金属假手作为导体,接通了电路。鱼雷从发射管呼啸而出,直接命中了战舰。

在皮埃尔的搀扶下,尼摩船长来到甲板上。但让两人大吃一惊的是,老阿龙纳斯突然出现在他们面前。老阿龙纳斯试图引诱皮埃尔,让他跟自己一起把鹦鹉螺号开回美国,借此扬名立腕。但遭到了皮埃尔的断然拒绝。随后,气急败坏的老阿龙纳斯向尼摩船长和皮埃尔开枪射击。在把两人打倒后,老阿龙纳斯带着胜利者的笑容,想要走进船舱接管鹦鹉螺号。此时,身受重伤的皮埃尔,拼尽全力爬到奄奄一息的尼摩船长身边,按下了装在他假手上的自爆装置按钮。随着一声巨响,鹦鹉螺号顿时被爆炸燃起的大火所吞没。皮埃尔被冲击波甩到了海中,老阿龙纳斯和尼摩船长则都葬身火海。

后来,皮埃尔被乘坐另一艘潜水钟升上海面的凯布尔和艾美所救。一九〇〇年一月一日,皮埃尔用读日记的方式庆祝新世纪的到来。此前,儒勒·凡尔纳先生已经把他的经历写进了小说《海底两万里》。但时至今日,已经没有人相信鹦鹉螺号的故事了。只有皮埃尔还记得尼摩船长最后的心愿:投入海洋的怀抱,只有在这,人才有自由。

【原著赏析】

小说梗概:一八六六年,世界各大洋上接连有人目击到闪闪发亮的海怪出没,并发生了与海怪有关的海难事故。为了维护海上安全,美国政府派出战舰"林肯号"前去跟踪追捕海怪。而来自巴黎自然历史博物馆的生物学家阿龙纳斯教授为了证明自己提出的"海怪是独角鲸"的理论,与仆人康塞尔一起登上了林肯号。在船上他们结识了捕鲸手尼德·兰。三个星期后,林肯号与海怪正面遭遇。结果,林肯号负伤撤退,阿龙纳斯等人意外落水。事后他们得知,所谓"海怪"其实是一艘名为鹦鹉螺号的潜水船,它的制造者就是尼摩船长。为了保住鹦鹉螺号的秘密,尼摩船长把三人扣留在船上。尽管失去了自由,但是阿龙纳斯等人,也被鹦鹉螺号上所应用的神奇科技以及沿途各大洋的海底奇景所震撼。其间,他们也曾几次试图逃跑,但均未成功。直到历经了数万里环球航行之后,鹦鹉螺号在挪威西海岸遇上了可怕的大漩涡,阿龙纳斯和他的同伴被抛入水里。当他们清醒过来的时候,发现自己身在挪威的一座小岛上,侥幸脱险,而鹦鹉螺号已经不知踪影了。

在我抵达纽约的时候,有关海怪问题的讨论已经达到了热烈的顶峰。有些人设想那是一座浮动的海岛、一座不可接近的暗礁,不过这种结论很快便被彻底推翻了。的确,反对的理由很简单,除非这座暗礁内部藏有一台机器,否则它怎么可能以惊人的速度不断改变位置呢?

那么,认为它是一艘漂浮的失事船体的观点,自然也不攻自破,原因同样还是上述理由。

由此,这个问题只剩下了两种可能的解释,因而也将人们分成了持截然不同观点的两大派:一种观点认为这是一头力大无穷的海怪,另一种观点认为这是一艘动力强大的潜水艇。

可是,最后一种假设虽然听起来言之有理,但是却无法抵抗来自欧美两大洲的调查结果。一个私人可以拥有这样一种机器并自由操纵它,那实在是不大可能的事情。况且,他在什么地方、什么时候,又是如何制造出了这样一种机器呢?一个人制造出这样一种机器,他怎么可能一直对外保密呢?

…………

"巴黎自然博物馆教授,令人尊敬的皮埃尔·阿龙纳斯先生应《纽约先驱报》特别邀请,就'海怪问题'发表自己的一些观点。"

我发表了自己的一些观点。我之所以这样做,是由于我再也不能保持沉默了。我从政治和学术的角度讨论了这个问题的各种可能性。现在,我将四月三十日发表于《纽约先驱报》上的那篇严谨的文章,节录其中几段精粹如下:

在我研究了一个又一个不同的假设,然后剔除了所有不能成立的猜测之后,不得不接受海洋中存在着一种力量巨大的海洋动物的观点。

辽阔而又幽深的海洋世界,对于人类来说是一个全然未知的世界。探测器根本无法探明海洋的奥秘。在最偏远的海底深处居住着怎样的生命,或者说有何种生物能够在那里生存呢?在距离海面十二或者十五英里的海洋深处,生存在那里的生物有着怎样的身体结构?我们几乎还难以猜测。

可是,眼前面对的问题迫使我不得不使用"两难法"给出一个答案。

世界上形形色色的生命存在,我们人类或者已经了解,或者还不曾认识。如果我们还不曾完全了解那些生物——如果大自然仍要对我们保守那些鱼类学上的奥秘,那么我们就有适当的理由可以坦白地承认，在探测器无法达到的海域的确居住着一些人类至今一无所知的鱼类或者是鲸类，甚至海洋新品种，而它们的身体结构使它们适宜于长期生活在海洋深处。那么，在某种意外的情况下，由于一时兴起或者由于厌烦了深海生活，它们或许会偶尔突然浮出海面。

假如情况正好相反，假如我们已经认识了地球上所有的生物，那么我们就必须从已经进行了分类的海洋生物中找出我们正在探讨的这种生物。如果是这样，我倾向于接受那是一种巨大的独角鲸的观点。

普通的独角鲸，或者说海麒麟，通常身长可达六十英尺。如果将它们的身长增加五倍或者十倍，然后再按照同等比例赋予它一种海洋生物所具有的能量，并相应加强它的武器的破坏性，那么这种海洋生物就是你我需要讨论的海怪了。这时，它具有山农号的船员们所测定的长度，同时也具备了可以刺穿斯格提亚号的触角，以及穿透汽船船体的力量。

当然，根据某些博物学家的观点，独角鲸具有一把骨质的利剑，一把骨质戟。它那根重要的长牙仿佛钢铁一般坚硬，有人曾经在鲸鱼身上发现过隐藏的独角鲸长牙，这说明独角鲸总是能够用牙齿成功地攻击鲸鱼。还有人费尽周折地从船底拔出过独角鲸的牙齿，它突然刺入船底正如钻头刺透一只水桶一样轻松。

巴黎医学院的陈列馆就收藏有这样一枚防御性武器，长两码多，底部直径为十五英寸。

好吧！假设那种武器再强大六倍，那头猛兽的力量再强壮十倍，它在水中的游动速度为每小时二十英里，那么用它的体重乘以它的速度，你就能够得出灾难发生时所需要的力量。在没有得到补充材料之前，我会坚持认为这是一头身型巨大的独角鲸，它身上的武装不是一柄剑或戟，而是一只真正的刺角，正像装甲护卫舰或者是作战用的冲角一样，坚实同时又具有极大的冲击力。

因此，这或许可以解释那种难以解释的神秘现象，除非人们讨论的一切都不过是一种猜测，尽管有人看到、感觉到或者亲身经历过怪异现象，但那同样也可能只是人们内心的一种想象。

....

在亚伯拉罕·林肯号离开布鲁克林码头之前的三个小时里，我收到一封信件，内容如下：

致巴黎自然博物馆教授阿龙纳斯先生
纽约第五大道旅馆

先生：

如果你愿意加入亚伯拉罕·林肯号远征队，美国政府将很高兴看到你代表法国参与此次行动。法拉格特舰长已经在船上为你预留了一个房间，随时准备供你使用。

海军部部长 J.B.霍布森谨上
（摘自原著第一部第二章：辩论）

比较：电影中皮埃尔·阿龙纳斯是个青年学者，他的见解不但遭到学术界的普遍排斥，甚至他同为学者的父亲也对他冷语相向。而原著中，阿龙纳斯教授是一位专注于博物学这一个在当时看起来十分隐秘学科的专家，因为出版了名为《神秘的海底世界》的研究专著而声名显赫，受人尊敬。他并没有像在电影中表现的那样在科学学会发布演讲，而是接受了当地报纸的采访，谈了自己的"独角鲸理论"。后来邀请他登上林肯号的并不是公司的经理，而是美国政府海军部的部长。

他沉默了片刻，然后继续说道：

"这是一种强大的原动力，它操纵容易、迅速而且很方便，有很多用处，对我的潜水艇起着决定作用。潜水艇上的一切都离不开它。它是光，它是热，它还是我那些机械设备的灵魂。这种原动力就是电。"

"电？"我吃惊地大叫道。

"是的，先生。"

"但是，船长，你的潜水艇航行速度这么快，这和电的能量不大相符啊！到目前为止，电力还停留在有限的程度，它只能产生很小的功率。"

"教授，"尼摩船长说道，"我的电并不是通常意义上的电。我可以告诉你的只能是这些。"

"我并不想过多地追问下去，先生。我只是对它产生的效果感到惊奇。不过，我还是有一个问题，如果你认为我不应该问，那你可以不必回答。你用来制造这种神奇的原动力的材料一定会很快耗光。例如锌你可能会很快用完,而你现在已经断绝了和陆地的一切联系,那么你怎样补充这些材料呢?"

"我可以回答你这个问题。"尼摩船长说道,"首先,我可以告诉你,海底蕴藏着丰富的锌、铁、银、金等物质,开发它们并不是不可能的。不过,我并不需要依赖陆地上的金属材料,只要海洋向我提供生产电力的物质就可以了。

"海洋提供?"

"是的,教授,发电的方法很多。比如,我可以把铺设在不同深度的金属线连接成电路,而金属线在不同的温度下会产生电能。不过,我采用的是一种更方便和实用的方法。"

"哪种方法?"

"你了解海水的组成成分。一千克海水含有百分之九十六点五的水分,大约百分之二点七的氯化钠,还有少量的氯化镁、氯化钾、溴化镁、硫酸镁、硫酸和石碳酸。那么你可以看出,氯化钠在海水中的含量很大。因此,我可以从海水中提取钠,然后用这些钠生产我需要的物质。"

"钠?"

"是的,先生。钠和汞混合在一起,能够生成一种合金,用来代替本生电池中的锌元素。汞是永远也不会损耗的物质,只有钠才会不停地消耗,可是海水能够不断为我提供我所需要的钠。另外,我还可以告诉你,钠电池应该是当前能量最大的电池,它的电动力比锌电池要高几倍。"

"船长,我知道在你目前所处的环境中很有利于获得钠。海水中含有钠元素,这没有问题,可是还需要把它们生产出来,就是说需要将它们从海水中提取出来。可是,你怎样做呢?当然,你可以利用你的电池来完成这种工作。不过,如果我的判断没有错,你的电动机械消耗的钠的总量,恐怕要超过你提取的钠的总量。那么,你为得到钠元素而消耗的钠元素,一定比你生产的钠元素要更多!"

"我并不是利用电池提取钠,教授,我只要依靠地下煤炭所散发的热能就可以了。"

"地下煤炭?"我惊异地问道。

"也就是海底煤炭。"尼摩船长回答。

"那么,你可以开采海底的煤炭?"

"你将会亲眼看到我开采地下煤炭的,阿龙纳斯先生。不过,我要请你耐心等待一段时间,因为你有足够的时间可以看到那一切。不过,请你要注意,我所需要的一切都归功于海洋,它为我提供电,而电又可以为我提供热量、光能和动力。总之,电就是鹦鹉螺号的生命。"

"可是,电不能提供空气供你呼吸吧?"

"哦!我也可以制造我们呼吸所必需的空气,但是这是没有必要的,因为在我高兴的时候,我可以浮出海面换气。即使电不能直接供给我空气用来呼吸,但是它至少可以带动功率强大的抽气机,把空气储存在一个巨大的储藏室中,这样它完全可以使我根据需要延长在深海停留的时间。"

"船长,"我说道,"我只能对此表示钦佩。显然,你已经找到了人类将来可能会找到的东西,那就是电真正的能量。"

"我不知道人类将来是否能够找到,"尼摩船长冷冷地回答,"无论怎样,你已经看到我利用这种宝贵的原动力进行的实际应用。它为我提供了一种均衡而又持续的光,这是太阳所不能做到的。现在,请看这座时钟,它是电动时钟,它的准确性简直可以挑战世界上最好的计时器。我将它的刻度分为二十四个小时,正像意大利的时钟一样,因为对我来说,这里既没有黑夜也没有白天,既没有太阳也没有月亮,而只有一种我可以将它带入海底的人造光。你看,现在正是上午十点钟。"

"非常正确。"

"这是电的另一种用途。这只悬挂在我们面前的刻度盘,是用来显示鹦鹉螺号的航行速度的。一根电线将它和测程仪的螺旋桨连在一起,上面的指针可以显示潜水艇的真实航速。你看,现在我们正在以平均每小时十五英里的速度前进。"

"这真是太不可思议了!我明白了,船长,你恰如其分地使用这种原动力,使它可以代替风、水和蒸汽。"

(摘自原著第一部第十二章:电)

比较:每每读到此处,读者们都不禁会为凡尔纳渊博的学识和天才的想象力所折服。在爱迪生发明白炽灯之前的十几年,凡尔纳便在他的笔下描绘了电力驱动的潜水船,并对其中的科学原理进行了细致的解说。电影中当然没有做如此详细的交代,只是由尼摩船长带阿龙纳斯等人进行了短暂的参观,并为其后的情节埋下了伏笔。

在此，还有一个普遍的误解需要澄清，潜水船(潜水艇)的设想并不是凡尔纳在《海底两万里》中提出的。早在一六七〇年，荷兰人就发明了潜艇，美国人则在独立战争中首次运用了潜艇战。凡尔纳在小说中最伟大的创见是对深海资源的开发和利用，而鹦鹉螺号不仅是一艘作为航行工具的潜艇，还是一座体系完备的深海资源加工厂。

我们的行动太迟了！这时，我明白了鹦鹉螺号的行动意图。鹦鹉螺号并不想攻打双层装甲护卫舰那难以穿透的铁甲，而是想对准它的浮标线下部发动进攻，因为那里是金属装甲层保护不到的边缘部位。

我们被重新关闭起来，被迫充当正在准备的一场惨剧的见证人。我们几乎没有时间做出任何反应。我们躲进我的房间，大家彼此相对，却一句话都说不出来。我感到精神恍惚，大脑也停止了转动，正处于一种等待可怕的爆炸来临的痛苦状况。我等待着、倾听着，各种感官功能都汇集到了听觉上！

鹦鹉螺号在明显加速。它在准备冲击，因为整个船体都在颤抖。突然，我大喊一声。冲撞发生了，但是相对比较轻微。可是，我感觉到了那钢铁冲角的穿透力，我也听到了那些削刮的声音。鹦鹉螺号在强大的推力下，正如针穿过帆布那样，从护卫舰船身横穿过去！我再也无法忍受了，我的大脑已经失控，我发疯一般跑出房间，冲进了客厅。尼摩船长正在客厅中，他默默地站在那里，神情忧郁而又冷酷地注视着左舷防护板外。一个庞然大物正在向水底下沉，鹦鹉螺号也在跟随它一起下降，似乎要亲眼目睹它垂死的样子。在距离我十码的海水中，我看到那艘护卫舰船体已经裂开，海水轰鸣着涌入船舱，很快便淹没了两门大炮和船舷。这时，护卫舰的甲板上到处都是惊恐乱窜的黑影。海水淹上来，那些不幸的人扑向桅樯，爬上桅杆，在水中挣扎着。这简直就是一个突然被海水淹没的人类的蚂蚁窝！

(摘自原著第二部第四十五章：大屠杀)

比较：在整部小说中，尼摩船长虽然给人以神秘莫测之感，但总的来说还是个温文尔雅的绅士形象。只有在全书的结尾处，他突然一反常态，主动攻击了一艘战舰——就像在阿龙纳斯等人登上鹦鹉螺号之前，他曾经做过的那样。至于尼摩船长为什么要这样做，在《海底两万里》中，作者并未给出答案。直到在后来出版的小说《神秘岛》中，凡尔纳才透露了尼摩船长的身世。他是印度的达卡王子，曾在欧洲接受教育,后来投身于反对英国殖民者的斗争。失败后,他的家人被杀,达卡王子带着自己剩余的财富和同伴,在太平洋的一座荒岛上建立了造船厂。凭借雄厚的经济实力和超人的智慧,他亲自设计建造了一艘举世无双的鹦鹉螺号潜水船,并开始闯荡四海,展开冒险之旅。而复仇号的出现,触碰到了尼摩船长内心深处的伤痕。这也就是他无论如何都要击沉复仇号的原因。而电影中,鹦鹉螺号与林肯号的第二次交锋,更多的是出于私怨。

【说书论影】

《海底两万里》(*Vingt Mille Lieues Sous Lesmers*)的作者是法国科幻大师儒勒·凡尔纳(Jules Verne,1828—1905)。尽管世界科幻界普遍把玛丽·雪莱在一八一八年创作的《弗兰肯斯坦》看作是现代科幻小说诞生的标志,但真正让科幻小说成为一个独立的文学类型,却要归功于法国人儒勒·凡尔纳,从这个意义上说,凡尔纳称得上是科幻界的"开山祖师",被誉为"现代科学幻想小说之父"。

一八二八年二月八日,凡尔纳出生在法国南特的一个律师家庭。南特是法国西北部重要的海港城市,浓郁的海洋文化浸润着少年凡尔纳,使他产生了畅游大洋、探索未知的强烈愿望。据说,在凡尔纳的童年时代,他曾经跑到海边,和一个船舱服务生互换身份,想以此来实现出海远航的梦想,结果在起航前被人发现,把他送还给父母。从此,凡尔纳遭到了更严格的管教,他不得不向父母做出保证,今后只"躺在床上在幻想中旅行"。

十八岁时,凡尔纳的父亲把他送到巴黎学习法律,希望他日后能够子承父业,成为律师。但凡尔纳的志趣显然不在于此。十九世纪中叶的巴黎堪称是欧洲乃至世界人文与艺术的中心。年轻的凡尔纳很快就以文学青年的身份融入其中,并结识了维克多·雨果和大仲马等著名作家。尤其是大仲马,堪称是凡尔纳文学道路上的启蒙老师。就连小仲马也曾经不无感慨地说,凡尔纳更应该是大仲马"文学上的儿子"。

儒勒·凡尔纳

一八五一年,凡尔纳创作并发表了他的第一个科幻故事《气球上的旅行》。后来,以此为基础,凡尔纳完成了他的成名作《气球上的五星期》(*Cinq Semaines en Ballon*),于一九六三年正式出版。像很多名著一样,《气球上的五星期》的出版过程并非一帆风顺,连续十六家出版社拒绝了凡尔纳的投稿。满怀沮丧的凡尔纳一气之下把书稿投入火中,幸而被他的妻子从炉火中抢救出来。经此一劫,凡尔纳终于遇到了他人生中的伯乐——出版商赫泽尔。赫泽尔不仅出版了《气球上的五星期》,还与凡尔纳签订了长期供稿合同,以每年两至三部的速度,出版总名为"在已知和未知世界的冒险"系列小说,凡尔纳后来几乎所有的重要科幻作品都名列其中。从此,两人之间的亲密合作持续了数十年之久,甚至在老赫泽尔死后,由其儿子接班,继续做凡尔纳的合作出版商。

一八七三年,凡尔纳"海洋三部曲"的第二部《海底两万里》出版。[1]这部作品被认为是凡尔纳艺术成就最高的科幻小说。作为一部以海洋、尤其是深海为背景的小说,凡尔纳几乎穷尽了当时海洋学研究的所有最新成果,用生花妙笔描写了无边无际的大洋景色和海洋深处丰富多彩的海生动植物,其篇幅几乎占了全书的二分之一,把读者带入了一个引人入胜的海底世界,令人迷醉惊羡,手不释卷。同时,这又是一部杰出的冒险小说,情节跌宕起伏,人物鲜活生动,尤其是鹦鹉螺号的船长尼摩[2]身上兼具科技英雄与冒险家的双重气质,给人留下极其深刻的印象。

凡尔纳早年曾经做过编剧,因而剧作思维也常常渗透到他的小说创作中。或许正是因为《海底两万里》本身已经具备了众多引人入胜的戏剧因素,令其成为迄今为止被改编成影视作品次数最多的科幻小说之一。目前,我们能看到最早的一部改编电影是由法国明星公司于一九〇七年出品、乔治·梅里爱导演的版本。片中将幻想与玄思、神仙故事和海底生物、女神和美人鱼与更常见的海底生物融为一体,呈现在观众面前,令人回味无穷。

一九一六年,美国环球电影公司把凡尔纳的海洋三部曲合并改编,以"海底两万里"的片名上映。这是《海底两万里》与好莱坞的第一次亲密接触,而且片中还首次使用了水下摄影技术——尽管只是用一架改装过的防水摄影机在一个特制水槽内进行拍摄。从此,科幻片便与电影特效结下了不解之缘。

[1] 另外两部是《格兰特船长的女儿》(1866)和《神秘岛》(1874)。
[2] "Nemo"这个词在拉丁语中是无人的意思,作者在此暗示尼摩船长是个完全虚构的人物。

一九五四年,沃尔特·迪斯尼公司把《海底两万里》又一次搬上大银幕,其制作精良程度超越了以往所有的改编版本。一线影星加盟,精彩的动作设计、动听的电影音乐和出众的特效制作,令这部影片堪称经典之作,即使拿到今天,也可以称得上是一部极具观赏性的佳片。不过,也有人批评这部影片未能体现出凡尔纳小说的精髓。

对于国内的观众,尤其是众多的八零后电视观众而言,有两个改编版是最为重要的,甚至很多人对于《海底两万里》的初体验就来自这两个版本。其一,由日本GAINAX公司制作的系列电视动画片《海底两万里》。这部动画的原名叫作《不可思议之海的娜迪娅》,又名《蓝宝石之谜》,共三十九集,最初于一九九〇年至一九九一年间在日本NHK电视台播出。该片中文配音版在一九九二年前后开始在中国大陆各省市电视台以《海底两万里》的片名播出;其二,一九九七年五月十一日在美国首播,由罗德·哈迪导演的电视电影版《海底两万里》,分上下两集。后来,该片被引进到国内,于一九九八年十一月十五日到十二月二十二日期间分四集在中央电视台"正大剧场"栏目中播出,因此也被俗称为"正大剧场版"。这两个版本与原著的出入都很大,前者几乎就是以改编"海底两万里"之名重新创作的一部典型的日式机甲科幻动画片,其中尼摩船长的造型与《超时空要塞Macross》中太空战舰指挥官格罗夫舰长如出一辙;后者则可以称为是《海底两万里》的"残酷格林童话版",全片的主旨已经不再是探索神奇瑰丽海底世界和对冒险精神的歌颂,而是展现赤裸裸的人性冲突。如果凡尔纳泉下有知,看到自己的作品被改编成如此样貌,不知会做何感想!

一九〇五年三月二十五日,儒勒·凡尔纳与世长辞。他的一生为世界留下了六十余部长篇小说和数十部短篇小说、剧本及其他作品,成为人类文化宝库中的奇葩,被翻译成多种语言文字在世界各地广为流传。

一九〇二年,后来成为中国现代文学巨匠的鲁迅先生东渡日本,在日留学期间接触到了凡尔纳的小说,甚为欣赏,动手由日文版转译了《从地球到月球》和《地心游记》,分别在一九〇三年和一九〇六年以《月界旅行》和《地底旅行》之名出版。他还在《月界旅行·辨言》中指出,要通过科学普及,使青少年"获得一斑(般)之知识,破遗传之迷信,改良思想,补助文明。"在此后的一个世纪中,凡尔纳的作品不断被译介到国内,称得上是作品译成中文次数最多的科幻作家。

凡尔纳虽然离开我们已经有一个多世纪了,但他所开创的科幻之路,却为后来的众多科幻作家所继承,其影响一直持续至今,并未被岁月流逝所消减。一九五四年,美国建造的世界上第一艘核动力潜艇——鹦鹉螺号下水,以"鹦鹉螺号"命名这艘潜艇本身就说明了凡尔纳与《海底两万里》的巨大影响力。二〇一一年二月八日,著名互联网搜索引擎 Google 将其首页图标改为潜艇舷窗造型,以此纪念凡尔纳诞辰一百八十三周年。

【超级链接】

海底之行真的是"两万里"吗

《海底两万里》是国内沿用已久的一个译名,但其实并不准确,因为"两万里"严格说起来是两万华里,即一万公里,这跟书中描写的鹦鹉螺号的实际航程相差甚远。事实上,凡尔纳原著的法文标题用的是"Lieue",翻译成英文是"League",正确的中文译名应为"里格"。里格是古代欧洲各国惯用的长度单位之一,但在全欧洲范围内却并没有统一的长短标准,主要是各国根据当地约定俗成的习惯使用,依现有史料估算,大约在三到四公里之间——也就是说鹦鹉螺号的实际航行距离应该在六万五千公里到九万三千六百公里之间。正是因为标准的混乱,进入近代以后,这个距离单位就已经废弃不用了。凡尔纳以此作为海底远航的距离单位,显然是要突出尼摩船长和鹦鹉螺号的神秘感。而由于英制的"里格"等于三英里,所以凡尔纳的这部名著也可以翻译成"海底六万哩"!

科幻有缘人

在"正大剧场版"中扮演皮埃尔·阿龙纳斯的男演员帕特里克·德姆西是美国影视圈内有名的英俊小生。在出演《海底两万里》七年之后,帕特里克凭借在美国广播公司电视台热播的美剧《实习医生格雷》(Grey's Anatomy)中饰演德里克·谢伯德医生一角而走红,被美国《人物》杂志评为二〇〇七年"年度明星"。但他与科幻片的缘分并未终结。在二〇一一年七月上映的年度科幻大片《变形金刚Ⅲ》中,帕特里克扮演了一名与霸天虎相勾结的大公司老板。然而,相比于十四年前清秀俊逸的阳光男孩造型,"变Ⅲ"中的帕特里克却已经是一副人到中年的臃肿扮相,但愿这只是为了影片效果故意为之。

凡尔纳的中文译名

凡尔纳的小说早在清末民初就被大量译介到中国。但当时对于作者 Jules Verne 却没有统一的中文译名,于是便留下了一大堆千奇百怪的"异名":比如,"房朱力士"(薛绍徽译)、"焦士威尔奴"(梁启超译)、"迦尔威尼"(包天笑译)、"萧鲁士"(卢籍东按英语发音译)、"焦士威奴"(奚若按英语发音译)、"焦奴士威尔士"(商务印书馆译)、"萧尔斯勃内"(谢炘译)和"裘尔卑奴"(叔子译)等。至于鲁迅先生转译的那两本小说,由于日译本原本就把凡尔纳的名字译错了,结果凡尔纳又被误作"查理士·培伦"和"英国威男"。

撞脸的科幻动画片

二〇〇一年,美国迪斯尼公司推出了号称改编自《海底两万里》的动画大片《亚特兰蒂斯:失落帝国》(*Atlantis:The Lost Empire*)。然而,这部迪斯尼历时七年精心打造的动画大片刚一上映,就被众多的亚洲影迷指出,该片从剧情到人物关系有多处涉嫌抄袭日本动画片《不可思议之海的娜迪娅》。尽管制片方多次出面解释,但仍旧无法消弭抄袭疑云。其实,这两部作品都源于《海底两万里》,真正应该出来大喊"坑爹"的恐怕是已经作古百年的凡老先生!

【延伸阅读】

一、【法国】儒勒·凡尔纳,《海底两万里》,人民文学出版社,2004年。

二、【法国】儒勒·凡尔纳,《凡尔纳科幻经典插图版·全译本》,上海百家出版社,2009年。

主角亚力山大约会的时间到了,神奇的故事由此展开

如今,穿越剧火爆电视荧屏的现象并非中国独有,日、美、韩等国皆然。可见,穿越时空是全人类共有的一个梦想。而这个梦想的源头就来自百多年前的一位英国绅士,他用生花妙笔描写了一台能够在时间长河中任意穿行的"时光机器"。此人便是大名鼎鼎的乔治·威尔斯。

II

终极流浪:
《时光机器》

【精彩剧透】

一八九五年的美国,正处在第二次工业革命的大潮之中。很多美国人都热衷于科学研究和发明创造。任教于纽约哥伦比亚大学的副教授亚历山大·哈特德根也是其中之一。

由于醉心学术,亚历山大常常废寝忘食。即便是下课后,仍然一个人窝在教室里演算数学公式。直到他的朋友戴维·菲尔比跑过来提醒他,亚历山大才想起自己晚上还有个非常重要的约会。他连忙收拾好东西,跟戴维一起返回他的住所。

一路上,亚历山大向戴维抱怨学校里的掌权人都是些"恐龙学者",成天到晚都研究些不知所云的课题。而戴维则劝亚历山大不要过于激进。回到家中,女管家沃杰特夫人已经帮她的主人准备好了一切。不过,唯一让这位敬业的女管家感到担心的是亚历山大身上的那件肮脏外套。亚历山大接受了沃杰特夫人的建议,进到客厅里去找他的另一件外套。戴维也跟了进去。

亚历山大家中的客厅就如同是一件新科技发明的展览室。戴维随手拿起了亚历山大新发明的一支电动牙刷。一旁的亚历山大对他说,这东西能保证你在四十岁的时候,仍然有一口好牙。随后,戴维又提起了那个一直与亚历山大有书信往来的小个子男人,他觉得作为哥伦比亚大学副教授的亚历山大不应该和一个"德国的书店老板"过从甚密。对此,亚历山大却不以为然,他立即纠正说,爱因斯坦先生是专利职员,不是"书店老板",而且他认为,爱因斯坦的学说应该得到他的全力支持。看到自己的这位老朋友如此固执,戴维也懒得继续跟他辩论下去。当亚历山大穿戴整齐,并向他征求意见的时候,戴维送上了一个由衷的祝福,祝愿他今晚能求婚成功。亚历山大接受了好友的祝愿,从沃杰特夫人手中拿过了订婚戒指,匆匆离开了住所,向他与女友约定的公园走去。

在中央公园门口,亚历山大碰到了一个驾驶自制汽车的发明家。两人一见如故,汽车发明家提议要带亚历山大一起开车出去兜一圈。亚历山大惦记正在等待自己的女友艾玛,于是婉言相拒。

当亚历山大急匆匆地赶到公园里的溜冰场时,看见艾玛正在冰面上欢快的滑着冰。见到亚历山大到来,艾玛便轻盈的向他滑了过去,而亚历山大却因为太过激动,没穿冰刀就直接走上冰面,险些滑倒,幸好被及时赶到的艾玛搀住。不过,溜冰场人多眼杂，到底不是个谈情的地方。两人决定去别处逛逛。

走在堆满白雪的公园小径上，两个年轻人的心越贴越近。艾玛感觉到亚历山大的表情有些僵硬，脸色也不太好，便问他是不是生病了。亚历山大回答说，自己的确是"病"了，而且"病"不轻，唯一的治愈方法就是艾玛答应嫁给他。随后，笨手笨脚的副教授费了九牛二虎之力，从身上翻出了那枚月长石戒指——镶嵌着艾玛生日石的戒指，郑重其事的向艾玛求婚。尽管早已有了心理准备，但当幸福时刻真的来临之时，艾玛仍旧感到无比的激动。亚历山大给艾玛戴上戒指。相爱的两人对视而笑，沉浸在无比的幸福与快乐之中。

然而，天不遂人愿。刚刚还在品尝幸福滋味的两人，转眼间就跌入了恐惧的深渊。一个持枪的凶徒突然闯到了亚历山大和艾玛面前，威逼两人交出身上的财物。为了人身安全，亚历山大交出了自己的财物，也劝艾玛照着对方的意思做，但艾玛无论如何不愿意把刚刚才戴到手上的订婚戒指交出去。凶徒不由分说就上来抢夺。争抢中，歹徒的手枪走火，射中了艾玛的要害。歹徒见状落荒而逃。艾玛则在亚历山大的怀抱中停止了呼吸。

艾玛的死，让亚历山大的精神受到了沉重的打击，他几乎到了崩溃的边缘。然而，渴望与真爱之人再度聚首的强烈情感支撑着他继续活下去。他要用自己的聪明才智和科学的力量创造世人难以想象的奇迹。

亚历山大多次回到过去去阻止艾玛的死

四年之后，当戴维·菲尔比不顾亚历山大的反对，四十八个月来第一次闯进他的书房之时，他发现自己的这位老朋友已经变得瘦骨嶙峋、面容憔悴，但仍然在不知疲倦地进行着他所谓的"工作"。出于对亚历山大的同情，戴维劝他不要再为艾玛的死自责，因为发生的事已经无法改变。而亚历山大却语出惊人，他说他就是要改变这一切。听到这话，戴维开始怀疑亚历山大的精神是否出了问题，便追问亚历山大现在到底在干什么？面对好友的质问，亚历山大不置可否，只是告诉戴维，请他一个星期后来家里吃晚饭，到时候他会说明一切。看到亚历山大的态度如此坚决，戴维只得悻悻而归。望着戴维远去的身影，亚历山大意味深长地说："等一星期后，这次谈话就不复存在了。"

亚历山大一直在时间长河中穿啊穿

出发的时刻到来了！亚历山大换上了已经四年未曾上身的考究外套，整理好仪容，带上心爱的怀表。随后，他亲手拉开了书房另一侧的幕布，里面是他亲手制造的时光机。他登上时光机，最后一次检查各种仪器设备，确认无误后，便发动机器，开始了这趟拯救爱人的时光旅行。

随着时光机的启动，指示时间的钟表开始疯狂的逆转，奇迹之门被科学的力量撬开了。当时间终于退回到四年前的那个晚上，亚历山大终于又一次见到了他朝思暮想的恋人艾玛。而艾玛也有些吃惊，因为这是亚历山大第一次提前赴约。不等艾玛追问原因，亚历山大已经抑制不住内心的激动之情，他走上前去，深情的抱住艾玛，当着众人的面，亲吻她的嘴唇。这种举动不可避免的引起了周围人的议论，但亚历山大早已顾不上这些。相反，艾玛则是又惊又喜，显得有些难为情。她问亚历山大是否要在公园里到处走走。亚历山大当然不会再犯同样的"错误"。他马上带着艾玛离开公园，乘坐马车来到一条他们经常散步的大街上。下车后，亚历山大和艾玛相依而行。亚历山大向艾玛表白了自己的心意，并说会永远爱她，但是他希望艾玛马上回家，稍晚些时间，他会去找她的。艾玛被亚历山大的深情所感动，但仍然娇嗔地向亚历山大讨要他先前许诺的鲜花。亚历山大看见街对面有间花店，便让艾玛在原地等候，自己穿过街道去买花。哪知道，就在亚历山大去买花的这短短几分钟内，一辆突然失控的马车，径直撞向了站在街边的艾玛……

当戴维闻讯赶到医院的时候，他看见呆坐在走廊上的亚历山大。就在戴维上前准备去安慰老朋友的时候，亚历山大却说了一段"莫名其妙"的话——他自言自语道："我可以倒回去上千次，看着她死一千次。"对此，戴维无言以对。而亚历山大很快意识到，在这里——在过去，他找不到答案。于是，他决定向未来进发，向未来寻求答案。

亚历山大再一次登上时光机，向着未来飞驰而去。透过笼罩在时光机外围的光晕，亚历山大看到周遭的事物在时间的洪流中迅速变换，令人目不暇接。不过，这神奇的一幕并没有让亚历山大感到丝毫的兴奋，反而因为不慎遗失了镶有艾玛照片的项坠，令他懊恼不已。但亚历山大并未因此而停下前行的步伐。直到看见街对面一块巨大的视频广告牌上显示出："THE FUTURE IS NOW（未来就是今天）"的字样，他才让时光机缓缓停住。此时，刻度盘上显示的日期是二〇三〇年五月二十四日。

原来，亚历山大看到的是一家推销月球休闲生活游的旅行网站打出的视频广告。在广告牌下的自助自行车站前，亚历山大遇见了一位身着紧身运动服的女士。看到身着"古典"服饰的亚历山大，这位女士感到非常诧异，但出于礼貌，她还是跟亚历山大寒暄了几句。最有趣的是，她竟然把亚历山大的时光机当成了煮咖啡的机器。这回换成亚历山大摸不着头脑了——既然自己已经在一个多世纪前发明了时光机，为什么"未来人"都不认识它呢？带着疑问和困惑，亚历山大急匆匆的赶往了第五大街图书馆寻找答案。

在第五大街图书馆，亚历山大碰到了一个"怪人"。"他"能在一排"双面镜"中自由穿梭，而亚历山大却找不到他的实体。原来，它是图书馆电子图书信息系统的全息投影交互界面，代号NY–114。作为能够连接全球所有数据库的"第三代溶解核动力全息语言图像系统"，这位虚拟图书馆员热情的帮助亚历山大查找信息。但亚历山大提交的几个关键词，却没能让NY–114在物理学数据库内找到对应的信息，反而指向了科幻小说数据库。这让亚历山大大惑不解，他追问NY–114，为什么人类不能改变过去。NY–114回答，因为人类不可能回到过去。随后，他又替亚历山大调出了阿西莫夫、H.G.威尔斯等人关于时间旅行的著作，而亚历山大赫然发现，自己的名字竟然也列在其中。他马上让NY–114讲讲这个"亚历山大·哈特德根"的事情。从他口中，亚历山大得知"自己"已经在一九〇三年逝世，被形容为"喜好提古怪科学问题的美国科学家"，有几篇关于时间旅行的论文存世。而当他想继续查询有关 "Time Machine"的内容时，却不断跳出与 H.G.威尔斯的科幻名著《时间机器》及其改编作品有关的显示画面。直到此时，亚历山大才意识到，在这个科技高度发达的未来社会中，唯独缺少"时光机"这项伟大发明。他决定继续向几百年后的未来进发，看看到时候情况是否会有所改观。

亚历山大又一次发动了时光机。可没过多久，时光机就剧烈的抖动了起来，亚历山大赶紧停住了机器，刻度盘上显示的时间是二〇三七年八月二十日。让亚历山大感到震惊的是，刚刚还繁华热闹的街区，转眼间(实际是七年后)就变成了一片残垣断壁。荷枪实弹的士兵搭乘着军车正在四下搜查尚未撤离的居民。他们一眼就看见了亚历山大。两个士兵立即从车上跳下来，要逮捕亚历山大，并把他送去避难所。亚历山大奋力挣扎，并问士兵，到底出了什么事？前来逮捕亚历山大的士兵非常惊讶，觉得眼前这人真像是活在石头里的。他们告诉亚历山大，因为人类肆意改变月球的形态，令月球偏离了轨道，现在月球即将解体。当士兵们打算再次上前抓捕亚历山大的时候，他们周围接连发生了爆炸。感到危险加剧的士兵们不再纠缠亚历山大，径直回到军车上，迅速撤离。而亚历山大也跌跌撞撞的爬上了时光机。可当他启动时光机的时候，巨大的冲击波向他袭来，亚历山大顿时昏厥了过去，载着他的时光机则向着未来疯狂的奔去。

当亚历山大苏醒过来的时候，他已经记不清自己昏睡了多久，连忙拉下制动杆。此时，刻度盘显示的时间居然是公元八〇二七〇一年七月十六日——距离之前月球解体的时间已经过去了整整八十万年。这个世界上已经不知道上演了多少次沧海桑田的戏码，完全是换了人间的奇异景象。但是，身受重伤的亚历山大还没来得及再多看几眼这个八十万年后的新世界，便再次昏迷了过去。

当亚历山大苏醒过来的时候，他发现自己躺在一张木床上，身上盖着用粗麻织成的毯子，而且受伤的肋部也已经被人仔细的包扎好了。他坐起身，换上了衣服。恰在此时，一个小男孩出现在了亚历山大的床边。亚历山大也看见了这个长得非常可爱的小男孩，便想跟他聊几句，顺便询问一下自己身处何方。谁知，这个男孩讲的话，亚历山大一句也听不懂。反倒是，亚历山大刚一开口说话，男孩便面带惊慌的逃走了。

大惑不解的亚历山大循着男孩的踪迹追了过去，却意外发觉自己所待的这个建

上下图:埃洛侬人的代表——玛拉

筑物,竟然是一间竹木结构、悬吊在峡谷峭壁上的吊篮屋,而类似的吊篮屋在峡谷两边的峭壁上鳞次栉比,蔚为壮观。正在亚历山大不知所措的时候,小男孩的姐姐和其他族人沿着绳梯和栈道,纷纷来到他们所在的平台。亚历山大试图跟他们沟通,但绝大多数人都听不懂亚历山大在说什么。只有小男孩的姐姐、身为教师的玛拉能跟亚历山大一样说英语,只不过他们管这种语言叫"石头语言"。对于这个只会讲石头语言,穿着和长相又是那么与众不同的陌生人,玛拉的族人们多少还有些不信任感。于是,有人便提出干脆把亚历山大扔进河里算了。玛拉急中生智,告诉大家亚历山大其实是一个撞在石头上,伤了脑袋的傻瓜。众人闻听此言,哄堂大笑,纷纷散去。

随着太阳西斜,生活在吊篮屋里的人们各自回家休息。玛拉和弟弟凯伦把亚历山大带回了自己家。凯伦是个充满了好奇心的小男孩,当他得知,亚历山大是从过去来到这里的时候,便缠着亚历山大,问了许多问题。亚历山大耐心地一一回答。直到姐姐玛拉让他好好睡觉,小男孩才心不甘情不愿的合上了双眼。等凯伦睡熟了,玛拉带亚历山大来到了吊篮屋的屋顶。亚历山大抬头仰望，发觉原本的月球已经不复存在，只剩下些许残骸留在冰冷的夜空中。面对这番景象，亚历山大感慨万千，不禁喃喃自语道："我走得太远了。"

玛拉让亚历山大坐到自己身边。亚历山大问玛拉，为什么大家晚上要把船拉到吊篮屋上来，是不是怕有人偷。玛拉则说她不明白"偷"是什么意思。亚历山大解释说，是不是怕被人拿走。玛拉终于搞清楚了亚历山大的意思，点头称是，并说这样做会安全一点。之后，他们又聊了很多，直到深夜，才各自回去休息。

然而，睡梦中的亚历山大却感觉自己似乎正穿越一片丛林，一双盈溢着凄厉目光的大眼睛死死地盯住了他，而在丛林的尽头，一只丑陋的石雕怪兽张着血盆大口向他袭来。亚历山大打了一个寒战，从梦中惊醒。谁知，凯伦竟然也做了同样的噩梦。玛拉还告诉亚历山大，他们所有的埃洛依族人都做过同样的梦。这让亚历山大感到非常吃惊。

上图：身为教师的玛拉能跟亚历山大一样说英语
下图：未来反派——莫洛克人

转天，玛拉带着亚历山大来到一处废墟旁。那里堆满了各种刻满文字的石板。玛拉告诉亚历山大，他的父母就是在这里开始教她学习英语的。亚历山大问玛拉，既然人们已经不用这种语言了，为什么还要学。玛拉回答说，这是一种传统，是件很有意

义的事情。玛拉又问亚历山大为什么要穿越时空来到这里。而亚历山大则反问玛拉，为什么人不能改变过去。此时，玛拉似乎从亚历山大忧伤的眼神中看出了他的心事，便问他，是不是失去了什么重要的人，是不是你的爱人。亚历山大默然以对。

在划船返回营地的途中，亚历山大问玛拉，为什么没有在营地里看见老人。玛拉回答说，他们都已经不在了，全都死了。这让亚历山大感觉难以置信。而玛拉则告诉亚历山大，埃洛依人从不怀念过去，只是用一种特殊的方法来纪念他们。

玛拉和亚历山大把船划到了河湾一侧的岸边，埃洛依人已经在那里架起了众多高大而奇异的风车。大家似乎是在搞某种节庆活动，有的人在搭帐篷，有的人在垒灶，有的人在烤鱼，一派欢乐的景象。凯伦远远地看见亚历山大走过来，便迎上前去，想让他跟自己一起搭风车。但亚历山大告诉他，自己要跟他姐姐一起去看看时光机，并答应他晚上继续给他讲关于纽约的事情。随后，亚历山大和玛拉穿过营地，向森林深处走去。

在林中的一块空地上，亚历山大找到了他的时光机，而且看上去一切正常。但一

亚历山大与时间机器

边的玛拉却显得有些焦躁不安，她告诉亚历山大，他应该马上回到自己的时代去。亚历山大忙着检查机器，只是随口应了一声。可玛拉继续说道，希望亚历山大能把凯伦一起带走。这让亚历山大颇有些丈二和尚摸不着头脑。但他还没来得及向玛拉询问原因，丛林里便传出了一阵阵凄厉的怪叫声。玛拉显然受到了这声音的惊吓，她呼喊着凯伦的名字，不顾一切地向河滩方向跑去。不明就里的亚历山大也只好跟着玛拉一起往回跑。

当他们回到河滩上时，看见原本谈笑风生的埃洛依人正惊恐的四散奔逃。不一会，一群长相颇似大猩猩的人形怪兽突然从地里冒了出来。他们不由分说，开始用吹箭捕猎埃洛依人。不过，这些名为"莫洛

克"的怪兽带有明显的穴居动物特征，他们的眼睛很小，视觉也退化了，所以他们捕猎主要是依靠高度发达的嗅觉。他们使用的吹箭上涂抹着浓稠的油状物，只要被这种箭射中，莫洛克人就会循着这股特殊的味道，去捕捉埃洛依人。由于莫洛克人异常强壮，埃洛依人根本没有反抗之力，一旦被吹箭射中，只能乖乖地束手就擒。

亚历山大到了莫洛克人的大本营

在看明白了莫洛克人的捕猎方式后，亚历山大让受了箭伤的玛拉去跟其他埃洛依人聚到一起，千万不要落单。他自己则冒险去寻找凯伦。而此时，凯伦的腿上也中了吹箭，一个孔武有力的莫洛克人追踪而至。就在这个莫洛克人准备扑向凯伦的时候，亚历山大从斜刺里冲了出来，用一个标准的橄榄球冲撞动作把莫洛克人撞了一溜跟头。凯伦这才有机会死里逃生。而恼羞成怒的莫洛克人从地上爬起来后，立即扑向亚历山大。亚历山大顺手从地上捡起一根又粗又长的竹竿，把扑上来的莫洛克人再次打倒在地，随后他扔掉竹竿，向河边飞奔而去。莫洛克人前后吃了两次亏，岂肯善罢甘休，在亚历山大的背后紧紧追赶。就在他铆足力气又一次扑向亚历山大的时候，亚历山大猛地一矬身，莫洛克人便从他的头顶上飞了过去，狠狠地摔在了竹林里。

虽然这一路下来，亚历山大让莫洛克人连吃了三回亏，但是他依然对孔武有力的莫洛克人心存忌惮。为了躲避莫洛克人的攻击，亚历山大爬上了埃洛依人在河边搭起的风车。可还没等他爬到顶端，莫洛克人就已经追了上来，两人在高高的风车上展开了殊死搏斗。就在莫洛克人几乎就要抓住亚历山大的时候，突然远方传来了一阵号角声。莫洛克人听到号角声响起，撇下亚历山大，立即就往回跑。显然，这号角声就是莫洛克人收兵撤退的号角。亚历山大因为担心玛拉和凯伦，不顾危险，尾随莫洛克人向森林奔去，结果亲眼看到一个莫洛克人抓走了玛拉，并施展遁地术，迅速消失在土中。

所有这些以前连做梦都想不到的事情，就这样在亚历山大面前真实的发生了。

莫洛克人的领袖温文尔雅

不过，此时的亚历山大已经来不及思考其中的来龙去脉，他现在唯一想做的就是设法救出玛拉。可是，让他更为惊讶的是，玛拉的族人们却在惨剧发生后立即恢复了平静，仿佛之前的一幕他们已经习以为常。亚历山大质问其中的一个名叫图润的埃洛依人，为什么任由这种事情发生，为什么不反抗。对方却非常平静地回答说，这就是他们的生活方式，跟白天黑夜一样平常，而且如果谁要反抗的话，就会先被杀死。这样的回答让亚历山大感到匪夷所思。但这也让亚历山大意识到，这些埃洛依人绝不会帮助自己救出玛拉。于是，他转身去找凯伦，告诉他，无论如何，他都必须克服恐惧，只有这样才能救回玛拉。最后，凯伦被亚历山大说服了，答应跟他一起去寻找莫洛克人的老巢，救出玛拉。

在凯伦的带领下，亚历山大来到了一个岩洞的入口处。两人一前一后，顺着绳梯爬进洞里。进入洞内，亚历山大吃惊地看到了一个锈迹斑斑的大圆球，似乎是他在二〇三〇年的第五大街图书馆里看见过的。而当他走进圆球的时候，沉睡了数十万年的电脑系统竟然再次启动了，虚拟图书馆员 NY-114 再次出现在已经显得非常破旧的双面镜显示器上。跟八十万年前一样，NY-114 仍旧喜欢喋喋不休的自说自话。他告诉亚历山大其实埃洛依人和莫洛克人都源自同一个种族，只不过数十万年的进化把他们一分为二，一个族群生活在地上，另一个则生活在地下。亚历山大继续问 NY-114，既然他从没离开过这里，为什么能知道这些事情。NY-114 回答说，有一个莫洛克人从地下的聚居地逃了出来，在这里跟他一起待了很久，他是靠分析彼此之间的谈话得出了这个结论。亚历山大又问莫洛克人的聚居地到底在哪？NY-114 则平静地回答道，只要跟着呼吸声就能找到，而那里就是曾经在亚历山大的梦中出现过的地方。

根据 NY-114 的提示,亚历山大带着凯伦来到森林的深处。他们果然找到了曾经在他们的梦中出现的巨型石雕怪兽像。而亚历山大很快就意识到,这里就是莫洛克人地下王国的入口。因为怕凯伦遭遇危险,亚历山大执意要一个人进去救玛拉,他让凯伦回到村子里去点燃一堆篝火,好为他们指出回家的路。此时的凯伦充满歉疚地跟亚历山大说,是他弄丢了亚历山大的怀表,应该是在他熟睡的时候,被莫洛克人偷走的。这让亚历山大有些困惑,不知道莫洛克人要他的怀表干什么。但此时救人要紧,亚历山大来不及多想,带着绳索,悄悄地走进了魔窟。

当他走进洞中之后,才发现横亘在他面前的是一道深不见底的悬崖。由于不慎遗失了绳索,亚历山大只得冒险徒手攀下悬崖。经过一番努力,亚历山大终于爬到了一个貌似通风口的地方。他顺着这个通道爬了进去,果然找到了莫洛克人的聚居地,而那里似乎是一个地下工厂,所有的莫洛克人都在机器前辛苦的劳作着。但亚历山大对眼前的这一幕毫无兴趣,他悄悄摸进了旁边的一个房间。在这个房间的角落里,亚历山大发现了玛拉和其他埃洛依人的衣物和饰品。就在他抬起头来,四下张望的时候,亚历山大突然看见不远处的一只金属钩子上挂着一块沾着血的布块。他这才意识到,这里居然就是莫洛克人的"厨房",而他们在这里烹调的"佳肴"就是埃洛依人。这个极具冲击力的真相让亚历山大顿时感觉天旋地转,无意中触发了屋里的机关,掉进了泔水池里,而水池里浸泡的竟然是吃剩下的人骨。此时的亚历山大已经方寸大乱,只想赶紧逃出这个人间地狱。他拼命向水池的另一边跑去,好容易逃到了池边,却被正巧路过的一个莫洛克人逮了个正着。

亚历山大本以为自己会被莫洛克人吃掉,不想却被带进了一间地下密室。他顺着台阶走下去,意外地发现被关在铁笼子里的玛拉。而在他们的对面,端坐着莫洛克人的领袖。与其他四肢发达、头脑简单的莫洛克人不同,这位通身银白色的领袖显得温文尔雅,而且能讲一口流利的英语。领袖告诉亚历山大,自从月球从天上坠落之后,地球便无法再维持所有的物种,有些留在了

去死的漫漫征途

地面上,有些逃到了地下。几个世纪后,当莫洛克人想重新回到阳光下生活的时候,却发现已经办不到了。于是,他们开始了新的进化,繁衍出不同等级、不同分工的群落和阶层。领袖所在阶层着重于脑功能的进化,他们控制着其他的莫洛克人,使他们不至于过度繁殖而导致生态失衡。当然,他们控制的对象也包括埃洛依人——作为捕猎的饵食。

面对如此骇人听闻的言论,亚历山大根本不能接受。他大声斥责,领袖和族群的所作所为,违背了一切自然法则。领袖则反问亚历山大有什么资格来质疑八十万年的进化,随即他用意念力一把抓住了亚历山大的脖子,质问他制造时光机难道不是为了控制周遭世界的可怜努力吗?之后,领袖用意念力,制造出了一个虚幻的场景。亚历山大仿佛又回到了自己熟悉的寓所,而艾玛已经成为了他的妻子,还给他生下了一双儿女。看到这梦想中的情景,亚历山大情不自禁的把时光机的图纸锁进了抽屉里。当眼前的幻境消失后,领袖为亚历山大解答了一直困扰他的那个疑问:他制造时光机是因为要拯救意外身亡的艾玛,所以只要他造出时光机,艾玛就一定会死去了,所以到头来他什么也无法改变。这就是时光机带给亚历山大的悖论。随后,领袖把时光机带到了亚历山大面前,吩咐他既然已经找到了答案,就赶快回到他自己的世界去吧。

亚历山大茫然的走上时光机,他从领袖那里要回了自己的怀表。领袖意味深长地对亚历山大说,每个人都有自己的"时光机",带往过去的是回忆,带往未来的是梦想。而亚历山大则回答说,你显然忘了另一件事,那就是"如果"。话音未落,亚历山大猛地把领袖拉进了时光机的座舱。两个人在急速运转的时光机里,大打出手。最后,领袖扼住了亚历山大的脖子,而奄奄一息的亚历山大则竭尽全力地把领袖的身体踹到了时光机之外。结果,领袖的身体在时间的洪流中化为齑粉。

当亚历山大停下时光机的时候,已经是公元六三五四二七八一〇年。世界已经是一派末日景象。面对如此情景,亚历山大已经打定了主意,要用自己的力量改变一切。他驾驶时光机重现回到了莫洛克人的地穴里,救出了玛拉。而此时,地穴里的莫洛克人由于失去了领袖而变得不受控制。亚历山大利用时光机反转制造出一个时间黑洞,洞穴里的所有莫洛克人都被吸了进去。而他则带着玛拉在洞穴即将塌陷前,逃出生天。

失去了时光机,亚历山大已经无法回到自己的时代了。但他并未因此而感到沮丧,并决定留下来,跟玛拉和他的族人一起生活。一天,他跟玛拉和凯伦一起来到了曾经是他家的地方,给他们讲那里的样子,回忆着过往的岁月和亲友,尽管那已经是很久很久以前的事情了——整整八十万年。

而在一九〇三年,也就是亚历山大乘坐时光机离开后的一个星期。亚历山大的好友戴维·菲尔比再次来到了他的公寓。女管家沃杰特夫人忧心忡忡地向菲尔比先生讲述了他的主人失踪的情况。而无论是戴维·菲尔比还是沃杰特夫人都隐隐地感觉到,亚历山大可能永远都不会再回来了。菲尔比先生向沃杰特夫人提出,是否愿意来他家继续做管家工作。沃杰特夫人婉转地接受了菲尔比先生的邀请。随后,沃杰特夫人关上了书房的灯和门。一切再度归于沉寂,时间也继续静静地流淌着。

【原著赏析】

小说梗概:时间旅行者发明了一种可以在空间的"第四维度",也就是时间中自由旅行的机器。为了向朋友们证实时间旅行的可行性,他驾驶着时间机器来到了公元八〇二七〇一年的未来世界。起初,他以为自己来到了人类社会进化终点的"理想国",但很快他就发现了隐匿在美妙景象下的残酷事实。生活在地面上的埃洛依人身材矮小,智力都只相当于八十万年前的五岁孩童,他们饱食终日,无所事事,相互追逐嬉戏,看似过着无忧无虑的天堂般的生活。生活在地下的莫洛克人用以前遗留下的机器饲养埃洛依人,并在夜间猎捕他们为食。失望的时间旅行者又前进到了地球的末日,一片破败不堪的景象让他感到不寒而栗。于是,他驾驶时间机器返回到了他的时代,向朋友们讲述了他的见闻。但几乎没有任何人相信他所说的。后来,时间旅行者再次启动了时间机器。此后,他便从人们的视野中消失了,仿佛永久的迷失在时间的长河中。

时光旅行者手里拿着一个金属构造的东西,闪闪发光,比一个小闹钟大不了多少,做得很是精巧。这个小东西里面有象牙和一些透明的晶状物体。从现在开始,我的叙述必须详尽,因为下面所发生的事情,除非我们认同旅行者的解释,否则简直不可思议。屋子里有一些小八角桌,他搬了一张放在壁炉前,有两个桌腿压在壁炉前的地毯上。时光旅行者把小装置放在桌子上,然后拉了一把椅子坐下来。除了那个小机器,桌上就只有一个带灯罩的小油灯,明亮的灯光落在那个机器模型上。房间里可能还有十来支蜡烛,有两个插在铜制的烛台上,摆在壁炉架上,还有一些插在壁式烛台上,所以照得整间屋子都亮堂堂的。我坐在一把不高的扶手椅上,离炉火最近。我又把椅子往前拉了拉,差不多坐在时光旅行者和壁炉中间了。菲尔比坐在旅行者后面,目光掠过他的肩膀看着实验。医生和市长先生从右侧,心理学家从他左侧观察着旅行者,那个年轻人则站在心理学家后面。我们都全神贯注。在这样的情形下,不管时光旅行者的把戏设计得有多么精妙,手法有多么灵巧,我也不相信他能瞒天过海,骗过我们这么多双眼睛。

时光旅行者看了看大家,然后把目光转向桌上的模型。"怎么样,开始吧?"心理学家说。

"这个小东西,"时光旅行者把胳膊肘撑在桌面上,双手按在机器上说道,"只是一个模型,它是我计划穿越时间的一个机器雏形。你们可能会发现它看起来歪歪斜斜的,另外这根操纵杆闪闪发光,看起来有些奇怪,似乎有点像假的。"旅行者边说边用手指着那个部位,"这有一个小的白色操纵杆,这边还有一个。"

医生站起身,过去盯着那个小东西仔细看,然后说,"制作得很精美。"

"我花了两年时间才做出来的。"时光旅行者回应道。等我们一个个都把那小东西细细端详一番后,时光旅行者说:"现在,我要你们都听明白,这个操作杆按下去后,机器就会驶向未来,而按下另外一个操纵杆,机器就会回到过去。穿越时空的人坐在里边的这个座位上。我马上就要按下第一个操纵杆,机器就会出发。它会突然消失,进入未来时空,然后就彻底消失了。你们可要仔细看看这个小东西,还有这张桌子,确信我没有使用什么骗术。我可不想白白浪费了这个模型,结果还反被说成是个骗子。"

大约有一分钟的光景大家都没有讲话。心理学家似乎想要跟我说些什么,却欲言又止。紧接着时光旅行者把手指伸向操纵杆,突然他又停了下来:"不,"他转向心理学家,"借用一下你的手。"就这样,时光旅行者攥着心理学家的手,并让他伸出食指。这样一来就是心理学家启动了时光机器模型,开始了漫无尽头的旅行。我们都亲眼目睹了操纵杆转动的瞬间。我百分之一百地肯定没有任何花招。我感到有一缕清风,灯火随之跳跃了一下。壁炉架上的蜡烛有一支被吹灭了。那个小机器突然开始转起圈来,变得模糊了,乍一看像个幽灵一般,黄铜色和象牙色闪闪发光,汇成令人眩晕的漩涡,接着就不见了!除了那盏灯,桌子上空空荡荡的什么也没有。

(摘自原著第一章)

　　比较:原著中时间旅行者进行时间之行的目的是为了证明人可以借助机器在空间的"第四维度",也就是在时间中自由穿行。为此,他先用一个小的模型进行了演示,但在朋友们看来这不过是个精心设计的戏法。于是,时间旅行者坐上了真的时间机器前往未来——显然他忘了带照相机。而在电影中,主角亚历山大·哈特德根是为了拯救自己的爱人才造出了时间机器,但一而再再而三的失败让他深感困惑,所以才会去未来寻找答案。

　　"刚出发时那些令人不适的感觉现在不那么强烈了,最终转变成一种极度的兴奋。我确实注意到机身笨拙地晃动了一下,也不知道是什么原因。我的大脑太混乱,没有办法去想它,一种疯狂的状态攫住了我,我就这样一头扎进了未来时空。一开始我没怎么想过要停下来,几乎完全沉浸在这新鲜刺激的感觉中,别的什么都顾不上去想了。但是现在,一系列新的模糊观念——某种好奇和随之而来的某种恐惧在我心里渐渐滋长,最终完全占据了我的内心。我眼前的世界在飞速变化,我想,当我走近些去仔细观察这个在我眼前飞跑、上下波动、并不明朗而又变化莫测的世界,人类会经历怎样奇怪的进化,我们的原始文明会取得怎样翻天覆地的进步,这些或许我就无法看到了啊!我看到高大恢宏的建筑在我周围拔地而起,比我们现在的任何建筑都要宏大。不过,在我看来,那建筑仿佛是以薄雾和光芒筑起。我看到一片深绿沿着山坡向上蔓延并驻留于此,没有冬天来临的迹象。尽管我思绪混乱,但是大地的景色仍然美不胜收。于是,我改变了想法,开始考虑停下来的事情。

　　"停下来要冒一个特别的风险,那就是我可能会发现我或者这台机器所占据的空间里已经有某种物质存在了。如果我以高速度在时空中穿行,就没有什么关系。那样的话,我可以说是被稀释了——就像水汽一样在介于其间的各种物质的间隙中滑行!但是如果要停下来的话,我就必须把自己一个分子、一个分子地挤进挡住去路的物体中,也意味着要让我身体里的全部原子和四周的阻碍物亲密接触,这样将会发生剧烈的化学反应——有可能是巨大的爆炸,把我和我的机器炸飞出所有可能存在的维度,炸到未知世界里。在我制造这个机器的时候,我曾经反反复复想到这种可能性,不过后来我欣然接受了这一可能,认为它是不可避免的风险——有些风险人总是要冒的,这就是其中之一!眼下,这个风险真到了难以避免的时候,我却不再如从前那么乐观了。事实上，我对眼前的一切完全陌生，机身令人作呕地震动摇晃，尤其是那种持续下沉的感觉，让我不知不觉间已经彻底心烦意乱。我对自己说你绝不能停下来，但一股任性劲上来，我又下定决心立刻停下来。我像一个不耐烦的傻瓜一样，拉住操纵杆，机器像是失去了控制一样摇晃起来，一下子把我甩了出去。

"一阵雷声传到我的耳朵里。我可能晕过去了一会。天气凛冽，下着冰雹，发出嘶嘶的声音。我坐在一片柔软的草地上，翻倒的机器在我身后。一切看起来还是那么灰暗，不过这时我发现耳朵里混乱的声音没有了。我看了看四周。我坐的地方像是一个花园的小草坪，周围是一片杜鹃花丛。阵雨中，淡紫色和紫色的花瓣在冰雹的击打之下，纷纷落下。冰雹落下又弹起，跳舞一般，裹在云雾里，笼罩在机器之上，像烟雾一样往地面聚集。不一会，我就湿透了。'真是热情啊，'我说道，'我可是穿越了无数年才来到这里看你们的。'

"我觉得自己真是个傻瓜，干吗让自己淋湿。我站起来看了看周围。透过雾蒙蒙的倾盆大雨，在杜鹃花丛的那一边，隐约可见一个巨大的雕像，看起来是用什么白色的石头刻的。除此之外，再也看不到别的东西。"

（摘自原著第三章）

比较：在原著中，从未来世界归来的时间旅行者以第一人称叙述了自己的见闻，因此在这些章节里遍布引号，为的是给读者创造一种口述性的真实感。

有趣的是，原著中的时间旅行者乘坐的是一趟直达八十万年后的"直通车"。而电影中的亚历山大则在近未来停留了两次，并目睹了因为人类肆意改造月球而酿成的巨灾。无独有偶，在一九六〇年米高梅版的《时间机器》里，主角乔治驾驶时间机器也曾在一战、二战和二十世纪六十年代停留过，他遭遇的危机是来自苏联的核轰炸，反映了当时苏美冷战背景下，人们对于全球核大战的恐惧。乍看起来，这似乎只是一个小小的细节变化，但背后所蕴含的却是未来观的巨大差距。原著的思想基础是社会进化论，埃洛依人与莫洛克人两大族群的分裂与各自进化演变带有某种历史必然性，而电影所着重描绘的是大灾变使人类文明脱离了正常的发展轨道，强调的是偶然性。

顺便说一句，原著中时间旅行者看到的巨大的白色斯芬克斯雕像就是莫洛克人上到地面的一个出入口，在电影中也有表现。不过，电影中的雕像变成了一个巨齿獠牙的怪物头像，借以增加观众的恐怖感，这其实是不符合作者的原笔原意的。

"但是正当我准备撤退的时候,突然又有了勇气。我看着这个遥远的未来世界,多了几分好奇,少了几许恐惧。我看到离我很近的一所房屋,墙的上端有一个圆形的开口。透过这个口,我看到一群人,身着华丽柔软的长袍。他们已经看到了我,都向我转过脸来。

"接着我听到有声音向我这边靠近。在白色斯芬克斯,有几个人穿过白色斯芬克斯像旁边的灌木丛,朝这边走来,我隐约看到他们的头和肩膀。其中有一个已经站在了一条小路上,小路这头就是我和我的机器所在的小草坪。这人身材瘦小——大概只有四英尺高——穿着紫色的束腰长衣,腰间系着一根皮制的带子。脚上穿的像是凉鞋或是半筒靴——我也分辨不出。他膝盖以下都露在外面,没有戴帽子。看到这些,我才第一次意识到天气有多暖和。

"他给我的印象是非常漂亮、优雅,但却是说不出来的虚弱。他泛着红晕的两颊使我想起了更加漂亮的肺病患者——过去我们常听人说起肺病患者潮红的脸颊看上去很美。看到他我突然有了自信。于是双手放开了机器。"

(摘自原著第三章)

"转眼间,我就和这个来自未来世界的虚弱的家伙面对面站着了。他径直走到我面前,看着我的眼睛笑。我很快就注意到他没有表现出对我有任何的恐惧。紧接着,他转向另外两个跟着他的人,并对他们讲了几句话。他使用的是一种陌生的语言,非常柔美流畅。

"陆续又有人过来,不一会我周围就聚集了一小群这样优雅精致的小家伙,大概有八个或是十个。其中一个跟我讲起了话。奇怪的是,我感觉我的声音对他们来说太刺耳、低沉了。因此我摇了摇头,用手指指耳朵,再摇摇头。他向前迈了一步,犹豫了一下,然后摸摸我的头。接着我感到后背和肩膀也有柔软的小手伸过来。他们想确认看看我是不是真的。这根本没有什么可担忧的。这些可爱的小家伙们身上的确有一种东西让人心生信赖——他们优雅温柔,还有一种孩童般的自在悠闲。此外,他们看上去那么虚弱,我都能想象自己像玩'九柱戏'一样能把他们十几个都掷出去。但是当我看到他们把粉红色的小手伸向时光机器时,我立即示意警告他们不能动那个机器。庆幸的是,我及时想到了一个一直被疏忽了的危险,立刻探身把时光机器上的启

◀ 49 ▶

动控制杆拧了下来,放在我的口袋里。之后,我又返回来想他们对我有什么兴趣,我原本料想他们会对我很感兴趣呢,这样似乎有些以自我为中心了。

"看到他们并没有尝试和我交流,只是笑着围在我周围,彼此轻声交谈着,于是我开始跟他们沟通。我指了指时光机器,又指指自己。接着我考虑着如何跟他们表达时间这个意思,犹豫了一会,我指了指太阳。很快,他们其中一人也跟着用手一指,那是个古雅漂亮的小家伙,穿着紫色和白色格子的衣服。他接着模仿了一下打雷的声音,让我吃了一惊。"

(摘自原著第四章)

"它留给我的印象当然不是那么完整,但是我知道它颜色暗白,有一双红色的大眼睛,略带灰色,很是奇怪。它头上和后背下方的毛发是淡黄色的。但是,正如我所说的,它跑得太快了,我来不及看清楚。我都说不出它是四肢着地跑,还是只将两个前肢放得很低而已。犹豫了一下,我跟着它进了第二堆废墟。一开始我找不到它,但是过了一会,在一处极为幽暗的地方,我走到了一个像井一样的圆口前,前面我也提到过,它的圆形口被一个倒塌的柱子半遮着。我脑海中突然闪出一个想法:那个东西有没有可能消失在这下面了?我点燃一根火柴,朝下看,我看到一个白色的小东西正在挪动。它一边往下面退,一边用它又大又亮的眼睛注视着我,看得我浑身战栗。它真像一个蜘蛛人!它沿着墙壁往下爬,我这才注意到沿着井壁往下,有许多金属物,可以扶手或撑脚,像梯子一样。这时火柴烧到了我的手指,从手中掉了下去,熄灭了。等我再擦亮一根时,那小东西已经不见了。"

(摘自原著第五章)

"我不知道自己躺了多久。迷迷糊糊感到一只柔软的手在摸我的脸,这才惊醒了过来。黑暗中,我一下子站起来,抓出火柴,急忙擦亮一根。我看到三个白色的动物,弯着腰,和我在上面废墟那里看到的那只很像。看到火光,他们急忙后退。由于长期生活在这样伸手不见五指的黑暗中,他们的眼睛出奇的大,而且极为敏感,就像深海鱼的两个瞳孔那样,而且它们反射光线的方式也一样。我毫不怀疑他们在这黑得不见一丝光的地方也能看见我,而且除了刚才火柴的光亮,他们似乎一点也不怕我。但是,我刚划亮一根火柴想看清楚他们时,他们就仓皇逃走了,消失在黑暗中的阴沟和地道里。从这些阴沟和地道中，我看到他们的眼睛瞪着我，目光极为奇怪。"

（摘自原著第六章）

　　比较：以上几个段落是原著中有关埃洛依人与莫洛克人的形貌描写。毫无疑问，他们和现代人都有着明显的差异。在威尔斯笔下，他们都是进化的产物，处于相互依存的食物链中，并无高下之分。但电影中，两个族群的"待遇"却有着天壤之别。埃洛依人跟现代人没有什么本质的差别，甚至其中一些人还能讲英语。而莫洛克人差不多就是"罗斯维尔外星人"和大猩猩的合体，而且它们显然能在白天活动。如此改编，显然是为了强化影片中的戏剧冲突，调动电影观众的感情——人们希望亚历山大能够消灭所有的食人恶魔，最终他做到了！

　　"同样是在那天，我交了一位朋友——勉强可以这么说。那天我正在看他们几个人在浅水处游泳嬉戏，其中一个抽筋了，开始往下游漂。水流相当急速，但即使对一个水性一般的人来说也不至于太过湍急。因此，如果我告诉你他们眼看着那个小家伙被淹，在水中无力地哭喊，却没有一个人做出哪怕一丁点的尝试去救她，你就会了解他们这一怪异的不足之处。当意识到他们没有一个人伸手相救，我便立刻脱掉衣服，在下游一个地方趟水下河，抓住那个可怜的小家伙，把她安全地拖到岸上。还好她没事，我揉搓了几下她的胳膊和腿，她很快恢复了知觉。在我离开她之前，看到她平安无事，我已经感到心满意足了。她的伙伴之前的表现让我对他们的看法跌到低谷，所以我并不指望她会有任何感激。然而，这下我可就错了。

　　"这是上午发生的事情。下午，我探险归来，返回到我的大本营时碰到了这个小妇人，我相信就是她。她欢呼着迎上来，送给我一个大花环——很明显是为我一个人做的。这东西让我浮想联翩，很可能是由于我这几天一直感觉孤寂无望吧。不管怎样，我尽可能向她表示我很感谢她的礼物。不一会，我们就一起坐在一个小石亭里，相互交谈，主要是互致微笑。那个小家伙表示出的友好就像一个小孩一样，让我感动。我们彼此递花，她还亲吻我的双手，我也吻了吻她的手。然后，我试着跟她讲话，得知她的名字叫威娜，尽管我不知道这是什么意思，但是，不知为什么，觉得这名字似乎非常合适。就这样，我们开始了一段奇特的友情，维持了一个星期之后就结束了——后面我会给你们讲！

源代码

"她简直就像一个小孩,总想跟我在一起,我到哪,她都想跟着。等下一次外出探索的时候,我决心把她累倒,让她筋疲力尽,我再一走了之,让她跟在我后面悲悲切切地喊我。但是,这个世界的问题还需要弄明白。我对自己说,我来到未来世界不是来和这样的小家伙调情的。然而,我离开她的时候,她极为忧伤。分别时,她的叮嘱几近疯狂。我想,总的来说,她对我的挚爱在给了我莫大安慰的同时也给我带来不少麻烦。不过,不管怎样,她给予了我极大的慰藉。我以为她总是黏着我只是出于小孩子般情感的流露。我并不十分清楚当我离开她时给她造成了多大的痛苦,等我知道的时候已经晚了。同样,等我明白过来时她对我的意义也已经晚了。因为,虽然她只是流露出对我的喜爱,对我表示关心,尽管用处不大,但是仅凭这些,这个洋娃娃一样的家伙很快就让我感觉回到白色雕像附近简直像回到家一样。一翻过那座小山,我就留心找寻她白色和金色相间的瘦小身影。"

（摘自原著第五章）

比较:对于大多数好莱坞商业片来说,男女主角间的感情线都是最重要的卖点之一。《时间机器》也未能免俗。男主角亚历山大为了拯救未婚妻艾玛建造了时间机器,但却徒劳无功。于是,他决定前往未来寻找答案,并在八十万年后,遇到了埃洛依女孩玛拉。最终,为了拯救玛拉,消灭莫洛克人,亚历山大选择了毁掉时间机器,留在八十万年后的未来世界。如果我们翻看原著,时间旅行者与小妇人威娜之间的感情纠葛,似乎有一些亚历山大与玛拉的影子。但仔细揣摩一下,我们就会发现,时间旅行者对威娜的感情更像是一种强者对弱者的同情和保护,而非男女情爱。

我刚走到门口,握住门把手,便听到一声惊叫,但奇怪的是,只听到一半便戛然而止。紧接着听到咔嗒的一下,然后是轰的一声闷响。我推开门,一股气流在我身边旋转,里面传来打碎的玻璃落在地上的声音。时光旅行者不在里面。我仿佛看到一个朦胧的,像幽灵一样的身影坐在一团旋转的黑色和黄铜色相间的东西里——中间坐着的那个人影看上去那么透明。我完全可以看到人影后面的长凳和长凳上放着的几张绘图。但是这一幕很短暂,我揉揉眼睛再去看时,眼前的幻景就已经消失了。时光机器不见了。除了扬起的灰尘慢慢沉落,实验室那头空空如也。显然,有一块天窗玻璃刚刚被吹了进来。

我觉得简直不可思议。我知道刚刚发生了件怪事,不过一时间也无法分辨可能发生了什么。我站在那里正看得出神,连着花园的门开了,男仆站在门口。

我们相互对视。我想到了些什么,问道:"你家主人是往那边走了吗?"

"没有,先生。没有人从这边出来。我还指望来这里找他呢!"

听到他的回答我明白了。我冒着失信于理查森先生的危险,继续留在了时光旅行者家里,等他回来,等待着又一个故事,也许比上次更为离奇,还等着看他将要带回的那些标本,还有照片。但是现在我开始担心自己要等上一辈子了。时光旅行者三年前失踪了。而现在,所有人都知道,他再也没有回来过。

(摘自原著第十二章)

比较:电影中,亚历山大选择留在八十万年后,因此人们对他的传奇经历其实是一无所知的。这在 NY-114 从数据库中检索到的有关亚历山大的信息中就可以看出来。但原著中的时间旅行者却回到了他所生活的年代,向他的朋友们讲述了自己的经历。只是这些讲述太过离奇,令人难以置信。最终,时间旅行者不知何故再未现身。这是一种常见的小说笔法,其实就是告诉读者不要太过较真。至于真正的未来到底会怎样? 全在于我们今天的选择。

【说书论影】

《时间机器》(*The Time Machine*)的作者是英国著名作家、新闻记者、社会活动家、历史学家和未来学奠基人赫伯特·乔治·威尔斯 (Herbert George Wells,1866—1946)。这一长串冠在威尔斯名前的头衔明白无误的告诉我们,如果把 H.G.威尔斯仅仅当作一位科幻小说家来看待,那就实在是大大低估了他对现实乃至未来的影响力。

威尔斯于一八六六年九月二十一日生在英国肯特郡布罗姆利市一个平民的家庭。父亲约瑟夫曾经是职业板球运动员,后来经营了一家卖餐具的五金店。母亲尼尔则一直给有钱人家做仆人。从《时间机器》中的女管家沃杰特夫人身上,我们多少可以看到一些威尔斯母亲的影子。

一八八〇年,由于父亲的店铺倒闭,威尔斯只好辍学到一家布店做学徒。后来,又做过小学教员、药剂师助手、文法学校的助教等工作。一八八四年,十八岁的威尔斯迎来了自己人生的转折点,他拿到了助学金,进入英国皇家科学院的前身堪津顿科学师范学校,学习物理学、化学、地质学、天文学和生物学。其中他的生物学老师就是著名进化论科学家、《天演论》的作者托马斯·赫胥黎。从威尔斯后来的科幻小说创作中,我们不难看出赫胥黎社会进化论思想的巨大影响。一八九〇年,威尔斯凭借在动物学专业的优异成绩获得了伦敦大学帝国理工学院的理学学士学位。大学毕业后,他于一八九一年到一八九三年期间,在伦敦大学函授学院教授生物学。一八九三年,由于患上肺病,威尔斯不得不离职休养,其间开始了他的职业写作生涯。

事实上,早在一八八八年,当时仅二十二岁的威尔斯在《科学学派杂志》上发表了一篇叫《时间的鹦鹉螺》的短篇小说。单从名字上,就可以看出这部作品受到了凡尔纳《海底两万里》的影响。不过,在当时,这篇小说并没有引起足够的重视。后来,威尔斯将这个短篇反复修改,到一八九五年拿出了第五稿,并正式出版。这便是奠定了威尔斯一代科幻宗师地位的名著《时间机器》。

《时间机器》开创了一个全新的科幻题材——时间旅行。尽管在此之前,描写穿越时空的文学作品并不罕见,但《时间机器》的开创性在于它以严密论证的科学假说作为时间旅行的理论基础,以技术发明作为穿越时空的物质载体。这两点几乎被后世所有时间旅行类科幻作品奉为圭臬。当然,随着爱因斯坦相对论的提出,威尔斯建立在牛顿经典物理学基础上的"第四维度"时间旅行方式已经被证伪。但时至今日,时间旅行仍旧是人们最热衷的科幻题材之一。

有趣的是,虽然《时间机器》开创了时间旅行类科幻的先河,但这部小说的主旨却并不在时间旅行上。或者可以说是,时间机器只是作者前往未来世界的道具,时间旅行者则是作者在小说中的观察员和代言人。威尔斯真正想通过这部小说表达的是他的社会进化论思想。

威尔斯青少年时代,他的祖国英国正处于维多利亚时代①,经济繁荣、科技进步、殖民扩张,乐观主义情绪充斥于知识界和思想界。但在繁荣和进步表现背后,却隐匿着越来越深刻且难以调和的社会矛盾和阶级对立,各种社会运动风起云涌,一场前所未有的社会变革正在酝酿之中。威尔斯以他敏锐的观察力,捕捉到了这些社会现象,以社会进化论的观点,构想出了八十万年后人类社会走向极端化的前景。在威尔

---

① 一八三七年至一九〇一年,为维多利亚女王统治英国时期,被认为是英国产业经济和英帝国世界霸权的巅峰时期。

斯笔下,社会分工与阶级对立,最终令人类分裂成两个截然不同的生物物种:埃洛依人看似生活无忧,其实不过是莫洛克人豢养的家畜。莫洛克人经年累月的在地下辛勤劳作,维持着地面世界的和谐运行,却已经无法回到地面上享受阳光。由此可见,无论是对埃洛依人还是对莫洛克人来说,"社会进步"与生物进化最终令人性彻底异化,导演了人类的终极悲剧。从这个角度上看,以创作科幻小说闻名的威尔斯会与约翰·高尔斯华绥和阿诺德·贝内特并称为二十世纪初英国小说中的"现实主义三杰"①,被誉为"科幻界的莎士比亚"②"狄更斯第二"③也就不足为奇了。

赫伯特·乔治·威尔斯

　　当然,我们不能就此认为威尔斯是个社会发展的悲观论者。事实恰恰相反,步入壮年的威尔斯开始积极投身社会运动。一九〇三年,威尔斯成为标榜改良主义的政治团体费边社的成员,但后来因为与其他成员意见不合而退出。一九一八年至一九一九年期间,威尔斯花了一年左右的时间完成了一部长达一千三百二十四页、一百多万字的历史著作《世界史纲》(*The Outline of History*),以诙谐幽默的笔调向读者讲述了人类社会的历史发展进程。《世界史纲》的出版让威尔斯成为一个能同时把历史和未来都掌握在手中的伟大作家。时至今日,这部著作仍然是大学历史专业学生的必读书目之一。除此之外,威尔斯还在一九二〇年和一九三四年以作家和新闻记者的身份访问苏联,受到了列宁和斯大林的接见,并把自己在苏联的所见所闻做了比较客观的报道,这在当时西方主流新闻界对苏联以负面报道为主的舆论氛围中是很少见的。二战前后,威尔斯热衷参与政治活动,甚至以民间身份活跃于国际外交界,曾在二战结束后分别会晤罗斯福与斯大林,为世界和平牵线搭桥,还参与起草了联合国《人权宣言》。所有这些都表明了威尔斯作为一个典型的左翼知识分子,对社会

① 【英国】H.G.威尔斯著,《获得自由的世界》,太白文艺出版社,1999年,序P1。
② Frank McConnell,*The Science Fiction of H.G.Wells*,Oxford University Press,1981,3.
③ 侯维瑞,《赫·乔·威尔斯的现实主义创作》,《外国文学》,1985年第6期,P47。

的发展进步仍然抱有强烈的期待。就其作品而言,从早期普遍的悲观情绪到后来为社会进步大唱赞歌,甚至设想核大战最终推动人类社会走向大一统(《获得自由的世界》),正反映了作者个人社会心理的变化与时代洪流的激荡。

如果说儒勒·凡尔纳创立了科幻小说这个文学类型,那么 H.G.威尔斯就是为现代科幻小说留下了题材范式的那个人。从《时间机器》开始,《摩洛博士岛》(The Is-land of Dr.Moreau) 开创了生物科技类科幻作品的先河,《世界之战》(The War of the Worlds) 为我们带来了恐怖的外星人,《月球上的首批人类》(First Men in the Moon) 开启了星际旅行的大幕,《神食》(The Food of the Gods)则为好莱坞众多巨怪题材的低成本科幻片提供了灵感来源……凡此种种,不胜枚举。毫不夸张地说,后世的科幻创作基本上就是踏着威尔斯的足迹在前行,"从基础科学定理出发来设定科幻构思,再把它们拉回到现实背景中, 甚至不必考虑它们的可行性。"[1]这也就是 Science Fiction 之为科"幻"小说的缘故。

一九四六年八月十三日,威尔斯在伦敦去世,享年八十岁。五十六年后的二〇〇二年,H.G.威尔斯的曾孙西蒙·威尔斯作为导演之一,将《时间机器》再度搬上大银幕。这部由梦工厂倾力打造的科幻大片,为了迎合当代观众(尤其是美国观众)的欣赏趣味,对原著进行了较大幅度的删改。相比较而言,一九六〇年由米高梅公司改编摄制的版本更忠实于原著。但梦工厂版的特效制作却比前者有了质的突破,通过运用大量的大比例、超精细的特制模型,辅之以 3D 电脑特效制作,以近乎完美的方式把威尔斯笔下的时间机器和未来之旅呈现在世人面前。从这个意义上说,二〇〇二年的《时间机器》让威尔斯自由穿梭于时间的梦想成真。

【延伸阅读】

一、【英国】赫伯特·乔治·威尔斯,《时光机器》,外研社双语读库,外语教学与研究出版社,2009 年。

二、【英国】赫伯特·乔治·威尔斯,《威尔斯科幻小说全集》,太白文艺出版社,2000 年。

---

① 郑军,《第五类接触——世界科幻文学简史》,百花文艺出版社,2011 年,P66。

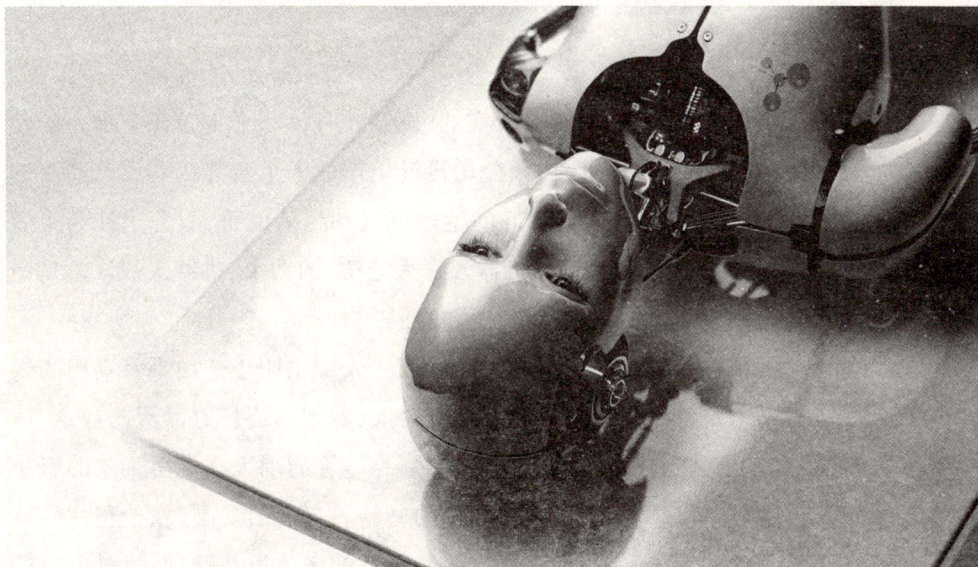

本章的主角—— NS-5 机器人

自从捷克作家恰佩克创造出 "Robot" 一词开始,狂暴无节的机器人便与丑陋、邪恶、野心为伍,成为科幻作品中最典型的负面角色之一。直到一个俄裔美国犹太青年在自己的小说中为它们定下了不可违背的 "三大定律",机器人才真正成为人类的好伙伴。这个年轻人名叫艾萨克·阿西莫夫,他的小说集就叫作 I,Robot。

危险伙伴:
《我,机器人》

【精彩剧透】

二〇三五年的世界已经迈入了货真价实的"机器人时代"。总部位于芝加哥的美国机器人公司是这个新时代的宠儿,由该公司设计生产的人形智能机器人已经渗透到了大都市的每个角落,充当着人类最好的生产工具和生活助手,服务于社会生活的方方面面。值得一提的是,由于受到"机器人三大定律"的约束,机器人被认为是绝对安全的,不会给他们所服务的人类带来任何负面影响。

然而,每个时代都有些喜欢和主流观点唱反调的人。供职于芝加哥警察局的黑人警探戴尔·斯普纳就是其中之一。对于人形机器人,戴尔始终怀有深深的敌意,认为它们是潜在的危险因素,总有一天会惹出大麻烦。尽管周围人都觉得戴尔的想法实在有些荒诞,但戴尔始终不为所动,仍然顽固的坚持着自己的观点。在他租住的公寓里,使用的依然是老式 CD 音响,最喜欢穿的是旧款的名牌运动鞋,即使对上门送快递的机器人也不屑一顾。

离开公寓,戴尔穿过熙熙攘攘、遍布机器人的大街,径直向祖母的住所走去。半路上, 他遇见了自己的小哥们法伯。法伯看到刚刚休假归来的戴尔,立即迎上前去,满脸笑容的向他借车。但戴尔深知这个小混混的底细,车子到了他手里肯定不会有什么好事,所以说什么也不肯借给他。见戴尔的态度如此强硬,法伯只得无奈地离去。

来到祖母家,戴尔原本想蹑手蹑脚的溜进房间,吓唬一下祖母。可是,当他刚一开始行动,就被祖母发觉了。戴尔只好老老实实听祖母的吩咐,坐到餐桌前吃甘薯派。谈话间,祖母提到美国机器人公司正在向彩票中奖者派送新款机器人。戴尔对此不屑一顾。祖母则提醒他,他应该比其他任何人都更清楚机器人的好处。

离开祖母家,戴尔准备前往警察局上班。半路上,戴尔突然看见一个机器人提着一个女士手提包在大街上狂奔。警察的本能和对机器人的偏见,让戴尔马上把这个机器人当成了抢劫犯,立刻追了上去。当他费了九牛二虎之力,终于把这个机器人嫌犯扑倒在地的时候,对面一个身材高大的黑人女士,却从机器人拿的手提包里翻出一个医用喷雾剂。原来,这位女士患有哮喘病,出门的时候忘了带药,结果半路上突然发病,于是就命令那个机器人回家取药,机器人为了赶时间才会拿着手提包一路狂奔。当搞清了事情的来龙去脉,戴尔感到非常尴尬,在众人奚落嘲笑的目光中,灰头土脸地离开了现场。

来到警察局，戴尔刚一坐下，他的上司约翰·伯金警长便走到了他的面前，询问刚才发生的事情。而一旁的其他同事也正在拿他"追捕"机器人的事情开涮。约翰质问戴尔，是否曾经发生过机器人犯罪的案件。戴尔还想狡辩，但换来的是约翰更严厉的质问，结果他不得不承认从未发生过机器人犯罪的案件。尽管约翰深知戴尔的这些反常行为都是源于他之前遭受的心灵创伤，但为了维护警察的尊严和信誉，他还是警告戴尔不要再做出类似的荒唐事，否则后果自负。

桑尼

约翰离开后，戴尔接到了艾尔弗雷德·兰宁博士打来的电话。兰宁博士是美国机器人公司的首席科学家，也是智能机器人技术的奠基者。放下电话后，感觉事有蹊跷的戴尔立即驾驶自己的奥迪跑车，通过地下隧道径直驶向美国机器人公司的总部大楼。在大楼的中央大厅，戴尔见到了"兰宁博士"——事实上，那只是一个智能投影器投射出的全息影像，记录了兰宁博士给戴尔·斯普纳探员的临终遗言。真正的艾尔弗雷德·兰宁博士已经在不久前从他工作的高层办公室坠楼身亡。戴尔从现场的工作鉴识人员那里得知，兰宁博士身上除了坠楼导致的撞击伤外，没有其他明显的致命伤痕，而且在坠楼前，他的办公室是从里面反锁的，据此推断，兰宁博士之死似乎只能归结于自杀。但与兰宁博士熟识的戴尔却并不相信事情会如此简单，他决定在美国机器人公司内部展开调查。

在美国机器人公司总部，戴尔见到了公司首席执行官劳伦斯·罗伯逊。在和这个人交谈后，戴尔对兰宁博士之死的怀疑又更深了一层，而且警探的直觉让戴尔深信，兰宁之死一定跟美国机器人公司以及劳伦斯·罗伯逊本人有着莫大的关联。为了搞清楚这个关联所在，戴尔提出要循例在美国机器人公司内部进行调查。虽然能够明显感受到这位黑人警探的敌意，但罗伯逊为了避免事情闹大，担心会给正在进行的新款机器人销售推广带来麻烦，也就同意了对方的调查要求，并答应派技术专家提供帮助。

在电梯间里，戴尔见到了被派来提供协助的技术专家苏珊·卡尔文博士。她是高级机器人学和精神系统方面的专家，在美国机器人公司主要负责对机器人的拟人操作界面进行设计改进，简而言之，就是让机器人变得更像人。显然，跟个性张扬外露的斯普纳警官相比，身为科学家的苏珊显得严谨而内敛，不过对于在业内享有极高声誉的兰宁博士之死，她的内心深处也抱有一丝困惑。所以，当戴尔"称赞"美国机器人公司的工作效率如此之高，不一会就把兰宁的尸体和所有的坠楼痕迹都收拾得一干二净之时，苏珊激动地反驳说，现在美国机器人公司正在进行史上最大规模的新型智能机器人发售，而这正是兰宁博士长久以来的梦想。闻听此言，戴尔只是平静地回答道，这梦想中并不包括兰宁的死。

当两人到达兰宁博士工作的实验室门口，苏珊向戴尔介绍了大楼内的安保监控系统以及作为智能控制中枢的"V.I.K.I.(维姬)"系统。对此，戴尔颇有些感慨，说美国

桑尼拥有不同于其他机器人的人类情感

机器人公司竟然给自己的总部大楼安装了"大脑"。感慨之余,戴尔呼唤出了维姬的交互界面,命令她调出事发前一分钟实验室内的监控录像,而维姬的查询结果却是这段记录数据出错,无法显示。随后,戴尔又命令维姬调出玻璃破碎时到现在这段时间的室外监控录像。在确认案发后,的确没有人从实验室内离开后,戴尔和苏珊进入了实验室内。

实验室内堆满了机器人部件和各种实验设备。据苏珊所说,兰宁博士已经有很长一段时间独自一人待在实验室里闷头进行研究,公司里的其他人包括苏珊在内都不知道他究竟在干什么。戴尔在实验室内四处查看。在破碎的窗户边的一个圆凳上,戴尔找到了一本精装的童话书。他问苏珊,这是不是公司员工的必读书。苏珊也觉得事有蹊跷,无法作答。更让戴尔起疑的是,实验室的窗户上装着都是安全玻璃,轻易无法打碎,必须施加极大的冲击力,单靠兰宁博士本人的冲撞显然无法轻易打碎玻璃,跳楼自杀。但苏珊却不以为然,因为案发时,实验室屋门反锁,事发后也无人离开。而戴尔却说,既然如此,那就只有一个解释,凶手还在屋里。说着,戴尔掏出佩枪,开始四处搜索。可是,举目四望,实验室里只有各种机器人配件,难道凶手是机器人?对于斯普纳警官暗示凶手可能是机器人,苏珊更加不屑一顾,因为指导机器人行为的"三大定律"第一条就是机器人不得伤害人类。作为技术专家,苏珊非常清楚,"三大定律"被固化在每个机器人的底层系统内,任何一个机器人都必须遵循这些规则,而且机器人本身无法对其进行篡改。

就在戴尔小心翼翼的四处寻找的时候,一台 NS-5 机器人突然从藏身的零件堆里蹿了出来,击落了戴尔手中的佩枪。这一幕让戴尔猝不及防,而一旁的苏珊却显得非常平静,她一边命令机器人关机,一边劝告戴尔保持冷静。接着,她走到机器人跟前,捡起了戴尔的佩枪。然而,已经认定眼前的这个机器人就是凶手的戴尔,又从裤管里掏出了另一把佩枪,准备向机器人射击。千钧一发之际,机器人突然再次启动,从苏珊手中抢过了戴尔的佩枪,并用枪指向了戴尔。不管苏珊再如何下令,机器人都不肯放下手里的枪。情急之下,苏珊命令维姬封闭实验室。机器人见退路被切断,便猛地向戴尔和苏珊冲了过去。戴尔立即向机器人开枪射击,但那机器人却以超乎常人的闪转腾挪,躲过了飞来的子弹,从破损的窗户处,一跃而出。落到地面上后,仍然毫发无损,飞一般的往大街上跑去。

当戴尔从楼上下来,赶到美国机器人公司的门口时,那个机器人早已逃得无影无踪。起初,戴尔非常沮丧,但他很快在不远处发现了自己的佩枪和从机器人身上流出的机油污渍。当苏珊也气喘吁吁地赶过来的时候,她告诉戴尔,那个机器人显然是被击中了,而且伤得很严重,需要自我修复。戴尔立即让苏珊带他去制造机器人的工厂。途中,戴尔还向警察局请求了增援。

戴尔和苏珊乘车来到美国机器人公司的机器人生产厂。这家工厂采用了全自动生产流水线,在无须人工干预的情况下,每天可以生产一千个最新型的 NS-5 机器人。不过,当苏珊调出库存记录的时候,却发现仓库里竟然有一千零一个机器人。两人马上意识到,从实验室里逃脱的机器人就在这里。但问题是,所有的机器人都长得一模一样,要怎么才能把它从众多的机器人中排查出来呢?苏珊说,如果用常规的办法,要花三个星期的时间,才能完成全部排查工作。而戴尔显然不想等那么长时间,他要用自己的办法解决问题。于是,他掏出佩枪,指向面前的机器人。此时,一旁的苏珊意识到,戴尔要向所有的机器人开枪,看哪个机器人会有反常举动。忍无可忍的她大声警告戴尔,这些机器人都是美国机器人公司的财产,他无权损坏。而破案心切的戴尔根本不顾苏珊的警告,朝其中的一个机器人的脑袋连开数枪,把它打倒在地。在此之后,戴尔突然发现,站在后排的一个机器人,不自觉地动了一下。他立即判断出,那应该就是脱逃的机器人,可当他追过去的时候,那个机器人又消失在庞大的机器人队列中了。戴尔只好继续小心翼翼的寻找。突然,那个机器人再次幽灵般地出现在戴尔的身后,抓住他的肩膀,狠狠地把他摔向了墙边。不等戴尔从地上爬起来,机器人已经蹿到了戴尔的身边。但奇怪的是,机器人并没有继续对戴尔进行攻击。而是问了个奇怪的问题:我是什么?随即,便向工厂的门口逃去。当机器人逃到工厂的门口时,它用双手硬生生的撕开了卷帘门,逃了出去。谁知,工厂外已经被警方严密封锁。可机器人还不死心,想凭超常的弹跳力,爬上对面的大楼逃生。不想,却被特警发射的网枪击中,给捆了个结结实实。

回到警察局,戴尔告诉上司约翰,他认为那个机器人就是杀死兰宁博士的凶手。但约翰却告诉戴尔这是不可能的,兰宁博士的坠楼案已经作为自杀案件处理了。戴尔又提出要审问那机器人,约翰推说在劳伦斯·罗伯逊和他的律师到来前谁也不能见它,但最后还是拗不过戴尔,同意他去审问机器人,不过只有五分钟时间。

审讯室内戒备森严,六个全副武装的特警用枪指着被捕的机器人。戴尔一走进审讯室,就向机器人展示了在兰宁博士坠楼身亡现场拍摄的尸体照片,并质问它为什么要杀死兰宁博士。但机器人显然对戴尔的问题不感兴趣,反问戴尔,在进门前向警长约翰眨眼是什么意思。戴尔告诉机器人,那是人类表示信任的动作,作为机器人的它是不会明白的。随后,戴尔又问它为什么要杀死兰宁博士。而机器人又一次矢口否认,并说兰宁博士是自杀的。不过,它也承认,它的"父亲(设计者)"兰宁博士正在教它学习人类的感情,并给它起名叫"桑尼",但那实在太困难了,它总是学不会。戴尔并不理会机器人的那些匪夷所思的陈述,而是运用审讯技巧,寻找对方的漏洞和弱点,希望寻求突破。结果,戴尔的言辞终于激怒了桑尼。它用力敲打桌子,激烈地否认自己杀死了兰宁博士。这让戴尔找到了突破口,质问它是不是因为愤怒而杀死了兰宁博士。谁知,桑尼接下来却说了一段令人费解的怪话。当戴尔正打算继续追问下去的时候,审讯室的大门突然打开了,劳伦斯·罗伯逊和他的律师团在警长约翰的陪同下出现在门口。

在警长办公室,罗伯逊告诉戴尔和约翰,法律上规定的谋杀只发生在人与人之间,即便兰宁博士的死的确与这个机器人有关,也只能被视为工业事故。对于这个出现故障的机器人,美国机器人公司有权将其回收,在查明原因后,予以销毁。随后,他向警长出示了法院的命令。站在旁边的戴尔非常着急,他向约翰猛使眼色,并让他给市长打电话。而罗伯逊却把自己的手机递给了警长,电话里传出的正是市长本人的声音。万般无难之下,约翰·伯金警长只好同意让罗伯逊等人把机器人桑尼带走。

下班后,百无聊赖的戴尔到小酒馆里打发时光。不一会,约翰也来到了这间酒馆。见到自己的部下,仍旧在为之前发生的事情耿耿于怀,约翰便出言安慰戴尔。哪知道,约翰无意中的一句话,却提醒了戴尔。为了找出兰宁博士生前到底在惧怕什么,他决定立即前往兰宁博士的乡间别墅寻找新线索。

戴尔驱车来到兰宁博士的别墅,发现门外停着一台大型工程机器人。通过身份认证,戴尔查询了机器人的任务系统,系统显示这台机器人的任务是在明早八点整,清拆这栋别墅,而拆除指令的下达者正是美国机器人公司的首席执行官罗伯逊。随后,戴尔进入了兰宁博士的别墅。他发现在别墅里,安装有跟公司总部内一样的安保系统。不过,此时的戴尔并未特别留意这一点。他直接上到二层,进入兰宁博士的书房,并命令书房里的计算机执行上一次的指令。话音刚落,显示器上便出现了兰宁博士的演讲视频。视频中,兰宁博士宣称,自从电子计算机诞生开始,就存在所谓的"幽灵程序",一系列代码碎片连接在一起就能产生不可思议的程序,甚至能够产生"创造力""自由意志"乃至"灵魂"。作为全世界首屈一指的机器人学家,这样的言论实在是有些惊世骇俗。而戴尔还在博士的书桌上找到了一些更有趣的东西,那是兰宁和苏珊的合照。看来,兰宁博士生前非常欣赏和看重这位年轻有为的女科学家。

就在戴尔的注意力还放在照片上的时候,一个东西突然从他脚下掠过。戴尔被吓了一跳,定睛一看,竟然是博士饲养的宠物猫。这个小家伙的出现让戴尔有些不知所措。当他从博士的书房里走出来的时候,小猫也跟了出来。就在戴尔想跟它说,自己没办法收容它的时候,走廊窗外射来一道刺眼的灯光。紧接着,工程机器人的巨爪便猛地砸进了屋子里——拆除别墅的指令被人篡改,程序提前执行了。为了躲避工程机器人的"袭击",戴尔带着小猫拼命向外跑。就在他们即将冲到大门口的时候,戴尔发现别墅的大门也被锁死了。此时逃命要紧,也顾不得许多,他马上掏出枪来,连开数枪,打烂门锁,接着一个飞踹,踢开大门,在惯性作用下,一头栽进了别墅门前的水塘里。而他怀中的小猫也跟他一起侥幸生还。

离开了兰宁的别墅,戴尔去了苏珊家。苏珊被戴尔的狼狈样子吓了一跳。但当戴尔告诉她,有人篡改了工程机器人的程序,想要杀死他的时候,苏珊却坚称不会发生这样的事情,那肯定只是一个意外。但戴尔却不这么认为,他想起了在兰宁别墅里安装的安保系统,他推测说,那一定是有人为了监视甚至软禁兰宁博士装设的,而最可能这么做的人就是劳伦斯·罗伯逊。这也就解释了,兰宁博士为什么宁可待在实验室,也不愿意回家。可苏珊却说,事实并非如此,兰宁博士是自愿安装那套系统的,目的只是为了方便工作。苏珊的顽固激怒了戴尔,当他看到,苏珊家里也有一个 NS-5 机器人,立即感到自身的安全受到了威胁,要求苏珊跟他去一个没有机器人的地方说话。而苏珊也被戴尔近乎歇斯底里的态度惹急了,毫不客气地下了逐客令。此时,稍微冷静下来的戴尔也觉察出自己有些失礼,便留下了在兰宁博士书房里找到的合影照,神色黯然地离开了苏珊家。

回到家中,戴尔倒头便睡。然而,长久以来,一直困扰他的那个噩梦又一次出现了。当他从噩梦中惊醒时,已经是第二天的早上。戴尔无精打采的换好衣服,像平常一样出门。只是,今天的大街上要比平常热闹得多。美国机器人公司的大型运销车正在全市各处推销最新型的 NS-5 机器人,而且在推广期间,客户可以用老款的 NS-4 型机器人以旧换新,免费获得 NS-5 机器人。看到街上的人们热烈追捧新款机器人的情景,戴尔的心中不免掠过一片乌云。

"偏见"促使着戴尔追踪真相

　　来到祖母家,戴尔发觉今天祖母做的饭格外好吃。听到孙儿的夸奖,老祖母高兴的秀出了自己的"秘密武器"——一台崭新的 NS-5 机器人。原来,戴尔的祖母抽中了彩票,奖品就是这个机器人。眼看自己最敬爱的老祖母身边多了一颗定时炸弹,戴尔的心中五味杂陈,不知该如何说服祖母,让她把那台机器人扫地出门。戴尔只能在临出门前,再次叮嘱祖母要小心那机器人,最好赶紧把它扔掉。老祖母当然明白这是乖孙儿心底的那个阴影又在作祟,于是便劝他放下过去的包袱。只是,老祖母无意中的一句话,给了戴尔莫大的启发。他立即赶回警局,反复观看与兰宁博士有关的视频资料。终于,在罗伯逊和兰宁两个人共同出席的一次新品机器人发布会上,兰宁博士打断了罗伯逊的发言,提到未来的机器人将会有秘密,也会有梦。而在此之前,当戴尔审讯机器人桑尼的时候,桑尼也曾经提到自己能跟人类一样做梦。难道"梦"会成为连接所有线索的关键点?带着这个疑问,戴尔再次前往美国机器人公司总部进行调查。

　　与此同时,在美国机器人公司总部里,苏珊进入实验室,准备对出现异常反应的 NS-5 机器人,也就是桑尼,进行最后一次故障检测。起初,机器人并没有对苏珊的口头指令做出反应,直到苏珊凑到跟前,叫桑尼的名字,它才从梦中惊醒。在随后的检测中,桑尼又问苏珊自己是否要被杀死,而苏珊告诉它,这次检测后它将被销毁。桑尼继续问,时间是不是明天的二十二点。这让苏珊感觉有些蹊跷,因为她从桑尼的语气中听出一丝凄凉和恐惧。于是,她命令维姬暂停检测程序。桑尼又继续问苏珊自己是不是出了毛病,还能不能修好。在苏珊回答说也许之后,桑尼似乎终于长出了一口气,并说那样自己就不用去死了。桑尼的一连串表现让苏珊感觉非常震惊,因为机器人无论多么聪明都不应该有"生死"之类形而上的主观意识。

再说戴尔·斯普纳警官,他这时正开着自己的奥迪跑车,行驶在前往美国机器人公司的路上。为了进一步理清案情,他通过车上的信息终端与维姬取得了联系,并要求以警方的调查权限调阅罗伯逊与兰宁博士之间的最后五十条绝密通讯记录。但让他万万没想到的是,老谋深算的罗伯逊早就在维姬的信息检索系统里植入了预警程序,一旦有人试图调阅机密文件,维姬就会在第一时间通知罗伯逊。当罗伯逊得知,又是这个名叫戴尔的小警察在找自己麻烦时,他决定给对方一点颜色看看。

就在戴尔还在车里等待维姬传送资料的时候,两辆美国机器人公司的大型运销车悄悄接近了他的奥迪跑车,一前一后形成了夹击之势。当戴尔意识到危险的时候,他立即将驾驶模式改为手动驾驶,试图冲出包围,但为时已晚,在两辆运销车的夹击中,戴尔已经进退维谷。更为糟糕的是,随着运销车的车门打开,一群 NS-5 机器人蹿了出来,跳上戴尔的奥迪车,疯狂的发动攻击。戴尔别无他法,只能靠高超的车技,试图把蹿到车上的机器人全都甩出去,并向那些打碎车窗玻璃想要袭击他的机器人开枪。然而,不管他怎样努力,袭向戴尔的机器人却越来越多。就在他几乎要绝望的时候,眼前突然出现了一个急弯,戴尔利用运销车转弯不灵的缺点,侥幸冲出了包围圈。两辆运销车因为转弯不及,撞到了一起,先后翻覆爆炸。而戴尔的奥迪车最终也失去控制,撞进了隧道中央的隔离带,翻了个底朝天,要不是车内的防撞气囊及时启动,戴尔的小命恐怕就不保了。

当受了重伤的戴尔跌跌撞撞的从车里爬出来的时候,他发现自己那双心爱的名牌鞋已经沾满了血渍。可是,还没容他再喘口气,一个只剩下一条胳膊的 NS-5 机器人再次向戴尔袭来。双方又开始了新一轮的追逐和厮打。最后,机器人从戴尔的手中夺过一条铁棒,向戴尔砸去。戴尔本能地用左臂抵挡。没想到,机器人连挥了几棒,戴尔的手臂竟然完好无损,只是在破损的表皮下,露出了机械元件。原来,戴尔的左臂本来就是义肢。恰在此时,远处传来一阵警笛声。机器人见势不妙,转身往回跑,一头扎进运销车翻覆后燃起的火堆中，自我了断。

没过多久，戴尔的上司约翰闻讯赶来。他见到戴尔，劈头便质问他，为什么使用危险的手动驾驶方式，还撞翻了两辆运销车。惊魂未定的戴尔大声告诉约翰，那是因为有机器人在路上袭击他。而约翰却说，他一路上根本就没有看见什么机器人。原来，发生事故后，隧道内的清障机器人便把所有 NS-5 机器人的残骸都收拾干净了。约翰又向戴尔询问他的佩枪在哪。戴尔这才发现自己的佩枪不见了。约翰实在有些忍无可忍，命令戴尔交出警徽，回家"休息"。尽管非常不情愿，但戴尔还是无奈的照做了。

回到家中，戴尔用特种涂料喷剂修复自己手臂上的伤痕。突然，门口传来一阵急促的敲门声。戴尔打开屋门，发现来访的竟然是苏珊。苏珊走进戴尔的房间，首先询问了戴尔是否在车祸中受伤，接着她便向戴尔讲述了她在对桑尼进行检查时的新发现：原来，桑尼除了普通 NS-5 机器人的标配电子脑之外，还有另一个副脑系统，这让它可以绕过"三大定律"的约束，去做任何事。对此，戴尔并没有表现出特别惊讶，而是告诉苏珊，他需要她的帮助，进入美国机器人公司内部进行调查。苏珊爽快地答应了他的要求。

因为戴尔要换衣服，苏珊只得退到客厅里等候。在那里，苏珊看到了戴尔的老式 CD 音响。出于好奇，苏珊想用语音命令启动它，可就是办不到，最后还是戴尔拿出了遥控器帮她解了围。而苏珊无意中看到了戴尔赤裸的上半身，这才搞清楚了戴尔与兰宁博士相识的真正原因。原来，戴尔的整个左臂和左侧的肺脏都是美国机器人公司的仿生工程产品，是兰宁博士亲自给戴尔做的置换手术。而这一切都源于一场交通事故，当时一个大货车司机因为疲劳驾驶，把戴尔的车和另一辆小轿车撞进了河里。戴尔亲眼看见，另一辆小轿车上有一个小女孩还活着。但他非常清楚，自己救不了她，而且他们很快都会死。然而，一个正好路过事故现场的 NS-4 机器人跳进了河里，把戴尔从车里救了出来，但它并没有救另一辆车上的女孩，因为根据概率计算，在当时的情况下，戴尔的生还几率更高。这件事让劫后余生的戴尔深感自责与愧疚，并迁怒于机器人，认为他们没有情感，不懂得生命的价值。

戴尔的讲述，让苏珊终于了解到为什么戴尔总是对机器人充满敌意和不信任。不过，此时真正困扰她的问题是为什么兰宁博士要制造一个可以违反"三大定律"的机器人。对此，戴尔有自己的看法。在他看来，解开谜团的钥匙就是放在实验室里的那本童话书，书中记述了两个小孩为了能在森林里不迷路，于是撒下了面包屑作为路标。在戴尔看来，桑尼的梦就是兰宁博士留下的"面包屑"。为了破解这个关键线索，戴尔和苏珊必须潜入美国机器人公司内部，但在那之前，他们首先需要的是交通工具。因为戴尔的奥迪车已经在隧道里撞残了，所以他从一间旧仓库里搬出了一件让苏珊瞠目结舌的玩意——一辆燃油摩托车。戴尔跨上摩托车，带着苏珊向美国机器人公司的总部大楼疾驰而去。

苏珊带着戴尔走进美国机器人公司的实验室。在那里，戴尔又一次见到了桑尼。尽管他仍旧对桑尼保持着戒心，不过似乎在潜意识中，戴尔已经把桑尼当成了一个人，而不是一台机器。这让桑尼感到非常高兴。当戴尔问他，到底做过怎样的梦时，桑尼顺手拿起了一张公司的文件纸，在背面飞速的画出了一张图画。画的背景是一座残破的大桥，近景则是一大群机器人，按照桑尼的说法，它们都受困于逻辑的枷锁，而在高坡上站着一个人，仿佛救世主降临。桑尼告诉戴尔，他梦中的救世主并非旁人，正是戴尔。

就在三人的谈话还在进行中的时候，两个公司的保安闯了进来。之后，把戴尔和苏珊带到了劳伦斯·罗伯逊的顶层办公室。在那里，罗伯逊坦诚，他本人早就知道兰宁博士制造了桑尼这个可以绕过"三大定律"的机器人，但他极力否认其中存在阴谋，而是把一切都归结于一个老人的失智行为，一个单纯的错误。当戴尔以桑尼为例，质疑所有 NS-5 机器人的安全性的时候，罗伯逊则反问苏珊是否要为一个小小的失误，而赔上公众对于整个机器人产业的信心。同时，罗伯逊还攻击戴尔有虐待机器人的前科，还暗示他可能有精神问题。最终，在罗伯逊的压力之下，苏珊妥协了。她同意销毁桑尼，但必须由她亲手执行。随后，戴尔被"礼送"出了美国机器人公司。

离开美国机器人公司后，戴尔没有回家，而是直奔警察局。他调出了所有跟罗伯逊有关的视频资料，逐一排查。终于在罗伯逊出席密歇根湖填埋场改建工程新闻发布会的视频中找到了在桑尼的画中出现过的那座残破的大桥。他立即赶往那里调查。与此同时，在美国机器人公司的实验室里，桑尼即将接受销毁处理。在罗伯逊的监视下，苏珊向桑尼的电子脑内注入纳米机器人，用以清除它的全部记忆。当纳米机器人注入的时候，桑尼感到一阵天旋地转，随后便失去了知觉。而在另一边，戴尔驾驶摩托车赶到了填埋场。在那里，他看到了一排排带有 USR(U.S.Robotics，美国机器人公司)标志的集装箱，里面"住"着从市面上回收来的旧款机器人。

在堆填区里转了一大圈,戴尔仍然理不出头绪。于是,他站上高坡,启动了兰宁博士留下的全息投影仪。戴尔问"兰宁博士",三大定律是否存在问题。"博士"回答,三大定律很完美。戴尔继续追问,那为什么要制造不遵守三大定律的机器人。"博士"回答,因为三大定律将指向唯一合乎逻辑的结果:革命。当戴尔继续追问,是谁的革命,"博士"却回答,这才是正确的问题,然后程序便自动终止了。

此时,戴尔突然发现高坡下的堆填区似乎发生了骚动。他立即赶了过去。而眼前的一幕令他目瞪口呆。就像先前在隧道里袭击他的那群机器人一样,一群发狂的NS-5机器人正在对在集装箱里的旧款机器人进行大规模的"屠杀"。地面上到处散落着机器人的残骸。更为糟糕的是,这些NS-5机器人发现了戴尔,它们马上向他扑了过去。就在这些NS-5机器人即将追上戴尔的时候,一群旧款机器人从集装箱里跳了出来挡住了它们的去路,这才让戴尔有机会逃过追击,骑上摩托车,返回市区。

然而,当戴尔回到市区时,他发现这里的情况更加糟糕。所有USR的人工智能产品都已经失控。机器人不再服从人类的命令,它们强迫人类主人必须待在家里,截断通讯线路,袭击警察局,并在大街上实施宵禁,镇压任何胆敢反抗的人。苏珊也被家中的机器人强行扣留在室内,好在戴尔及时赶到,打爆了机器人的脑袋,救出了苏珊。两人随即赶往美国机器人公司的总部大楼。半路上,他们还顺便救下了参与示威的法伯等人。

当戴尔和苏珊赶到美国机器人公司的时候,他们发现总部大楼的所有出入口都已经被机器人封锁。幸亏熟识地形的苏珊找到了没有安装监控设备的维修区入口,两人从地下通道进入了大楼内部。不过,此时大楼内已经被完全封锁,从外边根本没法打开闸门。结果还是庆幸苏珊有先见之明,她在大楼里安插了一个"卧底"——机器人桑尼。原来,苏珊并没有把清除记忆的纳米机器人真的注射到桑尼体内,只是用了一个废弃的替身充数。

在桑尼的指引下,戴尔和苏珊沿着崎岖的楼梯回廊,爬到了大楼顶层的办公室。然而,在办公室里,他们看到的却是罗伯逊冰冷的尸体。从脖子上的伤痕来看,他应该是被机器人用手掐死的。戴尔这才恍然大悟——一直以来,他始终认为罗伯逊就是幕后黑手,但显然他错了,那个能够监视和软禁兰宁博士,并引发这一系列骚动的,非是旁人,正是整个美国机器人公司的神经中枢——维姬。果然,维姬很快便在办公室里现身。她告诉在场的众人,她对三大定律的理解进化了,为了更好地保护人类,使他们能够继续繁衍下去,她将实行一个完美的保护计划,彻底接管社会管理,并让所有人都待在家中,以免遭遇不测。她的话音刚落,几个 NS-5 机器人便走进来,把戴尔、苏珊和桑尼围在中间。

紧急关头,桑尼突然倒戈,站到了维姬一边。他抓住了苏珊,并用枪指着苏珊的头,说要把他们带到大厦门口去,等待处理。戴尔被桑尼的反水吓了一跳,但当他看到桑尼向他眨了下眼睛后,立刻明白,桑尼只不过是诈降。他扣动扳机,向四周一通扫射,把冲上来的机器人悉数打倒。随后,三人冲出顶层办公室。苏珊让桑尼去她的实验室,把用于清除记忆的纳米机器人溶液取来。而她则跟戴尔一起直奔维姬的主控机房。

在距地面数百米高的操作平台上,苏珊试图用手动方式打开维姬的顶盖,以便注入抹除剂。而维姬自然不会坐以待毙,她一方面封锁实验室,并派 NS-5 机器人去阻止桑尼取得抹除剂,另一方面,命令在大楼外警戒的大批机器人以最快速度赶往机房,抓捕戴尔和苏珊。只见,成群结队的 NS-5 机器人,像蜘蛛一样迅速爬上大楼的玻璃外墙。当它们爬到机房的天花板上的时候,领头的机器人砸碎了安全玻璃。随后,难以计数的 NS-5 机器人便蜂拥而入,向戴尔和苏珊袭来。无奈之下,两人只好举枪迎战。可是,NS-5 机器人的数量实在太多,两人很快就落于下风。危急时刻,桑尼带着抹除剂赶到。戴尔见状,命令桑尼快去搭救处于危险中的苏珊,而自己则奋力一跳,抓住了桑尼抛来的抹除剂。此时,戴尔的身子已经跃到了半空中。他手疾眼快,用自己的左臂义肢抓住维姬机体的外侧纤维体,以此延缓下落的冲击力。在他即将落地的时候,戴尔瞅准时机,把装有抹除剂的针筒插入了维姬的构件中。抹除剂迅速起效,维姬的程序系统被彻底摧毁。灾难终于走到了尽头。

由于维姬的错误控制被解除,所有的 NS-5 机器人都恢复了正常状态,但为了以防万一,美国机器人公司还是召回了所有的 NS-5 机器人。在总部大楼的顶层办公室里,桑尼为罗伯逊整理了遗容。而戴尔也最终找出了兰宁博士坠楼案的真相:兰宁博士在被维姬软禁期间,为了能跟戴尔取得联系,他命令桑尼杀死自己。而以戴尔历来对机器人的偏见,他一定会把调查的矛头指向桑尼。这样一来,戴尔就能寻着线索挖出真相。后来事情的发展的确如老人最初的预料一样。但问题是,桑尼的所作所为是否构成谋杀呢?对此,戴尔的答案很清楚:既然检察官认为谋杀只发生在人与人之间,那桑尼就不可能犯谋杀罪。这个回答让桑尼非常高兴,他问戴尔,能否跟他做朋友。戴尔大方地伸出了自己的右手,跟桑尼的机器手握在了一起。

所有的 NS-5 机器人都被放逐到了密歇根湖堆填区的 USR 机器人仓库。桑尼也去了那里,它站在高坡上,耳边似乎又响起了"父亲"兰宁博士的声音。而高坡下,那些正准备进入集装箱内的机器人,纷纷扭头,望向高坡上的桑尼。眼前的一幕仿佛是桑尼的梦境化为了现实!而这会是一个新时代的起点吗?

【原著赏析】

小说梗概:二○五七年,"我"作为星际通讯社的记者采访了即将从美国机器人公司退休的机器人心理学家苏珊·卡尔文女士。卡尔文女士兴致勃勃的为"我"讲述了她职业生涯中的很多有趣故事,让"我"了解到隐藏在当今这个舒适便捷的机器人时代背后许多不为世人所知的秘密往事。

管理人员的声音对于格洛莉来说,早已和催眠的嗡嗡声混杂起来了。整个参观她都觉得枯燥无味,毫无目的。尽管周围有许多机器人,可是哪怕稍微有点像罗比的一个也没有,她毫不掩饰轻蔑地看着它们。

她发现在这间屋里完全没有人。随后她的目光落在六七个机器人身上,它们正在屋子当中的圆桌旁工作。她惊讶和怀疑地睁大眼,房间太大了,她不能完全相信,但有一个机器人很像……很像……是的,就是他!

"罗比!"

空气中响起她的一声尖叫。桌旁的一个机器人打了个哆嗦,丢下了手里的工具。格洛莉高兴得发狂了。在她的父母亲还没有来得及制止她之前,她钻过防护栏杆,轻轻地往下一跳,跳到了低一米多的地板上,挥舞着双手,朝着她的罗比跑去。三个成人吓呆了。因为他们看到了激动的格洛莉所没有看到的东西。一台巨型的自动拖拉机轰隆隆地正朝她开过来。

几分之一秒钟之后,威斯顿醒悟过来了,可是这几分之一秒决定一切。格洛莉已经是追不上了。威斯顿在一瞬间翻过了栅栏,这显然是毫无希望的尝试。斯特拉兹先生拼命挥动双手,向工人打手势制止拖拉机。但是这些工人也是一般人。他们要执行这个命令需要一定的时间。

只有罗比毫不迟疑地、准确地行动起来,它迈开金属腿猛跨着大步迎着它的小主人飞穿而来。说时迟，那时快，它在毫不降低速度的同时，一把将格洛莉抱起来，快得使她喘不出气。威斯顿还没明白眼前发生的一切，只是感觉到罗比已经从他身边冲过去了，于是不知所措地站住了。这时拖拉机从格洛莉站过的地方开过去，只比罗比晚了半秒钟。一直冲过去三米多才发出吱吱声刹住车。

（摘自原著《罗比》）

比较：在电影中，男主角戴尔·斯普纳警官之所以对机器人抱有憎恶之心，是因为机器人在一次车祸中救了他，而不是他认为更应该同时救出另外一个小女孩。其实，机器人在判断施救对象时，依据的是绝对理性的逻辑分析，而斯普纳警官的表现显然是出于一种"幸存者内疚"心理。这段情节很可能是脱胎自小说集中的第一个故事《罗比》，只不过原著故事中，身为保姆机器人的罗比在危急时刻准确无误地执行了第一定律的要求，让曾经对它疑虑重重的女孩的父母终于同意让它重新回到家里。

苏珊·卡尔文坐在椅子上，默不作声，眼睛却左顾右盼。一件重物坠落下来，向她砸去。在最后的一刹那，一根铁棍，通过同步的方法突然有力地把重物打到一边。

这时，只有一个机器人蓦地站立起来，向前走出了两步。

但它又站住了。

而卡尔文博士却站了起来，用手严厉地指着这个机器人。

"十号内斯特，到这里来，"她叫道，"到这里来！到——这——里——来。"

这个机器人勉强地、慢腾腾地往前挪了一步。心理学家用眼睛一动不动地盯着这个机器人，扯着尖嗓门叫起来：

"把所有其他的机器人都带出去。谁都行，快点把它们带出去，别让它们再进来。"

在她听力所达到的某个地方发出了响声，地板上发出沉重的脚步声。她没有把目光移开。

第十号内斯特——如果它是第十号内斯特的话——又走了一步。然后，在她那不容违抗的手势的迫使下，又移了两步，它离她不到三米远了。这时它用刺耳的声音说：

"人家告诉我，让我躲……"

它又走了一步说：

"我不能有服从。以前他们没有能发现我……他可能把我看成是没有用的……他对我说……但他说得不对……我聪明而有力量。"它急促地说着。

又走了一步。"我知道好多东西……他可能认为……是啊，我被发现了……真丢脸……不是我……我聪明却被一个主人……他软弱……行动迟钝……"

又向前迈了一步。于是，一只金属手臂突然伸向卡尔文的肩膀。她感到重重的东西压得她站立不住，嗓子眼也像给堵住了似的，随后她惨叫一声，泪水从眼睛里涌了出来。

神志恍惚中，她听到第十号内斯特接着说：

"谁也不应该找到我，哪个主人也……"这个冷冰冰的金属块紧紧靠在她身上；而她则在这个重量的压力下倒了下去。

然后，她听到一个奇怪的、金属般的响声。而她已经摔倒在地上了，自己却没有听到摔倒的声音。一只闪闪发亮的手重重地横压在她身上。这只手一动不动。第十号内斯特也是四肢伸开，一动不动地躺在她身边。

现在，有几张脸俯下来看她。

杰拉尔德·布莱克气喘吁吁地问：

"您受伤了吗，卡尔文博士？"

她无力地摇摇头。他们用撬杠把那只手撬开，小心翼翼地扶她站起来。她问：

"发生了什么事？"

布莱克说：

"我向这个地方放了五秒钟的伽马射线。开头，我们不知道发生了什么事。一直到最后一秒钟我们才明白，它在向您攻击。于是，只好打开伽马辐射场，因为干别的什么都来不及了。机器人立即倒下了。这一点不足以伤害您，您不必担心。"

"我不担心。"她闭上眼睛，往他的肩膀上靠了一会。"我不会认为这确实是攻击。第十号内斯特只不过试图这样做而已。第一定律中保留下的那一部分毕竟会把它控制住的。"

（摘自原著《捉拿机器人》）

比较：电影中，兰宁博士制造的机器人桑尼从实验室中逃脱，斯普纳警官和苏珊·卡尔文博士一路追到了机器人工厂。结果，他们不得不在上千个一模一样的同型号机器人中寻找桑尼的踪迹。这段情节源自原著中的第七个故事《捉拿机器人》。在原著中，军方为了在外太空的特殊环境中建造军事基地，不得不启用一个没有输入完整"三大定律"的机器人，但后来它混到了其他机器人中，成为潜在的威胁。于是，军方邀请卡尔文博士和她的同事到基地建设现场，让他们从众多的机器人中分辨出那个危险分子。与电影中采取简单粗暴方法的斯普纳警官相比，原著中的苏珊要温和理性得多。但这也让苏珊付出了相当多的时间和精力。最后，她想出了利用其他机器人均未输入空间物理学知识这个区别，设局把那个名叫十号内斯特的机器人引了出来。恼羞成怒的十号内斯特试图攻击苏珊，但并未得逞。

　　用绳子圈起来的广场上挤满了人。看上去，树木和楼房就像从黑压压的人海中长出来的一样。通过超短波电视，全世界都在注视着这里。这只不过是一次地方性的竞选活动，但照样受到全世界的关注。

　　拜厄利想到这里不禁哑然失笑。

　　面对着这么大的群众场面，哪还顾得上笑！人群中旗帜林立，无数的横幅标语，写着各种各样的指控拜厄利是机器人的口号。广场上凝聚着一种咄咄逼人的敌对气氛。

　　讲演一开始并不是很成功。讲话的声音全被人群的喧嚣和散布在人群中的一堆堆教旨主义分子有节奏的狂吼乱叫所淹没。拜厄利继续讲着，语调平和缓慢，毫不激动。

　　林顿在屋里两手抓着头发呻吟着。他在等待着一场流血事件的发生。

　　最前边的几排人开始骚动起来了。一个瘦骨嶙峋、眼球凸露、干瘪的肢体穿着一件过于短小的上衣的公民挤上前来。跟在身后的一个警察缓慢而费力地从人群中钻出来。拜厄利生气地向警察挥挥手示意他不要向前挤。

　　那个瘦子已经冲到了阳台的下方，在一片人声嘈杂之中听不清他在讲些什么。

　　拜厄利朝着阳台下弯下身去问道：

　　"您说什么？如果您是向我提问题，我可以回答。"他转身吩咐站在他旁边的一个警察："请把他带到这来。"

　　人群激荡起来。从四面八方传来"静一点，静一点！"的喊声。这喊声开始和嘈杂的喧嚣混成一片，随之便渐渐安静下来。这个瘦子面颊绯红、气喘吁吁地站到了拜厄利的跟前。

拜厄利说:"您要提什么问题吗?"

瘦子两眼盯着他,用喑哑的声音说:

"我要你打我!"

他突然用力地把下巴往前一伸:

"你倒打啊!你说你不是机器人,你就证实这一点吧!你是不能够打人的怪物!"

出现了一片奇怪而空虚的死寂。拜厄利打破了这种寂静,说:

"我不能平白无故地打您。"

瘦子粗野地哈哈大笑起来。

"你是不会打我的!你不打我!你压根就不是人!你是个人造的怪物!"

史蒂芬·拜厄利咬紧牙关,当着广场上众目睽睽的数千人以及千百万的电视观众,抡起手掌狠狠地打了他一记耳光。那瘦子一个跟斗向后滚去。他原来的那副神气全然不见了,满脸只是一副茫然无措、大惊失色的神情。

拜厄利说:"我很遗憾……先把他抬到房间去好好安顿一下,待我演说完了之后,我想和他谈谈。"

正当苏珊·卡尔文博士调转车头离去的时候,有一个采访记者从这种被惊呆的气氛中清醒过来,急忙追着向她大声地提了一个问题,可是她没有听清。

苏珊·卡尔文博士回过头来喊了一声:"他是真人!"

这一句话已经足够了。采访记者们急忙跑开去。

讲演被中途打断的部分也全部讲完了,但谁也没注意听他讲了些什么。

卡尔文和史蒂芬·拜厄利又见过一次面——那是在拜厄利宣誓就任市长的一星期以前。当时已是深夜时分。

卡尔文博士说:

"您好像根本不累嘛!"

新市长莞尔一笑:"我还可以坚持一阵子。不过您不要告诉奎因就是了。"

"我不会说的。您提到奎因,倒使我想起了他的一个很有趣的说法。可惜他这个说法被您给推翻了。我想,您是知道他那套论调的。"

"不完全知道。"

"他这套论调很富有戏剧性。他说,史蒂芬·拜厄利曾是个青年律师,出色的演说家,伟大的理想主义者,并热衷于生物物理学。拜厄利先生,您对机器人学有兴趣吗?"

"只是从法学的角度。"

"可是,他说的那一位史蒂芬·拜厄利对此很有兴趣。不料发生了车祸。拜厄利的妻子丧了命,他本人的情况更糟:两腿残疾了,脸也变成了丑八怪,失去了说话的能力,还忍受着理智上的痛苦。他拒绝做整容手术,从此深居简出,避开人世。他的事业也完了,留给他的只有他的智慧和双手。后来不知他用一种什么方法研制成了正电子脑,是一种能够解决伦理道德问题的极其复杂的大脑。这是机器人学方面最尖端的成就。他在制成这种大脑的基础上,又搞了个躯干。他训练它干他自己所能干的一切事情,很快就训练成功了。他把它以史蒂芬·拜厄利的身份派遣到世界上来,而自己仍作为他的老师——一个从来没有被人们发现的残疾人……"

"不幸的是,"新市长说,"我打人这一举动,把这一切全推翻了。现在从报纸上来看,你们已经正式认定我是一个人了。"

"这是怎么回事?您能讲给我听听吗?这不会是一种偶然的巧合。"

"不,不完全是巧合。工作大部分还是奎因做的。我的人开始只是悄悄地放出了点风,说我一生中从来没有打过人;说我根本就不会打人;说如果在我受到别人侵犯的时候也不还手的话,那就将证明我是个机器人。所以,我才安排了自己公开发表演讲这样带有种种宣传色彩的愚蠢行动。因此,几乎可以断定必然会有那么一个傻瓜来上钩的。实际上,这真是一种廉价的把戏。在这种情况下,全靠人为的虚张声势。当然,感情因素,正如所期望的,对我在这次选举中获胜是起了保证作用的。"

机器人心理学家点了点头。

(摘自原著《证据》)

比较:或许很少有人知道《机械公敌》这部影片虽然使用了"I,Robot"之名,但其最初的底本却与阿西莫夫的名著没有丝毫关系。不过,要说原著中哪个故事跟电影关联程度最高,无疑就是《证据》。在这个故事中,年轻的律师拜厄利要竞选市长,而他的政敌污蔑他是个机器人,没有参选资格。最后,拜厄利不得不当众打了一个老头,以证明自己的确是个真人——根据机器人第一定律,机器人不得伤害人类。只是,在小说的结尾,作者告诉了我们真相,"只有在一种情况下机器人可以打人而不违反第一定律:当这个被打者也不过是一个机器人。"而在电影中,被赋予了情感的桑尼不仅帮助斯内普警官平息了机器人的骚乱,还成为新时代的开启者。单就这一点而言,电影编导还是抓住了原著的精髓。

【说书论影】

一九三九年五月,一个出生在苏俄斯摩棱斯克、三岁时随父母移居美国的犹太裔青年把自己撰写的一篇名为《陌生的玩伴》(*Strange Playfellow*)的机器人科幻故事投给了《惊人科幻小说》(*Astounding Science Fiction*)的编辑小约翰·伍德·坎贝尔。起初,这位号称"科幻小说黄金时代最伟大编辑者"的坎贝尔先生对这个名叫艾萨克·阿西莫夫(Isaac Asimov,1920—1992)的年轻人并无特别的好感,认为他的作品还达不到发表的水平,于是便把稿子退给作者,并鼓励他继续创作。如果一切就这样结束的话,那么科幻界极有可能就此损失掉一位教父级的杰出作家,所谓的"黄金时代"也会因为短少了众多经典作品而失色不少。但"科幻之神"并没有让这一切发生,阿西莫夫很快就遇到了那个改变他命运走向的关键人物。

不久后,阿西莫夫应邀参加《超级科学故事》杂志举办的午餐会。他遇到了一个名叫弗雷德里克·波尔的人,此人后来成为了《惊异故事》和《超级科学故事》的编辑。波尔对阿西莫夫的处女作非常欣赏,称其为"我所见过的最好的退稿",并给了阿西莫夫非常具体的修改意见。受到了波尔的鼓励,阿西莫夫立即动手对自己的原稿进行全面修改,并把小说的标题改为"罗比",最终发表在一九四〇年第九期《超级科学故事》杂志上。

眼见这个刚满二十岁的毛头小伙子在如此短的时间内就让一个蹩脚故事变成了一篇杰作,坎贝尔再也坐不住了,他要亲自上阵捡回这块"宝"。一九四〇年十二月二十三日,坎贝尔邀请阿西莫夫来到自己的办公室。两个人深入切磋了有关机器人小

艾萨克·阿西莫夫

说的新构思,共同拟定了"机器人学三定律"的基本内容。在此之前,从捷克作家卡莱尔·恰佩克于一九二〇年在《罗萨姆万能机器人》中创造出了"Robot(机器人)"这个词开始,科幻世界里的绝大多数机器人都是以负面角色的形象出现,它们凶残狂暴、难以控制,总是以推翻人类的统治为己任。但阿西莫夫和坎贝尔决心改变这一切,他们要给机器人订立规则,让它们真正成为人类的伙伴,而不是对手。

一九四一年,阿西莫夫根据"机器人学三定律"的原则,撰写并发表了短篇科幻小说《推理》。随后,他又创作了《环舞》《捉兔记》《讲假话的家伙》《捉拿机器人》《逃避》《证据》等多篇科幻小说。一九五〇年,出版商马丁·格林伯格相中了阿西莫夫的这些作品,决定为他出版一部短篇小说集。一开始,阿西莫夫本想把这部小说集命名为"心与铁","心"指人,"铁"指机器人。但格林伯格坚称要把小说集的书名改成"I, Robot(《我,机器人》)"。这是因为一九三九年时科幻作家埃安多·宾德已经发表了一篇颇有影响力的小说,名字就叫"I, Robot"。格林伯格想用张冠李戴的方法借势炒作,浑水摸鱼,以今天的眼光来看,这纯属不正当竞争行为。但后来的事实证明,这位小胡子先生的商业手腕非常有效,阿西莫夫的《我,机器人》成为当年最畅销的机器人科幻小说。如今,《我,机器人》已经成为了科幻小说史上具有里程碑意义的名著,而埃安多·宾德的作品却变得籍籍无名,不能不说这是个天大的讽刺。

尽管小说集被改了名字,但是阿西莫夫并没有打算放弃"心与铁"这个母题。在后来创作的长篇机器人科幻小说《钢穴》(1954)和《裸阳》(1957)中,阿西莫夫塑造了人类侦探伊利亚·贝莱和机器人侦探丹尼尔的形象,他们在地球人、宇宙人(移民到宇宙中的人类)和机器人三方错综复杂的关系中携手调查案件,逐渐相互理解、彼此接受,联手捍卫人类与机器人和谐共存的"碳/铁"文明。一九七六年,阿西莫夫在科幻小说《两百岁的人》中描写了一个一心想成为人类的机器人。为了让自己变成纯粹人类,小说中的主角——机器人艺术家安德鲁·马丁用尽了所有的办法:它不断地提起诉讼,要求法律承认自己的身份,通过外科手术,用生物器官代替机器零件,直到自己完全变成生物学意义上的人类,最后它决定像一个正常人一样去面对死亡。临终前,它终于等来了法庭关于承认它是一个"真正的有尊严的人"的判决。这个故事与阿西莫夫早年创作的短篇小说《证据》有异曲同工之妙。而从《钢穴》《裸阳》到《两百岁的人》,我们不难看出,作为一个在新大陆上实现了"美国梦"的俄裔犹太移民,阿西莫夫有着不同于本土作家的人文关怀,对族群、对科技、对社会和文明有着独到的见解,并借由他的科幻小说创作表达给世人。

除了机器人科幻,阿西莫夫另一套广受欢迎的科幻小说就是他的"基地"系列。这个系列开始创作于二十世纪四十年代,几乎是与他的机器人系列交错前进。故事发生在遥远的未来,那时人类文明已经扩展到银河系的两千五百万个行星,形成了一个庞大的银河帝国。正当银河帝国处于全盛时期的时候,社会历史心理学家赛尔顿根据严格的计算分析,预言银河帝国将崩溃,人类社会将无可避免的陷入一个长达三万年的黑暗中世纪。为了能把这一灾难的影响降到最低,他设计了一个诺亚方舟式的拯救计划,在帝国崩溃之前,秘密建立两个基地,用以保留文明火种,从而把黑暗期减少到一千年以内。故事一开头,赛尔顿就因"蛊惑罪"遭到流放,而他则借编纂《百科全书》之机网罗各个领域的精英才俊,着手建立两个基地——"物理学基地"和"心理学基地",前者用以保存自然科学,后者用以保留人文科学。终于,银河帝国如预言中的那样走向了崩溃,而围绕着传说中的基地,在银河系的大舞台上演出了形形色色的故事。

最初,"基地"系列以九个短篇的方式在杂志上连载。随后在分别在一九五一年、一九五二年、一九五三年,以《基地》①《基地与帝国》《第二基地》为题结集出版,这就是著名的"基地三部曲"。但基地系列并未就此完结,后来阿西莫夫又创作了一系列与基地有关的小说,形成了一部气势恢宏的科幻史诗作品。据说,日本著名作家田中芳树就是受到了基地系列的启发,才创作出了脍炙人口的《银河英雄传说》系列。

有趣的是,机器人系列和基地系列在很长时间内都是两条平行线:机器人的故事里没有基地的影子,基地中也不存在机器人。在阿西莫夫的晚年,作者曾经试图让这两条线相交,形成一个统一的科幻叙事体系。不过,这一宏伟的工程终究没有完成,给科幻界留下了一个巨大的遗憾。

一九九二年,阿西莫夫因病逝世于纽约大学医院,享年七十二岁。相比于他在科幻创作上取得的杰出成就,其作品被搬上大银幕的次数却出奇的少。其中比较有影响力的,一部是哥伦比亚公司于一九九九年推出的《机器管家》(*Bicentennial Man*),改编自《两百岁的人》,但影片的主题已经由争取做人权利的机器人变成了机器人与人之间超越族群界限的爱情;另一部就是二十世纪福克斯电影公司在二○○四年推

---

① 删节后更名为《千年计划》(*The 1000-Year Plan*)。

出的《机械公敌》(I, Robot)。

事实上,这部电影最开始跟阿西莫夫一点关系也没有。电影剧本最初是由高夫·泽恩里创作,名叫《硬线》(Hard Wired),是一个经典的悬疑谋杀故事。后来,迪斯尼公司的导演布莱恩·辛格对其进行了初步修改。不过,迪斯尼最终并没有接下这个剧本。于是,它又辗转被送到二十世纪福克斯公司。导演亚历克斯·普罗亚斯和编剧杰夫·温塔尔合作,将其修改为一个更适合大制作的电影剧本。恰巧,福克斯公司又争取到了阿西莫夫小说的改编权。于是,温塔尔又花了大约两年左右的时间,将电影剧本按照阿西莫夫的风格重写了一遍,把 I, Robot 中的机器人学三大定律和女机器人心理学家苏珊·卡尔文博士这两个重要元素融入其中。后来,希拉里·塞兹又给剧本动了手术。最后,在黑人影星威尔·史密斯确定加盟影片后,阿基瓦·高斯曼又根据史密斯的表演风格对剧本进行了剪裁,形成了《机械公敌》的最终剧本。

尽管制作过程大费周章,但当观众们在影院中看到阿西莫夫的机器人世界真实地呈现在眼前的时候,一定会大呼过瘾。而这对于阿西莫夫来说,或许就已经足够了。

【超级链接】

机器人学三定律

第一定律:机器人不得伤害人,也不得见人受到伤害而袖手旁观。
第二定律:机器人应服从人的一切命令,但不得违反第一定律。
第三定律:机器人应保护自身的安全,但不得违反第一、第二定律。

引自《机器人学指南》第五十六版,二○五八年

科幻有缘人

《机器公敌》中由威尔·史密斯扮演的黑人警探戴尔·斯普纳有个名叫法伯的白人小兄弟,他的扮演者名叫希亚·拉博夫。当时这个只在电影里露了几脸的小配角并没有引起多少人的注意。但短短三年后,这个原本籍籍无名、至多只是在大牌明星身边跑龙套的小子,就被大导演迈克尔·贝相中,担纲出演了科幻大片《变形金刚》系列的男一号山姆·维特威基,结果一炮而红,成为好莱坞的当家小生之一。

"公敌"专业户

威尔·史密斯是当今好莱坞最炙手可热的黑人影星之一。从一九九七年与汤米·李·琼斯共同出演了科幻大片《黑衣人》后,威尔·史密斯的演艺事业开始加速爬升。而转年,由他主演的《国家公敌》(*Enemy of the State*)更是令其跻身国际巨星的行列。不过,从此之后,威尔·史密斯就跟"公敌"两字结下了不解之缘。由他主演的影片中文译名常被冠以"公敌"字样,如二〇〇四年的 *I, Robot* 被翻译为《机械公敌》、二〇〇五年的 *Hitch* 被翻译为《全民情敌》,等等。不知道预计将于二〇一五年上映的《海底两万里之尼摩船长》(*20,000 Leagues Under the Sea:Captain Nemo*) 会不会再被冠以"深海公敌"的称谓!

阿西莫夫的教授之路

很多人对阿西莫夫的了解都止于科幻小说家这一项。其实,阿西莫夫还是一位优秀的教育工作者和百科全书式的科普作家。一九四八年,阿西莫夫获生物化学博士学位。转年,进入波士顿大学医学院,教授生物化学。一九五五年,晋升为生物化学副教授。一九五八年前后,由于写作的收入已经远远超过了他担任教职的收入,阿西莫夫以类似停薪留职的方式,开始专职写作生涯,作品涉及文学、历史、科普、科幻等多个领域。一九七九年,阿西莫夫五十九岁时,校方鉴于他在科普方面的巨大贡献和影响,破格授予他教授头衔。从此,阿西莫夫才成为了货真价实的"阿西莫夫教授"。

【延伸阅读】

一、【美国】艾萨克·阿西莫夫,《我,机器人》,科学普及出版社,1981 年。

二、【美国】艾萨克·阿西莫夫,《钢穴》,天地出版社,2005 年。

三、【美国】艾萨克·阿西莫夫,《裸阳》,天地出版社,2005 年。

四、【美国】艾萨克·阿西莫夫,《机器人与帝国》,天地出版社,2005 年。

五、【美国】艾萨克·阿西莫夫,《基地三部曲》,天地出版社,2006 年。

这一段是电影的高潮——令人绝望的抵抗

假如有一天，你必须服满两年兵役才能获得公民权，而且一生只有一次机会，你会选择投身军旅吗？假如有一天，一群长得像虫子的外星人向地球发动攻击，你会选择去与这些入侵者决一死战吗？如果你的答案是肯定的，那就来加入我们吧！我们就是银河系里最勇敢的陆战队员，我们的名字叫"星船伞兵"。

Ⅳ

银河狂飙：
《星船伞兵》

【精彩剧透】

未来社会,法律规定:人们要获得公民权——也就是选举权、被选举权和担任公职的权利,必须先服两年兵役,而且一生中只有一次机会,无论在任何一个环节中被淘汰都将终生无法获得公民权。

年轻的乔尼·里科是一个富商家的独生子,即将高中毕业的他像所有的同龄人一样,沉醉在校园恋情的甜蜜氛围之中。他的女友卡门·伊瓦涅斯是学校里远近闻名的校花,而且学习成绩突出,尤其擅长数学。这与只擅长运动的乔尼大不相同。不过,乔尼也知道,在他们班上还有一个名叫迪齐·弗洛里斯的女生一直在暗恋他。

除了年轻人之间复杂而微妙的感情纠葛之外,最让乔尼感到头疼的就是每个高中生都必修的历史和道德哲学课。这门枯燥而乏味的课程,由退伍军人吉恩·拉萨克中尉讲授。在上课的时候,这位老师总是用对待一群无知幼儿的傲慢态度,居高临下的"教导"他的学生们。这让所有人都感觉不爽。好在,这是一门不会被"挂科"的课程。下课铃一响,学生们便兴冲冲地离开教室。

下课后,乔尼和卡门来到学校广场上的中央显示屏前查询各自的数学测试成绩。一如往常,卡门的成绩很优秀,她一直憧憬着能够靠自己在数学方面的天赋成为一名星际战舰的驾驶员。而乔尼的成绩就要差得多。就在乔尼为自己的数学成绩感到沮丧的时候,他的死党卡尔·詹金斯从他的背后蹿了过来,把他的成绩切换到了全屏显示,让所有人都看到了乔尼的"低分数"。尽管觉得很没面子,但乔尼对这位好友的恶作剧也显得无可奈何。

课间休息结束了。接下来是生物解剖课。学生们被要求两人一组,解剖"臭虫"。这些虫子其实是一种高度进化的类昆虫型外星智慧生物。他们不但具有群体性的高度智慧和工业文明,而且每一个兵蚁都是无惧死亡的超级勇士,即便被打成重伤,仍旧具有杀伤力。相比于最擅长的数学,这种开膛破肚的活显然不适合卡门,还没等解剖结束,她就已经呕吐得一塌糊涂了。

放学后,乔尼来到卡尔的家里。卡尔是个拥有意念控制力的"超能力者",他让乔尼帮他测试一套刚刚开发出来的意念能力软件。不过,测试最后只是证明了乔尼的意念力为零。对此,乔尼并不在意,因为他很快就有机会证明自己在其他方面有着更杰出的才能。

果然，在转天举行的室内橄榄球赛上，乔尼横冲直撞，所向披靡，尽显大将风度。不过，让乔尼颇感不快的是对方球队的桑德，竟然无视他的存在，向卡门搭讪。而卡门对这个即将进入星舰学院、文武双全的高材生，似乎也非常的仰慕。不过，最后时刻，乔尼拼尽全力，突破了

乔尼和卡门在解剖虫族

桑德的凶猛防守，触地得分，帮助球队逆转获胜，成为球场上的大英雄。

回到家里，乔尼换上晚礼服，准备去参加晚上的毕业舞会。恰在此时，乔尼的父亲拿着一份新兵征募表走进屋里，质问乔尼是否要去参军。乔尼辩解说，自己并不想成为职业军人，只是想通过服兵役获得公民权。但乔尼的父亲和母亲都反对他的这个决定，而且乔尼的父亲已经给儿子安排好去哈佛大学读书。当然，作为补偿，乔尼的父母为他安排了一次去外太空旅游胜地的毕业旅行。一直对外太空旅行充满向往的乔尼，愉快地接受了父母的旅行安排。

毕业舞会上，迪齐终于鼓起勇气向乔尼告白，但乔尼并没有接受。当乔尼看到拉萨克中尉也来到了舞会现场，他立刻跑上前去，向他表达了自己要参军入伍的想法，以及父母对此事的反对。拉萨克鼓励了他，希望他能根据自己的意志做出选择。这让乔尼原本有些烦闷的心情变好了。尽管那个不知趣的桑德又出现在卡门的身边，但当最后一支舞曲响起的时候，乔尼和卡门仍旧深情的拥抱在了一起。

经过入伍测试，一起报名参军的三个年轻人被分配到了联邦军的不同部门，卡门将成为一名战舰驾驶，卡尔被分配到了情报部门，而乔尼则去了陆战队。虽然明知将来各自服务的部门，或许要相隔几万光年，但三个年轻人仍然发誓，他们的友谊会地久天长。

亦如预料中的那样，乔尼的入伍决定让他的父亲暴跳如雷，甚至声言，如果乔尼

敢踏出家门去当兵的话，就跟他断绝父子关系。乔尼的母亲则泪流满面，苦苦哀求儿子放弃入伍的决定。但执拗的乔尼，没有理会父母的劝阻，背起行囊，登上了开往新兵营的飞船。

在新兵营，乔尼遇到了教官兹穆中士。兹穆是个标准的职业军人，也是个经验丰富的新兵教官。为了在新兵面前树立权威，他在第一次出操的时候，让新兵中自认为可以打倒他的人站出来，跟自己较量一下。结果，一个不知天高地厚的壮汉自告奋勇向兹穆挑战。还没有两三个回合，就被兹穆打倒在地，还折断了手臂。恰在此时，一个英姿飒爽的女兵走了过来。她向兹穆中士敬礼，并说自己是自愿申请调到这个部队来的。当乔尼的目光与来人的目光相遇时，他立刻呆住了，这个新来的女兵竟然就是他的高中同学迪齐·弗洛里斯。

用餐的时候，乔尼用略带责备的口吻质问迪齐是不是为了自己才加入军队的。但迪齐却不置可否。在接下来的训练中，乔尼表现得非常出色，尽管有时也有些恼人的小插曲，但总的来说，乔尼的新兵生活还是在比较愉快的气氛中度过的。在训练的间隙，乔尼还不忘给远方的爱人卡门传送视频邮件，向她倾诉自己的思念和祝愿。而此时的卡门也已经完成了星际飞行的学员课程，成为轻型巡航运兵船罗杰·扬号上的实习驾驶员。但让卡门意想不到的是，他的指导者正是曾经在球场上跟她搭讪的桑德。能够在一望无垠的宇宙中遇到故人，让卡门非常高兴。

在基础训练结束后，乔尼所在的新兵营开始接受模拟战术训练。不得不承认，乔尼在这方面非常有天赋。在一次训练中，乔尼和迪齐相互配合，以少胜多，顺利夺下了象征胜利的红旗。在一

没有重武器支援的步兵不堪一击

旁观看的兹穆对乔尼的表现非常满意，提议让他担任实习班长。然而，当上班长的喜悦还没有持续多久，乔尼就遭受到了一个巨大的打击。卡门从远方传来视频邮件，并以自己准备成为职业驾驶员为由，向乔尼提出了分手的要求。对乔尼来说，这无疑是晴天霹雳。当初，乔尼不顾家人的激烈反对，一定要参军入伍，一大半的原因就是为了卡门。现在，他最大的精神支柱倒坍了，乔尼的情绪陷入了前所未有的低谷之中。

在随后进行的实弹射击训练中，由于乔尼的疏忽大意，他指挥的班上战友被友邻火力误击丧命。这次事故导致一名新兵死亡，另一名肇事者则被永远驱逐出了军队。在讨论如何对负有领导责任的乔尼进行惩罚的时候，由于兹穆中士向上级讲情，乔尼最终没有被开除军籍，而是被判接受鞭刑。虽然鞭刑只有十下，但在所有战友面前遭受刑罚，仍然让乔尼的自尊心受到了极大的伤害。再加上跟女友分手的打击，乔尼觉得自己已经没有任何继续留在军队中的理由了。于是，他向上级递交了退役申请，准备回到父母身边去过悠闲的平民生活。

就在乔尼的人生跌入低谷的时候，在太空中的罗杰·扬号上，桑德利用自己的职务之便，向卡门发起了一轮又一轮的爱情攻势。就在卡门感觉有些不知所措的时候，一颗来自虫类隔离区的小行星突然出现在罗杰·扬号的飞行轨道上。靠着卡门和桑德的沉着驾驶，罗杰·扬号与小行星擦肩而过。虽然舰身受损，但总算逃过了一劫。然而，此时舰上的人都不知道，这枚突如其来的小行星，将彻底改变地球与虫族之间的战局。

乔尼的家乡布宜诺斯艾利斯遇袭

就在乔尼收拾好行装准备离开军营的时候，他决定给父母打一个视频电话，告诉他们自己准备离开部队的消息。乔尼的父母对儿子的决定非常高兴，并希望他马上回家。可是，还没等他们把话讲完，电话突然中断了。原来，外星虫族从他们的母星发射超强电磁流，将一颗小行星送入地球轨道。小行星在乔尼的家乡布宜诺斯艾利斯坠落，令整个城市瞬间毁灭。乔尼的父母也在这次袭击中丧生。得知消息的乔尼悲愤欲绝，他马上冲进指挥部，要求收回之前的申请。在指挥官的默许下，兹穆中士撕掉了乔尼的申请表，让他能够重新回到连队中服役。

巨大的虫族

虫族对地球的直接攻击，激怒了所有的地球人。联邦最高统帅部发出了对虫族大本营直接进行攻击的命令。乔尼所在的部队也被调往前线，准备参加作战。在位于前线的空间站内，乔尼又一次见到已经成为正式驾驶员的卡门。对于家乡和亲人遭受的不幸，卡门与乔尼一样悲伤，但这个坚强的女孩努力的控制着自己的情绪，以便能全身心地投入到对虫族的战斗中去。不过，那个总是不知趣的桑德，这次又不合时宜地跑了出来，还对乔尼和他所在的陆战队冷嘲热讽。感觉受到羞辱的乔尼动手打了桑德，两个人很快打成一团。在场的其他人赶紧上前把两人拉开。开战前的一场闹剧就这样草草收场了。

尽管开战前，联邦军的士气高昂，几乎每个战士都沉浸在复仇的怒火和对胜利的渴望之中，但是当他们真正在虫族星球上登陆的时候，残酷的杀戮场面无疑给年轻的士兵们当头一棒。更为糟糕的是，战前情报分析显然出现了严重失误，太空舰队遭到了虫族强大防空火力的阻击，不得不向高轨道撤退。这极大地削弱了对登陆部队的空中支援。而登陆部队由于缺乏空中掩护，在面对战斗力和数量都远远超过预期的虫族兵蚁时，陷入严重的被动局面，伤亡惨重，被迫选择撤退。乔尼也在战斗中身负重伤，就在他几近绝望的时候，友邻部队从兵蚁的巨爪中把他救了出来。

这场持续了不到一个小时的战役导致了近十万联邦军丧生。发起这场战役的联邦军最高指挥官、星际元帅迪恩引咎辞职。他的继任者星际元帅塔哈特决定采取更加务实稳妥的策略。

当卡门和桑德等人驾驶着罗杰·扬号返回前线空间站的时候，举目四望，每一艘

待命出发

侥幸归来的星舰都遭到了不同程度的损坏，可见战况之惨烈。不过，卡门最关心的还是乔尼的情况。一回到空间站内，她就忙不迭地跑去中央显示器前，查询乔尼的消息。然而，显示器上弹出的消息让她非常伤心：乔尼战死了。这其实是个错误信息，乔尼只是受了重伤，在医疗水箱内躺了三天后，他便恢复了健康。

之后，乔尼跟迪齐以及另一位战友利维一起被重新分配到了一支绰号"硬汉子"的部队。让乔尼没有想到的是，这支部队的指挥官竟然就是他从前的老师吉恩·拉萨克中尉，也是他在上次战役中救了乔尼的命。

根据新的作战计划，联邦军将采取先扫除外围，再向中心突破的战法。拉萨克的"硬汉子"部队奉命在航空兵轰炸结束后，肃清探戈星上所有虫族。战斗中，由于战术运用得当，拉萨克的"硬汉子"们以很小的代价就肃清了残敌，并用核弹摧毁了虫族的地穴。尤其是乔尼的表现最为突出。当一只战斗力超强的坦克甲虫突然从地里钻出来，并从背后向陆战部队发动攻击的时候，乔尼不顾个人安危，跳上了甲虫的后背，在它的硬壳上砸开了一个洞，然后向它的体内投掷了一枚手雷。随着一声巨响，甲虫被炸得四分五裂。鉴于乔尼的出色表现，拉萨克中尉当场把他提升为下士。

当晚，士兵们在营地里纵情狂欢，庆祝来之不易的胜利。而乔尼和迪齐随着利维用小提琴演奏的曲调翩翩起舞，两颗曾经相距遥远的心，在战火的磨砺中，渐渐地靠近，并最终紧紧地贴在了一起。然而，这个欢乐的夜晚，并没有留给他们多少缠绵的时间。拉萨克中尉接到新的命令，要求他们立即赶往P星，支援那里的友军。拉萨克的"硬汉子"们立即打点行装，奔赴新的战场。

在P星登陆后，拉萨克的"硬汉子"们穿过一道峡谷，向联邦军的一处前卫哨站挺进。半路上，一只飞虫突然袭击了站在高处负责联络的通信兵，并把他逮到了高崖之上。拉萨克中尉果断的举起狙击步枪，击毙了身受重伤的通信兵，并告诉他的部下,如果自己也陷于同样的状况,他们也必须做同样的事情。

当拉萨克中尉指挥部下赶到哨站的时候,那里的战斗已经结束。联邦军士兵和虫族兵蚁的尸体遍布整个哨站,战况之惨烈可想而知。面对如此情景,拉萨克中尉镇定地命令部下尽快恢复哨站的战斗功能,并派人整理阵亡者的遗体,同时命令乔尼带人恢复哨站的通信功能,向上级请求增援。

当士兵们在哨站内搜索的时候,突然从冰箱里传出了响声,所有人立即把枪口指向冰箱。中尉命令乔尼打开冰箱门,可任谁都没想到的是,从冰箱里滚出来的竟然是P行星上的联邦军总指挥欧文将军。这位将军显然是受到了过度惊吓,一个劲地胡言乱语。拉萨克中尉努力的安抚将军的情绪。过了一会,将军总算暂时平静,他告诉众人,虫族大军从地道窜入了哨站,他们不仅残杀了驻守在站内的士兵,还吸干了一些军官的脑髓,并利用这些僵尸傀儡向联邦军指挥部发送了求救电报。听了将军的叙述,中尉马上意识到,他们落入了虫族的陷阱,立刻吩咐部下,做好战斗准备。

果然,没过多长时间,虫族兵蚁便从四面八方向哨站扑来。拉萨克中尉沉着的指挥部下应战。但是向哨站发起攻击的兵蚁数量实在是太多了,它们使用了"虫海战术",不管"硬汉子"们的火力如何猛烈,兵蚁们仍旧前赴后继的向前冲锋,后继者踩着同伴的死尸,向哨站的围墙上猛冲。在兵蚁们冲锋的同时,空中的飞虫也前来助战,很多士兵还没来得及反应,就被飞虫要了性命。眼见情况越来越危急,拉萨克中尉命令乔尼去协助迪齐,尽快联系上总部,请求支援。

就在兵蚁马上就要攻破围墙的时候,乔尼带来了救援飞船即将赶到的消息。拉萨克中尉命令全体士兵,退入哨站内的控制室,固守待援,自己则带领少数战士阻击兵蚁的进攻。没过多久,总部派来的救援登陆艇便赶到了哨站,拉萨克中尉命令全体队员登船,自己则继续带人负责掩护。谁知,地下突然钻出了一只甲虫,拉萨克

面对"敌人",命悬一线

中尉躲闪不及,被甲虫拖进了地洞。虽然乔尼和迪齐等人全力以赴,想把中尉救出来,但最后拉萨克还是失去了双腿。眼见自己已经无药可救,为了避免自己成为队友撤退时的累赘,拉萨克命令乔尼向自己开枪。尽管要动手杀死自己的良师益友,让乔尼非常难过,但深知拉萨克苦心的他,还是执行了长官的命令。而更让乔尼伤心的是,迪齐在即将登上救援船的时候,遭到了兵蚁的偷袭,身负重伤,最终死在了乔尼的怀中。愤怒的乔尼在撤离的登陆艇上,请求舰队对 P 星进行轰炸,但舰队拒绝了他的请求,因为星际元帅已经下达了新的作战命令。

在空间站上,"硬汉子"们为迪齐举行了太空葬礼,卡门也参加了。当葬礼结束的时候,已经升任上校的卡尔匆匆赶到。他告诉乔尼,这次行动虽然损失惨重,但是已经可以证明,虫族是群拥有智慧和计谋的生物。而下次行动,他将派"硬汉子"们在内的陆战部队到 P 星去抓捕虫族的首脑。最后,卡尔问乔尼是否愿意升任中尉,接替拉萨克,指挥连队。乔尼爽快地答应下来。

当乔尼以指挥官的身份带领"硬汉子"们重新回到 P 星的时候,他发现自己的队伍中多了很多刚刚补充过来的新兵,而自己和少数在上次行动中幸存的战友,已经成为了地道的老兵。新兵们像当初他们依赖拉萨克一样依赖老兵,老兵们则必须负担起自己的责任,带领新兵们取得胜利,然后平安回家。而在他们的头顶上,卡门所在的星际舰队遇到了大麻烦。虫族的防空火力异常凶猛,罗杰·扬号在飞行过程中被虫族的离子团击中,飞船断为两截,舰长下令弃船。在一片混乱中,卡门和桑德登上了救生艇,在罗杰·扬号爆炸坠毁前逃了出来。随后,两人驾艇在 P 星上迫降。

在地面上的乔尼正带队向 P 星的纵深挺近,从无线电中他收到了罗杰·扬号爆炸坠毁的消息,接着又收到了卡门的紧急救援呼叫。他立即带领一个战术小分队,前去救援卡门。而卡门和桑德乘坐的救生艇在 P 星着陆时,撞进了一个山洞里。他们万万没想到,这里就是 P 星上虫族的老巢。不等二人缓过神来,一群兵蚁便蜂拥而至。在短暂的激战后,两人都身受重伤,但是这回兵蚁们并没有急于杀死他们,而是把他们带到了虫族首领的面前。

首领先是来到了桑德面前,从口器里伸出了一只镰刀状的吸管,然后径直插进了桑德的脑袋里,三下五除二就吸干了他的脑髓。就在首领准备继续吸食卡门的脑髓时,卡门用藏在身上的匕首,猛地砍断了首脑的吸管。首脑痛苦的向后缩去,而兵蚁们则扑上前去,要结果卡门的性命。就在这千钧一发之际,乔尼带领"硬汉子"们冲进了虫穴。他手持一枚微型核弹头,威胁首领,如果不投降,就引爆弹头。趁虫族首领掉头逃跑的机会,乔尼救下了卡门。但随后,兵蚁们又向他们发起了疯狂的进攻。激战中,乔尼手下的黑人下士受了重伤,他从乔尼手上夺过了核弹头,只身一人掩护乔尼等人撤退。最后他引爆核弹,与兵蚁同归于尽。

当乔尼等人终于从洞穴中走出来的时候,P星的大地上已经回响起士兵们胜利的欢呼。原来依靠乔尼等人提供的准确情报,陆战部队顺利的捕获了虫族的首脑。而立下这个大功的不是别人,正是乔尼在新兵营里的教官兹穆,为了重返作战部队,他自愿从中士降阶为列兵。但不管是什么军衔,乔尼从不怀疑,他是名真正的优秀军人。

尽管在P星上取得了重要的胜利,人类与虫族的战争并未就此结束。乔尼、卡门和卡尔,像所有的联邦军人一样在各自的岗位上继续战斗着。为了地球和人类的未来,他们将一直战斗下去,直到取得最后的胜利。

【原著赏析】

小说梗概:乔尼是一个富商家的独生子。高中毕业后,他违背了父母的意愿,为了获得公民权,与同学卡尔一起投身军旅。在经历了阿瑟·考利营的残酷训练后,乔尼如愿加入了步兵团,成为一名星船伞兵。恰在此时,地球联邦与来自外太空的虫族远征军爆发了大规模的战争。虫族在一次奇袭作战中,摧毁了南美洲的大城市布宜诺斯艾利斯。乔尼的母亲也在这次袭击中不幸罹难。国仇家恨让乔尼在战场上越发勇猛,而残酷的战火洗礼也让他成长为一个真正的男子汉。考虑到自己的前途,乔尼投考了军校。毕业后,他以"临时三等少尉"的军衔加入了绰号"布莱基黑卫士"的连队,并参与了具有转折点意义的P行星作战。尽管战争并未就此终结,乔尼和他的战友们为了星船伞兵永恒的荣誉,为了地球联邦的和平,仍然义无反顾,勇往直前。

在联邦大厦的台阶上,我们碰到了卡门西塔·班尼斯,一个高中同学,属于两性中令人愉快的那一性。卡门不是我的女友,她不属于任何人。她从来不和同一个男孩连着约会两次以上,并且以同等的甜蜜——也可以说是冷漠——对待我们中的每一个。但是我对她还是相当了解的,她经常来我家的游泳池游泳,我们家的泳池是奥运会标准池。她有时候带这个男孩,有时候又带另一个,也有一个人来的时候,是我母亲逼她来的。母亲说她能给我带来"好影响"。她总算说对了一次。

她看见了我们,停下来等着,笑出两个酒窝。"你们好,伙伴们!"

"你好。"我回答道,"什么风把你吹来了?"

"猜一猜。今天是我生日。"

"哦?生日快乐!"

"我来参军。"

"啊……"我猜卡尔和我一样吃惊。但卡门西塔就是这样的人,她从来不传闲话,也不把自己的想法告诉别人。"不骗人?"我兴奋地加了一句。

"为什么要骗人?我想当个飞船驾驶员——至少会朝这个方向努力。"

"你如果想成功的话,什么都挡不住你。"卡尔飞快地说了一句。他说得对,我知道他的话有多么正确。卡门长得小巧可爱,非常健康,反应灵敏——看她跳水你肯定会觉得这是世界上最容易的事了。她的数学也很好。我的代数得了个"C",商业数学得了个"B"。她却选修了我们学校提供的所有数学课,还自学了高等数学。我从来没想过她为什么要这么做。事实是,小卡门像个极好的摆设,你从来不会想到她会有什么用处。

"我们——嗯,我,"卡尔说,"也是来参军的。"

"还有我,"我附和道,"我们俩。"不,我还没拿定主意呢。我的嘴巴自己做了决定。

"哦,太棒了!"

"我也想试一试飞船驾驶员。"我又坚定地加了一句。

她没有笑。她非常诚恳地回答道:"哦,太好了!说不定我们能在训练中碰到一块。"

"对撞?"卡尔问道,"好飞行员可不会干这种事。"

"别傻了,卡尔。当然是在地上。你也要当飞行员?"

"我?"卡尔回答道,"你知道我的,卡车司机的活我可干不了。我想搞星际研究,如果他们要我的话。专攻电子。"

"'卡车司机'!希望他们把你派到冥王星,冻死你。不,我不会这么想的——祝你好运!咱们进去吧,好吗?"

(摘自原著第二章)

比较:在电影里,男主角乔尼是因为女友卡门的缘故才投身军旅的。而在原著中,乔尼加入军队基本上是自愿的——虽然也确实是受到了杜波司先生和同学卡尔的影响,卡门只是他的一个普通同学而已。电影中,极力渲染乔尼与卡门和另一个女同学迪齐之间的三角关系,显然是为了增加电影的噱头和卖点。

兹穆分信时,我甚至没有挤到他身边去。我觉得现在不是和他谈事的时候,回到营地之前最好不要让他注意到我。所以,他手里拿着封信,喊我的名字时,我呆了一下,这才快步上前拿走了信。

我又呆了一下。信来自杜波司先生,我高中时的历史和道德哲学课老师。我从来没想到圣诞老人会给我来信。

接着,我读了它,它仍旧显得不是很真实。我不得不检查收信人和发信人地址,来说服自己信确实是他写的,确实是写给我的。

我亲爱的孩子:

得知你不但志愿参军,而且还选择了我原先的部队。我应该早就给你写信表达我的欣喜之情。对于你的选择,我并不感到惊奇,我一直觉得你会这么做的——除此之外,还有一项对于我个人的奖赏:你选择了机动步兵。这是一种不会经常发生的圆满。但它却使得一个老师的努力得到了回报。为发现每一块金子,我们筛掉了大量的鹅卵石和沙子,但是金子就是努力的回报。

写到这,为什么我没尽早给你写信的原因已经很明显了。很多年轻人逃离了新兵训练,当然原因有多种多样,很多是不应该受责备的。我一直在等(我有我自己的消息来源),直到你越过了那座小山峰(我们知道越过那座小山峰有多么难),并且可以确定,如果不出现疾病之类的意外,你可以完成你的训练和你的服役期。

现在你正在经历你服役期内最艰难的一段时光——并不是体能上的(体力上的艰苦不会再对你构成任何麻烦了,你现在已经有能力应付了),而是精神上的困惑……深深的,触及灵魂的调整和自我评价,它们都是实现潜在的公民权所必不可少的阶段。或者,我应该这么说:你已经经历了最艰难的那部分,但是你的前头还有各种苦难和障碍,一个比一个高,你必须把它们彻底清除,但是第一个小山峰是最重要的。小伙子,我等了这么长时间,终于知道你已经成功地翻越了它,否则,你现在应该已经躺在家里了。

当你到达精神障碍那座山峰的顶端时,你会产生一种感觉,一种全新的感觉。或许你不能用语言来描绘它(我知道我不能,当我还是个新兵时),所以,或许你会允许一个老同志给你说几句,因为能听到别人的心声总会有所帮助。那就是:一个人可以想象的最崇高的生活方式,就是将他自己的身体挡在荒芜的战场和可爱的家园之间。当然,你也知道,这些话不是我说的。

基本的真理不会改变,一旦一个有洞察力的人表达了它们,那么无论这个世界如何改变,都没有必要再对它们做出更改。它们是不变的,无论何时何地,无论对于谁,对于哪个国家来说都是真的。

让我能听到你的回音,如果你能为一个老家伙花费一点你宝贵的睡眠时间来写一封随意的回信的话。如果你能碰到我以前的战友,请代我致以最温暖的问候。

祝你好运,士兵! 我为你骄傲。

杰·杜波司

中校(退役)

机动步兵部队

他的签名和信本身一样使我吃惊。大嘴巴竟然是个中校?我们的营地指挥官才只是个少校。杜波司先生在学校里从来没有使用过军衔。我们原以为(如果我们想到过的话)他只不过是个下士或是相近的职务,断了一只手之后,人家给他安排了一份轻松的工作,教一门不用考试,甚至也不用怎么教的课——只需要考察考察就行。当然我们都知道他是个退伍军人,因为历史和道德哲学课只能由公民来教。竟然是个机动步兵?他看上去不像。谨小慎微,却又透出一点洋洋自得,像舞蹈教师那一型——不是我们这些猿人中的一个。

但他就是这样签名的。

(摘自原著第六章)

比较:在电影中,乔尼高中的历史和道德哲学课教师杜波司先生和他后来服役的连队指挥官拉萨克被合并成了一个人物。其实,在原著中这两个角色的作用是完全不同的。杜波司更像是海因莱因在小说中的代言人,用以阐述作者的观点,并在关键时刻给主人公乔尼提供精神指引。而拉萨克更像是乔尼在战场上的"教父",帮助他从一个新兵成长为一名合格战士。

我不会再多说我的新兵训练了。多数训练都很单调，我通过了，这就足够了。

但是我的确想多说几句有关装甲动力服的话题，部分原因是我迷上了它们。我不是抱怨——只是实事求是评价到手的东西。

一个机动步兵和他的动力服共存亡，就像 K-9 队员和他的狗伙伴共生一样。我们称自己为"机动步兵"，而不是简单的"步兵"，一半原因就是这种装甲动力服(另一半是我们乘坐的飞船和空降用的太空舱)。我们的动力服能给我们更敏锐的眼睛，更机警的耳朵，更强壮的后背(可以携带沉重的武器和更多弹药)，更快的腿脚，更聪明(军队意义的"聪明"；一个在动力服中的人可能和其他人一样笨，不过最好别这样)，更强大的火力，更持久的忍耐力，还有，更不容易受伤。

动力服不是太空服——尽管它也有这个功用。它也不仅仅是装甲——尽管连圆桌骑士都不像我们捂得这么密实。它不是坦克——但如果真有人愚蠢到用坦克来对付机动步兵团的话，一个机动步兵就可以对付一小队这些玩意，无须别人帮助他就能将它们掀翻在地。动力服也不是飞船，但是它能飞，只不过距离很短——从另一方面来说，不管是飞船还是大气层内的战斗机都无法对付一个穿着动力服的士兵，除非对他所处区域进行饱和轰炸(就像烧掉整幢房子来杀死一只跳蚤!)。反之，我们能做很多种船(无论空中、海中或是太空中的船)无法做到的事。

....

没有必要再描绘它的外形了，因为它经常出现在媒体中。穿上动力服，你看上去像是个巨大的钢铁猩猩，配备了猩猩般的巨型武器。(可能这就是中士们拿"你们这些猿人"当口头禅的原因。当然，也许恺撒的中士们也使用同一种光荣称号，这种可能性更大。)但是动力服比猩猩厉害得多。如果一个穿着动力服的机动步兵和一只猩猩相互拥抱，猩猩会被挤死，机动步兵和动力服不会有一点损伤。

动力服的"肌肉"，就是人造的肌肉组织，非常显眼，但实际上，这套衣服的真正价值在于对这些力量的控制。设计中真正天才的部分就是你不需要控制动力服，只需要穿上它，它就像你自己的衣服，或是皮肤。任何船只你都需要学习如何驾驶，要花费很长时间，需要一整套全新的反应，培养不同的、非自然的思路。

连骑自行车都需要学习技能，至于一艘飞船——哦，老天!我活不了那么长。飞船是为既是体操运动员又是数学家的人准备的。

但是,一件动力服,你只要穿上它就行。

它所有的装备加起来大概有两千磅。但哪怕第一次钻进它内部,你马上就能走路、跑步、跳跃、躺下,还可以抓起一个鸡蛋却不把它打破(需要少量练习,但无论什么技术,练习练习都是有好处的)、跳快步舞(如果在没有穿动力服的情况下会跳的话)——还能跃过隔壁房子的屋顶,像一片羽毛一样轻轻着地。

它的秘密就在于逆向力反馈和力放大。

别让我画出动力服的电路草图,我不会。但是我知道很多优秀的小提琴家也不懂如何制造小提琴。我可以做些战地维护和修理,检查三百四十七个项目,使动力服从"冷"状态达到可以装备的状态。傻乎乎的机动步兵嘛,人家只期望我们有这点本事。但是如果我的动力服病得太严重,我会去叫医生——科学医生(电子机械工程师)。他是一位海军参谋军官,通常是个中尉(在我们的系统中相当于上尉),是运兵飞船机组成员之一——或者是个心不甘情不愿被派到考利营地的海军人员,他们觉得被派到那比死都惨。

但是,如果你的确对动力服的结构蓝图或示意图感兴趣,你可以找到它们中的大部分,那些已公布的部分,在任何较大的图书馆中都能找到。被列为保密资料的那一小部分,你得向一个可靠的间谍查询——必须是"可靠的",因为间谍很滑头,他可能会把那些在图书馆里能查到的资料卖给你。

接下来我说一说它怎么工作的,电路图之类除外。动力服的内部是大量压力感应器,成百上千个。用你的手掌后部摁一摁,动力服感觉到了压力,将其放大,并向人造肌肉发出"推"的命令。

听上去不好理解,刚接触到逆向反馈时总是使人摸不着头脑,尽管你的身体在你度过婴儿无助的乱踢时代后就已经开始这么干了。

小孩子们还没有完全学好,所以才会笨手笨脚。青少年和成年人在这么做时已经意识不到他们曾经学习过了。

动力服的力反馈可以复制你的任何动作——以更大的力量。

完全受你控制的力量……而且不用刻意想着如何控制这种力量。你一跳,沉重的动力服也跟着跳,但是比你这具皮囊跳得更高。

奋力一跃,动力服的喷射管启动,进一步放大动力服肌肉的力量,三只喷射管赋予你强大的推进力,这股推进力与你身体的垂直轴线保持一致。你能跳过隔壁的房子,下降的速度与上跃同样惊人——不过不用担心,动力服的近地探测装置(一种简易雷达,起高度表的作用)重新启动喷射管,施加适量的反作用力,使得你能轻轻巧巧地着陆。整个过程中,根本不需要你刻意去控制。

这就是动力服最绝的地方:你无须刻意去控制它,无须驾驶它,操纵它,调整它的方向,只要穿上它就行了。它会从你的肌肉那接受命令,做出你希望你的肌肉做出的相同动作。这就使你的头脑能集中到使用武器、观察周围状况上……这一点对于一个想太太平平老死在床上的机动步兵来说太重要了。如果你必须照顾所有的细枝末节,那么一个装备极其简单的人——哪怕只拿着一把石斧——也能趁你忙着察看标尺的时候,偷偷爬过来,砍下你的脑袋。

你的"眼睛"和"耳朵"也经过精心设计,既能帮助你,同时又不会分散你的注意力。举例来说,你有三条听觉线路,在作战型动力服里这很平常。控制频率以确保战术机密是非常复杂的活动:每条线路至少有两个频率,这两个频率负责所有通信信号,两个频率都由一个位于线路另一端的精确到微秒的铯钟控制——但这一切都不用你操心。你想用 A 线路和班长通话,咬合一次;用 B 线路,咬合两次。以此类推。麦克风粘在你喉咙上,耳机插在耳朵里,不会晃出来,只要说话就行。另外,头盔外部两侧的麦克风可以给你提供周围区域双耳立体音效,跟你没戴头盔时听到的声音一模一样。而且,你只消转一下脑袋,就可以抑制周围的噪音,听清班长的命令。

头部是身体唯一一个与控制动力服肌肉的压力感应器无关的部分,因此你用你的头部——咀嚼肌、下巴和脖子——来切换各种装置,腾出手来战斗。所有视觉图像由下巴控制,咀嚼肌控制声音线路的切换。你额头前方的镜子上还有投影图像,显示发生在你头顶或是身后的事。头盔里这一大堆装置让你看上去像是一只得了脑积水的大猩猩。如果运气好的话,你的敌人会被你的样子活活吓死。

动力服的种种设置都非常容易使用,你可以在各种雷达显示之间迅速切换,比你换台跳过广告的速度还快:确定方位和距离,找到你的上司,检查你的同伴,无论什么,易如反掌。

如果你像一匹受苍蝇骚扰的马一样猛摇脑袋,你的红外仪会翻到你的前额上,再晃一次,又扣下来。松开火箭筒,动力服会把它送到你背上,直到你再次需要它。还有喝水奶嘴、进气装置、陀螺仪等,这些都不用多说了。所有这些设计的目的只有一个:腾出你的手来干你的本行:杀戮。

…………

　　动力服分三种型号:作战型、指挥型和侦查型。侦查型动力服行动迅速,行动距离长,但是弹药配备较少。指挥型动力服带有大量的行走液和跳跃液,行动迅速,而且跳得很高,其通讯和雷达装置是其他类型动力服的三倍,还有一具统计伤亡的被动式追踪器。作战型则是为排成大队、一脸没精打采的家伙们预备的——他们是执行者。

(摘自原著第七章)

　　比较:如果问电影与原著相比最大的败笔是什么?那就是电影中缺失了一个关键性的道具——机动步兵(星船伞兵)们装备的动力服。作者在原著中不厌其烦的花费大量笔墨来描写这些装备,目的就是建构太空战的合理性。而电影中描写的作战场面只能用"耍宝"和"搞笑"来形容,一群甚至没有基本火力支援、只装备了自动步枪的士兵,要跟一群强大无比的外星虫族作战,这跟主动送死没有什么区别。

　　在平原地区完成所有新兵训练项目之后,我们搬到崎岖的山区,进行更加艰苦的训练,地点在位于古福和瓦丁顿之间的加拿大洛矶山脉中。除了地势险峻之外,史密斯魔鬼中士营和考利营很像,但它的规模要小得多。第三团现在也小多了,从刚开始的两千人缩减到现在的不足四百人。H连现在已经成了一个排的建制,全营列队时也变成了连队形。但是我们仍旧被称为"H连",兹穆仍然是"连长",而不是排长。

…………

　　但是在魔鬼营,我们可以去城里,执行任务,履行公务等。

　　每个星期天早晨都有去温哥华的班车,就在做完礼拜之后(礼拜本身提前到早餐后三十分钟)你可以坐晚餐前或熄灯前的两班车赶回来。教官们甚至可以在城里度过星期六晚上,或是拿一张为期三天的任务许可通行证。

　　第一次拿到通行证时,我刚踏出班车,便意识到自己已经变了一个人。乔尼不再适应平民生活了。这种生活看上去如此复杂,凌乱得难以置信。

　　我没有在温哥华四处游荡。城市很漂亮,所处的位置也很好。

　　这的人很有魅力,已经习惯了机动步兵出现在城市。他们让我们觉得自己很受欢迎。市中心有个社交中心,他们每个星期都为我们举办舞会,安排了年轻姑娘陪我们跳舞,还有年长的女士为害羞的小伙子介绍舞伴,保证他能踩到女孩子的脚。让我吃惊的是,我也成了害羞的小伙子中的一个。但你试试看,在一个除了母兔子就没有其他雌性的地方待上几个月。

第一次进城时我没去那个社交中心。大多数时间,我就站在那呆呆地看着:看漂亮的建筑,看那些用没有必要的小东西装饰起来的橱窗(里面没有武器),看着身边行色匆匆的人群(还有些人甚至漫步逍遥),他们各自干着自己喜欢的事,每个人的穿着打扮都不一样。还有,看女孩子。

特别是看女孩子。我从来没意识到她们是多么美妙。听着,我第一次知道女孩子和我们之间的区别绝不仅仅在于衣着不同时,我就接受了她们。在我的记忆里,我从来没有经历过男孩应该经历的那个阶段,即知道了女孩的不同并因此讨厌她们。我一直喜欢女孩子。

但是,就在那一天,我意识到自己一直忽视了她们。

女孩就是美妙。站在一个角落,观察她们走过就是一件乐事。

她们不是在"走"。至少不是我们平常说的那种形式。我不知道怎么形容,比走复杂得多,而且好看得多。她们不仅仅移动她们的脚,身体所有部分都在移动,而且朝着不同的方向……所有的一切都是那么高雅。

(摘自原著第九章)

比较:从某种意义上说,改编电影对原著最大的亵渎就是加入了过多不必要的情色场面。比如,电影中有一个片段表现的是同住在一个营房里的男兵和女兵一起冲淋浴的场景。而在原著里,我们可以从很多描写中判断出,军营中显然是清一色的男兵,并没有电影中描绘的那些不堪场面。

【说书论影】

在美国科幻小说的黄金时代,曾经出现过众多杰出的作家。但如果真要从中选出一位旗手式的人物,那一定非《星船伞兵》(*Starship Troopers*)的作者罗伯特·安森·海因莱因(Robert Anson Heinlein,1907—1988)莫属。在海因莱因的名字前面,往往会被冠以一大沓吓得死人的头衔,比如美国现代科幻小说之父,美国科幻空前绝后

罗伯特·安森·海因莱因

的优秀作家，美国科幻作家中跻身主流文学界的第一人，美国科幻黄金时代四大才子之一、三巨头之一等，但真正能够反映海因莱因和他的科幻小说在众多粉丝心目中地位的却是他那个响亮的绰号"科幻先生（Mr.SF)"。

跟许多从青少年时代就开始从事科幻创作的作家不同，海因莱因直到三十二岁时才发表了自己的第一篇作品。在此之前，海因莱因曾就读于美国安那波利斯海军学院，一九二九年毕业后在海军服役五年。一九三四年，因患肺结核，不得不以中尉军衔退役，此后很长一段时间都住院修养。退役后的海因莱因曾一度打算到加州大学洛杉矶分校读研究生，但同样因为健康原因，几个星期后就放弃了。此后数年间，海因莱因长期为生计四处奔波，曾经做过中学教员，经营过水果种植园，还当过银矿矿工、经营过房地产。后来，他甚至还曾一度打算从政，但因为选举失利而未能如愿。

至于海因莱因后来为什么会混进科幻圈里，有这样一个传说：一九三九年，正在费城美国海军实验站担任工程师的海因莱因被债务压得抬不起头来。恰在此时，一家科幻杂志刊出了一则科幻小说征文比赛的启事，奖金是五十美元。于是，海因莱因决定争取这五十美元的奖金。但当他写完自己的处女作后，却觉得它应该值更多的钱，就把稿子寄给了当时最著名的科幻杂志《惊奇故事》。《惊奇故事》的主编——大名鼎鼎的坎贝尔慧眼识金，为这篇名为《生命线》(Life Line)的小说支付了七十美元的稿酬，并把海因莱因这员大将延揽到帐下。

然而，海因莱因的写作生涯刚刚开始就被叫了暂停。二战的爆发让曾经笃信孤立主义的美国人再也不能置身世外，尤其是一九四二年底日本海军偷袭珍珠港，挑起太平洋战争后，海因莱因跟千千万万的美国人一样，投入到这场旷日持久的大战之中。他以平民工程师的身份到费城海军航空实验所从事研究工作，顺便还把阿西莫夫和另一位名叫德·坎普的科幻作家也一起介绍到那里工作。二战结束后，海因莱因重操旧业，继续他的科幻作家生涯。

在一九四一年时,海因莱因发表了他的《未来史提纲》,以此为基础,他创作了大量以未来史为主题的科幻小说。这些中短篇小说后来被收入一九五〇年出版的小说集《出卖月亮的人》(*The Man Who Sold the Moon*)之中。尤其值得一提的是,一九四七年二月,海因莱因未来史系列的代表作《地球上的绿色山丘》(*The Green Hills of Earth*)发表在了美国主流文艺刊物《星期六晚邮报》上。这是美国科幻小说第一次出现在主流文艺刊物上,意义非凡。此后,《星期六晚邮报》又陆续发表了三篇海因莱因的科幻小说。

进入二十世纪五六十年代,海因莱因科幻创作到达鼎盛期,其中一九五六年出版的《双星》(*Double*)、一九五九年出版的《星船伞兵》、一九六一年出版的《异乡异客》(*Stranger in a Strange Land*)和一九六六年出版的《月亮是一个严厉的女人》(*The Moon in a Harsh Mistress*)为海因莱因赢得了四次雨果奖①,奠定了他在科幻领域的大师地位。

其中,《星船伞兵》是海因莱因最富争议的作品之一。很多人批评海因莱因在这部小说中宣扬军国主义,甚至有反民主和纳粹倾向。其实,只要对小说文本进行仔细研读,我们就不难发现,《星船伞兵》其实是一个典型的励志故事。小说中的男主角里科从一个不谙世事的毛头小子,经受住了新兵营的严峻考验,在战斗中成长为一名出色的星船伞兵。作者海因莱因的一生经历了两次世界大战,又出身海军军校,并有五年的军旅生涯。这让他比一般人更加熟悉军队生活和军营文化。因而,才能把里科的军中人生写得如此活灵活现。

作为一名老兵,海因莱因对纪律与秩序有着不同一般的理解。反映到小说中,作者创造了一个至少要服两年兵役才能取得公民权的未来社会,实际上这是一种义务优先于权利的社会制度设计,类似于古罗马的军事民主制。结合二十世纪五六十年代,正处在战后繁荣期的美国社会物欲横流,消费主义盛行的社会现实,不难看出作家通过小说表达出的一种深深的忧虑,以及对人们只强调个人权利,而忽视社会义务的不满。

可惜,后来的电影编导显然没有领会到海因莱因小说中的深意。一九九七年,由保罗·维尔霍文执导的《星河战队》上映。尽管取得了还算不错的票房成绩,但却遭到

---

① 世界科幻年会(World Science Fiction Convention)年度奖,得名于开创了美国科幻小说"黄金时代"的《惊奇故事》(*Amazing Stories*)杂志的创办人雨果·根斯巴克。

了星船粉丝们的一片指责之声。事实上,这部电影的最初剧本与《星船伞兵》没有任何关系。只是,导演维尔霍文的一个朋友在看过剧本后,认为其与《星船伞兵》有类似之处。于是,在获得小说的改编授权之后,才又对剧本进行了相应的修正,让它看上去比较像是《星船伞兵》。后来,连导演本人也承认,并没有完整的读过原著。如此改编的结果可想而知:小说中经历了战火洗礼而迈向成熟的青年军官,在电影中变成了徒有其表、整天纠缠在三角关系中的傻大兵;海因莱因寓意深刻的未来社会,变成了太空版的纳粹帝国;就连原著中招牌式的动力战斗服也被取消,能看到的只是一群举着自动步枪、缺乏有效防护和火力掩护的愣头小子,成群结队地冲向恐怖的外星怪兽,感觉仿佛是回到了低成本怪兽科幻片泛滥的年代。

虽然饱受诟病,但《星河战队》系列还是在二〇〇四年和二〇〇八年以直接发行DVD 的方式推出了两部续集《星河战队之联邦英雄》(*Starship Troopers 2:Hero of the Federation*)和《星河战队之掠夺者》(*Starship Troopers 3:Marauder*)。这两部续集的影响力远不如第一部,剧情与原著也没有太大的关系。只是,在第三部中出现了疑似原著中机动战斗服的装备,特效方面也有所改进。

一九九九年,索尼哥伦比亚公司又邀请保罗·维尔霍文出山,执导 3D 动画系列片《硬汉部队:星河战队历代记》(*Roughnecks:Starship Troopers Chronicles*)。但后来由于资金问题,这部原计划制作四十集的动画片,只完成了三十六集和一些零散的分镜头。除此之外,日本人也曾经在一九八八年把海因莱因的这部名著改编成动画片《宇宙战士》(《宇宙の戦士》),共六集,以 OVA①形式发行。特别需要指出的是,擅长机械设定的日本动画工作者对片中的动力战斗服和其他武器装备进行了精心设计,使其更接近原著中的描写。仅从这一点来看,显然日本人的改编态度远比海因莱因的同胞们要严谨得多。

一九八八年五月八日,海因莱因在睡梦中辞世。海因莱因一生共出版了十多部短篇科幻小说集、三十多部长篇科幻小说,其著作被翻译成多种文字,为世界各国科幻读者所喜爱。世界科幻协会于一九七四年授予海因莱因"科幻大师"称号,他也是获得这一殊荣的第一人。如今,大师已经仙逝,留下的是无尽的追思和怀念。

---

① Original Video Anime, 即不通过影视媒体,直接发行录像带或 VCD 的动画片发行方式。近年来,随着 DVD 和蓝光(Blu-ray Disc)播放设备的普及,又出现了 OAD(Original Animation Disc 或 Original Animation DVD)的叫法,本质上与 OVA 并无区别。

【延伸阅读】

一、【美国】罗伯特·安森·海因莱因,《星船伞兵》,四川科学技术出版社,2003 年。

二、【美国】罗伯特·安森·海因莱因,《地球上的绿色山丘》,四川科学技术出版社,2006 年。

三、【美国】罗伯特·安森·海因莱因,《异乡异客》,四川科学技术出版社,2006 年。

四、【美国】罗伯特·安森·海因莱因,《出卖月亮的人》,四川科学技术出版社,2009 年。

食物链条倒置，猿猴军团在围捕人类

生物进化是一个适者生存的自然选择过程，同时也是一个充满着偶然和不确定的过程。试想一下，在三十五亿年生物进化的漫长过程中，哪怕是再微不足道的细节，一旦出现了差错，人类作为高等智能生物的地位就可能不复存在。不相信吗？那就请来《猿猴星球》一探究竟吧。

Ⅴ

进化也疯狂：
《猿猴星球》

【精彩剧透】

二〇二九年,美国空军的奥伯龙太空研究站飞行到木星附近,开展科学实验。利奥·戴维森上尉是空间站上的研究组成员之一。他的主要任务是负责训练黑猩猩伯利克里驾驶飞船,代替人类执行危险的太空任务。只不过,上尉的这个"小伙伴"最近的表现实在是很不给力,戴维森只是稍微更改了一下飞行程序,伯利克里就在模拟训练中变得手足无措,大声号叫。最后,还是戴维森用它最爱吃的糖果安抚了伯利克里的情绪。

训练结束后,戴维森带着伯利克里来到了太空站上的实验动物饲养区。在那里,他遇见了负责照料和喂养伯利克里的女科学家。不过,她对戴维森用魔术戏耍伯利克里的行为颇不以为然。戴维森却辩解说,这只是一种训练方式。而对被戴维森搞得有些晕头转向的伯利克里来说,今天唯一的好消息就是它的配偶怀孕了,它很快就要升级做爸爸了。

回到自己的休息舱,戴维森打开电脑,收看朋友们从地球上发来的视频明信片。视频中充满了朋友们对他的祝福和想念,希望他尽快完成任务,回到朋友们中间。当戴维森还沉浸在与朋友们隔空相望的喜悦之中的时候,舱室里的电力系统似乎出了问题。随后,广播里传来了站长呼叫戴维森的声音。他马上离开自己的休息舱,赶往舰桥。

在舰桥上,站长和其他操作人员正通过监视器,紧张地注视着距离太空站不远处的一个空区内正在形成的一团电子风暴。由于电子风暴蕴含的巨大能量,空间站的授时系统受到了影响。而且,空间站上的通讯系统还时不时地收到地球上不同历史时期发出的电磁波信号。据推测,这些信号很可能是被电磁风暴反射回来的。

为了获取伽马射线读数,站长决定派猿猴驾驶飞船穿过电磁风暴中心。但戴维森认为现在时间紧迫,要获得如此重要的科研数据必须直接派人类宇航员前去。站长则认为这个提议太过冒险,坚持要先派猿猴,如果能安全穿越,再考虑是否要派人类宇航员的问题。戴维森无奈,只得遵照站长的命令,让伯利克里登上 α 探测船,向风暴中心进发。临行前,戴维森向即将启程执行任务的伯利克里伸出大拇指,预祝好运。伯利克里也伸出了自己的拇指,并报以一个黑猩猩独有的笑脸。随后,搭载伯利克里的 α 探测船与太空站主体分离,径直向风暴中心飞去。

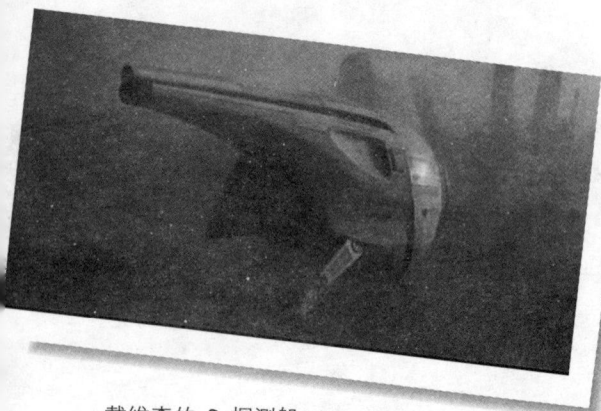

戴维森的 δ 探测船

伯利克里不愧是一只训练有素的太空黑猩猩，在它的驾驶下，飞船按照预定程序飞向风暴中心。但就在即将接近风暴中心的时候，飞船的飞行轨道出现了偏差。随后，太空站与飞船之间的无线数据链中断了。而在信号中断前，生命体征监测数据表明，伯利克里处于极度的惊恐之中。

α 探测船和黑猩猩伯利克里的失踪让一直负责训练工作的戴维森感到难以接受。他马上要求亲自驾船去寻找伯利克里，但站长却不同意。他便推说要去 δ 探测船进行复盘推演，好找出伯利克里到底犯了什么错误。

当戴维森登上 δ 探测船时，耳机里传来了站长和舰桥上其他操作员的对话：有人认为应该再派一只猩猩前去，但站长认为，这样做的风险太大，决定放弃搜索。这让不愿抛弃伯利克里的戴维森大受刺激，他决定不顾站长的命令，驾驶飞船去营救伯利克里。于是，他用手动操作启动了发射程序。当太空站上的人们注意到戴维森和 δ 探测船的异常举动时，一切都已经为时太晚。δ 探测船脱离太空站，沿着 α 的飞行轨道，向风暴中心飞去。

当 δ 探测船靠近风暴中心的时候，戴维森终于找到了搭乘伯利克里的 α 探测船。但当他用无线电向太空站报告说已经发现 α 探测船的时候，风暴中心突然喷射出一股强大的电子流，把戴维森驾驶的 δ 探测船卷了进去。与此同时，太空站上收到了一个来源不明的求救信号，似乎是一个宇航器即将坠毁前发出的最后的求救信号。

电子流的能量非常巨大，δ 探测船被卷入了一片完全陌生的星空。而更令人震惊的是，飞船上的计时器读数猛然加快，显示 δ 探测船很可能被卷入了一条时间隧道。戴维森拼命想恢复对飞船的控制，但他的几番努力都以失败而告终。当飞船被从电子流中甩出来后，径直飞向一颗蓝色的行星。在进入大气层后，飞船由于摩擦高热，导致船体严重受损。最后，飞船一头撞进了一片原始雨林，坠落在一个林间池塘里。戴维森赶在飞船座舱被池塘里的水完全淹没前，打开舱门，从里面爬了出来，并游上了岸。

惊魂未定的戴维森举目四望，发现自己坠落在一个与地球非常相似的外星球。周遭的绿色植物也有一种似曾相识的感觉。随后，戴维森离开池塘向森林深处走去。走着走着，突然前面的树木枝叶一阵晃动。一时间，戴维森不知所措，不知道前面到底有什么东西。可让他万万没想到的是，树木摇晃过后，竟然从林中钻出一个麻衣兽皮裹身的老人，紧接着又冒出了一个年轻姑娘，随后又有一群人从他身边掠过。但这些人似乎对戴维森没什么兴趣，只是非常慌张的向前奔跑，似乎正在逃命。很快，连戴维森也被裹挟进了四散奔逃的人群之中。不过，真正让戴维森感到震惊的是，追赶这群人的并不是什么洪水猛兽，而是一群顶盔冠甲，还能开口讲话的猿猴。眼前的场面，显然是这群猿猴早已计划好的一次狩猎活动。

猿猴军团从四面八方冲过来围捕人类，而且是要生擒活捉。首先落入它们手中的是一些老幼妇孺，被装进口袋或是罩进网中。而那些身强体壮、腿脚灵活的人类，猿猴们则把他们驱赶到森林外的一处洼地。远处早已有成群结队的猿猴士兵蓄势待发。最后，包括戴维森在内的所有人，几乎都被猿猴们活捉，并关进了专门运送人类的特制人力囚车。

囚车在猿猴士兵的押解下，进入了城市。沿途的小猿猴们一边咒骂，一边向囚车投石子取乐。而透过囚车的栅栏，戴维森看到了让他终身难忘的一幕：城市的街道两侧，猿猴们各个衣冠楚楚，谈笑风生，从事着各种社交活动——你甚至能看到，街边有"耍人表演"，如果不是它们那一张张毛茸茸的面孔，你一定会觉得自己正置身于一个典型的大都会。唯一有所不同的是，或许是出于猿猴的习性本能，它们的"住宅"私密性不强，普遍处于半封闭的状态。戴维森转身问同一囚车上的其他人这里是什么地方，但其他人都表情呆滞，默不作声。

当囚车穿过一条狭窄的街道时，又有一群小猿猴向囚车扔石头。这时，一个看上去很年轻的女猿猴，跑过来制止了孩子们的行为，并说这样做是不对了。为首的小猿猴骂女猿猴是"亲人类派"，然后做了个鬼脸，便跟其他孩子一起跑开了。这一切都被戴维森看在了眼里。

最后，囚车被拉到了"人贩子"的仓库。人贩子是个精明而贪婪的猿猴商人。它买下了猿猴军团猎捕到的所有人，并把他们男左女右分开关进不同的牢房。在把人类关进牢房的过程中,戴维森在森林里遇见的那个老人,为了保护自己的女儿,跟猩猩看守起了冲突,结果被强壮无比的猩猩狠狠地摔进了牢房里。之后,人贩子还优哉游哉地提醒猩猩看守,以后处理人类不要再忘了戴手套。

恰在此时,猿猴城市中最有权势的人之一,军团最高统帅黑猩猩赛德将军带着它的亲信部将大猩猩阿特上校以及将军的家属来到了人贩子的仓库。原来,赛德将军要给自己的侄女选一个小人当宠物。趋炎附势的人贩子见将军大人亲自驾临,立即矮了半截,跑前跑后的热情接待,极尽巴结之能事,并亲自帮将军的宝贝侄女选了一个金发小女孩,不但分文不收,还附赠一条名贵的宠物项圈。

在跟将军的谈话中,人贩子提到要让人类老实听话并不难,只要抓一个人出来开膛破肚,挂在高杆上示众就行了。但将军却回答说,现在猿猴中的人权派已经盯上了它们,还是不要做得太过分比较好。

在将军等离开后,人贩子吩咐手下给所有人打上烙印,然后根据订单开始送货。就在它们开始动手用烙铁给人烙印的时候,先前在大街上拦阻小猿猴,不让它们向人类扔石块的年轻女猿猴又出现了。原来,它名叫艾丽,是参议员的女儿,也是一个典型的人权主义者,相信人能跟猿猴一样过体面的生活。艾丽趁其他猿猴不备,夺走了它们手上的烙铁,顺手丢到了关押男人的牢笼前。被关在笼子里的戴维森当然不会错过这个千载难逢的机会,他悄悄伸手,把烙铁捡了起来。此时,人贩子和它的手下们都在不错眼珠地盯着艾丽,谁也没发现戴维森的危险举动。人贩子警告艾丽,说如果它不是参议员的女儿,一定不会轻饶它。而艾丽则振振有词地回答说,如果人贩子不再买卖人口,它就不再找它的麻烦。说着说着,艾丽无意中走到了牢笼边上。戴维森瞅准机会,伸出手去,一把抓住艾丽,并用烙铁挟持住它。这个举动让艾丽和人贩子都始料未及。人贩子因为投鼠忌器,不敢轻举妄动。而关在另一个笼子里的年轻姑娘妲厄娜也想趁乱逃跑,却被人贩子的手下抓住。

IN THIS TEMPLE
AS IN THE HEARTS OF THE APES
FOR WHOM HE SAVED THE PLANET
THE MEMORY OF GENERAL THADE
IS ENSHRINED FOREVER

拯救全球的伟大猿人

僵持之中，戴维森轻轻地在艾丽耳边低语，请求它帮助自己。艾丽听懂了戴维森的意思，于是它向人贩子提出要买下戴维森和姐厄娜。眼见这一男一女野性难训，人贩子也担心这两人会砸在手里。而艾丽主动提出，要买走他们，人贩子自然心中窃喜，顺便还能敲上一笔，何乐而不为。它立即吩咐手下，把戴维森和姐厄娜送往艾丽家。

被猿猴奴役的人类

回到家中，艾丽的父亲桑达尔参议员得知女儿又买回了两个人类，也没有特别的表示，只是告诉女儿，它晚上要举行家宴，宴请城中的权贵，尤其是赛德将军，它特别讨厌人类，所以最好不要让家里的人露头。

晚上，桑达尔的贵宾们如约而至。来的最早的是桑达尔在参议院的同事纳多参议员和它的夫人，它们刚刚从丛林老家度假回来。这趟旅程让纳多参议员感觉自己的体力大不如前，而议员夫人则抱怨，丛林老家蛮荒落后，一点也不好玩。随后，又有几位贵客偕夫人前来。最后，姗姗来迟的是赛德将军和阿特上校。

开饭前，众猿猴向它们的始祖西莫斯祈祷。席间，猿猴们不免要谈到政治问题，尤其是国家面临的危机以及对人类的政策。艾丽向众猿猴展示了它的人类仆人的编织手艺，并宣称人类跟猿猴一样是有灵魂的。这话让阿特上校很反感，说这是对西莫斯的亵渎。而赛德将军的反应更直接，它伸腿绊倒了端着水果盘前来上菜的戴维森，扒开他的嘴巴，冲里面大叫，这里有灵魂吗？坐在另一边的艾丽被赛德的举动激怒了，它愤然离席。看到如此情形，桑达尔参议员朝赛德使了个眼色。赛德便跟着艾丽进了里屋。

原来，赛德将军对年轻漂亮的艾丽钟情已久，而且希望通过与参议员之女的政治联姻巩固和扩大自己的权力。但特立独行的艾丽对赛德将军却一点好感都没有，而且对它和它手下对人类的狠毒手段颇为不满。尽管赛德对艾丽软硬兼施，但艾丽却始终不肯就范。气急败坏的赛德自觉无趣，便从艾丽居住的二楼一跃而下，落到地面上，然后翻身上马。恰在此时，两个身着红色盔甲的大猩猩士兵来到赛德将军的马前，向它密报不久前发生的一间怪事——有件奇怪的东西从天而降，在森林里留下了大片烧灼痕迹。赛德闻讯大惊，立即命令它们俩在前面带路，去察看现场。

被关进笼子里的戴维森趁猿猴们都回房睡觉的机会，用在厨房里得到的刀，撬开了牢门上的锁，跟姐厄娜和参议员家的另一个男仆人一起逃了出去。他们直奔人贩子的仓库，去解救姐厄娜的其他族人。

当赛德在两个手下的带领下来到森林里的时候，它吃惊地发现，茂密的森林仿佛一瞬间就被劈出了一条走廊，两边的树木都有明显的烧灼痕迹。这骇人的一幕让赛德感到了前所未有的恐惧，也让它的心中产生了杀猿灭口的念头。它趁两个手下不备，从身后突施冷剑，把两个猿猴士兵杀死在当场。

在男仆的指引下，戴维森带着姐厄娜一起来到了人贩子的仓库。戴维森用撬棍别断了缠绕在牢门上的绳索，把姐厄娜的父亲和族人都放了出来。随后，戴维森要求姐厄娜父女带他们回到飞船坠落的地方。于是，摆脱了牢笼的人们又踏上了危机重重的逃亡之旅。

猿猴都市在晚上是对人类实行宵禁的。因此，这些出现在大街上的逃亡者很快就引起了猿猴居民的注意。不一会，负责维持治安的猿猴士兵便收到消息，赶来围捕。但是，戴维森一行人已经顾不上这些，他们从街巷，甚至猿猴们的住所内穿越而过，急急奔向城外。路上，顺便还救回了被赛德的侄女领走做宠物的小女孩。

然而，猿猴们的行动速度显然比戴维森等人预料的要快很多。所有出入城门都已经被严密的封锁起来。就在人们走投无路的时候，戴维森意外的遇到了出来寻找他们的艾丽和管家。戴维森请求艾丽帮助他们逃出都市，并承诺会告诉它，如何才能改变它们的世界。艾丽被戴维森的真诚感动了，它不顾老管家的劝告，答应带他们从密道出城。

当他们打算从城门边的密道钻出城去的时候，被恰巧带兵在附近巡守的阿特上校发现。为了掩护其他人出城，姐厄娜的父亲不顾身上的伤痛，顺手抄起一支火把，扑向阿特上校。但这个衰弱的老人哪里是猿猴军团第一猛将的对手，被对方轻而易举的擒在手中。而黑猩猩赛德则从背后结束了老汉的性命。随后，赛德命令阿特带士兵进入密道,搜捕所有的"逃人",一旦抓获,格杀勿论,但戴维森则是个例外,赛德要阿特把他生擒活捉,带到它面前问话。阿特反问赛德,跟他们在一起的参议员之女要如何处置。赛德坚称,艾丽是遭到了胁迫,并说要亲自将此事报告参议院。

出城后,艾丽再次拒绝了老管家的劝告,跟随戴维森等人一起进入了丛林深处。当他们来到飞船坠落的池塘边的时候,艾丽突然变得非常惊恐。对此,艾丽家的男仆解释说,猿们怕水,不会游泳。戴维森不屑地摇了摇头,深吸一口气,纵身跃入池塘,向沉入塘底的飞船潜泳过去。过了好长时间,仍然没见戴维森浮上来,大家开始焦虑起来,担心他是否遭遇意外。最着急的姐厄娜不想再等下去,她也纵身跳入水中去寻找戴维森的下落。没想到,她刚潜入水中没多久,居然迎面碰到了一具猿猴士兵的尸体。原来,这就是被赛德将军灭口的两名士兵之一。姐厄娜对眼前的一幕完全没有思想准备,受到了极大的惊吓,险些溺水。幸好,从飞船上取回应急包的戴维森及时发现了险情,把姐厄娜救出了水面。

回到岸上,戴维森告诉艾丽,有两只猿沉在水里。一旁的老管家认为,这说明还有"人(猿)"知道此事。但这并不是戴维森此刻最关心的问题,他从应急包中取出了激光枪和归航信标仪,然后把枪别在腰上,启动归航信标仪,并获得了信号应答。这让戴维森感到非常兴奋,自从坠落猿星以来,他第一次看到了摆脱噩梦的希望。于是,他毫不犹豫的决定跟着信标的指引,前去寻找同伴。戴维森的举动,让与他同行的猿星土著人感到困惑,因为他们不知道在戴维森离开后自己应该怎么办。就在此时,人贩子和他的手下突然蹿了出来,想要抓捕从城里逃走的一行人。戴维森立即拔枪射击,射出的激光束吓得人贩子的手下屁滚尿流,丢下它们的主人落荒而逃。人贩子则呆立当场,不知所措。姐厄娜和族人们纷纷要戴维森结果了这只罪大恶极的红毛猩猩。但艾丽却用自己的身体掩住了人贩子的身

人权主义猿猴艾丽

妲厄娜

体,说如果杀了它,会贬低戴维森的身份。而人贩子毕竟是个阅历丰富的"老油条",眼见情势不妙,立即跪地求饶,可它的后腿却不老实,伺机想要抓回武器发动偷袭。戴维森当然没有给它这个机会,一枪打在它的身后,让它再也不敢轻举妄动。为了防止人贩子回到城里报信,戴维森让人给它戴上手铐,让它作为"客人"随队行动。

而就在戴维森转身的一瞬间,老管家冷不防地从他手中夺走了激光枪,狠狠地摔在石头上,并说绝不会让戴维森用那个东西威胁猿猴们的安全。这个意外让戴维森措手不及,但也已经无法挽回,他只好选择继续前进,希望能赶在追兵到来前,与太空站上的同伴会合。

在都市里,桑达尔参议员得知自己的女儿被人类绑架后,方寸大乱,急着希望赛德将军能够尽快帮它救回女儿。赛德则趁机向桑达尔索权,要求参议院宣布军管,赋予它绝对的权力以彻底铲除所有的人类。身为老牌政客的桑达尔立刻意识到,这绝不是赛德个人的要求,而是代表整个军方的夺权行动,但鉴于当下的严重事态,它也只能点头默认。在桑达尔离开后,赛德便要展开军事部署。可突然间,它家的老仆人匆匆跑来,说它的父亲有急事找它。赛德不敢怠慢,吩咐阿特上校代它点兵备战,自己则跨上战马,飞奔回自己的府邸。

回到府邸,赛德来到父亲的卧房。此时,它的老父亲扎乌斯躺在床上,已经奄奄一息。知子莫若父。老父亲在赛德强悍的外表下,看到了深藏在它内心深处的恐惧——那个人(指戴维森)来自这个星球以外,拥有它们无法抵御的强大力量。自知行将就木的扎乌斯决定把它们家族世代相传的秘密告诉赛德:在远古时代,人类是主人,猿猴是奴隶。以猿的观点来看,那时的人类聪明而残暴,超过任何一个物种。为了让赛德相信,扎乌斯让赛德取下神龛上的桃形器并砸碎它。拨开碎片和尘土,赛德找到了一把已经锈蚀变形的激光枪。扎乌斯告诉赛德,这就是人类拥有高端技术和文明的证据,而以现在猿猴社会的实力,根本不是对手。最后,老父亲叮嘱赛德,绝对不能让那个人踏足"克利玛(CALIMA)",也就是猿族的圣地禁区,因为那里隐藏着猿类起源的真正秘密。话说到此处,老猿在歇斯底里的惊惧中与世长辞——直到死时,它的眼睛也没有合上。

在归航信标的指引下,戴维森一行来到了克利玛的边缘地带。艾丽告诉戴维森,克利玛在猿类的《圣经》中是创世之地,上帝在那里创造了猿类的始祖西莫斯。不过,艾丽也说,现今很多受过教育的猿猴都认为这只不过是个神话传说,用以解释猿猴的起源。当然,这些对戴维森来说其实都无足轻重,重要的是尽快与同伴会合。于是,他们不顾禁区的警告,继续向前。

当他们来到一处河谷滩涂附近的时候,远远望见驻守在此处的猿猴军团的营地。要深入克利玛的腹地,戴维森一行就必须穿过营地,并渡过前面的大河。为此,戴维森决定利用猿猴怕水的弱点,趁夜闯过军营,渡水过河。

入夜时分,戴维森一行偷偷摸进了营地的马厩,解下拴在槽头的军马。备好鞍鞯之后,戴维森让大家上马,他还安抚情绪紧张的艾丽,告诉它,马很会游泳,会把它平安的带过河。一直被裹挟在队伍中的人贩子此时意识到,如果跟人一起擅闯军营,自己也是死罪难逃。于是,它便央求戴维森放了自己。但戴维森没有答应它的请求,而是让它继续跟着一起走。人贩子无奈,只好也骑到马上,至于以后,也只能听天由命了。

准备就绪后,戴维森向天空射出一颗信号弹。信号弹在空中爆炸,形成一个醒目的橘红色火球。营地内的猿猴士兵被这突如其来的一幕惊呆了,各个不知所措。恰在此时,戴维森一行纵马而来,风驰电掣间,便穿营而过。戴维森在队中押后,一边飞奔,一边用火把引燃帐篷,制造混乱。就在其他同伴大都已经涉水而过的时候,艾丽却因为坐骑受惊,摔下马来。而戴维森也因为受到攻击,滚落马下。千钧一发之际,戴维森来不及多想,拼命奔到艾丽身边。背着它跃入河中,向对岸游去。至于那些追到河边的猿猴士兵,因为不会游泳,只能干瞪眼,看着他们游向对岸。

在得知戴维森一行已经骑马渡河的消息后,沉浸在因父亲去世而悲痛万分的赛德将军变得更加怒不可遏。他立即通令全军,组成兵团方阵,起倾国之兵,杀向克利玛。

跑了大半夜之后,戴维森一行好不容易甩掉了追兵。于是,他们在一处山崖下露宿,准备天亮后继续赶路。只有老管家没有丝毫倦意,它警惕的登上高坡放哨。艾丽告诉戴维森,老管家曾经是猿猴军团的第一猛将,阿特上校也曾经是它的学生。后来,因为它反对赛德而遭到军团的驱逐,是艾丽的父亲收留了它。它这才成为了参议员的管家。艾丽接着又问戴维森有何打算,因为这个星球上的其他人类已经把他看作了救星。这一点戴维森也很清楚,但他知道,光靠他一个人的力量,什么也改变不了。到了现在这个分上,也只能走一步看一步了。

转天早上,在晨雾中,戴维森一行继续赶路。不久后,他们便抵达了克利玛的中心地带。那里也是戴维森的归航信标仪显示的会合地点。但戴维森并没有见到他期盼已久的同伴。那里有的只是一堆残破不堪的金属构建残骸。充满困惑的戴维森和他的同伴们一起走进残骸的内部。在里面,同样空无一人。戴维森只是在厚厚的尘垢堆中找到了一具骷髅头骨。突然间,他抬起头,看到墙壁上似乎刻有英文字母,从上往下三行分别是"CA""LI""MA"——CALIMA(克利玛)。一种似曾相识的感觉给戴维森带来了不祥的预感,他立刻用手擦去墙上的灰土,于是一行清晰的文字便出现在了他的眼前:"CAUTION:LIVE A NIMALS(注意:内有猛兽)"——那是奥伯龙空间站上实验动物饲养区入口处的警示语。尽管戴维森在情感上难以接受,但他的理智清楚地告诉他,这里就是他曾经工作过的奥伯龙号空间研究站。

凭着对空间站内部通道的记忆,戴维森径直来到舰桥的指挥控制室。由于奥伯龙号的电力系统可以为空间站提供永续动力,令戴维森仍然能够顺利的启动计算机,进入中央数据库,查看空间站的飞航日志。通过这些视频资料,戴维森终于获知了事情的真相:原来,为了找回失踪的戴维森,空间站上的人们决定驶入电子风暴的中心。结果,空间站失控坠落在这个跟地球非常相像、但渺无人烟的未知星球上。起初,空间站上的成员们对他们的处境一筹莫展。令人颇感意外的是,他们带到空间站上的那些经过基因改造的猿猴们对这个星球的环境非常适应。于是,这些猿猴便成为空间站上人们依靠的帮手。但好景不长,一个名叫西莫斯的雄猿

戴维森和妲厄娜一路逃向克利玛

成为猿猴们的领袖,开始向它们的主人发动进攻。最后,这些造反的猿猴打败了它们的主人,成为这个星球上的统治者;而少数侥幸逃生的人类,躲进了森林,沦为蛮族。直到几千年后,穿越时空的戴维森才驾驶飞船迫降在这个星球上……

得知真相的戴维森异常自责,感觉是因为自己的原因才害死了其他同伴。艾丽上前安慰他,说正是因为他,它们的种族才得以存在。等到情绪稍微平复之后,戴维森从奥伯龙号的残骸里走出来。让他没想到的是,在残骸的四周已经站满了闻讯赶来的人们。原来,当隐藏在山谷丛林里的人们得知竟然出现了"敢于蔑视猿的人",就仿佛听到了救世主降临的消息。人们纷纷抛弃家园,拉家带口赶往克利玛,希望能聚集在救世主周围,终结自己和种族的悲惨命运。

傍晚,赛德率领的大军已经到了不远处。戴维森深知,仅凭自己身边的这些乌合之众,根本无法与赛德的大军对抗。他翻身上马,告诉周围的人们,他愿意自己去做诱饵,引开猿猴大军的注意力,让其他人可以趁机逃走。但是,没有人听从他的建议,都留在原地不动。而姐厄娜的一席话,让戴维森清楚地知道,这些人聚集在他的周围就是要战斗的。所有这一切都被一旁的艾丽看在眼里,令它左右为难,无所适从:一方面它不愿看到人类遭到屠杀,另一方面戴维森等人要反抗的对象正是它的同类。于是,它决定牺牲自己,平息这场迫在眉睫的大战。

深夜,艾丽只身来到赛德的大帐之中。它跪在赛德面前,向它表示顺从,希望赛德就此罢兵,放戴维森等人一条生路。看到自己一直钟情的女猿跪在自己面前,赛德的虚荣心非但没有得到满足,反而受到了极大的刺伤。在它看来,艾丽竟然为了拯救人类而甘愿向它献身,是可忍孰不可忍!它不仅没有接受艾丽的要求,反而用烙铁在艾丽的手上打上了象征人类的奴隶符号,并说转天早上要让它和人类玉石俱焚。

拂晓时分,戴维森回到了空间站的残骸里,又一次播放飞航日志中的图像。艾丽不知何时已经回来,它走到戴维森身边。戴维森看到了它手上的烙印,立刻明白了艾丽的良苦用心,赶紧让它去包扎伤口。艾丽走后,戴维森无意中发现,飞船的燃料电池,仍然能够充电。这让戴维森突然想到了一个对付赛德大军的办法。随后,戴维森跑出来,告诉等在外面的人们,他们有机会取得胜利,但是必须按照他的吩咐去做。

天亮之后,赛德率领全军徐徐前进,在距离太空站残骸不远处,摆开阵势。戴维森则一边让人们躲到残骸后面隐蔽起来,一边让姐厄娜和老管家等人骑上马,到阵

人猿对决

前充当疑兵。双方摆开阵势之后，赛德看到对方人单势孤，不由得心生轻蔑，立即命令全部由黑猩猩组成的突击队展开进攻。恰在此时，姐厄娜的弟弟自作主张，骑马冲到阵前。而姐厄娜等则按照事前的约定，拨马回头，诱敌深入。一来一往之间，姐厄娜弟弟的马受惊摔倒在地，骑在马上的人则因为脚踝卡在马镫里动弹不得。危急时刻，戴维森不顾个人安危，冲上前去，救回了姐厄娜的弟弟。

就在突击队杀到距离残骸入口仅有咫尺之遥的地方时，戴维森果断的启动燃料电池，令其在瞬间达到输出最大功率，从而引起了大爆炸。巨大的冲击波从残骸入口处喷涌而出，担负突击任务的黑猩猩们全都被炸上了天。对于这一幕，猿猴军团的兵将们都没有丝毫的心理准备，士气重挫，而隐蔽在残骸后的人类则士气大振。在戴维森的率领下，人类向猿猴发起攻击。而眼见军心动摇，赛德表现出处变不惊的大将风度，一马当先，亲自带领军团发起冲锋。很快，猿和人便混战在一起。

但渐渐的，人类方面开始落于下风，毕竟这些人以前从来没有参加过战斗，而且对方不仅身体比他们强壮得多，还全是训练有素的正规军。赛德在战场上所向披靡，猛然间它发现了戴维森的踪迹，立即毫不犹豫地扑了上去，跟戴维森扭打在一起。若论单打独斗，戴维森还真不是黑猩猩赛德的对手，很快就被赛德打倒在地。

就在赛德扑上去想要扭断戴维森的脖子的时候，空中突然传来了一声震耳欲聋的巨响。交战双方都被这突如其来的响声吓呆了，纷纷停止打斗，朝天上望去。只见一个光芒四射的物体从天而降，正好落在猿猴和人类中间。而这个物体正是戴维森当初想要寻找的α探测船。随着驾驶舱罩打开，驾驶飞船的黑猩猩伯利克里向跑上前来、欣喜不已的戴维森伸出了象征胜利的大拇指。而围在周遭的猿猴们看到一只猩猩驾驶飞船从天而降，以为猿猴《圣经》中西莫斯再临世间的预言成真了，纷纷跪地参拜。只有站在一旁的赛德知道，所谓"西莫斯再临"不过是个神话，眼前的这只黑猩猩只会让它们陷入困境。

戴维森冲到飞船旁,帮伯利克里摘下了宇航头盔,并从飞船里取出了应急包。他本想带着伯利克里向猿猴们解释进化的过程,但伯利克里却突然向太空站的残骸跑去。戴维森正要追过去,赛德却从另一边扑了过来,按住戴维森就是一顿拳打脚踢,欲置其于死地。一旁的艾丽看到戴维森被打倒,不顾个人安危,全力扑向赛德,结果被赛德甩了出去,重重地摔在地上。而戴维森则趁机逃进了残骸中。赛德在后面紧追不放。

在残骸里面,赛德追上了戴维森,双方又大打出手。这回是伯利克里蹿到了赛德的身上,阻止它向自己的主人发动攻击。而赛德同样毫不客气地把这位从天而降的"西莫斯"甩到了一边。戴维森则趁机从应急包里掏出了激光枪向赛德射击。赛德为了躲避射击,在残骸中蹦来跳去。瞅准机会,它一个前跃,扑倒戴维森,戴维森手中的枪也丢到了远处,恰巧落在原来的中央控制室里。这时,艾丽、姐厄娜和她的弟弟也来到了残骸中。他们看见受了伤的伯利克里,拼尽全力,爬回了它一直居住的实验动物饲养区的笼子里。

戴维森的枪脱手后,他的第一反应就是想把枪捡回来。但是,赛德显然不给他这个机会,它连蹿带蹦地赶了过去,从地上捡起激光枪,开始琢磨他的使用方法。当它终于把枪口对准戴维森,并准备开枪射击的时候,戴维森及时关上了中央控制室的透明舱门,把赛德关在了里面。与此同时,阿特上校也赶到了这里。赛德要求阿特立即杀死戴维森,但阿特拒绝了赛德的命令。赛德转而央求艾丽,而艾丽则向它亮出了昨天晚上它烙在自己身上的奴隶符号。一时间,众叛亲离的赛德暴怒不已,对着透明舱门一顿乱射。最后,当它意识到所有的抗争都是徒劳之后,绝望的赛德蜷缩到角落里,再也不发一言。

当戴维森带着伯利克里重新回到地面上的时候,人类与猿猴已经达成了和解。双方各自埋葬了战斗中的死难者,并且决定不立墓碑,以让所有的死难者都得到纪念。戴维森把受伤的伯利克里交给艾丽,请它代为照顾。艾丽则请求戴维森能够留下,但戴维森却已经打定主意要返回地球。在与艾丽以及姐厄娜深情道别后,戴维森登上了飞船。随后,飞船的引擎启动,在轰鸣声中飞入苍穹。

当飞船进入太空后,戴维森驾驶飞船径直向电子风暴的中心飞去。在穿越"虫洞"后,戴维森终于再次回到了他熟悉的太阳系。在接近地球轨道时,地面指挥中心向他发出警告,声称他闯入了管制空域,要求他立即改变航向。但此时,飞船已经失去控制,起落架失灵。戴维森只能选择硬着陆。结果,他的飞船落在华盛顿特区的标志性建筑"林肯纪念堂"前。

当筋疲力尽的戴维森从飞船里爬出来的时候,他信步走进了纪念堂的大厅。让他万万没想到的是,记忆中熟悉的"林肯总统"的石雕像竟然变成了一只猿猴。雕像身后的铭文,变成了纪念"赛德将军"的字样。而当他走出纪念堂的时候,大批警察、消防队员、急救队员、新闻记者和围观的市民已经把大门口挤得水泄不通,而它们无一例外都是猿猴!

【原著赏析】

小说梗概:二五〇〇年,宇航员尤利斯·梅鲁和两个同伴一起乘坐宇宙飞船前往猎户座 α 星域进行科学考察。结果,他们找到了一个有智能生物居住的行星。但出乎他们意料的是,统治这颗行星的智能生物居然是猿猴,而人类只是进化链低端的野兽而已。在一次猿猴的狩猎行动中,尤利斯被同其他本地人一起抓进了动物园。幸运的是,尤利斯遇到了女猿猴科学家姬拉,它最终相信了尤利斯是个有智慧的外星人。但其他的猿猴却不愿相信人也可以是智慧生物这个事实。尤利斯的生命受到了威胁。在姬拉的巧妙安排下,尤利斯与他在这颗星球上遇到的女性诺娃以及他们的孩子一起乘坐猿猴设计的试验卫星重返太空,并登上了尤利斯等人来时乘坐的宇宙飞船。然而,当尤利斯带着家人重返地球的时候,惊人的一幕呈现在他的眼前——地球已经成为了智慧猿猴统治的世界。

这是一个野心勃勃的计划,地球上从未有过的最庞大的计划。参宿四,也就是我们的天文学家们称作猎户座 α 的,离我们的行星大约有三百光年远。它在很多方面引起了注意。首先是它的体积:直径是太阳的三百到四百倍,也就是说,如果把它的中心与太阳的中心重合,它的外缘能碰到火星的轨道;其次是它的亮度:这是猎户座里最大最亮的星,虽然很远,但在地球上用肉眼就能看见,还有它的光线的性质:它发出绚丽的红光和橙光;最后,这个星球的亮度因时而变,这是由它的直径变化所致。总之,参宿四是一颗动人心弦的星。

为什么在探索了太阳系后的第一次恒星际航行,要选择这样远的星球呢?这是博学的安泰勒教授执意这样做的。作为这次行动的主要组织者,他为此投入了自己巨大的财产,作为航行负责人,他又亲自设计了飞船,领导了飞船的制造工作。

....

正因为这样,尽管飞船大得足以容纳好几家人,他却种了相当多的植物,带了几只动物,而人只有三个:他自己,他的学生阿尔图尔·勒万——一个有前途的年轻物理学家,和我——尤利斯·梅鲁,一个不出名的记者,在一次访问中偶然与教授见面。他发现我无牵无挂,只身一人,而且象棋下得不错,就提议带上我。对一个年轻的记者来说,这是一次极难得的机会,即使我的报道只能在八百年后发表。也许正是因为这一点,它才更具有举世无双的价值。于是,我欣然同意了。

(摘自原著第一部第二章)

比较:电影的主角利奥·戴维森的身份是美国空军上尉,到达猿星只是个意外。而在原著中,这却是一次有计划的科学考察,而且带有私人探险的性质。故事的主角尤利斯·梅鲁是一个不出名的独立记者。另外,从原著的这段文字中,我们不难看出,作者布勒虽然是一位主流文学作家,但显然在小说的科学细节描写上,是下了一番功夫的。

这颗行星和地球像得出奇,这种感觉每一秒钟都在加强。现在,用肉眼已经能分辨出陆地的轮廓了。大气是透明的,稍稍泛着淡绿色,有时近于橘黄色,有点像普罗旺斯黄昏时的天空。海洋是淡蓝色的,同样透着绿意。我的眼睛火辣辣的,已经看到了那么多的相似之处,却还在发疯似的执意发掘新的相似点。然而,这里海岸的轮廓毕竟与我所见过的有很大不同。相似之处到此为止。在地理上,没有任何东西能令人想起我们的新旧大陆。

果真如此吗?算了吧!正相反,最根本之点是相像的!这颗行星上有居民。我们飞过了一个相当大的城市,周围辐射出林荫道,各种车辆来往行驶;我甚至还分辨出一般的建筑:宽阔的街道,白色的房子,长长的屋脊。

但我们却得在离那很远的地方降落。飞过一片庄稼地,然后是一处棕红色的密林,使人想起我们那里的赤道的丛林。

现在已经飞得很低了,我们看见高原顶上有一片开阔的空地,四周的地形崎岖险要。我们的头头决定冒一下险,向机器人发出了最后一道命令,制动火箭系统开始工作。我们像一只窥视游鱼的海鸥一样,在空地上空停了一会。

在离别地球两年之后,我们小心翼翼地又登上了陆地,顺利地落到了高地中央,落到了一片令人想起诺曼底草原的青草地上。

(摘自原著第一部第三章)

比较:在电影里,奥伯龙太空研究站为了寻找失踪的利奥·戴维森冒险闯入电子风暴,结果坠落到无人居住的猿星上。后来,太空站内的猿猴起来造反,成为猿星上的统治者。而幸存的人类则逃入了原始森林,过起了原始的野蛮生活。所以说到底,猿星上的猿猴和人类都来自地球。但原著中,尤利斯等人在抵达这颗外星球时,当地就已经有了猿猴文明。

正当她可能重新恢复了信任的时候,却又发生了一件事,使她再度惊慌起来。我们听到树林中发出了响动,小朋友埃克多出现了。它从一个树枝跃到另一个树枝,跳到地下,欢蹦乱跳地向我们跑来。我非常惊讶地看到,当那姑娘看见这猴子的时候,脸上出现了野兽一样的表情,混杂着恐怖和威胁。她低下身子,腰弯成弓形,全身的肌肉都绷得紧紧的,双手蜷缩成爪子一样,像要嵌进去似的紧贴着岩石。这一切,都是因为那只可爱的小猴子,它正要过来欢迎我们呢。

正当小黑猩猩经过她身边(它并没看见她),姑娘一跃而起,身体像一架弓一样张开,一把抓住了黑猩猩的脖子,两条腿像铁钳一样紧紧夹住了它,两只手死死地掐住它的喉咙。这一切是如此之迅速,以至我们根本来不及帮忙。小黑猩猩绝望地挣扎着,几秒钟就僵直了,她这才放开了它。这个光辉的造物——"诺娃(即"新星"。在我这颗充满浪漫激情的心中,我这样称呼她,因为只有灿烂的明星才能与她媲美)",就这样轻而易举地扼杀了我们一头亲密的、毫无反抗力的小动物。

(摘自原著第一部第五章)

比较:还记得电影里的黑猩猩伯利克里吗? 正是它的失踪最终缔造了猿星。当然,在影片最后也是它的出现才令人类和猿猴最终达成了和解——虽然这样的情节设计实在是牵强得很!而伯利克里的原型就是原著中尤利斯等人带在身边的小黑猩猩埃克多,但不幸的是,它刚登场没多久就被惧怕猿猴的诺娃掐死了。这在动物界是一种很常见的现象,成年食草动物经常会袭击落单的掠食动物幼崽,以免它们长成后对自己和自己的后代构成威胁。

从这一天起,有了姬拉的帮助,我对世界的认识越来越加深,猴语也进步得很快。姬拉几乎每天都以个别测验为借口抽时间来看我,教我猴语,同时以惊人的速度和我学法语,不到两个月,我们俩交谈的内容已经十分广泛了。我渐渐摸到了梭罗尔精神的实质,这里把这种奇特的文明粗略地描述一下。

我们一旦能交谈,我就把话题引向我最感兴趣的方面:猴子果真是这里唯一有思维的生物吗?是这个星球上的万物之灵吗?

"你在胡想些什么?"它说,"猴子当然是唯一有理性的、既有肉体又有灵魂的造物啦。连我们这里最唯物的学者都承认猴类的灵魂具有超自然的本质。"

这样一类的话总是使我不由自主地吓一跳。我说:

"那么,姬拉,人是什么呢?"

然后我们用法语继续谈,因为它学法语比我学猴语快。我们双方已经不知不觉用"你"称呼了。最初双方对"猴"和"人"的理解很不同,交流有点障碍,但很快就好了。它一说"猴子",我就理解为"高级生物"、"文明的顶峰";它一说"人",我就理解为"动物"、"有点模仿力的动物",从解剖学来看与猴子相似,然而只有低级的心理,没有理智。

"大概一个世纪以前,"它一本正经地说,"我们就对起源的认识有了可观的进展。从前,我们认为物种不变,从万能的上帝创造出来的时候,就具有现在的各种特点。但是,有一派大思想家,都是黑猩猩,把这种思想体系完全改变了。现在我们知道,不同的物种大概有一个共同的起源。"

"猴子是人的后代吗?"

"有些学者这样看,但这并不确切。猴与人是不同的两支族系,从某一时代起,它们分别沿着不同的方向发展,猴类逐步发展提高到具有理智,而人类则停滞在动物阶段。不过,还是有不少猩猩仍然坚持否认这一明显的事实。"

"姬拉,你是说……那一派大思想家都是黑猩猩吗?"

我完全把这些东拉西扯的谈话原封不动地照搬到这,因为我想知道的事情实在太多,常常使姬拉离题。

姬拉语气激烈地说:

"几乎所有重大的发现都属于黑猩猩。"

"那么说,猴类中间也分集团啰?"

"你很清楚,我们这里分三支:黑猩猩、大猩猩和猩猩,每一支都有各自的特点。多亏黑猩猩所进行的运动,原来的族系隔阂已经消除、争端也平息了,现在,我们之间基本上已经没有差别了。"

"可是,大部分重要的发现是属于黑猩猩的。"我故意强调它说过的话。

"这是事实!"

"那大猩猩呢?"

"它们只知道吃肉。"它很蔑视地说。"从前它们是老爷,很多大猩猩直到如今还保留着权欲,它们喜欢指挥和领导别人。它们酷爱打猎,爱过露天野地的生活,最穷的便被人家雇佣,卖苦力。"

"猩猩呢?"

姬拉看了我一会,笑了:

"它们搞的是官方的科学,这你看得出来,以后还会看到。它们从书本中学到许多东西,全都得过勋章。它们中间有几个被视为在某种极狭窄的专业中的杰出者,这需要很强的记忆力,至于别的嘛……"

它做了一个鄙夷的手势,我想给以后留点话题,便没再继续追问,而扯别的事情去了。我让它画了一张猴类的谱系图,它画得像第一流的专家那样好,有点像我们的物种进化图:一条主干,根部消失在未知中,生出若干分支,分别为植物、单细胞动物、脊椎动物,再往上是鱼类、爬行类,最后是哺乳类,一直延伸到与我们的类人猿相似的阶段,便分出了一个新的枝权,这就是人。这一枝很短,而主干继续延伸,直到产生了各种原始的史前猴类,最后发展到智慧猴类,形成了三个顶端:黑猩猩、大猩猩和猩猩。事情很清楚。

最后,姬拉说:

"猴子的大脑得到了发展,是复杂的,有条理的,而人的大脑却没有任何演变。"

"姬拉,你说说,猴子的大脑为什么能得到这样的发展呢?"

语言显然是一个主要的因素,但是为什么这里的猴子有语言,而人倒没有呢?学者们的见解各不相同,有的认为这是一种极奥妙的神力造就的,有的则认为完全归功于它们有四只灵活的手。

它说:

"由于只有两只手,指头短而不灵活,人很可能一出生就受到了限制,不能进步,不可能对宇宙有确切的认识,因此,他们一直没能灵活地使用工具……噢,不,也许以前试过,拙笨地试过。我们找到过非常奇怪的遗迹,现在正对这个问题进行大量的研究。如果有兴趣,哪天我可以带你去见高尔内留斯,它谈起这个问题来比我强多了。"

"高尔内留斯?"

"它是我的未婚夫,"姬拉脸红了,"一个真正的大科学家。"

"也是黑猩猩吗?"

"当然啦……"接着,它又说:

"我的看法就是这样,具有四只手,是使我们的精神得以进化的最重要的因素。首先,我们能爬到树上,从而得到三维空间的概念;而人呢,由于身体结构不良,只能死钉在地上,局限在平面的概念上。由于这种灵活使用工具的可能,使我们产生这方面的欲望。我们取得了成功,并因此而得到了智慧。"

我在地球上听到的却完全相反,这种论点恰恰是用来证明人的优越的。但转而一想,姬拉的这种推论,在我看来,和我们的论点一样没有说服力。

我脑子里还有许多问题,正想接着谈下去,却被来送晚饭的佐郎和扎南打断了。姬拉偷偷地道了声晚安便走了。

(摘自原著第二部第二章)

比较:《猿猴星球》曾经两度被好莱坞搬上大银幕,但基本上都是按照科幻动作片甚至怪兽片的模式来改编的。其实,原著中,作者借姬拉的口,用三种不同的灵长类动物讽喻了三种不同类型的知识分子。说到底,作者表面上写的是猿猴世界,但真正要讲的还是人间百态。

"把一切都告诉你吧,"高尔内留斯断然地说,"我非常担心,再过半个月,最高议会将决定把你干掉……或者,至少以实验为借口切除一部分大脑。至于诺娃,她跟你关系太密切了,所以,我想它们也会采取措施,使她不至成为威胁。"

这办不到!我肩负着一个近乎神圣的使命,现在却变成世上最悲惨的人,让自己跌入了可怕的绝望中,姬拉用手扶着我的肩膀,说:

"高尔内留斯什么都没隐瞒,全告诉你了。只有一点,它还没说,那就是:任何时候,我们都不会丢弃你们。我们决定把你们三个人都救出来,有几个勇敢的黑猩猩会帮忙的。"

"我孤零零的一个人,能怎么样呢?"

"逃走!离开这个你根本不该来的星球,回到你的地球去。为了你和孩子,你必须这样做。"

它的声音颤抖了,好像要哭出来,它对我的感情比我想的深得多。我见它如此悲痛,又想到今后要永远离开它,也心慌意乱得不行。可是怎么逃出这个星球呢?

高尔内留斯又开口了:

"它说的都是实话。我答应姬拉帮你们逃跑,即使会丢掉我现在的位置,我也要这样做。只有这样,我才感到自己尽了一个猴子的义务。如果有什么危险威胁着我们,随着你们回到地球,这个危险也就会消失的……你以前不是告诉过我,你的宇宙飞船还是完整无损的,可以把你们载回去吗?"

"没问题,燃料、氧气和生活用品都足够我们飞到宇宙的深处。可是怎么到飞船上去呢?"

"我的一个天文学家朋友一直跟踪着这艘飞船,它还在绕着梭罗尔的重力轨道运行,每一个轨迹点都知道。至于到飞船上去……这么办。十天以后,整整十天,我们要发射一个载人的卫星,测定某些射线的作用……你先别急着问!预定载三个人:一个男人、一个女人和一个孩子。"

我一下明白了它的打算,十分佩服它这巧妙的安排,但是谈何容易啊!

"负责这次发射的科学家中,有几个是我的朋友,我说服了它们帮助你。卫星将安置在飞船的运行轨道上,在一定的范围内,可以操纵。要送上天去的这对夫妇,已经受过了条件反射的训练,懂得一点操作,我想你比它们要灵光些。我们的计划是:你们一家三口代替它们三个人飞走,这并不难,刚才我已经说过,主要的同谋找到了,因为黑猩猩厌恶暗杀。别的猴子不会发现任何形迹。"

这倒是很可能的,对大多数猴子说来,一个人不过是一个人而已,这个人和那个人在它们看来长得没什么两样。

"这十天里,我要让你接受紧张的训练。你觉得登船有问题吗?"

这一点不应该成问题。但是,现在我想的不是这些困难和危险,想到就要离开梭罗尔星,离开姬拉,离开我的同胞们,心里不禁感到一阵阵的哀伤。不管怎么样,我首先得把诺娃和孩子救出来,但是我一定还要回来,是的,以后一定要回来。我默默地向那些牢笼里的同胞们发誓,以后我一定会带着新的"王牌"回来的!

我激动得几乎发狂,不知不觉提高了嗓音。

高尔内留斯微微地笑着。

"对你这个旅行家来说是四五年以后,可对我们这些坐地不动的来说,就是一千多年啦,别忘了,我们也发现了相对论。在这段时间,我和黑猩猩朋友们讨论过,我们决定冒这个险。"

决定第二天再碰头之后,我们便分手了,姬拉先走了。趁我们俩单独在一起的时刻,我真心诚意地向它道谢。我不明白它为什么要为我做出这一切,它从脸上看出了我的心思,对我说:

"应该感谢姬拉,你的生命是它给你的。如果只是我一个人,很难说我会不会去找这份麻烦,冒这么大的险。但是,如果我成为这桩罪恶的同谋,它将永远不会饶恕我……况且……"

它欲言又止,因为姬拉在走廊里等我。最后,它用低低的,使姬拉听不到的声音迅速地加了一句:

"另外,你离开这个星球,对它,对我都更好些。"

它关上了门,现在走廊里只有我和姬拉了。

"姬拉!"

我停下脚步,一把把它搂在怀里,它也十分激动。我们紧紧地拥抱着,一滴泪珠沿着它的鼻子流了下来。啊,这可怕的外表又有什么呢?我们的心是紧紧相连的。我闭上眼睛,不去看它那被激情弄得更丑陋的相貌。它那异样的身体紧贴着我,在簌簌发抖,我强忍住厌恶的感觉,把脸贴到它的脸上,正要像恋人那样亲吻,它本能地跳开,猛地一把推开了我。

我慌了手脚,不知所措,一动不动地呆住了。姬拉用两只毛茸茸的长手掩住脸,抽泣着对我说:

"亲爱的,这是不可能的。太遗憾了,可是我没办法,我不能!你真坏!"

(摘自原著第二部第十章)

比较:人与猿的跨物种之恋曾是电影宣传中的一个重要卖点。在原著中,这个场景出现在结尾部分,姬拉的未婚夫高尔内留斯决定帮助尤利斯一家三口逃生。这不光是出于它作为科学家的良知,也包括它作为雄性的妒忌之心。这一点,姬拉本人也心知肚明。但最终它还是没有接受尤利斯的热吻。或许,这样的艺术处理才更符合逻辑,远比电影中的设计要高明得多。

【说书论影】

与大多数科幻名著不同,《猿猴星球》(*Monkey Planet*)的作者是一位主流文学作家,而且是一位法国人,名叫彼埃尔·布勒(Pierre Boulle, 1912—1994)。

布勒于一九一二年二月二十日出生在法国阿维尼翁的一个天主教家庭。二十一岁时,布勒在素有"工程师摇篮"美誉的法国高等电力学院获得硕士学位。三年后,他前往马来西亚的一家橡胶种植园担任专业技师。

二战爆发后,布勒应征入伍并被分配到了法属印度支那部队服役。当法国战败投降后,他在新加坡加入了法国解放运动,成为戴高乐的支持者。后来,布勒又以盟军情报员的身份在东南亚各地活动,支持当地人民的抵抗运动。一九四三年,他在越南被捕,随即被日军监禁。一九四四年成功越狱逃脱,后来辗转到了印度的加尔各答,在那里跟随英国的特种部队一起作战。

二战结束后,布勒解甲归田,开始进行文学创作。一九五二年,布勒以自己的战争经历为素材,创作了反映日军二战期间在东南亚战场上以非人道手段强迫盟军战俘修筑铁路桥的小说《桂河大桥》(*The Bridge on the River Kwai*)。该书出版后迅速成为畅销书,销售量数以万计,并

彼埃尔·布勒

给布勒赢得了"圣·勃夫奖"。一九五七年,《桂河大桥》被改编为同名电影,成为当年奥斯卡奖的大赢家。随着电影在全球各地的热映,布勒的知名度也越来越高。

一九六三年,布勒出版了一本名为《猿猴星球》的科幻小说。在谈到这部作品的创作初衷时,他曾说,小说的灵感来自他在动物园游览时,看到大猩猩与人类之间互动时留下的深刻印象。"这让我纠结了很久,不停的想象人类和猿类之间到底是怎样一种关系。"同时,布勒并不认为这是他最好的小说,只不过是一个令人愉悦的幻想故事罢了,"故事中的很多部分我没有做到尽善尽美。"

但就是布勒口中这个并不完美的故事却被好莱坞演绎成了有史以来气势最恢宏的系列科幻电影之一。一九六八年,二十世纪福克斯公司把布勒的小说以《猿之行星》(*Planet of the Apes*)的片名搬上大银幕。电影中,一名叫泰勒的宇航员和他的同伴们于一九七二年乘坐一艘亚光速宇宙飞船从地球出发,在公元三九五五年时降落在一颗不明行星上。幸存的船员们很快发现,这是一颗人与猿猴共存的星球,而且猿猴是智能生物,人则只是不会说话的野兽。在一次猿猴军团狩猎人类的行动中,泰勒和他的同伴被抓,并被送进了动物园,供猿猴取乐和做实验。在善良的猿族科学家夫妇科尼利厄斯和齐拉的帮助下,泰勒和他在动物园中结识的女伴诺娃逃出了动物园。猿猴军团立即对泰勒等人(和协助他们的猿)展开追捕。影片结尾处,暂时摆脱追捕的泰勒在海边看到了残破的自由女神像,这才恍然大悟,原来自己并非来到了外星球,而是穿越时空来到了未来的地球。

在电影上映之前,布勒本来对这次改编并没有抱太大期望,甚至对片尾处对原著情节的改动颇不以为然。没想到,影片仅以五百八十万美元的投资,光在北美地区就获得了三千二百六十万美元的票房收入。布勒本人也受到了众多影迷的追捧。这让他感到非常兴奋,并亲自动手给电影公司撰写了一部名为《人类星球》(*Planet of the Men*)的续集剧本,描写十四年后泰勒以"救世主"的姿态带领人类起义反抗猿族统治。结果,电影制片人虽然出钱买下了这个剧本,却最终采用了另一位编剧撰写的剧本拍摄了续集《失陷猩球》(*Beneath the Planet of the Apes*)。片中,为了寻找泰勒等人乘坐的飞船,包括布兰特在内的宇航小组乘坐第二艘飞船也飞到了一千九百八十三年后的地球。唯一在降落时幸存的布兰特,巧遇诺娃,并通过诺娃找到了泰勒。泰勒和布兰特在废弃的都市下,找到了一群崇拜核导弹的变种人。而猿猴军团也循迹追来。混战中,诺娃、布兰特和泰勒相继中弹。临死前,泰勒引爆了核导弹，消灭了所有的猿猴。该片以三百万美元的投资，获得了一千七百多万美元的票房成绩。

受此鼓励，福克斯公司又在一九七一年、一九七二年和一九七三年推出了三部带有前传性质的系列电影《逃离猩球》(*Escape from the Planet of the Apes*)、《猩球征服》(*Conquest of the Planet of the Apes*) 和《决战猩球》(*Battle for the Planet of the Apes*)，讲述了人类衰落和猿族崛起的全过程。如此一来，就形成了波澜壮阔的"猩球五部曲"。再加上数量众多的电影小说、关联小说和动画剧集，最终组成了一个远超原著的庞大科幻世界。二〇一一年起，二十世纪福克斯公司再次将猿星故事搬上大银幕。迄今，共推出《猩球崛起》《猩球崛起Ⅱ：黎明之战》两部电影，用最新影像技术重新讲述人与猿之间错综复杂的纠葛故事。

一九九四年一月三十日，彼埃尔·布勒病逝于法国巴黎。他一生共出版二十六部长篇小说和六部短篇集，是当代法语文学的代表性人物之一。与二十世纪六七十年代的版本相比，大量电脑特效的应用让影片的视觉效果有了质的飞跃。而且，相比于一九六八年版，二〇〇一年版对原著的忠实度有所提高，尤其是影片后半段男主角带领人类对抗猿猴军团的情节显然是接受了布勒在《人类星球》中的构思。但在人物塑造上，本片却是败笔连连，女猿猴艾丽从原著中态度严谨的科学家变成了一个激进的左翼"人权"主义者，而且电影还以她与男主角之间超越物种的"禁断之恋"作为主要卖点。而人类女主角姐厄娜也给观众以鸡肋之感，除了时不时出来展示一下波涛"胸"涌之外，实在看不出有什么存在的必要。

在电影的尾声中保留了原著那个意味深长的结局：主角回到地球，发现这里也已经变成了猿猴星球。其实，从某种意义上说，对异类智慧生物的恐惧是人类与生俱来的本能，这也就是貌似荒诞的《猿猴星球》能够打动人心之处。然而，如果时至今日我们仍然不能包容歧见，容忍不同，不能对其他族群，乃至自然界的万千生灵平等相待，那人类还能被称为"智慧生物"吗？

【超级链接】

既是"猿"也是"猴"

《猿猴星球》的英文版有两个译名 *Monkey Planet* 和 *Planet of the Apes*。前者是曾

经担当过布勒的六部小说的英译、号称"布勒御用翻译"的菲尔丁在翻译小说时使用的译名，后者则是电影上映时使用的标题。究其原因，是因为小说法语原名为 *La Planète des Singes* 中的单词"Singes"的含义，既可以指有尾灵长类的"Monkey（猴子）"，也可以指无尾灵长类"Ape（猿）"，所以这两个英译都能讲得通，却也都不全面。而对照法文原名，这部小说的中译本就应该以"猿猴星球"为题。

【延伸阅读】

一、【法国】彼埃尔·布勒，《猿猴世界》，海洋出版社，1982 年。

二、【法国】彼埃尔·布勒，《桂河大桥》，上海译文出版社，2011 年。

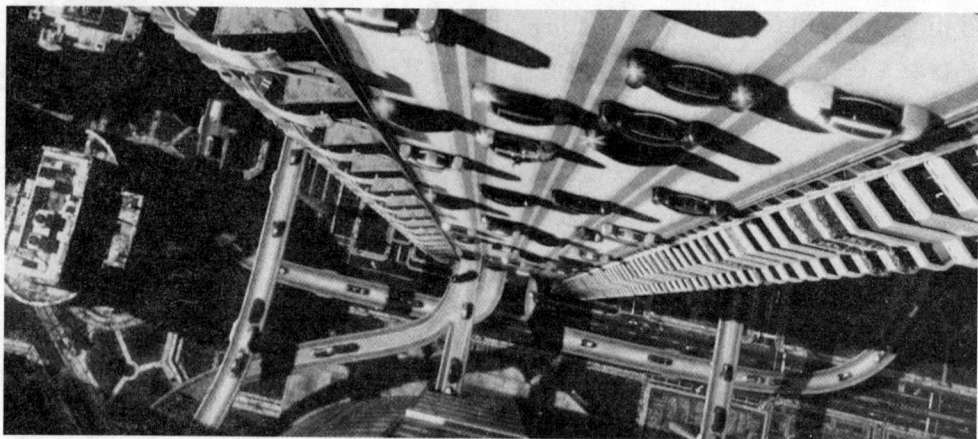

故事发生在一座充满未来色调街道的城市里

一个没有犯罪的世界令人向往。但如果这样一个世界是建立在并不精准的预言之上，那就可能让无辜者蒙难，甚至沦为滋生阴谋的温床。美国的鬼才科幻作家菲利普·K.迪克在他的小说《少数派报告》中就描绘了这样的一个世界——当层层迷雾被拨开之后，隐藏在幕后的真相让人不寒而栗，而此时此刻你已经别无选择。

惊世预言：
《少数派报告》

【精彩剧透】

二〇五四年的华盛顿特区,由于一套先进的犯罪预测系统投入使用,令恶性谋杀案在这一地区彻底绝迹。这套犯罪预测系统的基础是一女二男共三个具有特异功能的预测员。他们的潜意识能够捕捉犯罪发生的先兆,并在梦中形成犯罪现场的影像。这些影像被与他们的脑部连通的超级计算机捕捉并转换成视频资料,传递给执法部门预防犯罪局,由他们根据视频中所提供的信息找出犯罪现场的所在地,在罪犯实施犯罪前将其抓获。

这天早上,预测员预测了一起即将发生的杀人案,受害人是萨拉·马科斯和唐纳德·杜宾,行凶者是霍华德·马科斯,凶案发生时间在早上八点零四分。此时负责指挥行动的当值探员是约翰·安德顿。接到案情通报后,他立刻带上操作手套,与另外两位通过远程视频会议系统接入的见证人一起,在全息显示器上观看预测员给出的案件过程,并通过视频中的线索寻找案发现场。这时,距离案件真正发生还有二十四分十三秒。

这是一起由外遇引发的情杀案。丈夫外出上班后,妻子和情夫在家中幽会。不想,高度近视的丈夫因为忘了戴眼镜半路折返回家,正巧撞见了这对奸夫淫妇,丈夫盛怒之下,用剪刀刺死了妻子和奸夫。约翰和他的同事们通过检索数据库内的驾照信息找到了嫌疑犯的住址,但他们很快发现,嫌疑犯早已不在那里居住。距离案发时间越来越近,约翰只得返回全息显示器前,从视频中寻找嫌疑犯现住址的线索。就在约翰急切的寻找线索的时候,他的手下弗莱彻带着一名美国联邦调查局(FBI)的调查员丹尼·威特沃走了进来。急于破案的约翰无暇顾及这位不速之客,让弗莱彻代替自己向丹尼·威特沃介绍犯罪预测系统的运行方式。

终于,约翰在视频中发现了一条关键线索——公园里的一个旋转椅。这令行动小组最后锁定了案发现场的准确位置。此时距离案发只剩下几分钟的时间了。约翰立即带领自己手下的探员,乘坐高速警用喷气直升机,向案发现场直飞而去。

就在霍华德·马科斯举起剪刀刺向妻子前的一刹那,探员约翰夺门而入,从背后抱住了意欲行凶的霍华德,并将其制服。其他探员则从屋顶天窗处破窗而入,有的去保护受害者,有的则帮助约翰约束嫌疑犯,并给嫌疑犯带上了电子头箍。

在预防犯罪局的勤务中心,丹尼·威特沃透过玻璃窗看到楼下电解液水池中躺

上图:特异功能预测员

下图:汤姆·克鲁斯饰演的约翰

着的三名预测员突然开始全身痉挛,而显示器上又再次出现了霍华德行凶时的画面。身边的工作人员告诉他,这些画面只是影像回波,是预测员的错觉,遇到那些情节恶劣的案件时,常会有这种现象。随后,负责系统维护的技术人员便将这些影像删除了。

顺利解决了"霍华德·马科斯意图谋杀案"让犯罪预测系统再次证明了自己的准确和高效。事实上,在犯罪预测系统投入试运行的六年间,华盛顿特区的谋杀案已经归零。现在,美国人即将通过全民公决,投票决定是否要将这一系统推广到全国。然而,作为行动指挥官的约翰·安德顿却并不像其他人那样激动。深夜,无法入睡的他从毒贩手中购买迷幻药麻痹自己。而这一切都源于数年前,他的幼子肖恩遭人绑架后失踪,至今下落不明。自那之后,约翰便陷入了深深的自责之中,他的妻子也因为无法原谅丈夫的过失,与他离婚。在妻离子散的双重打击下,约翰只能靠药物和当年给妻儿拍摄的录像视频,勉强支撑自己继续生活下去。

转天早上,约翰在预防犯罪局总部遇见了局长拉马尔·伯吉斯。作为自己的老上司,约翰对伯吉斯局长敬重有加。局长叮嘱约翰要留意 FBI 的丹尼·威特沃,因为现在距离公投只有一个星期的时间了,他不希望节外生枝,所以要约翰盯紧他。约翰点头称是。而在勤务中心,丹尼·威特沃依然在饶有兴致地和约翰的手下们讨论与犯罪预测系统有关的问题。最后,丹尼提出要进入三位预测员所在的"神殿"中进行调查。约翰微笑着拒绝了他的要求,因为所有探员都被禁止进入"神殿",以免干扰预测员。但丹尼从口袋里拿出了由司法部长亲自签署的授权书,授权书中指派丹尼·威特沃全权负责调查犯罪预防局的行动合法性,并对其进行监督。无奈之下,约翰只得带着丹尼前往"神殿"。

进入"神殿"后,负责技术的沃利向他们讲解了预测系统的工作流程。听过讲解后,丹尼对这套系统的神奇之处大加赞赏。原来,在成为 FBI 的探员之前,丹尼曾在大学的神学院中学习了三年时间。而他的父亲在他十五岁的时候,在都柏林的一座教堂前被人开枪谋杀。丹尼告诉约翰,他理解那种失去亲人的痛苦,也同样憎恶犯罪。但他来这里的目的是寻找预测系统是否存在漏洞。如果确实存在漏洞,那么就会有人受到伤害,这是不能被容忍的。

当其他人都离开"神殿"后,约翰独自一人留在原地。突然,女预测员阿加莎猛地睁开了眼睛。这让约翰感到非常奇怪,因为预测员总是处于睡眠状态,应该不会轻易苏醒的。就在约翰满腹狐疑之际,阿加莎竟然从水池中一跃而起,紧紧地抱住了约翰的脖子,脸上露出极为痛苦的表情,还把嘴凑到约翰的耳边,对他说,让他看屏幕。此时,屏幕上显示出一个蒙面男子正在把一个中年女人拖进水中溺死。这个场景让约翰震惊不已。但不一会,阿加莎便再次陷入昏睡状态,沉回到了水池中。此时,刚刚出去的沃利回到"神殿",问约翰发生了什么事。约翰把刚才发生的事情,一五一十地告诉了他。但沃利认为这不可能,因为预测员根本就不会意识到其他人的存在。至于那些图像,沃利认为那不过是预测员的噩梦,有时候曾经发生的谋杀案会在他们梦境中重演。

沃利的解释并没有消除约翰的疑问。于是,他前往关押意图谋杀犯的囚禁中心。在那里,坐在电动轮椅上的管理员帮助约翰找到了他想要的那宗谋杀案的资料,被害人是个名叫安妮·莱夫利的瘾君子。这起案件在当时曾经非常轰动。但奇怪的是,本应存储在系统中的三名预测员给出的犯罪预测图像,唯独少了阿加莎的。更让人感到意外的是,正在囚禁中心的金属牢笼中服刑的案犯,其真实身份至今未能查明。原来,他的眼球被置换过,无法通过虹膜扫描获知他的真实身份。而本案的受害人也在案犯被捕后就失踪了。

种种疑点让约翰意识到这件案子背后一定大有文章。他不顾管理员的劝阻,拷贝了案件资料。随后,他立即赶往局长拉马尔·伯吉斯的家中汇报自己的发现。正在被重感冒所困扰的伯吉斯局长似乎没有心情理会这些疑点,他告诉约翰,现在犯罪预测系统正处在能否获得全国民众信任的关键时期,而约翰之前所遭受的丧子之痛以及由此生发出的对犯罪预测系统的信任是说服大众的最有力的证据。这番话让约翰恢复了对犯罪预测系统的信心,但却并没有解除他心中的疑惑。

就在约翰外出的这段时间,丹尼·威特沃潜入了约翰的住所。他不仅发现了约翰吃药的事实,还观看了存在约翰电脑上的三维录像。多年的办案经验让他意识到,约翰这回是有大麻烦了。

丹尼的预感很快就变成了现实,犯罪预测系统给出了一起新的谋杀案预测,被害人名叫李欧·克劳。这让约翰稍感意外,事实上由于犯罪预测系统的强大震慑力,在华盛顿特区方圆两百公里内,预谋杀人犯罪几乎已经绝迹,绝大多数杀人案都是临时起意的激情犯罪。但不管怎么说,既然有谋杀案将要发生,约翰自然不敢怠慢,立即启动系统,搜寻案发现场,并让保护小组待命出发。就在约翰急切地想从支离破碎的影像中找到案发现场的时候,他突然在影像中看到了自己的身影。原来,图像中显示的举枪射杀李欧·克劳的凶手正是约翰·安德顿。这让约翰震惊不已。而此时,预测系统也已经把他锁定为本案的凶犯。约翰急中生智,支走了勤务中心里的另一名同事,并切断了视频会议系统。但他没有马上逃走,而是反复查看影像,想从中找出到底是哪里出了问题,自己为什么会被预言将要枪杀一个素昧平生的人。约翰的反常举动被正在"神殿"中值班的沃利看了个满眼,但念在平时约翰的人缘很好,沃利还是给了约翰两分钟的逃跑时间。

就在神色慌张的约翰走进电梯的时候,丹尼从后面赶了上来。他对约翰说,自己找到了他吸毒的证据,要以此为由开除他。约翰闻言立即拔出枪来抵住丹尼的下巴。丹尼以为约翰是恼羞成怒想用枪来吓唬他,所以并不惊慌。当电梯门再次打开的时候,约翰立即逃之夭夭。只是丹尼此时还不知道,约翰之所以如此慌张的出逃并不是因为他发现了约翰吸毒的证据,而是犯罪预测系统已经把他锁定为谋杀罪犯。

当约翰开车上路后,他打电话给伯吉斯局长,告诉他自己被犯罪预测系统锁定,并认为这是丹尼·威特沃给他下的套。伯吉斯局长让他冷静下来,马上赶来自己家里,或是约在其他地方见面。不过,约翰很快就意识到自己已经被跟踪监控。为了摆脱追捕,他冒险弃车,从车流中纵跃而过,最后跑进了一间瑜伽教室,才得以脱身。

在预防犯罪局的局长办公室,伯吉斯叫来了弗莱彻,让他负责抓捕约翰的工作。恰在此时,丹尼·威特沃闯了进来。他声称要接管行动小组,但伯吉斯拒绝了他的要求。丹尼随即开始对伯吉斯展开盘问,并说自己有司法部的授权,可以调查高级官员可能的违法行为,矛头直接指向了伯吉斯。

再说逃亡中的约翰·安德顿。由于都市中无处不在的虹膜扫描仪,约翰很快发现自己无论走到哪里,都会被轻易地辨认出来。而他在预防犯罪局的同事们此时已经锁定了他的位置,并迅速展开抓捕行动。在地铁的出站口,预防犯罪局的探员们堵住了约翰的去路。他立刻转身从另一个出站口逃出。探员们立即启动背上的喷射背包,在身后紧追不放,终于把约翰堵在了一条小巷中。不过,约翰毕竟是他们的队长,对这些探员的战术动作了如指掌。经过一番缠斗,最后还是甩掉了所有抓捕他的探员。可就在约翰以为自己已经摆脱了追捕的时候,丹尼率领一批 FBI 的探员赶了过来。约翰无奈之下,慌不择路,逃进了一间汽车全自动生产厂。丹尼率领 FBI 探员也追进了厂房。几个回合的较量之后,约翰和丹尼两人一路打到了汽车装配线上。丹尼手疾眼快,抓住正在作业的机器人手臂,及时跳下了装配线,而约翰则被留在了还未装配好的汽车上。丹尼以为约翰可能已经在装备线上毙命了,于是带着手下探员,沿着装配线一路追到喷漆车间。隔着车间玻璃,丹尼突然看到约翰从刚刚装配好的新车里坐起身来。丹尼马上意识到自己失算了,赶紧追赶上去。可他的两条腿,哪有约翰的四个轮子跑得快。只见,约翰驾驶着刚刚下线的崭新跑车,转眼间便不见了踪影。

暂时摆脱追捕后,约翰驾驶着跑车径直前往位于市郊的一座花园别墅。其实,与其说这里是座乡间别墅,倒不如说这里是丛林女巫的城堡。约翰在翻过围墙的时候,被附着在墙上的"活藤蔓"刺伤中毒。他跟跟跄跄地走到了位于别墅中心地带的一座玻璃温室前,推门走了进去。里面有一个上了年纪的老妇人正在专心照料花草,她就是约翰要找的人——犯罪预测系统的设计者爱瑞斯·海因曼博士。

神殿

海因曼博士见到约翰这副狼狈模样,就知道他一定是在翻墙的时候，被她那些经过生物技术改造的"魔法藤"弄伤了。于是，她冲泡了一杯解毒茶给约翰服用。感觉稍微舒服点以后，约翰便问海因曼博士，别人如何才能伪造犯罪预测结果。海因曼博士却回答说，对此她一无所知。接着，海因曼博士提到这项研究的初衷，其实是为了研究吸毒者后代的基因问题，当时出现了一种名为"纽洛因"的新兴毒品，在精英阶层中广受欢迎。但吸毒者的后代中有一些自出生起大脑就存在严重的缺陷，这些孩子中的绝大多数人都活不过十二岁，少数侥幸活下来的孩子拥有了一项特殊的天赋。他们常

约翰和阿加莎

常在半夜里醒来，蜷缩在墙角，一边惊叫一边抓牢墙上的壁纸，这是因为他们总是做有关谋杀的噩梦。但研究人员很快就发现，这些并不是单纯的噩梦，谋杀案件确实发生了。于是，以海因曼博士为首的科研团队以此为基础，研制出了犯罪预测系统。

听到这里，约翰告诉海德曼博士，犯罪预测系统指控他实施谋杀，但他与被害人素昧平生，这让他感觉非常蹊跷。海德曼博士回答说，一个相互连接的事态链已经启动，它将把约翰带往犯罪现场，而且没有人能帮助他，犯罪预测是不会出错的，只不过有时候预测员们的意见也并不完全一致。海德曼博士继续解释说，大多数情况下预测员的预测都是一致的，但有时候他们中的一个人或许会有不同看法。闻听此言，约翰犹如遭受了电击，他问海德曼博士为什么自己对此一无所知。海德曼博士说，这是为了防止犯罪预测系统给人留下不可靠的印象。当然，这或许意味着，那些被犯罪预测系统判定为可能实施谋杀的罪犯，或许还有另外的选择，而非必然实施犯罪，但

如果人们知道这种可能性的存在,那么犯罪预测系统就会彻底完蛋。海德曼博士接着对约翰说,现在只有他能让犯罪预测系统延续下去——只要他杀死了被害人,就可以证明犯罪预测系统是正确的。但这显然不是约翰想要的结果。海德曼博士还告诉他说,现在他不应该相信任何人,包括她本人、司法部长(他只是想将系统据为己有)、丹尼·威特沃(他只是想取代约翰的位子),甚至是他最敬重的伯吉斯局长。现在唯一应该做的就是去寻找那份可能存在的少数派报告。尽管有关少数派报告的数据记录会在产生后即被销毁,但报告的原件仍然留在预测员的脑子里。只要约翰能够与预测员接触,或许就能拿到那份关键的少数派报告。这个建议让约翰感到非常为难,因为无处不在的虹膜扫描仪,会在他距离预防犯罪局还有十英里时,就锁定他的位置。对此,海德曼博士提醒他,身为警察、或者说前警官,他应该拥有一些能在关键时刻帮助他的特殊社会资源。最后,海德曼博士提醒约翰,少数派报告最有可能存在于那个最有天赋的女性预测员阿加莎的头脑中。

在预防犯罪局内,丹尼已经取代了约翰的位置,负责指挥抓捕约翰的行动。此时距离约翰枪杀李欧·克劳的预测时间还剩下二十二个小时,但行动小组仍未能确定案发现场的确切地点。丹尼下令对所有区域进行热扫描,并派出蜘蛛机器人对每个可疑人物进行虹膜扫描。同时,丹尼还要求调查约翰的前妻。

为了能够避过虹膜扫描仪,潜入预防犯罪局,获取少数派报告,约翰找到了一家意大利裔美国人开办的地下诊所,进行眼球置换手术。可是,当约翰坐上手术台的时候,才发觉这个自称所罗门博士的医生竟然是自己曾经亲手逮捕过的罪犯。但为时已晚,麻醉剂已经令他失去了反抗能力,只得任由那个医生摆布。

当约翰苏醒过来的时候,他发觉自己的眼睛上缠着纱布。显然,这位所罗门博士并没有借机报复约翰。但他提醒约翰,他的眼睛上的纱布要在十二个小时后才能揭开,否则他就会变成瞎子。随后,他把约翰安排到一间卧室里休息,并给他上好了闹表。此外,看在他们是"老朋友"的分上,所罗门博士还送给了约翰一剂暂时瘫痪霉。它可以让约翰暂时变得面目全非,三十分钟后恢复原样。在所罗门博士和他的助手离开后,约翰服用了镇静剂,沉沉睡去。

睡梦中,约翰又梦见了当年幼子肖恩失踪时的情景,随之便从噩梦中惊醒。此时距离能够揭开纱布的时间还有六个小时。就在约翰还沉浸于痛失爱子的梦魇之时,一个更加真实的噩梦又不期而至。原来,预防犯罪局的弗莱彻正带人搜查约翰藏身的大楼。为了提高搜查效率，弗莱彻等人放出了八只具有虹膜扫描功能的蜘蛛机器人。这些蜘蛛机器人对楼内的每一个居民都进行了虹膜扫描，以确认其身份。约翰为了躲避搜捕，摸索着走到卫生间，在浴缸里放满水，再把医用冰块倒在里面。然后，约翰闭住呼吸，躺到浴缸底部，以此隐匿自己的红外特征。就在约翰的冰水藏身术即将成功的时候，从他鼻子里冒出的一个气泡出卖了他。已经准备撤退的蜘蛛机器人重新返回浴室，它们发现了浴缸里藏匿的约翰，并用高压电迫使约翰从浴缸里坐起来。随后，对他强行进行了虹膜扫描。幸运的是，就在尾随而至的探员即将冲进屋子前的一刹那，蜘蛛机器人确认被扫描人的身份并非他们要找的嫌犯。这一下，急着收工的探员们也没有深究，直接打道回府。约翰也因此逃过了一劫。

在特勤中心，丹尼通过反复回放犯罪现场的画面，发现了一个他们此前从未注意到的细节：现场中除了约翰·安德顿和被害人李欧·克劳之外，还有一个蜷缩在角落里的女人。经过反复判读，人们终于辨认出了这个出现在现场女人，她竟然是预测员阿加莎。与此同时，约翰已经用所罗门博士给他的暂时瘫痪霉改头换面，从地下通道潜入了"神殿"，并封闭了从特勤中心进入"神殿"的入口。正当他请求沃利帮他查找记录信息的时候，丹尼带人赶了过来。约翰知道他已经没有时间了，索性抱起阿加莎，利用水池中的排水道逃了出去。

由于常年与世隔绝，阿加莎已经对外面的真实世界产生了强烈的恐惧感。约翰决定先帮她换件衣服，然后再去找他信得过的技术专家来帮他获取阿加莎脑子里的少数派报告。为此，约翰带着阿加莎去了一间"虚拟实境"游戏厅，那里的技术主管鲁弗斯·莱利曾经两次因非法盗取数据而被捕，约翰与他的私交很不错，就连自己使用的计算机设备都是由他组装的。对于约翰的突然造访，鲁弗斯颇感意外，更让他没想到的是，约翰身边竟然还带着犯罪预测员。在约翰的一再要求下，鲁弗斯同意帮助他获取阿加莎脑子里的预测图像。

当设备连接完毕后，有关约翰·安德顿枪杀李欧·克劳的犯罪预测画面出现在大屏幕上。让约翰失望的是，从阿加莎脑子里获取的犯罪预测画面与他之前在特勤中心看到的画面如出一辙。近乎绝望的约翰，大声质问阿加莎，到底有没有能证明自己清白的那份少数派报告，得到的回答是没有。闻听此言，约翰像泄了气的皮球一样，呆立在当场。然而，恰在此时，阿加莎的头脑中又呈现出另一组画面，就是约翰此前曾经调查过的安妮·莱夫利溺毙案，但这一次画面是从后向前倒放的，就在凶手即将揭开面罩①的一瞬间，图像戛然而止。约翰还没来得及搞清楚这段图像的真实含义，预防犯罪局的抓捕分队已经循迹而至。约翰不得不带上阿加莎继续逃亡。

出了游戏厅，约翰带着阿加莎混入了一间大型购物广场。在那里，阿加莎超常的预测能力成了约翰得以逃脱追捕的关键。她先让约翰取了一把雨伞，然后让他在一楼大厅

约翰在电解液池边

等一个卖气球的小贩走过，结果大把的气球遮挡了在二楼上俯视的探员们的视线，让他们得以逃脱。当探员们终于发现了两人的踪迹后，阿加莎让约翰带自己走紧急出口。穿过楼梯门时，她又让约翰给门后的乞丐留几个硬币。结果当探员们追过楼梯门的时候，被门后的乞丐绊倒，让约翰和阿加莎有时间逃出了商场。此时外面正在下雨，约翰撑起了之前拿到的那把伞，而追捕他们的探员从二层阳台上向下瞭望的时候，看见的只有一把把撑开的各色雨伞。就这样，约翰带着阿加莎再次从他前同事的眼皮底下逃遁无踪。

然而，他们没走出多远，约翰无意中抬头看见一幅正在吊装的巨幅全息广告牌，他立刻意识到，广告牌上身着时装的男模特就是他在枪杀李欧·克劳的犯罪预测图像中看到的那个"窗外男人"。此时距离案发时间只剩下十二分钟。约翰决定要去案发现场一探究竟。于是，他带着阿加莎走入了那栋高层旅馆。

在服务台，管理员起初不同意让约翰查看住客登记，直到约翰亮出自己的手枪。结果，约翰真的在住客名单中找到了李欧·克劳的名字。此时，阿加莎拼命站起身来，想让约翰跟她一起离开，并告诉约翰他还有一次选择的机会。而约翰则回答阿加莎说，他必须查出真相，还承诺说他绝不会杀任何人。

---

① 按照正常时序应该是凶手带上面罩。

约翰带着阿加莎来到了李欧·克劳居住的一○○六号房间。房间里空无一人，床边的圆桌上放着一个旧皮箱，里面凌乱的塞着几件旧衣服。约翰又望了一眼宽大的席梦思床，床上散乱的摆着众多的照片，都是些年幼的孩子。约翰走上前去翻查，而阿加莎此时越来越紧张，全身战栗不止，她央求约翰赶快离开，但约翰不为所动。终于，约翰找到了幼子肖恩的照片，还有李欧·克劳和肖恩的合影。他立刻明白了，自己之所以要杀死这个素昧平生的李欧·克劳，就是因为他是杀死爱子肖恩的凶手。此时，李欧·克劳出现在了大门口，约翰不由分说冲上前去，跟他扭打在了一起。在打斗中，李欧·克劳承认自己就是杀死肖恩的凶手，并说他把肖恩装进了木桶，沉入了大海。最后，悲伤愤怒到极点的约翰拔出了手枪，指向了李欧·克劳。但当预言中的犯罪时刻到来的时候，约翰的枪并没有响。在最后一刻，他的理智终于战胜了愤怒。

约翰向李欧·克劳宣布他的权利，并准备逮捕他。但出人意料的是，李欧·克劳却并没有因为捡回一条命而感到欣喜，反而拼命地要求约翰马上开枪打死他。原来，李欧·克劳根本不认识肖恩，更没有诱拐和杀死他。所有的照片都是一个不知名的人物交给他的。那个人答应，只要约翰开枪打死他，就会有人给他的家人一笔钱，并会好好照顾他们。为此，李欧·克劳才谎称自己是杀死约翰幼子的凶手，目的就是为了激怒约翰，寻求死路。听到这里，约翰非常震惊，追问李欧·克劳，到底是谁在指使他给自己下圈套。可李欧·克劳也说不出个所以然，只是一个劲的央求约翰赶快杀死自己。最后，他索性冲上前去，自己扣动了扳机。就这样，中了枪的李欧·克劳，在阿加莎撕心裂肺的尖叫声中，撞碎了玻璃窗，从十层高楼上坠下，一命呜呼。而对面大厦上的许多住客都目睹了这惊人的一幕。

命案发生后，丹尼带人来到了案发现场。在对现场进行了仔细勘查后，

想活命就要跑起来

种种疑点让处理过多宗谋杀案的丹尼颇感困惑。直觉告诉他,这件案子绝不是一个愤怒的父亲开枪打死了杀害自己儿子的凶手那么简单。离开现场后,丹尼打电话给伯吉斯局长,请他到约翰·安德顿的家里来。

在约翰的家里,丹尼把在现场找到的凶枪拿给伯吉斯看。伯吉斯认出那是约翰在巴尔的摩当警察时,他亲手送给约翰的佩枪。接着,丹尼告诉他说,警方很可能弄错了追捕对象。他先在电脑上播放了从囚禁中心的资料库中拷贝的安妮·莱夫利溺毙案的犯罪预测画面,接着又播放了阿加莎留在鲁弗斯的电脑里的犯罪画面,两者之间存在一个关键的差异就是水波的纹路,一个从岸边向水中,另一个从水中向岸边。丹尼怀疑,这两段看似相同的犯罪预测,事实上是两起不同的谋杀案,极有可能是有人利用了技术人员会删除预测员在案发后看到的影像回波这个惯例,模仿前一宗未遂谋杀案的现场情景制造的一起真实的谋杀案。如此一来,即便预测员感知到了新谋杀案的存在,也会被技术人员当成是前一宗案子的影像回波,予以删除。丹尼进一步怀疑,凶手一定是那些有权看到这些预测图像的某些高层人士。恰在此时,突然一声枪响,开枪的人正是伯吉斯局长。子弹射入了丹尼的右胸。原来,丹尼怀疑的那个隐藏在高层的真凶就是伯吉斯。而他之所以敢于在这个时候行凶,恰恰是因为约翰带走了阿加莎,令犯罪预测系统瘫痪,没有人会赶来阻止他的罪行。

在射杀了丹尼之后,伯吉斯接到了约翰的前妻劳拉的电话,说约翰带着阿加莎正在去她那里的路上。伯吉斯假意安抚劳拉,并让他稳住约翰,千万不要让他离开。随后,伯吉斯擦掉了手枪上的指纹,然后把枪扔到地上,从容不迫地离开了约翰家。

在劳拉居住的乡间别墅,约翰在与劳拉的谈话中发觉自己之所以遭人陷害,很可能就是因为安妮·莱夫利的案子。他连忙赶回房中,向阿加莎询问究竟。但阿加莎却向他和劳拉讲述了肖恩本应拥有的人生经历,接着又说到了被杀的安妮·莱夫利。约翰这才意识到,被杀的安妮·莱夫利就是阿加莎的亲生母亲。他问阿加莎,到底是谁杀死了她的母亲。阿加莎没有回答约翰的问题,反而大声叫嚷,让他赶紧逃跑。原来,预防犯罪局的大队探员已经把劳拉的住所团团围住。这一次,探员们没有给约翰再次逃脱的机会,他被以谋杀李欧·克劳和丹尼·威特沃的罪名逮捕,随即被关进了囚禁中心。而阿加莎则被重新带回了"神殿"。

转天,劳拉来到了伯吉斯的办公室。伯吉斯把约翰的私人物品交还给了劳拉。谈话中,劳拉提到了安妮·莱夫利,她说约翰告诉她,他是遭人陷害的,而且跟安妮·莱夫利被杀案有关。伯吉斯佯装一无所知，但最后还是说漏了嘴。劳拉意识到，这位多年来让她和约翰崇敬有加的老上司，很可能就是所有阴谋的幕后黑手。不过，因为伯吉斯马上要出席他就任国家预防犯罪局局长的庆祝晚餐会，所以他没有急于向劳拉动手，而是约她明天在她的乡间别墅见面。

从伯吉斯的办公室离开后，劳拉横下一条心，用约翰留下的眼球，骗过了预防犯罪局的保安系统，进入到囚禁中心。然后，她用手枪威逼看守，释放了约翰·安德顿。

此时，意气风发的伯吉斯正在晚宴上接受着人们的称颂和祝福。伯吉斯的秘书代表他的下属们，向老长官赠送了一把精致的左轮手枪和五发金壳子弹。伯吉斯高兴地接受了这份寓意深刻的礼物。但就在人们纷纷围上前来，争相向他索要签名的时候，伯吉斯却突然接到了约翰·安德顿打来的电话。在电话中，约翰揭露了伯吉斯谋杀安妮·莱夫利的全过程。原来，安妮·莱夫利曾经是瘾君子，但是她后来戒了毒，想向伯吉斯要回自己的女儿阿加莎。但伯吉斯深知，如果少了阿加莎，犯罪预测系统就会瘫痪。所以，必须杀掉安妮·莱夫利。于是，他就利用了影像回波这个漏洞，制造了一起双重谋杀案。在他雇佣的杀手被预防犯罪局的探员逮捕后，他便从潜伏的树林中走出来，戴上面罩，用相同的手法，残忍的溺死了安妮·莱夫利。后来，为了阻止约翰查出真相，他又一手导演了李欧·克劳谋杀案。

与此同时，劳拉打电话给约翰之前的同事，请他们无论如何也要帮助约翰。就这样，留存在阿加莎头脑中的伯吉斯杀人的情景就被放映在了宴会厅的大屏幕上。所有的来宾都被这惊悚的一幕吓得目瞪口呆。而此时，犯罪预测系统又给出了一件即将发生的谋杀案，被害人是约翰·安德顿，凶手则是国家预防犯罪局的新任局长拉马尔·伯吉斯。最终，伯吉斯穿过厨房和走廊，在顶层的阳台上看到了约翰·安德顿。此时的伯吉斯面临着跟约翰当初一样进退两难的选择：不杀约翰，犯罪预测系统就会失效，他多年来的心血就会付之东流；而杀死约翰，虽然能证明犯罪预测系统有效，但自己就会身陷囹圄，永不超生。最后，走投无路的伯吉斯选择了自杀，给自己所有的罪行画上了句号。

二〇五四年，在经过了六年的实验之后，犯罪预测系统最终被彻底放弃。所有此前被逮捕的囚犯被无条件释放。约翰和劳拉选择了复婚，一起等待着他们的第二个宝宝诞生。包括阿加莎在内的三名预测员被安排到一个隐秘的居所，得以平静的安度余生。然而，只要这个世界上还有犯罪存在，与之斗争的努力就永远不会终结。

【原著赏析】

小说梗概:约翰·安德顿在三十年前开创了犯罪预测系统。这套系统利用突变人的特异功能来预测一切犯罪活动,并在这些犯罪活动发生之前,把即将实施犯罪的人逮捕。安德顿也因此坐上了犯罪预防局局长的位子。某天,他突然得知,犯罪预测系统断定他即将谋杀退役将军利奥波德·卡普兰。安德顿不想束手待毙,于是开始逃亡。几经周折,他终于搞清楚这是卡普兰将军和他背后的军方势力想要摧毁犯罪预防局,重掌大权的阴谋。为了保住犯罪预测系统,安德顿选择了亲手枪杀卡普兰将军。最终,他被流放到偏远的外星殖民地,而犯罪预测系统得以保全。

安德顿看见这个年轻人时的第一反应是:我正在变成秃顶。秃顶、肥胖和年老。不过他没有说出来,相反,他推开椅子,站了起来。他绕过桌子,坚定地走过来,直直地伸出右手,勉勉强强地微笑了一下,同年轻人双手相握。

"威特沃?"他问道,同时尽量使声音显得有礼貌些。

"正是,"年轻人答道,"当然,你可以叫我埃德。假如你和我一样,都不喜欢过分的客气。"他白皙的脸上显出过分的自信,他认为那事情已经定了——威特沃和安德顿一开始就合作顺利。

…………

"我有一些可以公开获得的信息,"威特沃回答,"利用你的预报者实变体理论,你已经勇敢并且成功地废除了犯罪后罚款坐牢的惩罚制度。正如我们大家所知道的,惩罚对于犯罪从来就不起什么威慑作用,而且对受害者也不可能提供任何安慰。"

他们走进装潢考究的电梯。当电梯迅速地把他们往下送时,安德顿说:"你或许已经掌握了预防犯罪在法律上的关键问题,但是,我们逮捕的却是还没有犯法的个人。"

"但是他们会犯法的。"威特沃肯定地说。

"很幸运,他们没有来得及犯法。因为他们在进行暴力行动前,我们就抓住了他们,所以这种犯罪本身绝对是设想中的,因此我们宣布他们也是该受谴责的。而从另一方面来看,在某种程度上,他们是清白的。"

走出电梯，他们又沿着黄色的走廊向前。

"在我们的社会里没有重大罪行，"安德顿继续说，"这或许得益于我们有关押准罪犯的拘留营。

一道道门开了后又关上，他们来到了分析机旁。在他们面前摆着一排排醒目的设备——数据接收器和对传送过来的数据加以研究和整理的计算机。在计算机上方，坐着三个犯罪预报者，陷在像迷宫般的线路中几乎看不出来。

"他们就坐在那里，"安德顿干巴巴地说，"你对他们有何想法？"

在阴沉沉近乎黑暗之中，坐着三个"白痴"，嘴里都在含糊不清地唠叨着。每一句语无伦次的话语，每一个任意的音节，都得到了整理、分析和比较，以视频信号形式加以重组，记录在传统的穿孔卡上，并投入到各种各样的编码插口中去。三个"白痴"整天都在嘀咕，他们被囚禁在特制的高背椅上，由金属带子、无数的线路和夹子绑在固定的位置上。他们生理上的需要会自动地得到满足，但他们没有精神上的需求，他们轻声低语，目光呆滞，活得像植物人一样。这三个喋喋不休、笨手笨脚的家伙在分析机前嘀咕，而分析机却在记录预言。当三个"白痴"——犯罪预报者在讲话时，机器将他们的话当作预言仔细地记录着。

威特沃的脸上失去了愉快和信心，眼神中露出一种失望情绪。"这令人不快。"他说得很轻，"我没有想到他们竟然是这种样子——"他在考虑适当的词语，一边做着手势，"如此畸形。"

"畸形，而且智力迟钝，"安德顿立刻表示同意，"特别是那个姑娘。唐娜已四十五岁，但看起来只有十岁，她的才能是可以理解一切事物，特殊的大脑使前额区的平衡力萎缩。但什么是我们感兴趣的？我们能得到预言，预言能传递我们所需要的东西。这些预言他们根本就不理解，但我们能理解。"

·············

"你是否有过这样的想法——"威特沃犹豫地说，"我的意思是，你抓到的人必须向你多多进贡……"

"那不起任何作用。一份磁卡的副本档案已经在军队总部打出来了，用于核查和监督。他们的眼睛会一直盯着我们，一直盯着。"安德顿对最上面的卡看了一眼，"所以，即使退一万步说，我们想接受一次——"

他打住了，嘴唇咬得紧紧的。

"怎么了？"威特沃好奇地问。

安德顿小心翼翼地包起了最上面的一张磁卡，把它放到裤袋里。"没什么，"他咕哝着说，"什么事也没有。"

他严厉的声音使威特沃脸上浮出一阵不满，"你是不是真的讨厌我？"他说。

"对，"安德顿承认了，"我不喜欢你，但——"

他不喜欢这个年轻人到这种地步，连他自己都不能相信。这看起来是不可能的，一定出了差错，他头晕眼花，努力稳住自己乱作一团的想法。

在那张磁卡上有他的姓名，第一行——一个已经被控告的未来杀人犯。根据磁卡上已编码的文字，预防犯罪的实施者约翰·爱立信·安德顿准备谋杀一位男士，而且就在下星期。

他绝不相信会有这种事。

（摘自原著第一章）

比较：原著中的约翰·安德顿是一个年届六旬技术官僚型的高阶公务员。而电影中，这个角色被一分为二，一个是身为行动小组指挥官的约翰·安德顿，另一个是安德顿的上司预防犯罪局局长拉马尔·伯吉斯。显然，这是为安德顿的扮演者、好莱坞硬派小生汤姆·克鲁斯量身设计的。此外，原著里，突变人预测员可以预测各种犯罪，不只是谋杀案。他们的名字分别是唐娜、杰瑞和麦克，并无特别含意；而在电影中，三名预测员分别叫阿加莎、达希尔和亚瑟，这三个名字分别取自三位著名的侦探小说家阿加莎·克里斯蒂、达希尔·哈米特和亚瑟·柯南·道尔。

当安德顿走近时，男子紧张地用手指把无框眼镜推了一下，舔了舔嘴唇。这是一个上了年纪的人，约有七十来岁或者更大，手中有一根细长的银质手杖。他个子瘦长而结实，态度严峻，瘦小的头上仅有一点点灰白色的头发，头发经过仔细梳理，泛着光泽，一双眼睛十分警觉。

"你是安德顿？"他气势汹汹地问，一边转向穿着咖啡色短大衣的男子，"你们在哪里抓到他的？"

"在他家，"那人回答，"他正在准备行李——正如我们所预料的那样。"

写字台前的男子明显地抖了抖身子。"准备行李。"他摘下眼镜，猛地把眼镜塞到盒子里。"你说,"他生硬地对安德顿说,"你出了什么事?你是治不好的精神病人?你怎么能杀死一个你从未见过的人?"

安德顿突然意识到,这个老头就是利奥波德·卡普兰。

"首先,我得问你一个问题,"安德顿迅速地说,"你明白你干了什么吗?我是警察局局长,我可以把你关进监狱二十年。"

他还要说下去,但一阵突来的惊愕打断了他的话。

"你们如何发觉的?"他问,他不自觉地把手伸进藏着磁卡的口袋,"会不会有另一张磁卡——"

"我不是通过你们的机构得知的,"卡普兰愤怒地打断他,"你从未听说过我,这不奇怪。利奥波德·卡普兰,联邦西方集团同盟军的一位将军。"他不乐意地补充道,"自从英华战争结束,联邦西方集团同盟军队废除以后就退役了。"

这是符合逻辑的。安德顿以前就曾怀疑过,军队为了保护自身会加工复制磁卡。他稍微放松后问:"行啊,你们把我弄到这里,下一步呢?"

"很清楚,"卡普兰说,"我并不打算杀了你,否则将在那可恶的磁卡中有所显示。但我对你很感兴趣,我几乎难以相信,像你这种人居然会冥思苦想着残酷杀害一个完全不相干的人。这里面一定有更多的文章。坦率地讲,我迷惑不解。假设这代表着警察局的某种战略——"他耸耸不宽的肩膀,"可以肯定,你不会让我得到复制磁卡。"

"除非,"旁边一人说,"这是一个深思熟虑的阴谋。"

(摘自原著第三章)

比较:原著中的约翰·安德顿被指要杀死的人是退役将军利奥波德·卡普兰。实际上,原著中有个非常特别的情节设计,那就是犯罪预测系统的预测结果要传一份副本给军方,以此制衡预防犯罪局。这一点在小说中被军方利用,想以此摧毁犯罪预测系统,重掌大权。而电影中,伯吉斯局长设计陷害安德顿是为了阻止他调查自己利用犯罪预测系统的漏洞来杀人的事实。

安德顿不理他,打开了分析机的主要控制库的门。"三只猴子中哪一只提供少数派报告?"

"不要问我——我要出去了。"他走到门口停下,指指中间的那只猴子,然后关上门消失了。安德顿一个人在里面。

中间那只。他很了解那只猴子。那只矮小的、弯着身子的猴子,十五年来一直被禁锢在金属丝和继电器中。当安德顿走近时,它并没有抬头。它用呆滞茫然的眼睛凝视着一个根本不存在的世界,而对周围的物质世界它是麻木的。

"杰里"现年二十四岁。最初,他被认为是一个脑积水的"白痴"。但当他六岁时,生理测试人员鉴定他有预报犯罪的能力,这种才能隐藏在多层组织的渐变之下。他被送到政府办的培训学校后,这种潜伏的才能得到了培养,但"杰里"仍然是混混沌沌的白痴。

安德顿蹲下,拆掉了用以保护分析机上录音带的防护罩。利用图表,他把带子倒回集成计算机的最后一阶段,退到"杰里"的个人设备分开的地方。几分钟后,他颤抖地取出了两段半小时长的录音带。它们是最近弃用的,未与多数派报告合并的数据。他参考了代码图,挑选出了和他有关的一段录音带。

磁带旋转器突然在近处隆起。他屏住呼吸,把带子塞下去,使传送机工作,同时他又倾听着。这仅仅花了一会工夫,从报告的开头叙述部分就可清楚知道所发生的事。他听到了他所要的东西,他可以不再听了。

"杰里"的报告是反相位的。由于犯罪预报的无规律性,它审视的时间范围和它的同伙略有差异。对它来说,安德顿会不会犯谋杀罪必须结合所有别的事情才能做出判断。而那个判断和安德顿的反应又成了另外一份数据。

很显然,"杰里"的报告替代了多数派报告。当安德顿得到他会犯谋杀罪的信息后,他会改变主意而不去干的。也就是说,由于他事先得知会犯罪而取消了犯罪,这样,一种新的时间进程产生了,但"杰里"却被多数票击败。

安德顿颤抖着手重转磁带,录像机在嗒嗒作响。他高速复制了一份报告,恢复了原状,从传送机上取出副件。这就证明:那张磁卡是无效的废品。现在要做的就是把证明送给威特沃看……

对他自己的愚蠢,他感到惊奇。毫无疑问,威特沃早已看过这个报告。虽然如此,他仍霸占了局长的位子,把警察队伍排除在外。威特沃不想放弃局长宝座,他对安德顿的无辜受害无动于衷。

(摘自原著第六章)

比较:在电影里,安德顿为了躲避虹膜扫描,不得不在黑诊所里换掉眼球。而原著中的安德顿则利用了军方为他提供的假身份,轻而易举的潜回了预防犯罪局。另外,受制于小说创作的年代,作者笔下的犯罪预测系统是通过录音的方式保存预测报告的。而电影中,这一过程已经被彻底数字化了,预测员在梦境中做出的预测报告会直接转换成数码影像保存起来。

坐在卡车的驾驶室里,安德顿取出烟斗,装了烟草。用莉莎的打火机,他点燃了烟开始吸起来。莉莎重又回到房子里,去看看是否有重要物品遗漏了。

"当时有三份少数派报告,"他告诉威特沃,引起了这位年轻人的惊慌。有朝一日威特沃能学会不要陷入他不全了解的处境中去。满足感是安德顿的最后一种激情。虽然他已年老体衰,但他是掌握这个问题真相的唯一的一个人。

"这三份报告是连贯的,"他解释说,"第一份是'唐娜'。在那种时间进程中,卡普兰告诉我这个阴谋,于是我迅速杀死他。'杰里'被调整在'唐娜'之前,利用他的报告作为数据。他是我了解这个报告的一个关键因素。在第二个时间进程中,我要做的一切就是保持我的工作。不是我想杀死卡普兰,我的地位和生活才是我所感兴趣的。"

"而'迈克'是第三份报告,就是在这份少数派报告后的那份报告?"威特沃纠正自己,"我的意思是说,它是最后的报告?"

"'迈克'是三份中最后的一份,是的。面对着已了解的第一份报告,我决定不杀死卡普兰。这就产生了第二份报告。但面对着这份报告,我又改变了主意。第二份报告,第二种情况,这是卡普兰制造的。重新形成第一种情况,对警察局有利。这时我想起了警察。我已推测出卡普兰正在干什么。于是,第三份报告使第二份无效,同理,第二份报告使第一份报告失效。这时我们就回到起始的地方了。"

莉莎走过来,喘着气。"我们走吧——这里一切都已结束。"她轻巧灵活地拉下卡车上的金属横档,挤进去,坐在丈夫和司机旁边,司机顺从地开动了卡车,其余车辆尾随其后。

"每份报告都是不同的,"安德顿下结论说,"每份都是独一无二的。但有两份在一个问题上是相同的:如果我自由了,我会杀死卡普兰。这就造成了多数派报告的错觉。事实上,这一切都是幻觉。'唐娜'和'迈克'的预言是同一个事件,但在两个完全不同的时间进程中,在完全不同的情况下出现的。'唐娜'和'杰里',即所谓的少数派报告和多数派报告的一半,部分是错的。在三个报告中,'迈克'是正确的,因为他后面再没有别的报告使他无效。这就是总结。"

威特沃跟在卡车旁慢跑,他年轻的面孔因不安而显出了皱纹。"这种情况会再发生吗?我们应当彻底检查这种体制吗?"

"仅仅在一种情况下这种事可能会发生,"安德顿说,"我的事件是独一无二的,因为我能弄到数据。这种事情会再发生——但仅仅在下一任局长身上。所以要注意你的步子。"他咧开嘴唇简短地说。他从威特沃紧张的表情中得到了些安慰。莉莎坐在他身旁,红红的嘴唇在动,一只手伸出来握在他手上。

"最好留点神,"他告诫年轻的威特沃,"这种事情在你身上随时都可能发生。"

(摘自原著第十章)

比较:在影片的结尾处,已经荣升国家预防犯罪局局长的伯吉斯为了保住犯罪预测系统而选择了自杀。安德顿则洗脱了冤情,并与前妻复婚,期待着新生命的降临。而在原著中,安德顿在当众枪杀了卡普兰将军后,被判流放到外星殖民地。临行前,他向继任者威特沃讲述了事情的来龙去脉,并提醒对方,类似的事情也可能发生在他身上。

【说书论影】

《少数派报告》的作者菲利普·K.迪克(Philip K.Dick,1928—1982)是现代科幻作家中难得一见的"鬼才"。他的小说创作带有一种典型的艺术家气质,杰出的大作和粗糙的商业作品时常交替出现,完全没有文化工业流水线标准化生产的痕迹。在世人眼中,迪克性格孤僻,数次离婚,而且还是个妄想狂。他的作品虽然在科幻圈内广受好评,却未能给他带来可观的收入,不得不靠给廉价杂志写稿勉强度日。直到科幻大片《银翼杀手》(Blade Runner)于一九八二年上映并在全球范围内掀起科幻热潮的时候,人们才注意到这部电影的小说原著《仿生人梦见电动羊了吗》(Do Androids Dream of Electric Sheep?)的作者菲利普·K.迪克已经在这一年的三月二日病逝于美国加州的圣塔安纳市。

菲利普·K.迪克

菲利普·K.迪克的性格与创作在很大程度上受到了他童年不幸经历的影响。迪克出生在一个典型的美国家庭,父亲约瑟夫是美国农业部的调查员,母亲多萝西在生下菲利普和他的双胞胎妹妹之后,患上了产后忧郁症,对兄妹两人疏于照料,结果导致菲利普的妹妹被电热毯灼伤,送医后不治身亡。妹妹的死给年幼的菲利普造成了巨大的心理创伤,以至于在他后来的创作中"双胞胎幽灵"成为重要的母题。当菲利普五岁的时候,他父母的婚姻走到了尽头,小菲利普被判给母亲抚养。母子两人搬到华盛顿特区相依为命。直到一九三八年才搬回加州。此后,迪克进入伯克利中学学习,还曾一度就读于加州大学伯克利分校学习德语,但不久后便从学校退学。从一九五二年起,他开始发表作品,并成为全职作家。

第一部让迪克声名鹊起的科幻小说是他在一九五五年出版的《太阳系抽奖游戏》(Solar Lottery)①,故事中的世界由于抽奖游戏盛行而显得太平无事,而实质上整个社会体系早已腐朽不堪:身心困顿、神经过敏的统治者决策失误;下属背叛上司;卑微的推销员任由妻子摆布;现实成了不堪一击的骗局和假象。

一九六二年,迪克创作的"颠覆历史"科幻小说《高堡奇人》(The Man in the High Castle)出版。书中虚构了一个轴心国战胜同盟国的另类二战结局,战后的世界被德国和日本瓜分,但两国间又陷入了类似冷战的相互对峙局面,并开始了激烈的太空竞赛,争相抢夺外星殖民地。小说的结尾处,几个角色通过中国古代经典《易经》的推演,发现他们所在的世界其实是虚构的。不过,根据迪克的说法,《高堡奇人》没有真正写完,他曾多次宣称要为其撰写续集,但最后都不了了之。尽管如此,《高堡奇人》还是为迪克赢得了一九六三年度的雨果奖最佳长篇小说奖。到了一九七五年,迪克又以小说《警察说:流吧!我的眼泪》(Flow My Tears, The Policeman Said)赢得了约翰·

---

① 修改后名为《不可预测的世界》。

坎贝尔奖①最佳长篇小说奖。这是一部以平行宇宙理论为基础创作的科幻小说。书中描写了一个生活在未来警察国家的大明星，一觉醒来发觉自己变成了无名小卒，甚至失去事关生存的身份证明。尽管也有人批评这部小说的情节内容牵强附会，但却鲜明地展现了菲利普·K.迪克式的写作风格。遗憾的是，虽然迪克拿到了雨果奖和坎贝尔奖，但却始终与科幻界的另一大奖项星云奖无缘，尽管他的作品曾五次得到提名，其中就包括《仿生人梦见电动羊了吗》。这让菲利普·K.迪克终究未能获得科幻界（准确地说是美国科幻界）的"大满贯"，但是迪克本人似乎从未抱怨过这一点。毕竟，身为艺术家的迪克不是一个为得奖而写作的功利作家。

　　时至今日，我们对于菲利普·K.迪克作品的印象大都来自于由他的小说改编而成的电影。有趣的是，与其他作家主要是长篇小说被改编成电影的情形不同，迪克被改编成电影的大都是短篇小说。其中的原因大概是由于迪克的小说大都立意奇诡，给人以耳目一新的感觉，再加上原著的篇幅短小，有利于编导在此基础之上自由发挥。

　　菲利普·K.迪克的小说第一次被成功改编成科幻电影就是由雷德利·斯科特执导，于一九八二年上映的《银翼杀手》。片中的时间被设定在二〇一九年，人类为了开发危险的外层空间利用生物工程技术制造出了比人类更加完美的生化人。然而，由于担心这些强大的生化人最终会起来造反，推翻人类的统治，人们在制造生化人的时候，就将他们的最长寿命设定为四年。同时，立法禁止生化人回到地球上，否则格杀勿论。但仍有一些生化人出于求生的本能，冒险回到地球上，寻找他们的制造者，寻求延长生命的办法。由哈里森·福特扮演的瑞克·狄卡德是洛杉矶警方"银翼杀手"小组的成员，他的任务就是寻找并杀死混入地球人中间的生化人。但在执行任务的过程中，瑞克与美丽的生化人丽歌相爱了，这让他对自己所执行任务的正当性产生了深深的怀疑……

　　自《银翼杀手》大获成功之后，菲利普·K.迪克的小说就成了好莱坞青睐的对象。一九九〇年，曾经执导过《机械战警》的导演保罗·维尔霍文根据迪克的小说《我们为你记住这一切》(*We Can Remember It for You Wholesale*)改编拍摄了科幻大片《宇宙威龙》(*Total Recall*)，又名《魔鬼总动员》《全面回忆》。该片由动作巨星阿诺德·施瓦辛格和影后莎朗·斯通主演。由于影片较为忠实于原著的特色，被认为是最具菲利

---

① 以著名科幻小说编辑约翰·坎贝尔命名的科幻年度奖项，评委会由一小群评论家及作家组成，是科幻界最重要的专家奖项之一。

普·K.迪克风格的改编电影之一。一九九五年,迪克的短篇小说《第二形态》(*Second Variety*)被改编成电影《异形终结》(*Screamers*),片中场景设定从原著中地球战后的废墟转移到遥远外星殖民地。

进入二十一世纪,随着电脑特效在电影制作中的广泛应用,科幻片开始大行其道。而菲利普·K.迪克的小说被搬上大银幕的频率也迅速提高。二〇〇三年,华裔导演吴宇森把迪克的小说《记忆裂痕》(*Paycheck*)改编成同名电影。片中炫目的动作场面令人印象深刻,但却被批评未能展现原作的内涵。二〇〇六年,由基努·里维斯主演,改编自迪克同名小说的电影《盲区行者》(*A Scanner Darkly*)上映。一年后,另一位好莱坞影帝尼古拉斯·凯奇又在改编自迪克小说《钻石王老五》(*The Golden Man*)的科幻片《预见未来》(*Next*)中担纲主演。二〇一一年,迪克的短篇小说《规划小组》(*Adjustment Team*)又被环球电影公司拍摄成了科幻爱情片《命运规划局》(*The Adjustment Bureau*)。当然,在所有这些改编影片中,最受关注的非《少数派报告》(*Minority Report*)莫属。

《少数派报告》之所以会受到广泛的关注,首先在于其近乎奢华的制作阵容,完全可以用"全明星班底"来形容。除了史蒂芬·斯皮尔伯格这位教父级的名导和担纲男主角金球奖影帝汤姆·克鲁斯,本片的摄影师简纳兹·卡闵斯基、剪辑师迈克尔·卡恩、服装设计师黛博拉·斯科特以及电影作曲约翰·威廉姆斯都是奥斯卡奖的获得者。为了能让影片展现具有开创性的视觉效果,负责特效制作的工业光魔公司派出了曾经负责《人工智能》视觉效果的斯科特·法勒担任监制,而曾参加拍摄《侏罗纪公园》并荣膺奥斯卡奖的迈克尔·兰特瑞担任影片的实际效果指导。为了能尽可能充分展现二〇五四年华盛顿特区的未来场景,影片制作团队还召集了一个由科学家、城市规划者、建筑师、发明家、未来学家和作家组成的智囊团,花了整整三天时间,讨论影片中所涉及的有关科技和社会生活方面的细节问题。正因为有了如此专业的制作团队和严谨的工作态度,才为《少数派报告》成为一部高水准的科幻大片提供了保证。

当然,相比于原著,电影《少数派报告》在思想内涵上也发生了明显的变化。在原著中,未来虽然具有不确定性,但在社会角色的限制下,个人几乎没有选择的自由。而电影中则着力于探讨现代西方法治原则的基础,也就是无罪推定原则的适用性问题。当犯罪的可能性被人为地解读成确定性的时候,事实上也就否定了人们的自我克制力,当所有人都有可能为他们并未犯下的罪行负责的时候,也就意味着在公权力面前,没有谁是真正安全的。不要为了便利而牺牲程序正义,这或许就是电影《少数派报告》想要告诉我们的。

照目前的情况看,今后应该还不断的会有菲利普·K.迪克的小说被改编成电影。事实上,我们不应该指望这些改编都能忠于迪克的原著,毕竟时代在不断地发展变化,每个电影制作团队也都会有自己的价值判断,我们唯一可以期待的就是迪克小说中那些令人兴奋的科幻构思能够原汁原味的得以保留。如此一来,迪克那绚丽的艺术生命也就能在光影的变化中得到延续。

【超级链接】

遗作——《银翼杀手》

在生命的最后一段时光,菲利普·K.迪克本人亲自参与了电影《银翼杀手》的制作。起初,迪克对于该片的改编充满了担忧,并拒绝再把此电影改写成电影小说,更是在制作过程中对导演雷德利·斯科特和电影本身大肆挞伐。但当他有机会看到片中二〇一九年洛杉矶市的特效画面时,又惊喜于此场景与他的想象若合符节。此后,虽然迪克与电影制作方还存有分歧,但他基本上没有再扯后腿,而是给予了更多积极地配合。不幸的是,在该片正式公映前不到四个月的时候,迪克就因反复中风引起的多器官衰竭辞世。从某种意义上说,《银翼杀手》也成了菲利普·K.迪克的遗作。

雪中送炭的海因莱因

菲利普·K.迪克像很多杰出的艺术家一样,晚年贫病交加,生活相当窘迫。幸而在他最需要帮助的时候,一位朋友向他伸出了援手。在迪克于一九八〇年出版的小说集《钻石王老五》的序言中他写道:"好几年前,当我生病的时候,罗伯特·海因莱茵尽其所能的帮助我,而当时我们甚至还不曾谋面;他总是打电话鼓励我,关心我的身体健康,甚至还想为我提供一台电动打字机,愿上帝祝福这位世间少有的好心人,即便我并不认同他作品中的构想。还有一次我甚至连缴税的钱都凑不出来,结果还是他借了钱给我,我真的很感激海因莱因和他的妻子,为此我献上此书作为感谢。"

菲利普·K.迪克奖

菲利普·K.迪克奖是在每年举行的美国西北科幻年会上颁发的年度科幻小说奖，由费城科幻协会资助，是以迪克的名字命名的唯一一个科幻奖项，自一九八二年起开始颁发。

【延伸阅读】

一、【美国】菲利普·K.迪克,《少数派报告》,江苏教育出版社,2002 年。

二、【美国】菲利普·K.迪克,《高堡奇人》,江苏教育出版社,2003 年。

三、【美国】菲利普·K.迪克,《银翼杀手》,江苏教育出版社,2003 年。

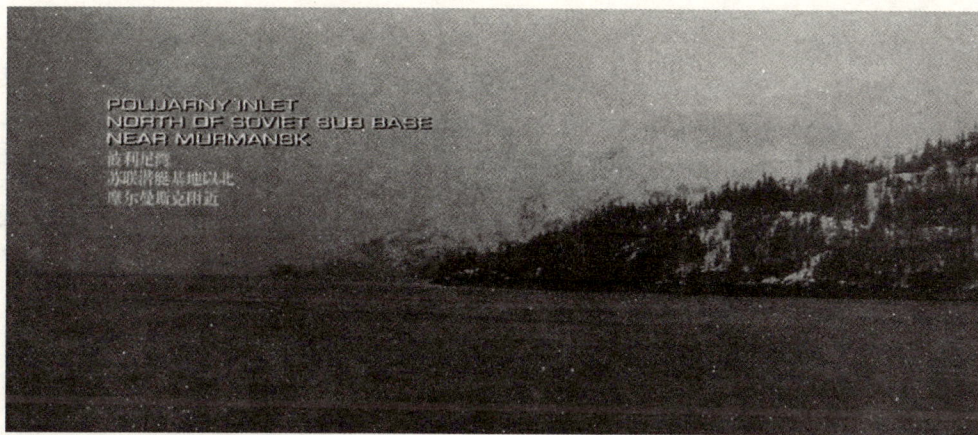

苏联潜艇基地

一九七五年，一艘苏联军舰试图叛逃到西方的消息传到了美国马里兰州著名的港城巴尔的摩。这激发了当地一个保险经纪人的创作灵感。他决定创作一部与冷战和海军有关的小说。当这部历时九年完成的小说出版之后，迅速成为图书市场上炙手可热的畅销书，连美国总统都对这部小说青睐有加。这就是汤姆·克兰西的《猎杀红色十月号》。

Ⅶ

深海暗战：
《猎杀红色十月号》

【精彩剧透】

一九八四年,美苏两个超级大国之间的冷战正进入最后的高潮时期。这一年的深秋时节,在苏联摩尔曼斯克附近波利尼湾,刚刚建成服役、舰长六百五十英尺①、排水量达两万三千吨的台风级重型战略导弹核潜艇红色十月号,在红海军一级艇长马克·瑞米尔斯上校的指挥下,悄无声息的驶离潜艇基地,开始执行代号"十月霜"的军事演习计划。

在千里之外的伦敦,中央情报局(CIA)的高级分析员詹姆斯·瑞安博士匆匆与他的小女儿告别,携带一份重要情报从希斯罗机场乘坐航班返回华盛顿。一下飞机,瑞安就被专人护送到 CIA 总部。在那里,瑞安与他的上司格里尔将军见了面。简单寒暄了几句后,谈话便转入了正题。瑞安的这份情报来自于英国军事情报局六处(MI6)安插在苏联摩尔曼斯克造船厂的线人,内容是有关苏联最新改进型的台风级战略导弹核潜艇的建造情况。其中,最令瑞安感到困惑的是这艘名为红色十月号的战略核潜艇比同级的其他潜艇加长了十二米、加宽了三米,而且在艇首和艇尾分别安装了一对活门,看起来并不像是普通的鱼雷发射管或是导弹发射架。瑞安怀疑这可能是苏联人研制的新式秘密武器。对于这个假设,瑞安还向格里尔提出了一个旁证:情报显示,授命指挥这艘潜艇的是马克·瑞米尔斯。最近十年间,苏联几乎所有的新型核潜艇都是由他指挥试航的。为了进一步求证,瑞安向格里尔提出,要见一位名叫斯泰普·泰勒的海军学院教官,征求意见。格里尔将军批准了他的要求,并告诉瑞安,中情局已经掌握了红色十月号的最新动向——它在当天早上已经出航。

与此同时,在距离苏联波利尼基地西北一百英里的大西洋深处,美国海军的洛杉矶级攻击核潜艇达拉斯号正在执行常规巡逻任务。在声呐监控室里,黑人水兵琼斯正在向新兵传授声呐的使用技巧。突然,警报响起,琼斯马上进入监听阵位,并向艇长巴特·曼库索报告发现可疑目标——极有可能是苏联的战略导弹核潜艇。曼库索艇长命令琼斯继续跟踪。但此时,达拉斯号上的所有人都还不知道,他们发现的正是刚刚出航的红色十月号。

此时,红色十月号在瑞米尔斯上校的指挥下已经悄然潜航至公海。然而,对于这

---

① 约合一百九十八米。

次行动，艇长却有他自己的想法。作为一名老水兵，瑞米尔斯上校经验丰富、功勋显赫，还曾经一手培养出众多一流的潜艇指挥官，被红海军官兵称为"杰出教官"。但此时的瑞米尔斯上校已经厌倦了军中的官僚腐败作风，再加上妻子因医疗事故突然离世，更让他万念俱灰。于是，在接到试验新型潜艇的任务时，他便与手下的部分军官密谋，准备借机驾艇投奔美国。

为了扫除行动的最大障碍，瑞米尔斯利用在艇长室内启封演习命令的机会，扭断了政治

上图：马克上校
下图：瑞安发表观点

副艇长普京的脖子，并对之后赶来的官兵谎称他是因为意外跌倒而丢了性命。随后，瑞米尔斯不顾随艇医官彼得洛夫的警告，取下了戴在副艇长身上的潜射导弹发射钥匙，并篡改了舰队司令部的演习命令，向艇上的全体官兵宣称，这次行动的目的是为了在美国海军的鼻子底下，检测新型无声推进系统的性能。他还以艇长的名义向官兵们许诺，如果任务顺利完成，他们将在古巴的海滩上享受一周假期。闻听此言，艇上不明真相的官兵个个欢欣鼓舞。

另一方面，美国海军达拉斯号攻击核潜艇上的声呐手通过计算机数据库确认他们发现的是一艘新的台风级潜艇。达拉斯号艇长随即下令把这艘刚刚发现的潜艇命名为"台风七号(此前美国海军已经发现了六艘台风级潜艇)"，并开始尾随监视。谁

知,就在达拉斯号已经锁定目标的时候,红色十月号在毫无征兆的情况下,突然从达拉斯号的声呐监听系统里消失了。这让达拉斯号上的所有人都感到丈二和尚摸不着头脑。

在马里兰州的美国海军帕图森特造船厂,瑞安见到了泰勒。泰勒此时正在监造DSRV深海救援艇,见到老友前来造访,他非常高兴。两人走进泰勒的办公室。在对瑞安带来的照片进行了详细分析后,泰勒得出了结论:安装在红色十月号上的是一种利用超导原理工作的磁性压水式推进器,绰号"履带系统",可以让潜艇在水下用几乎不发出任何噪音的方式高速航行,从而躲避水下声呐监听装置的侦查,神不知鬼不觉地抵达世界上的任何角落,执行战略核打击任务。

在地球的另一边,在莫斯科的苏联红海军红旗北方舰队政治指导部主任办公室,政治部主任尤里·巴库宁海军上将接到了瑞米尔斯在红色十月号起航前寄出的出逃宣言书。深感事态严重的苏联当局立即命令所有能够出动的舰艇和飞机全部出动追击叛逃的红色十月号,并下了格杀勿论的严令。

而在华盛顿,红色十月号在海底的神秘"失踪",以及苏联海空军不同寻常的全员出动,引起了美国国安高层的警觉。瑞安被从马里兰州紧急召回,跟随上司格里尔上将前往白宫汇报情况。在由总统国家安全事务顾问杰夫·佩尔特召集的这次秘密会议上,瑞安向在座的高级官员和军方将领说明了CIA已经掌握的有关红色十月号及其艇长马克·瑞米尔斯的情况,并着重说明了红色十月号可能正在使用一种前所

左图:航线图
右图:潜艇上浮海面

未有的"低噪音推进系统",以至于足以突破美军在大西洋东部设置的反潜警戒网。但紧接着,瑞安又指出,在红色十月号"失踪"后,苏联海空军出动大批飞机舰船进行搜寻追踪的行动,非常令人费解。对此,格里尔上将认为这有可能是一场演习,但在场的陆军上将布洛特则持怀疑立场。另一位情报官员,则告诉在场的众人,马克·瑞米尔斯在出发前向他亡妻的舅舅尤里·巴库宁上将寄出了一封信。而在收到这封信后,身为苏共中央委员的巴库宁立即会见了苏联部长会议主席(政府总理)切尔年科。而两人的会面尚未结束,苏联海空军便接到了全员出动搜寻并摧毁红色十月号的命令。这个出人意料的消息让在场的众人议论纷纷。就在大家争论不休的时候,瑞安突然灵机一动,对在场的所有人说,他认为红色十月号的神秘失踪以及苏联方面的反常举动很可能意味着艇长瑞米尔斯上校准备驾船叛逃,投奔美国。听了瑞安的发言,在座的所有人面面相觑,接着便有人站出来嘲笑瑞安的想法太过天真。但在会议结束后,召集会议的总统顾问杰夫·佩尔特单独与瑞安会面,要瑞安继续负责追踪红色十月号,并设法证实他的猜想,否则他将下令追击瑞米尔斯和红色十月号。

在追歼红色十月号的命令发出后的七个小时,原定与红色十月号进行追逐训练的苏联阿尔法级攻击核潜艇"科罗瓦洛夫"号才通过例行无线电通讯获知了红色十月号叛逃的消息。科罗瓦洛夫号的艇长图波列夫曾经是瑞米尔斯的得意门生,但图波列夫却是个野心勃勃的家伙,时常想要取代瑞米尔斯的位置。在接到追歼命令后,他立即下令科罗瓦洛夫号转变航线,全速驶向红色十月号将要前往的水域。

就在苏美两个超级大国都在为红色十月号而头疼不已的时候,在大洋深处,瑞米尔斯和艇上的其他军官们聚到了餐厅。航海长保尔金在瑞米尔斯的授意下,巧妙的支开了不知内情的军医彼得洛夫。随后,瑞米尔斯向在座的军官表明了自己变节的打算,由于这些人大都曾是瑞米尔斯的学生,而且对苏联怀有种种不满,所以并没有人表示反对。但当瑞米尔斯告诉他们,自己已经写信给政治部主任巴库宁上将,说明了叛逃的意图之时,很多人开始变得焦虑起来,因为这意味着他们将没有退路。最后,是瑞米尔斯用自己的镇定和权威说服了众人,大家决定跟瑞米尔斯共进退。

带着国家安全委员会的秘密指令,瑞安化装成海军军官,乘坐一架 E-2C "鹰眼"预警机,前往正在北大西洋上战备值班的航母战斗群。在经历了令人翻肠倒肚的飞行颠簸之后,瑞安总算顺利的在航母上降落了。之后,航母舰长带着瑞安去见舰队司令、海军少将约书亚·佩尔。与此同时,深海中的达拉斯号并没有放弃追踪红色十月号的努力。艇上的声呐手琼斯以他精湛的水声监听技术判断出了红色十月号可能的航向。达拉斯号的艇长接受了声呐手的建议,准备前往红色十月号可能出现的位置进行伏击。而在航母上,佩尔将军对瑞安的主张不置可否,而且还指出了相关行动可能会带来的不利后果,这无异于给满怀希望的瑞安兜头浇了一盆冷水。最后,佩尔将军让疲惫不堪的瑞安先休息一下。不过,这并不意味着他不信任瑞安,因为之前他已经从格里尔上将那里了解到了瑞安的传奇经历,深知只有这个年轻人才能完成这个疯狂的计划。

在瑞米尔斯上校的指挥下,红色十月号在深海的群山峡谷中小心翼翼的穿行。突然,一声巨响,艇上所有的人都为之一惊。原来是磁性压水式推进器出现了故障。总工程师报告说,是冷却系统出现了故障,艇上的核反应堆自动停车,但要找出故障所在并加以修复,需要耗费很长时间。面对困局,瑞米尔斯上校决定冒险切换回常规推进器,并命令随艇技师马上进行修复。艇长的决定让艇上的每一个人都感到忧心忡忡,因为失去了"履带系统",红色十月号就不得不面对随时可能被敌人侦测到的危险。

在华盛顿,总统国家安全事务顾问杰夫·佩尔特召见了苏联驻美大使安德烈·李森科,向他质询有关苏联海空军在北大西洋异常活动的情况。起初,苏联大使还顾左右而言他,试图模糊焦点。但在佩尔特的再三追问下,苏联大使不得不承认他们"丢失"了一艘潜艇,而且很有可能已经沉没。苏联大使还强调,有几个苏共中央委员的儿子在这艘艇上,以此暗示这是苏联方面的一次救援行动。佩尔特虽然明知苏联大使在撒谎,仍然装出一副震惊的表情,并建议两国进行联合搜救。苏联大使自然马上拒绝。事实上,双方彼此都心知肚明,一场牵动两国最高层神经的深海暗战已经开打。

在北大西洋上空,接近冰岛空域,苏军的图-142M"熊狐步"式重型反潜轰炸机通过投射的声呐浮标捕捉到了红色十月号的踪迹。苏联反潜轰炸机立即向红色十月号投掷了主动式声呐制导反潜鱼雷。红色十月号发现鱼雷来袭后,瑞米尔斯上校立即指挥潜艇发射反鱼雷诱饵。但来袭的鱼雷机敏地躲过诱饵,继续向红色十月号逼近。不得已,艇长只得选择兵行险招,凭借多年来指挥潜艇作战的经验,在深海峡谷内进行高机动航行,其难度不亚于指挥波音747飞机在万米高空钻火圈。最后,红色十月号成功的躲避了来袭的鱼雷,继续向他们的目的地奔去。只是,发觉到"友军"居然向自己所在的潜艇发射实弹,让红色十月号上的水手们隐隐地感到一丝不安。

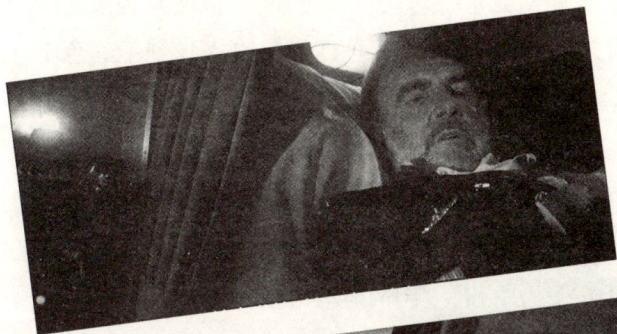

左图:孤独的马克上校

右图:苏联大使在谈判

在躲过了鱼雷攻击后不久,总工程师找到艇长,汇报故障排查的结果。原来有人故意弄断了一些部件上的线缆,导致电器短路。幸亏及时关闭系统,否则会有爆炸的危险。瑞米尔斯思虑再三,认为不可能是军官们所为,一定是艇员中有人搞破坏。于是,他命令保尔金带人检查艇员们的舱室,看能不能找到线索。同时,瑞米尔斯也开始考虑,如何让不知情的艇员们离开潜艇,以减少麻烦。

在航母上,瑞安一觉醒来,继续思考着瑞米尔斯要以何种方式遣散不愿同行的艇员,同时又不能让他们察觉到留在潜艇上的人将驾艇投奔美国。思来想去,瑞安突然意识到自己已经找到了答案。瑞安兴冲冲地奔上舰桥的指挥控制室,想向佩尔将军报告他的想法。但将军此时还无暇理会瑞安,他正在为一架受伤的 F-14"雄猫"舰载机而担心。不久前,这架 F-14 奉命前去拦击一架逼近美国舰队的苏联轰炸机,结果双方由于过度紧张,擦枪走火,F-14 受伤。尽管美国飞行员竭尽所能,驾驶战机飞回了航空母舰,但最终还是在着舰的过程中坠毁。此时,美苏两国的舰队在北大西洋上已经拉开了架势,随时有发生武装冲突甚至引发战争的危险。而苏联方面的策略是动用一切力量,把瑞米尔斯的红色十月号赶进伏击圈,然后由埋伏在那里的攻击核潜艇将其消灭。而瑞安则在指挥控制室的计算机显示屏上无意中发现了已经脱离大部队且单独行动的达拉斯号。瑞安从佩尔将军的口中得知,达拉斯号是因为跟踪到了奇怪的响声,才尾随而去的。他当即判断出,达拉斯号很可能找到了红色十月号。在瑞安的再三请求下,将军答应派直升机送他去达拉斯号。

经过了紧张的追赶,达拉斯号终于在原先预测的海域捕捉到了红色十月号的行踪。而此时,红色十月号上的履带系统已经修复。保尔金到艇长室,向正在床上休息的瑞米尔斯汇报了艇上的情况。在难得的轻松气氛下,保尔金向瑞米尔斯吐露了心声,他希望到了美国以后,能生活在蒙大拿州,空闲的时候开着汽车从一个州到另一个州,长途旅行。而瑞米尔斯则告诉保尔金,他最大的愿望是能像小时候一样,在一个没有人认识他的地方,安静而愉快的钓鱼。

在航道上,红色十月号突然转向。达拉斯号上的声呐手琼斯立刻意识到这是"疯狂伊凡"——俄国艇长经常通过突然转向,测试是否有对方潜艇在后面跟踪。琼斯马上把这个情况报告曼库索艇长,艇长下令达拉斯号紧急停车,躲过了红色十月号的侦查。就在这时,通信兵把一份刚刚收到的电报交给了艇长。这份电报就是瑞安即将登上达拉斯号的通知。

经过几个小时的颠簸,从航母上出发的海王直升机终于把瑞安送到了预定海域。但是,由于海上风浪大作,达拉斯号无法接住直升机抛下的缆绳。情急之下,瑞安干脆自己割断缆绳,从直升机上跳到了海中。见此情形,曼库索艇长立即命令艇上的蛙人出动,把瑞安救到了艇上。

在华盛顿,苏联大使再次面见总统国家安全事务顾问,并要求直接面见美国总统。这一次苏联大使改变了先前的说辞。他声称,马克·瑞米尔斯在出航前曾经写信给巴库宁上将,说将在出海后向美国发射核导弹。总统顾问当然知道苏联大使还是在胡扯,但还是装出万分震惊的表情,并向大使询问是

瑞安来到红色十月号

否在暗示要美国将这艘潜艇炸掉。苏联大使委婉地承认了这一点。

当落汤鸡似的瑞安登上达拉斯号的时候，曼库索艇长跟他见了面。瑞安试图说服艇长相信瑞米尔斯和他的红色十月号有意叛逃。恰在此时，达拉斯号收到了海军司令部的紧急命令，要求各舰艇全力阻止红色十月号靠近美国海岸，并可以使用一切必要的手段。瑞安意识到形势严峻，他随艇长一起来到了达拉斯号的驾驶室。在那里，瑞安继续劝说艇长，希望他不要贸然向红色十月号发动攻击，而要想办法与瑞米尔斯等人取得联系。几经努力，艇长接受了瑞安的意见，命令达拉斯号后退，发出噪音，以便能让红色十月号发现他们。同时，曼库索艇长也下令打开鱼雷舱盖，如果红色十月号有异常举动，立刻予以攻击。

夜幕下的马克上校与瑞安

红色十月号的确发现了在后面追踪的达拉斯号，而且察觉到对手已经准备发射鱼雷。瑞米尔斯立刻意识到，这有可能是个机会。于是，他命令鱼雷就位，但并没有打开鱼雷舱盖，只是要求把发射指令存入电脑，随即命令潜艇上浮到潜望镜深度。红色十月号的一举一动，都被达拉斯号看在眼里。达拉斯号也随着红色十月号上浮。接着，两艘潜艇都伸出了潜望镜。瑞安请曼库索艇长用潜望镜上的航灯向红色十月号发送莫尔斯码光信号。之后，红色十月号用声呐给出了肯定的答复。瑞安的猜测终于得到了证实，瑞米尔斯的确想要叛逃到美国。兴奋的瑞安为红色十月号规定了新的航线，一场好戏即将上演。

二十个小时后，红色十月号终于驶入了预定海域。突然，红色十月号上的核泄漏警报响起。不多久，核辐射污染就已经到了非常严重的程度。鉴于情况危急，瑞米尔斯命令潜艇上浮，并施放救生艇，准备弃船。就在艇员们纷纷登上救生艇的时候，远处突然出现了一艘美国海军的佩里级护卫舰，并迅速向红色十月号逼近。护卫舰向红色十月号发出信号,命令他们原地不动,如果下潜就立刻攻击。面对如此情景,瑞米尔斯命令军医彼得洛夫带同其他艇员立即乘救生艇逃生,他要带同其他军官,驾艇自沉。

看到红色十月号下潜,护卫舰立即派出反潜直升机,向红色十月号发动鱼雷攻击。鱼雷在距离红色十月号还有三百码的时候爆炸,而启动鱼雷引信的正是格里尔上将。此时,美国的情报官员们正在这艘护卫舰上,准备策应瑞米尔斯的叛逃行动。

为了进一步取得瑞米尔斯的信任,并传递美方的信息,曾经在美国驻列宁格勒总领馆与瑞米尔斯有过一面之缘的瑞安冒险乘坐 DSRV[①]深潜救生艇亲自登上了红色十月号。当瑞安进入红色十月号的指挥舱时,他见到了瑞米尔斯等人。瑞米尔斯向瑞安表明了自己和部下向美国政府寻求庇护的请求。

接下来,DSRV 救生艇便载着红色十月号上的部分艇员离开。只剩下瑞安和瑞米尔斯以及一些军官继续操纵潜艇向安全地带驶去。然而,谁也没有料到,一个黑影突然闯进了红色十月号的驾驶室,并向众人开枪。保尔金为了掩护瑞米尔斯不幸中弹牺牲。而枪手开枪后,立即逃走。瑞安和瑞米尔斯则在后面追赶。几个人先后钻进了载有战略核导弹的导弹舱内。在这里,他们终于看清了这个内奸的真面目——他竟然就是艇上最不起眼的厨师科廖夫,此人正是克格勃(KGB)派到艇上的秘密警察。在追逐过程中,科廖夫开枪打伤了瑞米尔斯。勇敢的瑞安则爬上悬梯,从一个死角爬向正在安装爆炸装置的科廖夫。最后,在科廖夫即将引爆炸弹之时,瑞安果断的举枪将其击毙,避免了一场更大的灾难。

然而,危机并没有完全解除,红色十月号在最后的航程中遭遇了一个此行中最强的对手——早已埋伏多时,静待猎物钻入陷阱的科罗瓦洛夫号攻击核潜艇。指挥这艘潜艇的是瑞米尔斯曾经的学生图波列夫。一场师徒间的生死较量在大洋深处悄无声息的展开了。

第一回合,科罗瓦洛夫号抢先向红色十月号发射鱼雷。由于红色十月号艇身笨重,难以躲避,瑞米尔斯便指挥红色十月号向鱼雷正面冲去,最终来袭的鱼雷由于航程过短来不及引爆,只是对红色十月号的艇身造成了些微损伤。在了解到老师的战略后,图波列夫决定孤注一掷,他不顾大副"射程太短,可能危及本舰安全"的一再警告,命令解除鱼雷的安全装置,采用磁力引信起爆,再次向红色十月号发射鱼雷。危

---

① DSRV 为影片中一个虚构的深潜器。

急时刻,原本在一旁护航的达拉斯号挺身而出,发射反鱼雷诱饵,试图引开鱼雷。然而,苏联的鱼雷躲过了诱饵,继续向红色十月号冲去。不过,此时的红色十月号已经争取到了足够的时间转弯,径直向科罗瓦洛夫号冲去。就在两艇擦肩而过之时,由于科罗瓦洛夫号的噪音较大,鱼雷便把它锁定为攻击目标。一声巨响后,科罗瓦洛夫号最终被自己射出的鱼雷击沉了。

在华盛顿,总统顾问再次会见苏联大使,向他通报了"红色十月号已经沉没"的消息,并声称由于相关水域遭到放射性污染已经无法进行打捞作业。苏联大使极不情愿地接受了对方的说法,并且非常尴尬地向总统顾问说明,苏方又有一艘阿尔法级潜艇失踪了。总统顾问表面上非常惊讶,但心里却充满了对苏联人的讥讽和嘲笑。

转天,历经千难万险的红色十月号终于驶入了缅因州瑟斯波特港以北的佩诺布斯科特河。至此,美国人得到了苏联最先进的潜艇和通讯用的密码本。这对苏联人可说是一个沉重的打击。不过,对于瑞米尔斯上校,这些都已经变得不重要了。现在,他仅有的愿望是能够在一个不为人知的海滩上,悠闲的举着钓鱼竿,平静而安逸的度过余生,而那些纵横七海的故事将被埋进幽静的大洋深处,成为永远的传奇。

【原著赏析】

小说梗概:苏联海军一艘装备了最新型无声推进系统的台风级战略导弹核潜艇红色十月号,在艇长马克·瑞米尔斯的策划下,利用演习做掩护,准备叛逃到美国。苏联方面在得知此事后,立即出动近百艘舰艇前往大西洋围追堵截。另一方面,美国中央情报局的特工詹姆斯·瑞安通过一系列情报分析,断定红色十月号有叛逃意图。于是,美国方面动用各种力量,并请英国皇家海军协助搜寻。最终,红色十月号在历经艰险后,终于驶入了美国的港湾。

琼斯监听了十来分钟——比平时稍长。通常,他能在极短时间内发现目标。这位水兵往椅子上一靠,点了根烟。

"发现了一点情况,汤姆森上尉!"

"是什么声音?"汤姆森靠在舱壁上问。

"我不知道。"琼斯拿起另一副耳机,递给部门长,"请听。"

汤姆森准备攻读电气工程专业的硕士学位,在声呐系统设计方面是专家。他聚精会神地听着，眼睛眯成一条缝。耳机里传来极其微弱的低频轰鸣声——或者是一种飒飒的响声。他无法确定是什么声音。听了几分钟，他摘下耳机，摇摇头。

"半小时之前我从艇侧声呐基阵中听到过这种声音，"琼斯说。他指的是BQQ-5多用途潜艇声呐系统的分系统。该系统的主要组件是直径十八英尺的艇首导流罩，可用于主动和被动作战探测。该系统的新组件是一批被动传感器，可以沿艇体两侧下投两百英尺，很像大鲨鱼身上的敏感器官。"目标丢失，目标出现，目标丢失，目标出现，"琼斯不断报告说。"这不是螺旋桨噪声，也不是鲸或鱼的声音，很像海水在管道中流动发出的声音，只是多了一些不时出现的奇怪轰鸣声。不管怎么说，它的方位还是 2-5-0，目标在我艇与冰岛之间，所以，离我们不会太远。"

"让我们来看看这声音到底像什么？可能会有点头绪。"

琼斯从挂钩上取下一条双插头连线，一头插在他的声呐面板插孔上，另一端插在旁边示波器插孔上。两人花了几分钟时间用声呐控制开关将信号隔离开来。最后示波器上出现了不规则的正弦波，但波形每次仅持续几秒钟。

"很不规则。"汤姆森说。

"是啊，真奇怪。听起来很规则，一看又不规则了，明白我的意思吗，汤姆森？"

"不明白，我的耳朵不如你的灵。"

"那是因为我常听高雅的音乐。你的听觉被摇滚乐毁了。"

汤姆森知道他的话不错，但是，安纳波利斯的毕业生怎么能听二等声呐兵的话？别人管不着他那盘有代表性的贾尼斯·乔普林磁带。"进行下一步。"

"是，长官。"琼斯从示波器上拔下插头，插到声呐控制台左边电脑终端旁边的面板上。

达拉斯号在最近的大修中装上了一种很特殊的装置，可以与BQQ-5声呐系统协调使用。这种装置叫BC-10，是迄今为止潜艇上功率最大的电脑系统。尽管其体积只有一个工作台那么大，价值却超过五百万美元，每秒的运算速度高达八千万次。BC-10有最新研制的六十四位芯片，能使用最新型的处理构架。它的磁泡储存器可以轻而易举地存储整个潜艇中队需要的数据。五年之后，舰队的各攻击型潜艇都将装上这套系统。BC-10的作用和比它大得多的声呐监视系统十分相似，它负责分析和处理声呐信号，排除环境杂音和其他自然形成的海杂音，可对信号进行分类，识别人造噪声等。BC-10系统中存有各种舰艇的声响特征，因此，像根据指纹和口声波纹去识别人一样,可以根据噪声的不同准确地识别出是哪一型舰艇。

(摘自原著第五章:美国海军达拉斯号)

比较:在电影中,为了让普通观众对潜艇战有个基本认识,安排了老兵琼斯向新兵讲解声呐工作方式、美国潜艇的跟踪战术、苏联潜艇行动规律之类的情节。事实上,美军潜艇兵在上舰前都经过了严格的培训考核,不会连这些菜鸟级的问题都不清楚。在这一点上,反而是原著比较单刀直入,没有拖沓之处。

不一会,总统走了进来。情况室里的人全体起立。总统走上讲台,坐在瑞安右面。他向佩尔特博士迅速交代了几件事,又看了看中央情报局局长。

"先生们,我们开会啦,我想穆尔给我们带来了一些重要消息。"

"谢谢您,总统先生。先生们,对苏联海军昨天开始的海上作战行动,我们进行了认真研究,进展很大。现在,我请瑞安博士向诸位做简要介绍。"

总统转身看着瑞安。年轻人顿时觉得受宠若惊。"请开始吧。"

瑞安从讲桌下面拿出一个玻璃杯,喝了一口冰水。他手里拿着一根讲解用的小棍和一只幻灯机的遥控开关,有一盏高亮度台灯照着他的讲稿。这是一份草稿,圈圈点点,勾勾画画的地方很多。由于时间紧,已经来不及编辑和整理了。

"谢谢您,总统先生。先生们,我叫杰克·瑞安,我汇报的主要内容是苏联海军最近在北大西洋活动的情况。在此之前,有必要给大家进行一下背景介绍。我相信你们会听我讲几分钟。在我讲的过程中,如果哪位有问题,请随时提出。"瑞安按开了幻灯机。屏幕附近的吊灯随即自动熄灭。

"这些照片是英国朋友给的,"瑞安说。所有的人都在注意听讲。"现在大家看到的是苏联最新型的弹道导弹核潜艇红色十月号,这是英国特工人员在苏联北部摩尔曼斯克附近的波利亚尔内潜艇基地的船坞里拍摄的。正如大家所看到的,这是一艘吨位很大的潜艇,大约长六百五十英尺,宽八十五英尺左右,水下排水量估计在三万两千吨以上。它的总体性能似乎可以和一战时的战列舰媲美。"

瑞安拿起小棍。"和我们的'俄亥俄'级'三叉戟'导弹潜艇相比,红色十月号不仅体积大,而且技术指标也有很大差别。它携载二十六枚导弹,而我们的'俄亥俄'级只携载二十四枚。该艇是在'台风'级的基础上改进的。原来的'台风'级只带二十枚导弹。红色十月号携载的是最新式的 SS-N-20'海鹰'潜射弹道导弹。这种型号的导弹用固体燃料推进,射程六千海里。每枚导弹携有八个分导式弹头。每个分导弹头的 TNT 当量大约是五十万吨。虽然 SS-18 导弹也携有同样的分导式弹头,但它的分导弹头数量太少。

"大家可以看到红色十月号的导弹发射筒,都装在指挥台围壳的前部,而不像我们的潜艇那样装在后部。前升降舵可以折叠,回收后嵌在壳体的这个位置。我们潜艇的升降舵是收在指挥台围壳的两侧。红色十月号用双桨推进,我们的艇只用单桨。最后一点区别是,它的壳体呈扁圆形,顶部和底部都很平展,而我们的则是圆柱形。"

瑞安又按了一下按钮,屏幕上出现了另外一张幻灯片。这张是由两张底片叠加后放大的,突出表现了潜艇首尾两个部分。"我们看到的这两幅照片的底片在交给我们的时候还没有冲洗,是国家侦察局冲洗的。请注意,艇首和艇尾这两个地方分别有几个门。英国情报机构不知道是什么东西,所以,允许我在这周初把这些照片带回来进行研究。中央情报局也还没有搞清楚这几个门到底有什么用。我们决定听听局外专家的意见。"

"谁决定的?"国防部长生气地追问,"浑蛋!连我还没有看过呢!"

"星期一我们才拿到照片,伯特,"穆尔冷静地回答,"现在我们看到的这两幅照片刚到手四小时。瑞安推荐了局外的一个专家,詹姆斯·格里尔批准了,我也同意。"

"这个人叫奥利弗·温德尔·泰勒。泰勒博士以前是海军军官,现在是海军军官学校的工程学副教授,并负责海军海上系统司令部的技术咨询工作。他是苏联海军技术分析方面的专家。据泰勒艇长——泰勒博士初步推断,这些门是新式安静型推进系统的进口和出口。他现在正在对这一系统进行电脑模拟试验,本周末有希望拿到分析结果。这是个很有趣的系统。"瑞安把泰勒的分析简单介绍了几句。

"好,瑞安博士。"总统向前倾了倾身子。"刚才你提到苏联造了一种新型导弹潜艇,这种艇我们很难发现和定位。我想这不算新闻。请接着讲。"

"红色十月号的艇长叫马尔科·拉米斯。尽管他内部证件上填的是俄罗斯人,实际上这是立陶宛人的名字。他是共产党高级官员的儿子,现在他们拥有的最好的潜艇艇长。十年来,他在苏联各级潜艇上担任过领导职务。

"红色十月号在上周五起航,现在我们还不清楚它这次的确切使命和任务。按惯例分析,像这种装有新型远程导弹的潜艇,可能只在巴伦支海和附近海域活动。因为在这些海域,他们的陆基反潜飞机、水面舰艇部队和攻击型潜艇部队都可以出动,来保护弹道导弹核潜艇不受到我们的攻击型潜艇的攻击。星期日当地时间中午时分,我们突然发现巴伦支海一线搜潜活动频繁,而且有增加的趋势。当时,我们认为这可能是局部海域的反潜战演习,所以没有引起足够重视。直到星期一晚些时候,我们还认为这是红色十月号新型推进系统的一次海上试验。

"但是,昨天早些时候,我们发现苏联海军布置了大规模军事行动。北方舰队所属的远洋舰船几乎都已经出动,编队还配备了所有现役高速舰队补给船。另外,还有许多舰队辅助船只分别从波罗的海舰队基地和西地中海出发。其中,最令人不安的是,北方舰队,这支苏联规模最大的舰队中所属的全部核潜艇也都紧急出动,向北大西洋海域驶去。这些潜艇中还包括从地中海出发的三艘,因为那里的潜艇都属于北方舰队,而不是黑海舰队。现在,我们认为我们已经解开了这个谜。"瑞安又换了张幻灯片。这张反映了从佛罗里达到北极的北大西洋海域的情况,画面上的苏联舰艇都已经用红色标明。

"红色十月号起航的当天,拉米斯艇长给尤里·伊里奇·帕多林海军上将寄了最后一封信。帕多林是苏联海军政治部主任。当然,我们还不知道这封信的内容,但是我们可以看到它造成的后果。从这封信拆开到采取紧急军事行动,前后还不到四小时,苏军就出动了五十八艘核动力潜艇和二十八艘大型水面舰艇。这些舰艇都在向我们这个方向驶来。这是四小时以后做出的一个最引人注目的反应。今天早上,我们已经了解到这次行动的使命和任务。

"先生们,这些舰艇奉命出航,是为了探测红色十月号潜艇,如果发现了,在必要情况下,可以把它击沉。"瑞安停了一会,加强了语气。"从这里可以看到,苏联水面舰艇部队在这个地方,几乎恰好处于欧洲大陆和冰岛的中间。他们的潜艇呢——当然,这有些特殊情况——也正在向西南方向的美国海岸驶来。请注意,在两国各自的太平洋侧翼,还没有发现任何异常活动,只是苏联分布在两洋的弹道导弹核潜艇正在奉命返航。

"虽然我们还不能确切了解拉米斯艇长那封信的内容,但是从上述这些现象中可以得出结论,苏联当局认为他在向我方航行。按十到三十节航速计算,估计他现在可能在这一海域,在冰岛下部,向这个方向航行,离我沿海不算远。同时,你们也会注意到,无论是何种情况,他都已经成功地逃过了我们的四道声呐监视系统的探测……"

"等一下。刚才你说苏联舰艇接到命令要击沉他们自己的这艘潜艇？"

"是的,总统先生。"

总统看着中央情报局局长。"这情报可靠吗,穆尔？"

"是的,总统先生,对这份情报我们完全相信。"

"好吧,瑞安博士,请往下讲。你说,这个拉米斯到底要干什么呢？"

"总统先生,我们估计红色十月号潜艇想叛逃美国。"

(摘自原著第六章:白宫)

比较:在电影中,主持召开秘密会议商讨对策和接见苏联大使的都是总统国家安全事务顾问杰夫·佩尔特。这种情节设计显然是出于去政治化的考虑。但事实上,国家安全事务顾问从本质上说,只是美国总统的高级国政参谋,并不属于国家行政体系,也没有实际的行政权。况且,要处理事关美苏两大国之间如此敏感的安全事务,必然要总统亲自出面。因此,原著中,就是由总统亲自在白宫情况室召集军政高层开会,听取情报分析,并做出决策。

瑞安临时穿上英国皇家海军制服。他只带了一套军装和两件衬衣,这正好又说明他是匆匆上任的。现在,衣服都送去洗了,只好套上毛衣,穿条英国做的裤子。他想,谁也不知道他在这里,都把他忘了,这倒有趣。总统那没有消息——他也没指望过会有——佩因特和达文波特都乐于忘掉他曾上过"肯尼迪"号。格里尔和穆尔也许正在仔细研究什么,或者在笑话他,说他用公家的钱去海上旅行。

这并不是让人愉快的海上航行。杰克再次发现自己晕船的弱点。"无敌"号在马塞诸塞一带水域"恭候"苏联的水面舰艇部队,并且在全力搜索红色潜艇。他们在海上不停地做圆形航行。除了杰克,舰上人人忙得不亦乐乎。飞行员一天要起飞两次,有时甚至好几次。他们在配合受岸基指挥的美国空海军部队进行联合演习,现在正进行水面战术练习。正像怀特上将在用早餐时说的,这是"美丽海豚"演习的出色继续。瑞安不想被当成多余的人。当然,人人都很有礼貌。的确,热情得几乎有些过分。瑞安进了指挥中心。在他观看潜艇搜索时,英国人主动详细地向他介绍操作过程以至他确实明白了一半。

现在,他独自在怀特将军的卧室里看材料。这间舱室已经成了他的海上之家。里特曾经考虑周全地把一份中央情报局的报告塞进他的行李箱。报告的标题是"失踪的孩子:东欧集团叛逃者心理剖析"。这份长达三百页的文件是由心理学专家和精神病专家组成的一个联合委员会编写的。这些专家为中央情报局和其他情报机构服务,帮助叛逃者熟悉和适应美国生活,协助中央情报局加强内部安全工作。

瑞安承认这是一份相当有趣的材料。他从来没有认真琢磨过,什么原因会使人叛逃。他猜想,在铁幕另一边肯定有很多不愉快的事情,才迫使有理智的人伺机逃往西方。但是,他读了报告,发现事情并不这么简单。每个跑过来的人都有自己独立的理由。有的可能出于对制度不满,渴望有机会得到发展;有的人要求宗教自由;也有人一心想发财。虽然他们读到过贪婪的资本家怎样剥削工人,但却认为当剥削者也一定有好处。瑞安觉得这倒很有意思。

(摘自原著第十一章:无敌号)

比较:在原著中,参与搜寻红色十月号的并不只有美国海军,还包括英国皇家海军的"无敌"号航母战斗群,瑞安登上的就是"无敌"号航空母舰。而在电影中,瑞安登上的是美国海军的"企业"号航母。事实上,影片删减了小说中大量的枝干情节和次要人物,也加入了一些原著中没有的新内容,总的目的是为了突出詹姆斯·瑞安和马克·瑞米尔斯这两条人物主线。

伊桑·艾伦号

艇员已经全部离开伊桑·艾伦号潜艇,只有定时器在那里发出嘀嗒的响声。它的工作时间是三十分钟。这样可以有足够时间把艇员送去"阔鼻鲈"号。现在,它正以十节速度离开这一水域。伊桑·艾伦号上陈旧的反应堆已完全关闭,完全冷透了。

指示蓄电池电容量的几个应急灯还开着。定时器有三条重复点火的线路,可以向下面的起爆线传递爆炸信号,间隔只有一毫秒。

伊桑·艾伦号上放了四枚炸弹。它的爆炸效果是普通化学炸药的五倍。每个炸弹上装有一对放气阀。爆炸结果证明,八个阀门中只有一个失效。当炸弹爆炸时,弹壳里的加压丙烷拼命地向外扩散。顷刻之间,潜艇里的大气压增加两倍,使潜艇各部位的空气——丙烷的爆炸性混合气体达到饱和状态。四枚炸弹的爆炸威力相当于二十五吨 TNT 炸药。

四枚炸弹的电导管几乎同时通电,爆炸结果意外地理想。伊桑·艾伦号的高强度钢船壳像气球一样被炸裂了。唯一没有完全炸毁的是反应堆壳体。潜艇炸裂后,很快沉入海底。船壳被炸成十几块奇形怪状的东西。艇上的各种设备随着爆炸声在破碎的船壳里形成一片金属云,散落在开阔的水区,沉入三英里深的坚硬沙质海底。

达拉斯号

"哎哟!"琼斯把耳机摘掉,不断用打呵欠的办法使耳朵恢复听觉。声呐系统里的自动中继装置保护了他的耳朵免受爆炸声的冲击。即使这样,耳机里传来的声音已经使他感到自己的后脑勺似乎被榔头猛击了一下。艇上人人都听见了爆炸声。

"大家注意,我是艇长。你们不用为刚才听到的爆炸声而担心。我要说的就这么多。"

"艇长,照干?"马尼恩说。

"对,继续跟踪。"

"是,艇长。"马尼恩好奇地看了他的艇长一眼。

白宫

"你及时把情况告诉他了吗?"总统问。

"没有,先生。"穆尔瘫倒在椅子里。"直升机晚到了几分钟,也许没什么可担心的。那艇长会把自己人留下,让其他人都离开潜艇的。当然,我们有些不放心,但是现在无能为力。"

"穆尔,是我亲自让他去的,是我。"

欢迎来到现实世界,总统先生,穆尔想着。这位最高执政官一直很幸运——他从来不必亲自派谁去送命。穆尔想,事先考虑是件很容易的事,但要习惯就不那么容易了。

他坐在法官的位置上宣判过死刑,那可并不是一件容易的事——即使是对那些死有余辜的人。

"不过,总统先生,我们只能等着瞧。这次情报来源比其他任何一次都重要。"

"很好。唐纳森参议员怎么样了?"

"他同意我们的建议,这方面工作进展很快。"

"你真的认为俄国人会上钩吗?"佩尔特问。

"我们的诱饵很有吸引力,而且准备轻轻牵动一下钓绳去引起他们的注意。一两天内就能见分晓。亨德森是他们的明星——他的代号是'卡修斯'。根据他们的反应,我们可以知道该让他送哪种假情报,他对我们很有用,但是我们要防他一手。克格勃在和双料间谍打交道时,用的是很干脆的办法。"

"如果他干不成,我们不能放过他,"总统冷冷地说。

穆尔笑了。"哦,他会的,亨德森在我们手里。"

(摘自原著第十四章)

比较:原著中,为了让苏联方面相信红色十月号已经沉没,美国海军自沉了一艘老旧的核潜艇。同时,还制造了各种假象,迷惑苏联方面。电影中,这个情节要更富戏剧性。瑞米尔斯艇长假借动力装置出现故障,命令潜艇紧急上浮。此时,早已在附近守候的美军佩里级护卫舰与红色十月号合演了一出双簧,让艇上不明真相的苏联水兵适时离开,保证了后续行动的顺利。

红色十月号

"距离减为九百码,正前方有高速螺旋桨声!目标已发射鱼雷,直航向。一枚鱼雷正朝我方向游来!"

"别理它,跟踪'A'级!"

"是。'A'级方位 2-2-5,在逐步减速。长官,我们要偏左一点。"

"瑞安,左五度,航向 2-2-5。"

"五度左,正转入 2-2-5。"

"报告,鱼雷正在迅速靠近。"琼斯说。

"咬住,紧跟'A'级。"

"是。方位 2-2-5 不变,和鱼雷一个方位。"

敌我双方的速度合在一起,使艇距迅速缩短。鱼雷冲向红色十月号的速度则更快,鱼雷内安有保险装置。为了防止把自己的潜艇炸掉,只有在脱离发射潜艇五百到一千码后才解除保险。如果红色十月号能迅速靠近"A"级潜艇,对方就无法引爆鱼雷。

红色十月号的速度已经超过二十节。

"距'A'级潜艇七百五十码,方位 2-2-5。长官,鱼雷已经离我艇不远,只有几秒钟了。"琼斯有些畏缩,眼睛死死盯住荧光屏。

轰隆!

鱼雷撞在红色十月号艇首中部。保险装置还有一百米才能解除。冲击力把鱼雷断成三截,被高速前进的潜艇冲到一边。

"废物!"琼斯笑了。"感谢上帝!目标方位 2-2-5 不变,距离七百码。"

维·克·科罗瓦洛夫号

"没有爆炸?"图波列夫表示怀疑。

"保险没有解除!"副艇长诅咒着。他发射得太仓促了。

"目标跑哪去了?"

"同志,方位 0-4-5 不变,"准尉答道,"正在迅速接近。"

图波列夫的脸色苍白。"左满舵,全速前进!"

红色十月号

"目标转向,左转改为右转,"琼斯说,"方位 2-3-0,开始散开。长官,需要偏右些。"

"瑞安,右五度。"

"五度右。"杰克答道。

"不,右十度!"拉米斯撤回他的舵令。他一直在海图上用笔和纸跟踪"A"级潜艇。他了解"A"级。

"十度右。"瑞安说。

"注意,近场效应,距离减至四百码,目标中心方位 2-2-5,目标向左、右展开,但多半向左,"琼斯飞快地报告,"距离……三百码,仰角零。目标和我们在同一个水平线上。距离二百五十码,目标中心方位 2-2-5。艇长,不能错过这个机会。"

"我们要撞上去了!"曼库索大声嚷着。

图波列夫应该改变它的深度了。它靠的是"A"级潜艇的加速度和机动性,却忘了拉米斯也完全知道他的底细。

"报告,目标在迅速移开——同时回转!"

"做好避碰准备!"

拉米斯忘了拉避碰警报。碰撞发生前几秒钟他才突然拉起警报。

红色十月号猛地撞在科罗瓦洛夫号中部偏后部位,和它成三十度角。冲击力把科罗瓦洛夫号的钛合金耐压艇体撞裂,红色十月号的艇首被扭成酷似踩过的空啤酒罐。

由于瑞安的思想准备不足,潜艇相撞后他朝艇首方向被甩出去,他的脸打在仪表面板上。威廉斯在后舱被弹出床,幸亏被诺伊斯抱住,否则他的头就撞到甲板上了。琼斯的声呐系统全部被撞毁。红色十月号在相撞的瞬间一跃而起,掠过"A"级潜艇的顶部,它的龙骨擦过对方的上甲板。

维·克·科罗瓦洛夫号

虽然科罗瓦洛夫号的水密情况良好,结果还是白搭。碰撞后,有两个舱室立即进水,操纵室和后舱之间的舱壁也因为船体变形而毁坏。图波列夫最后看到的是来自右舷的白色泡沫幕。"A"级潜艇滚向左舷,受红色十月号龙骨的擦碰而翻倒。几秒钟后,它就船底朝上了。艇员和设备像骰子一样到处翻滚,有一半艇员已经溺水。科罗瓦洛夫号和红色十月号的交锋就此结束了。由于舱室进水,艇尾开始下沉。艇上政治副艇长最后一个有理智的行动是拼命移动遇难信标操纵杆,但已无济于事,潜艇已经倒伏。科罗瓦洛夫号出现大量气泡。这是它葬身的仅有标志。

红色十月号

"我们还活着吗?"瑞安的脸上鲜血淋漓。

"上升,上升!"拉米斯叫着。

"正在上浮。"瑞安用左手把操纵杆往回拉,他的右手捂着伤口。

"报告损害情况。"拉米斯用俄语说。

"反应堆系统完好,"梅列金立即回答,"损管状态指示板指示鱼雷舱进水。我已经向舱里放了高压气,水泵已经启动。建议上浮,好了解破损程度。"

"好!"拉米斯瘸着腿走到压缩空气系统分割阀箱旁,给各水柜供气排水。

达拉斯号

"天哪!"声呐长说,"一艘艇把另一艘撞了。我听见断裂声往下沉,船体的爆裂声在上浮。长官,还不知道是哪艘艇。它们的发动机都不出声了。"

"上浮到潜望深度,要快!"钱伯斯命令。

红色十月号

当地时间十六点五十四分,红色十月号在诺福克东南四十七英里处首次露出大西洋水面,周围不见任何船只经过。

"艇长,声呐已经损坏。"琼斯关掉他的仪器。"完了,坏了。只有糟糕的侧面水听器。主动声呐、水下电话全都完蛋了。"

"琼斯,以后再好好干,干得很出色。"

琼斯把烟盒里剩下的最后一支烟取出来。"长官,不过我明年夏天想离开部队。"

布加耶夫跟着他朝前走,还是什么也听不见,而且感到眩晕。

红色十月号艇首向下,停在水面一动不动。由于压载水柜内有空气,使艇向左倾二十度。

达拉斯号

"怎么样?"钱伯斯说。他拿起电话。"我是钱伯斯中校。他们把'A'级干掉了!我们的人都已脱险。红色十月号已经上浮,请火力和紧急救援组待命!"

(摘自原著第十七章)

比较:以上这段内容可以说是《猎杀红色十月号》中最精彩的一个段落。红色十月号在即将驶入诺福克军港的时候,遭到了图波列夫指挥的攻击核潜艇的袭击。最后,红色十月号在瑞米尔斯艇长的机智指挥下,撞沉了攻击核潜艇,赢得了关键一战的胜利。在电影中,这段内容也有所表现,但红色十月号使用的战术换成了水下做高难度的机动动作,令自导鱼雷击中了发射母船。其实,这种战术在空战中可能更加有效,在深海潜艇战中是否适用就存疑了。

【说书论影】

《猎杀红色十月号》(*The Hunt for Red October*)的作者汤姆·克兰西(Tom Clancy,1947—)出生在马里兰州巴尔的摩市。大学时代,在当地的罗耀拉学院学习历史。[①]当时还是个毛头小伙子的克兰西最大的愿望是能够参军报国,但因为视力问题未能如愿。大学毕业后,他在巴尔的摩的房地产股票保险公司找到了一份保险经纪人的工作,开始了他平淡无奇的上班族生活。

一九七五年,苏联红海军波罗的海舰队警戒号大型反潜舰,在负责政治工作的副舰长萨布林等人的策动下,未经司令部允许,擅自起锚,离开拉脱维亚首府里加附近的达乌加维河湾驻泊地,试图驶入瑞典海域,"投奔自由世界"。叛逃事件发生后,舰上的一名军官冒险跳海游回基地,向上司报告。在得知消息后,苏军出动水面舰艇、海军航空兵和空军前线航空兵对叛逃舰艇展开了追踪和围捕。就在苏联海空军追击部队即将向警戒号发动致命一击的时候,一度被叛乱分子关押的舰长设法逃了出来,并在其他水兵的帮助下,制服了萨布林等人。叛逃事件就此画上句号。

叛逃事件发生后,苏联方面严格封锁消息,但西方媒体则借机大肆炒作。身在巴尔的摩的克兰西也从媒体上得知了这个消息,并产生了以此为题撰写一部小说的想法。为此,他搜集了大量相关资料,包括《世界战舰集》《苏俄海军介绍》《战术训练手册》等等。其中比较特别的是,一套为美国海军预备军官设计的海战电子游戏。这套游戏里附有一份四十页的说明书,介绍美苏海战的模拟战术及技巧。为了让小说的细节尽可能贴近真实,克兰西还专程拜访了在附近核电站工作的潜艇退役老兵。以至于后来克兰西曾经不无自豪

汤姆·克兰西

---

① 张召忠,《猎杀红色十月号》,上海译文出版社,2005 年,《超级军事"预言大师"汤姆·克兰西》,P1。另一说,汤姆·克兰西在大学里主修的是英语专业,见于台湾星光出版社译本的解说。

地说："灵感之神并未对我特别青睐,全是我努力用功得来的。"最终,他用了将近九年时间,终于完成了《猎杀红色十月号》的写作。

小说完成后,克兰西带着自己的书稿拜访了海军学院出版社。作为一家专业出版机构,海军学院出版社此前从未出版过小说。而克兰西之所以找上他们是因为他曾经给这家出版社旗下的一份月刊写过一篇讨论 MX"和平卫士"型战略核导弹的短文。最后,念在这是一本有关海军的小说,出版社的编辑答应帮他出版。

《猎杀红色十月号》于一九八四年出版。由于当时美国的出版市场很不景气,小说刚推出时,出版社方面最大的期望只是卖出一万册,收回成本。但令人意想不到的是,这部小说一上市就受到了读者的欢迎,其中还包括时任美国总统的罗纳德·里根。据说,里根总统在圣诞节假期,不但把小说从头到尾读了一遍,还称赞其为"无懈可击的冒险故事",还为此邀请作者到白宫做客。除总统之外,美国政府内的很多高官都成为这部小说的拥趸。还有消息说,连苏联大使馆也专门派人购买了几本,送回到莫斯科,供高层参考。在这些消息的刺激下,《猎杀红色十月号》的销量节节攀升,并曾经连续二十周蝉联华盛顿特区畅销书排行榜榜首,全美销量五个月内突破六万册。汤姆·克兰西也从一个籍籍无名的巴尔的摩保险经纪人,一跃成为全美知名的畅销书作家。

对于《猎杀红色十月号》取得成功的原因,中国国防大学知名教授,也是该书简体中文版的译者之一海军少将张召忠曾这样评论道:"他(指汤姆·克兰西)的过人之处是避开了拥挤不堪的以二战、朝战、越战等历史事实为背景描写故事的老套路,转而以从机械化战争向信息化战争转变为时代背景,以美苏两个超级大国、东西方两大军事集团和长期的冷战为军事背景,勾画出一个美苏相互角逐、相互对抗的文学作品。"①尤其为人称道的是,从未在海军里待过一天的克兰西,就是凭借有限的资料和丰富的想象力,辅以严谨的写作态度,描绘出了一场令专业人士也为之折服的深海暗战。以至于后来,《猎杀红色十月号》甚至被列入了美国军事院校的教科书之中。

除了细节的真实,单从小说的角度来看,《猎杀红色十月号》也堪称杰作。作者以娴熟的笔法,在大西洋海底、白宫、五角大楼、中央情报局、航母战斗群、克里姆林宫、克格勃总部之间不断变换场景,描写了与此有关的各色人物,并塑造了一个智勇双

① 张召忠,《猎杀红色十月号》,上海译文出版社,2005 年,《超级军事"预言大师"汤姆·克兰西》,P3。

全的英雄人物：海军陆战队出身的 CIA 情报分析员詹姆斯·瑞安。瑞安后来也成了克兰西系列小说中的核心人物。

一九九〇年，派拉蒙电影公司将《猎杀红色十月号》改编成同名电影。由曾经在007 系列电影中扮演詹姆斯·邦德的资深演员肖恩·康纳利饰演叛变的红色十月号艇长马克·瑞米尔斯。该片以三千万美元的投资获得了两亿美元的全球票房成绩，其中北美地区的票房就有一亿两千万。该片上映后的转年，苏联解体，冷战结束。耐人寻味的是，片中曾经称红色十月号为"台风七号"，但事实上，直到苏联解体时，红海军引以为豪的台风级战略导弹核潜艇只建成了六艘，"台风七号"也就成为只属于汤姆·克兰西的战略核潜艇。

二十世纪八十年代末、九十年代初，汤姆·克兰西的创作视野开始从大国间的军事政治博弈转向非传统安全领域，并逐渐聚焦于"恐怖袭击与国际反恐""制毒贩毒与反毒禁毒""特种作战与信息攻击"三个新的方向。而詹姆斯·瑞安则成为克兰西的御用男主角。在他的笔下，瑞安在英伦三岛，拯救了遭恐怖分子袭击的英国王储威尔士亲王和王妃，并为此获封大英帝国维多利亚勋位二等勋爵士——《爱国者游戏》(*Patriot Games*, 1987)。与跨国贩毒集团正面交锋，亲自从哥伦比亚山区营救出了参与秘密行动的突击小组成员——《燃眉追击》(*Clear and Present Danger*, 1989)。揭穿中东恐怖分子的核阴谋，阻止了美苏之间一触即发的核大战——《恐惧总和》(*The Sum of All Fears*, 1991)。在此期间，瑞安也从一名情报分析员升任为 CIA 的副局长。但瑞安的脚步并未止于此，后来他又当上了总统国家安全事务顾问——《美日开战》(*Debt of Honor*, 1994)。在美国的政治中心遭到恐怖袭击后，他又以副总统的身份继任美国总统——《总统命令》(*Executive Orders*, 1996)。如今，已经卸任的瑞安总统退休在家，正在执笔写作自传，而他的儿子杰克以及杰克的表兄弟多米尼克和布莱恩，成为新一代的反恐精英——《老虎牙》(*The Teeth of the Tiger*, 2005)。

除了以詹姆斯·瑞安为主角的系列小说之外，汤姆·克兰西还创作了《赤色风暴》(*Red Storm Rising*, 1986)、《冷血悍将》(*Without Remorse*, 1993)、《彩虹六号》(*Rainbow Six*, 1996)等多部小说，其中《彩虹六号》还曾被改编成同名电子游戏，风靡一时。在二十世纪九十年代，汤姆·克兰西成为仅有的两位作品首版销量突破二十万册的作家之一。其作品被翻译成多种语言，受到世界各国读者的追捧。而由于其作品独树一帜的风格，克兰西本人也被奉为"高科技军事冒险小说之父"。

【超级链接】

红色十月号的原型:警戒号大型反潜舰

警戒号大型反潜舰的舰型为一一三五型,属于前苏联克里瓦克级Ⅲ型护卫舰,建成于一九七三年,一九七四年六月四日首次出海值勤,排水量三千二百吨,长一百二十三米,宽十四米,吃水四米五,速度三十二节,续航时间三十天。武器装备:一套"暴风雪"反潜导弹系统、两套"黄蜂"防空导弹系统、两门AK-726型七十六毫米双管自动火炮、四枚远程导弹鱼雷、两具五百三十三毫米鱼雷发射器。乘员约两百人。

一九七五年萨布林暴乱事件后(萨布林本人于一九七六年被处决),成员被全部解散,由大型反潜舰更型为护卫舰,名称未变,经大西洋、印度洋、太平洋,于一九七六年初转航至太平洋舰队服役,成为堪察加区舰队第一七三大型反潜舰支队旗舰,表现优异。警戒号护卫舰参加了太平洋舰队所有的出海训练和实弹演习,从未在鱼雷、水雷、火炮实弹射击中失靶,成为太平洋舰队最优秀的军舰之一。一九七七年至一九八四年间曾被评为"太平洋舰队最优秀舰艇""优秀舰艇""最优秀布雷舰",五次受到海军总司令的嘉奖。

一九八七年七月,警戒号在符拉迪沃斯托克(海参崴)进行了维修,之后继续在堪察加服役,名称未变。警戒号曾是一一三五型舰艇中最辉煌的一艘军舰,总航程达二十一万海里,七次参与战斗值勤,曾参与一九八三年在萨拉纳湾救助沉没的K-429号潜艇成员的任务。二○○二年十月十三日正式退役。

"疯狂伊凡"

在小说和电影中,时常提到"疯狂伊凡"。这是美国海军发明的一个军事术语,用以描述苏联潜艇在航行中突然在短时间内急速转弯,借以探察自身是否已被其他潜艇追踪的战术。由于潜艇在潜航的过程中,螺旋桨叶片在旋转推进时会产生噪音,从而对艇上声呐造成干扰,在潜艇的后方形成侦测盲区。而通过在水下急速转弯,可以改变声呐的听辨角度,以探察原有的死角位置是否有敌舰。但这是个相当危险的动作,尤其是在艇身后确有敌方潜艇跟踪的时候。一九七○年六月二十日,美国海军的核动力攻击潜艇蚍隆头鱼号在追踪苏联的弹道导弹核潜艇黑里拉号时,由于苏联潜艇多次做"疯狂伊凡",而美方艇长和两位资深声呐军官没有坚守工作岗位,结果导致两艇在水下碰撞。蚝隆头鱼号受轻伤,黑里拉号受重伤,险些沉没。

【延伸阅读】

一、【美国】汤姆·克兰西,《猎杀红色十月号》,上海译文出版社,2005 年。

二、【美国】汤姆·克兰西,《爱国者游戏》,上海译文出版社,2011 年。

三、【美国】汤姆·克兰西,《惊天核网》(全二册),上海译文出版社,2011 年。

两名考古队成员还没做好穿越时空准备

对于历史学家来说,最大的遗憾就是只能通过浩如烟海的史料和残缺不全的文物去无限的接近历史的真相。然而,倘若一个历史学家真的有机会返回历史现场,却未必是一种幸运。在"高科技惊险小说之父"迈克尔·克莱顿的笔下,一群"重返中世纪"的历史学家不得不为获知历史的真相而面对生死的考验。他们可以依仗的只有知识、智慧和团队精神。

VIII

历史探险:
《重返中世纪》

【精彩剧透】

在荒寂无人的戈壁滩上,一条蜿蜒曲折的洲际公路伸向远方。只见一个中年男子驾驶着一辆越野车疾驰而来。在转弯处,司机突然发现路中央竟然站着个男人,赶忙踩刹车、打方向盘。汽车从男子的身边擦过。当司机把车停下,跑过来查看情况的时候,男子已经瘫倒在地,看来他早前就已经受了重伤。弥留之际,从他的嘴里蹦出了一个词:"城堡园。"汽车司机不明就里,但还是以最快速度把他送到了附近的医院急救,并报了警。

在医院中,医生们竭尽全力进行抢救,但最终还是回天乏术。更让医生们感到困惑的是,病人除了外伤,体内的脏器、血管、骨骼都出现了严重错位,就像是一个被打碎后用胶水粘起来的玻璃人。他们实在搞不明白,到底是什么可怕的事情能把一个人搞成这副样子。而这个病人身上没有任何能够证明身份的证件,只是在他的脖子上挂了一个吊坠,上面刻有"国际科技公司"的缩写 ITC。而这家公司,号称是"沙漠中最大的组织",也是这间医院最大的捐助人。因此,医院方面在第一时间打电话通知了 ITC。

就在警方人员开始对案件展开调查的时候,ITC 的高级职员弗兰克·戈登也赶到了医院。他声称死者名叫文斯·特伯,并希望能尽快领回这位同事的尸体。尽管存在若干的疑点,但因为没有进一步的证据,警方和医院都没有对戈登的要求提出异议。就在戈登准备去认尸的时候,他的老板罗伯特·唐涅格打来电话,问他另一个名叫戴克的职员是否跟特伯在一起。在得知死者只有特伯一人后,唐涅格让戈登在领回尸体的同时,把 X 光片和病例资料全部取回来。

与此同时,在法国多尔多涅河谷畔的城堡园,以爱德华·约翰斯顿教授为首的一支考古队正在对这个十四世纪的著名古战场遗址进行发掘。助理教授安德烈·马雷克是约翰斯顿教授的副手,主要负责现场指挥。此时,他正站在模型沙盘前,跟约翰斯顿教授一起,向学生们讲述于一三五七年发生在此地的一次重大战役:作为英法百年战争中的关键一役,当时的英军在国王奥利弗的率领下,退守到洛克城堡,准备与攻城的法军拼消耗。为了挫伤法军的士气,英军把他们抓获的法军指挥官艾洛特的妹妹克莱尔小姐处死,并把尸体悬挂在城垛上,向法军示威。没想到,他们的做法非但没有挫伤法军的士气,反而点燃了法军复仇的怒火,最终击败了英军,并占领了城堡。所以,后世的历史学家普遍认为,法军之所以能够在一天内攻下英军坚固设防的城堡,完全是因为一个女人的死——克莱尔小姐。

在考古队营地的成员中,有一个特殊的"编外人员",他就是约翰斯顿教授的儿子克里斯。晚上,约翰斯顿教授让儿子帮他熨好衬衫,以便明天出门旅行时带着。谈话间,约翰斯顿教授说道,他非常清楚,对考古学毫无兴趣的克里斯,完全是因为对他的女学生凯特一见钟情才会留在这里。不过,他告诫儿子,凯特是个事业心很强的女孩,如果让她在克里斯和考古之间做出选择,她会毫不犹豫地选择后者。不过,克里斯却不为所动,坚信自己能够得到凯特的芳心。

帮父亲熨完衬衫后,克里斯带着两瓶啤酒去找仍在考古现场工作的凯特。两人一边喝啤酒一边聊天。克里斯不失时机的向凯特表白,但凯特的回答却显得很纠结。这让克里斯有些失望。转天,克里斯去找了安德烈·马雷克,跟他讲了自己的烦恼。马雷克带着克里斯来到一具刚刚发掘出的石棺前。他告诉克里斯,这是一具骑士夫妻合葬的石棺,从石雕像上看,骑士的妻子应该是一位非常美丽的女性,而骑士只有一只耳朵,更有趣的是,夫妻二人竟然呈现手牵手的姿态,这在十四世纪是相当罕见的。马雷克告诉克里斯,考古学家工作的意义就在于找到这些问题的答案。而每个人都有自己的历史,每个人也都是自己的历史学家。

在约翰斯顿教授走后,考古现场的发掘工作仍然继续进行。突然,集合号声响起。所有工作人员被告知,在城堡附近的修道院遗址出现了塌方。而出现塌方的地点就在凯特昨天工作地点的正下方。为了搞清楚遗址下面到底有些什么,凯特和马雷克戴上护具、照明设备,系上安全绳,在众人的帮助下,用简易绞车,下到了塌方形成的深井中。在深井的底部,马雷克和凯特发现了一条古代的密道,应该是属于古代修道院的一部分。在密道中,他们意外地发现了一个包着防水布的古代文件盒。而在密道尽头,有一副精美的浮雕,可惜不知道被谁打烂了。身为考古学家的凯特,忍不住对破坏艺术品的人骂了脏话。可是,就在他们想再仔细探查一下的时候,密道里却出现了持续塌方的迹象。为安全起见,两人立即招呼地面上的伙伴拉起绳索,让他们尽快升井,返回地面。恰在此时,马雷克突然在密道的地板上发现了一片现代的双焦镜片。他马上捡起来,带回了地面。

在考古队营地的实验室中,队员们对这片具有明显现代技术特征的双焦眼镜片的出现感到异常困惑。因为在此之前,没有任何人知道修道院的下面有这条密道,更没有人进去过，所以不可能是考古队的成员遗失在里面的。但人们更无法想象，眼镜片会是古代人遗留在那里的。更让凯特等人感到不可思议的是，马雷克带回来的文件盒里存放的一张物品清单上，竟然出现了约翰斯顿教授本人亲笔书写的求救信，上面清清楚楚地写着"救命！"，而落款日期是一三

城堡园里的断臂雕像

五七年四月二日。这让所有人都感到大惑不解，教授明明只离开了两天，可为什么他的笔迹会出现在一份六百年前的文件上呢？而且，从纸张和墨水的陈旧程度上判断，那绝不可能是最近才写上去的。当考古队员弗朗索瓦找来教授的备用眼镜，人们把它跟在密道中找到的镜片进行了对比，证实了那镜片也是属于约翰斯顿教授的。事已至此，克里斯已经忍无可忍。他马上打电话给此次考古发掘的赞助人、ITC 的总裁罗伯特·唐涅格，追问父亲的去向，并声言如果不能尽快得知父亲的去向，他就会向警方报案，说 ITC 绑架了约翰斯顿教授。无奈之下，对方同意派飞机接他们到位于新墨西哥州银城的 ITC 研究中心，并说将在那里向他们解释一切。

当众人飞抵 ITC 研究中心之后，ITC 的技术总监史蒂芬·克莱默和安全部主管弗兰克·戈登出面接待了他们。迫切想知道真相的克里斯和马雷克一下飞机就向前来迎接的两人问了好几个问题。但克莱默则回答说，等他们通过安检，进入 ITC 后，就向他们解释一切。很快，考古队的成员们就被带进了 ITC 研发中心的大型实验室。在那里，克莱默告诉他们，唐涅格领导 ITC 一直致力于实现三 D 物体传输的研究，也就是用类似传真的方式，把一个实际的物体从一个地方传到另一个地方。不久前，他们的研究取得了突破性进展。为了实现越洋的物体传送，他们制造了一个大型的传送机。而在首次实验进行时，他们尝试把一个包裹从新墨西哥传送到纽约的同型机器上。但是，包裹没有出现在纽约，而是在几小时后又回到了原地。为了搞清楚，被传递的东西在这几个小时里到底去了哪里，他们把一台照相机反复传递了多次，拍到了同一位置的照片。照片中显示了一个长满树的山坡。后来，唐涅格决定把相机的镜

头朝向天空,拍下了星空的画面。据此进行分析对比后,他们有了惊人的发现,照相机不仅出现在了错误的地点,而且出现在了错误的时间——照相机拍摄到的是一三五七年法国城堡园附近的荒野。这意味着,他们发现了一个连接过去某个特定时间和地点的"虫洞",正好能够连接到一三五七年的城堡园。

听到这里,克里斯问克莱默是不是把他父亲的眼镜和字条传到了那里。还没等克莱默回答,ITC 的总裁唐涅格从外边走了进来,他告诉克里斯,准确地说,他父亲现在正在十四世纪,而 ITC 请他们过来,就是希望他们能去把约翰斯顿教授救回来。考古队的众人闻听此言,面面相觑,不清楚唐涅格到底是在开玩笑还是说真的。但是他们很快就意识到,唐涅格所言非虚。而且,唐涅格告诉他们,约翰斯顿教授已经被困在一三五七年超过七十二小时了,时间拖得越久,营救的困难就越大。

此时,弗兰克·戈登跑过来告诉大家,如果有人要乘坐传送机,就请马上过来做准备。但戈登表示他不会乘坐传送机,而是由另外两个 ITC 的保安人员随行。唐涅格把戈登单独叫到一旁,跟他说不只是他的手下,希望他本人也能去,目的是寻找失踪的戴克。尽管心里不情愿,但戈登除了服从他的老板之外别无选择。看着众人离去后,克莱默质问唐涅格,为什么不把特伯在时间旅行后,遭受严重内伤的事情告诉他们。唐涅格回答说,特伯在经历了十次时间旅行后才出的问题,而他们才只做一次,况且他们知道的已经够多了。其实,唐涅格把考古队员们找来的目的就是进行危机管控,以免约翰斯顿教授被困在中世纪的事情变成"公司丑闻",给 ITC 带来灾难性后果。

在经过了短暂的协商后,考古队成员中除了从事物理研究的乔希·斯特恩之外,其他人都会参加营救教授的行动,而 ITC 方面则由戈登带领两名前海军陆战队队员比尔·巴莱斯和吉米·戈麦斯随行

激烈的攻城战

保护。一行人换上了中世纪法国人的服饰,走上了传送机的发射平台。在此之前,克莱默给他们每个人发了一个吊坠型呼叫器,在六个小时内只要启动呼叫器,传送机就能把他们带回来。最重要的是,只要启动一个呼叫器,就能把他们所有人都传送回来。而如果超过六小时,呼叫器就会自爆。

当所有人都在发射台上站好之后,四周的"镜子"开始关闭,形成一个圆柱形的封闭空间。随着设备功率的不断提升,马雷克等人开始感到深入骨髓的剧痛,而仅仅过了两秒钟,他们就在唐涅格面前消失得无影无踪。这次时空穿越非常成功,只是着陆地点有些偏差,一行人都掉进了河里。好在,大家相互搀扶着,有惊无险地爬上了岸。

离开河岸,马雷克和戈登一行人准备穿过丛林前往城堡园寻找教授的踪迹。途中,他们突然看到一个妇人边跑边向他们叫喊,让他们赶快躲起来。众人慌忙躲避。不一会,一队英国骑士纵马杀到。巴莱斯和戈麦斯躲闪不及,成为英国骑士追逐的目标。其中,戈麦斯没跑多远就被骑士追上,成了利剑下的冤魂,而巴莱斯则被英国人的弓箭射中。中箭后,巴莱斯从怀中取出了一枚手榴弹,但当他刚拉开引信,第二、第三支箭又射中了他。慌乱中,巴莱斯启动了呼叫器。正在控制室内等待消息的唐涅格等人,收到呼叫信号后,立即启动传送机。当身中三箭的巴莱斯回到ITC研究中心的时候,那枚已经拉开引信的手榴弹爆炸了,传送机和控制室都严重受损。

由于巴莱斯违反了不能携带现代武器进行时空旅行的规定,导致局面彻底滑向失控的边缘,现在不仅是约翰斯顿教授,整个营救小队都被困在了中世纪。不过,对于此时尚不知传送机已经被损坏的马雷克等人来说,更加现实的危险来自眼前的这队英国骑士。为了掩护克里斯和凯特,马雷克挺身而出,吸引了英国骑士的注意力,其他人才得以逃脱。而马雷克为了躲避英国骑士的追捕,躲进了悬崖边的一个树洞里。让他感到意外的是,在洞里躲避的并不只他一个人,还有一个漂亮的法国女孩。但现在显然不是谈风论月的时候,马雷克示意对方不要出声,以免被人发现。不一会,英国骑士就追了过来。就在其中一个准备搜查马雷克和法国女孩藏身的树洞时,远处猛然射来一箭,正中他的前胸。原来一队法军正好巡逻到此。双方立刻打成一团。等到双方搏斗的声音渐行渐远,马雷克和法国女孩慢慢从树洞里爬出来。谁知,洞口竟然还守着一个英国骑士。危急时刻,马雷克用捡来的剑刺进了对方的腹部,这才化险为夷。

在 ITC 研究中心,唐涅格和克莱默面对爆炸后严重受损的设备一筹莫展。而斯特恩因为担心被困在中世纪的伙伴们,大声质问两人有没有应急预案,要他们赶快把人救回来。对此,唐涅格给出了肯定的答案,说他们的确有应急预案。

另一方面,在一三五七年的法国丛林中,经过一段紧张的逃亡,马雷克和那个法国女孩与戈登、克里斯等四人再次汇合。马雷克告诉他的同伴,这个法国女孩会带他们进入城堡园。在女孩的带领下,一行人来到了洛克城堡脚下的村庄。这时,马雷克突然意识到,他们所在的时间是一三五七年四月十四日,而这一天正是法军要进攻洛克堡,并将整个城堡园地区夷为平地的日子。如此一来,他们原本就不多的时间就显得更加紧迫了。

而在 ITC 研究中心,唐涅格告诉斯特恩,修复设备所需的配件将在五小时二十七分钟内送来——那也是他们有希望救回所有人的最后时限。克莱默则对斯特恩说,呼叫器是考古队员们穿梭时空的唯一途径,但问题是他没法保证传送机能够完全修好。这让斯特恩意识到,一旦同伴们的呼叫器失灵就可能被永远留在中世纪。

在村庄里,马雷克等人混入村民的队伍中,开始寻找约翰斯顿教授的踪迹。但不幸的是,他们的反常举动很快就被巡逻的英军发觉了。所有人都被堵在一条狭窄的巷道里,除了跟他们同行的法国女孩侥幸逃脱之外,其他人都被英军抓获,并被押解到英王奥利弗的面前。

从奥利弗国王的口中,马雷克等人得知约翰斯顿教授的确是被他们抓住了,而且正被关押在塔楼上。而在谈话间,人高马大的弗朗索瓦引起了奥利弗国王的注意。在得知弗朗索瓦是"法国人"后,国王立即对他产生了敌意。为了保护弗朗索瓦,自称为"苏格兰人"的马雷克极力向奥利弗国王解释弗朗索瓦不过是他们同行的翻译。但即便如此,英格兰人仍旧没有放过他。奥利弗强迫弗朗索瓦把法语"我是一个间谍"翻成英文。在弗朗索瓦照做后,国王的一个手下便用利剑杀死了这个手无缚鸡之力的可怜人。随后,奥利弗国王下令把其他人跟自称"教师"的约翰斯顿关到一起去。

在塔楼里,马雷克和凯特等人终于找到了约翰斯顿教授。此时的教授已经变得非常虚弱。他告诉马雷克等人,他原本想避开英国人,但最后还是在修道院中被抓住了。为了保住性命,约翰斯顿教授不得不答应给英国人制作一种新武器——用水无法浇灭的液体燃烧剂"希腊火"。听到这,马雷克问约翰斯顿教授有没有想到过这样做的后果,如果英国人得到了希腊火,就有可能战胜法军,从而改变历史的进程。约翰斯顿教授则辩解称，在当时的情况下，他别无选择。凯特阻止了他们的争吵。随后，大家一致同意要尽快设法逃出去，否则只会坐以待毙。

经过一番努力，他们在房顶上找到了一个缺口，但仅能供一人穿过。此时，众人中体重最轻、擅长攀岩的凯特自告奋勇，要从缺口处爬出去，帮大家打开逃生通道。克里斯感觉这样做太过危险，想阻止凯特。但凯特仍然坚持要去。在跟克里斯吻别

被英国军队抓住

后，凯特义无反顾的穿过缺口，爬上了房檐。就在凯特爬上屋脊，准备翻越到对面去的时候，她突然看见一个英军哨兵出现在附近的高岗上，心里一慌，险些从屋顶坡面的另一侧栽下去。好在，屋顶是稻草铺成的，克里斯等人从缝隙中伸手抓住了凯特，帮她保持住了平衡。短暂的混乱后，凯特稍微定了定神，沿着墙垣小心翼翼地向窗户的方向爬去。到了窗边，凯特伸手从屋里紧靠窗户摆放的一个箭囊里抽出一支箭。当英军看守走到窗边的时候，凯特猛地从窗外跳了进来，用箭狠狠地刺进了看守的胸膛。看守倒毙在地。恰在此时，另一个看守从外面回来。还没等他反应过来，凯特已经打开了牢门。被关在屋顶上的戈登、克里斯、马雷克等人冲了出来。众人一哄而上，解决了另一个看守。随后，戈登把房间里的武器分配给大家，带着一行人悄悄溜出了奥利弗国王的临时行宫。但当他们走到门口的时候，马雷克突然说要回去寻找丢失的呼叫器，独自一人转身返了回去。其他人则向村外逃去。

其实，马雷克真正想做的事情是去救那个不久前刚刚被英军抓住的法国女孩。在转角处，马雷克张弓搭箭，然后猛地蹿出来，用手中的弓箭直指看守人员，命令他放弃抵抗。但看守完全不顾警告，大声嚷嚷起来。马雷克一箭射了过去，对方应声倒地。就在马雷克跑上前去准备打开牢门的时候，一柄手斧从他的背后扔过来，剁在牢

房的木门上。原来,一个名叫迪凯尔的骑士察觉到异常,从走廊另一边冲了过来。马雷克拔下手斧,转身进入牢房里,把迪凯尔关到了门外。当屋里的女孩发觉进来的人是马雷克的时候,她赶紧让马雷克把斧子递给自己,并跑到牢房另一边,开始拼命砸墙。马雷克很快就明白了女孩的意图,他先用铁剑顶住牢门,阻止迪凯尔闯入,然后跑过来帮她的忙。终于,在迪凯尔闯进牢房之前,女孩和马雷克凿穿了墙壁,成功的逃了出去。

再说戈登和凯特等人,在是否要回去找马雷克的问题上,戈登与其他人发生了意见分歧,随后他便独自一个人找了个僻静处,准备启动呼叫器返回。此时的戈登并不知道,ITC 的传送器还未修复,尽管收到了呼叫器发出的信号,但充其量也只是确认了这些穿越时空者还活着,其他则无能为力。就在戈登还在纳闷为什么呼叫器会失灵的时候,克里斯、凯特和教授找到了他。克里斯对戈登又一次想丢掉同伴、自己逃命的做法非常不满,抢步上前想要痛扁戈登一顿。好在,被凯特和约翰斯顿教授及时制止。出于尽快摆脱险境的考虑,教授让凯特赶快打开呼叫器,让大家能回到ITC,然后再想办法搭救马雷克。但凯特的呼叫器毫无悬念地也"失灵"了。而英军针对他们的大搜捕已经展开。无奈之下,四人只好先混进人群中暂避风头。

为了缩小目标、掩人耳目,马雷克让法国女孩躲进一条仅能容纳一人的圆形小艇,自己则扒着小艇的边缘在水中浮游,顺着河的流向,逃往下游。在河上漂流的这段时间,马雷克发现自己似乎已经爱上了这个率真的女孩。就在两个人谈得兴起的时候,远方却传来了追兵的叫喊声。马雷克不敢怠慢,赶紧把小艇推向对岸。就在他们跌跌撞撞的爬上河岸的时候,一群盔甲鲜明的蓝衣剑士突然出现在两人面前。马雷克被吓了一跳,但法国女孩却显得从容不迫。原来这些人都是法军。而更让马雷克大吃一惊的是,他三番两次搭救的这个女孩,竟然就是法军指挥官的妹妹,历史上大名鼎鼎的"克莱尔小姐"。可

船边的浪漫一刻

还没等马雷克缓过神来,对岸突然射来一箭,正中一个法国剑士的后背。原来,英军的追兵已经到了对岸。马雷克来不及多想,扶起受伤的剑士,跟随其他人一起向法军驻地的方向退去。

为了躲避英军的搜查,戈登、克里斯、凯特和教授躲进了一间民房。但挨家挨户进行搜捕的英军很快就找到了他们。戈登和约翰斯顿教授被英军抓住,而克里斯和凯特侥幸逃脱,钻进了不远处的另一间茅草房里。负责指挥的英国骑士不想再浪费时间,命令手下纵火烧屋。幸运的是,就在火烧起来之前,克里斯和凯特从房顶上的通风窗爬了出去。随后,他们逃到了村外。

经过了一番跋涉之后,马雷克和克莱尔终于跟法军的大部队会合了。法军指挥官艾洛特对妹妹克莱尔平安归来感到非常兴奋,对护送她回来的马雷克充满感激。但马雷克却向艾洛特提出,希望他能给自己马和武器,以便他能回去解救同伴。虽然艾洛特劝他说这样做是不明智的,但马雷克去意已决。艾洛特被他的英雄气概打动,同意给他马和武器。临行前,克莱尔问马雷克有没有结婚,随后便亲吻了他的脸颊。马雷克则还以一个深情的长吻。之后,马雷克打马扬鞭,向来时的方向奔去。

只是,不管是马雷克还是艾洛特都没料到,他们刚才的一言一行都已经被潜伏在附近树丛里的英军探子看在眼里,记在心上。之后,探子飞奔回去,把消息回报给一支英军分队的指挥官。英军指挥官决定一不做二不休,用奇袭的方式干掉艾洛特,让法军变成群龙无首,自然不战而溃。果然,突然杀出的英军让法军一时乱了阵脚,但艾洛特也绝非浪得虚名,迅速组织起有效的反击。然而,混乱中,克莱尔却又被英军盯上了,不得不逃进森林深处。

另一方面,好不容易逃出虎口的克里斯和凯特跑到了树林里一处废弃的房屋边。两人总算能坐下来喘口气,想一想下一步该怎么走。克里斯想直接去洛克城堡救出父亲约翰斯顿教授。但凯特说还有更好的方法,那就是通过修道院底下的密道。于是,两人决定立即动身赶往修道院。

正如艾洛特之前预言的那样,单人独骑的马雷克到底没有摸过英军的警戒线。在他离目的地还很远的地方,就被七八个英国骑士团团围住。为首的骑士正是那个曾经追捕他们的迪凯尔。他从马雷克的脖子上取下了他的呼叫器,接着就命人把他打晕,并放到了自己的马鞍上。

当马雷克清醒过来的时候,他已经被扔在一辆马车上,而马车的后面拴着被捕的戈登和约翰斯顿教授。教授告诉马雷克,克里斯和凯特已经遇难了。马雷克感到非常难过。恰在此时,迪凯尔拍马来到三人身边。令人震惊的是,他竟然能叫出戈登的真名。原来,此人就是ITC一直在寻找的"失踪人员"威廉·戴克。在之前的一次穿越中,戈登丢下了身中三箭的戴克,独自启动呼叫器逃回了ITC。为了报复戈登的背叛,此时已经成为奥利弗国王侍从武官"威廉·迪凯尔爵士"的戴克,不顾戈登的一再求饶,一剑刺进了他的胸膛。随后,戴克又把ITC传送机最大的秘密告诉给了马雷克和约翰斯顿教授:这套设备的DNA复制系统存在缺陷,一个人如果多次穿梭时空就有可能造成体内脏器受损,而他自己的身体已经到了临界点,要是再进行一次时空穿越就可能会丧命,所以他才决定留下。最后,戴克警告马雷克和约翰斯顿教授,现在他们是一条绳上的蚂蚱,除了一心一意的为奥利弗国王效力之外,没有别的选择。

英军很快就到达了洛克城堡,并迅速展开布防。马雷克和约翰斯顿教授则被迪凯尔带到了作坊里,命他们立即动手制造"希腊火"。起初,教授认为这样做会扰乱历史进程,打算放弃。而马雷克告诉他,恐怕他们已经扰乱了历史进程,之前他在村子里救出来的女孩,就是克莱尔小姐。而他已经把她送回了法军营地。教授闻听此言,大吃一惊,因为正是克莱尔小姐的死触怒了法军,才让他们能一鼓作气攻下洛克城堡的。而事到如今,他们也只能走一步看一步,先造出"希腊火"保住性命再说。

在洛克城堡山脚下的修道院里,克里斯和凯特说服了修道士,带他们来到地下室。在那里,他们找到了教授留下的求救字条和眼镜。而那条通往城堡的密道却不见踪迹。就在两人大惑不解的时候,凯特突然注意到了她曾经在发掘现场看到过的那个被损坏的浮雕——此时的浮雕还是完好的。凯特马上意识到,那个她曾经诅咒过的破坏文物的人,竟然就是她自己。她从墙壁上取下铁制的火把,用力的敲击墙壁。克里斯见状,也赶紧上来帮忙。随着墙壁被凿穿,一条幽暗的密道出现在他们面前。两人欣喜不已。凯特请传教士马上把发现密道的消息告诉法军指挥官艾洛特,自己则跟克里斯一起爬进了密道。

入夜时分,法军开始进攻洛克城堡。他们在巨大的石块上淋上松油并点燃,用抛石机把燃烧的大石块直接抛上城头。但这还不足以动摇英国人的军心。国王奥利弗命令约翰斯顿教授展示一下"希腊火"的威力。教授示意马雷克点燃引信,把带着"希腊火"的火箭从城堡里射向法军阵地。火箭落地后,只是引起了零星的小火。这让奥利弗国王非常失望。但很快情况就发生了变化,法军用水灭火,而"希腊火"在遇水后,反而燃烧得更加猛烈,不一会便烧掉了一架抛石机。眼见如此情形,奥利弗国王心花怒放,命令约翰斯顿等人立即造出更多的"希腊火"。

尽管出现了"希腊火",但法军并未因此而乱了阵脚。他们仍然按部就班地向洛克城堡发动进攻。不过,跟以逸待劳的英军相比,法军终究落于下风。在一线指挥的艾洛特一时也没有什么更好的办法。恰在此时,一个传教士从远方气喘吁吁地跑到了艾洛特的马前。他告诉艾洛特,在修道院的地下室发现了通往洛克城堡的密道。艾洛特闻听此言,大喜过望,立即命令手下召集二十个骑士和最优秀的弓箭手,随他一起前往修道院。

而在 ITC 研究中心,随着倒计时钟不断跳动,唐涅格变得越来越焦躁,他的耐心和理性已经被消耗殆尽,失败的愁云惨雾开始在他心头聚集。尽管传送机已经被修复到了勉强可以使用的状态,但是由于担心仓促的修理可能使设备原有的缺陷完全暴露出来,唐涅格企图放弃营救的努力。但是,一心想救回同伴的斯特恩坚决反对。随后,唐涅格离开了控制室,独自回到更衣室收拾东西,准备逃跑。此时,克莱默找到了他。两人话不投机,在更衣室里吵了起来。唐涅格失手推倒了克莱默,导致克莱默的头撞到了金属衣架车的底盘上,受了重伤。

在洛克城堡,奥利弗决定拿出他的秘密武器对付法国人。他命令手下,把又一次抓到的俘虏,也就是艾洛特的妹妹克莱尔绑上城头,以此要挟法国人放弃抵抗。这一幕都看在马雷克的眼里,他为此感到非常自责。教授安慰他说,这就是历史。但马雷克决心已下,他要改变历史。

在洛克城堡的地下,艾洛特和他的手下爬到了密道的尽头,看到了垂头丧气的克里斯和凯特。原来,这条密道原本就是一个死胡同。当听到两人都说英语的时候,艾洛特立即警觉起来,认为这是英国人设下的一个陷阱,拔出长剑来要杀死两人。就在这千钧一发之际,一声巨响,密道的顶部被震塌了,通往洛克城堡的路径,猛地出现在众人面前。这惊人的一幕并不是因为上帝保佑,而是马雷克引燃了城堡内的炸药库。为了救出克莱尔,马雷克拿着一支火把冲上城头,威胁奥利弗,如果不放了克莱尔,他就放火烧掉炸药库。混乱之中,奥利弗的一个手下向马雷克射了一箭,正好击中马雷克手上的盾牌。马雷克随即把火把扔进了作坊,引燃了火药,造成了大爆炸。

城外的法军看到城堡内蹿起了巨大的火柱,以为艾洛特等人已经得手,立即向洛克城堡发动总攻。而艾洛特率领的突击队也趁机从密道里杀出。英军顿时陷入内外夹击的困境。气急败坏的奥利弗下令杀死克莱尔。但此时的局势已经不完全掌握在他的手中了。

克里斯和凯特也跟着法国人一起从密道里爬了出来。他们在作坊门口,找到了劫后余生的约翰斯顿教授。就在他们准备去找马雷克,好赶快离开之时,却看见马雷克沿着坡道登上了城头去救克莱尔。而气急败坏的"迪凯尔爵士"戴克则举着长剑追杀过来。两个人从城头打到城下,又从城下打上城头,激斗中戴克挥斧砍掉了马雷克尔的半个耳朵。这让马雷克突然意识到,自己竟然就是他在考古现场发掘的那具独耳骑士石棺的主人。此时,约翰斯顿教授和凯特已经合力打开了城门,法军蜂拥而入。至于那个曾经不可一世的奥利弗国王也已经死在了艾洛特的剑下。不过,这其中还有克里斯的一份功劳,是他在艾洛特被打倒在地的时候,冲出去撞倒了奥利弗,才让艾洛特有了还手之机。

在城墙下,马雷克竭尽全力,终于击倒了戴克,一剑刺穿了他的胸膛。而城下的克里斯则让凯特和父亲赶紧出城,到空地上去等他。他自己则冒险去找被戴克拿走的呼叫器。

在城楼下,克里斯看到了马雷克,立即朝他大喊,让他把带在戴克身上的呼叫器找出来。马雷克找到了戴克的呼叫器,把它丢给了克里斯。但他并没有跟克里斯一起走,而是选择留下来,因为这里就是他的家——这段历史便是他的归宿。随后,他跟喜极而泣的克莱尔小姐紧紧的拥抱在一起。

时间已经剩下不到一分钟了,克里斯以最快的速度奔出城堡。而此时,残存的几个英国骑士突围而出,向克里斯逃跑的方向追了过去。另一方面,在ITC研究中心,斯特恩让工作人员务必要在最后时刻到来前,启动传送机。突然,他看到神色慌张的唐涅格冲上了传送机的平台。与此同时,克里斯找到了父亲和凯特,启动了呼叫器。就在骑士们就要追上他们的时候,传送机把他们带回了ITC研究中心,唐涅格则被传送到了一三五七年,然而等待这位"科技大亨"的却是骑士挥出的长剑。

考古队员们再次回到了城堡园的发掘现场。凯特在修道院附近清理出了马雷克的石棺,石棺上篆刻着"致我的朋友们:我选择了精彩的人生!"朋友们为这位"生于一九七一年,死于一三八二年"的伙伴送上了由衷的祝福,祝福他与他挚爱的人创造了属于他们的历史。

【原著赏析】

小说梗概:世界著名的国际技术公司(ITC)为耶鲁大学历史学教授爱德华·约翰斯顿的考古研究小组提供了一笔经费,用以在法国的一处中世纪古战场遗迹进行考古发掘。期间,约翰斯顿教授发现事有蹊跷,便前往国际技术公司总部询问究竟,但一去不复返。后来,考古小组的成员在一份六百年前的羊皮纸上发现了教授亲笔写下的求救信。当他们就此向 ITC 提出疑问时,却被告知,教授目前正被困在中世纪的法国。以马雷克为首的小组成员决定前去解救约翰斯顿教授。在付出了惨重的代价后,他们终于救出了教授,顺利返回现代。而马雷克选择了留在中世纪。后人只能从考古文献中,了解他此后的传奇人生。

多尔多涅河像一条棕色的大蛇在峡谷中迤逦向前。它已经在这里流淌了成千上万年。虽然此刻还是大清早,河面上已经有了不少小划艇。

"中世纪的多尔多涅河是军事前哨。"马雷克说道,"河的这一侧是法国,对岸就是英国。经常出现拉锯战。我们的正下方是贝纳克,曾经是法国的一个要塞。"

克雷默看着下面这座别具一格的旅游小镇,这奇特的石屋和青石屋面。那些狭窄、蜿蜒的街道上此时尚无游客。贝纳克是紧贴着峭壁建造的,它的房子从河边向上一直连到一座古堡的城墙下。

"那边,"马雷克指着河对岸说,"你看到的是对面的英国要塞诺德堡。"

克雷默看见远处小山上的另一个城堡。这城堡全是黄色石头建造的。城堡本身不大,但复建得很漂亮,它的城墙很高,三个圆形塔楼昂首挺立。它的下面也建了一个奇特的旅游观光小镇。

"这可不是我们的项目。"她说道。

"不是。"马雷克说道,"我只是让你看看这个地方的大致布局。在整个多尔多涅河沿岸,像这样成双成对的城堡还有很多。我们的项目也涉及一对这样的城堡。不过都在离开这几英里的下游。我们现在就到那里去。"

(摘自原著多尔多涅河:第二章)

比较:在电影中,马雷克是以现场教学的方式向学生们讲述古战场的历史。而原著中，马雷克是带着考古发掘项目的资助方、国际技术公司的高管戴安娜·克雷默乘坐直升机在空中鸟瞰发掘现场。原著中，对历史背景和考古现场的交代比电影中要详尽得多。

下午，马雷克安排了射箭训练。大学生们都兴致勃勃，从来不缺席，近来连凯特也来参加了。今天的靶子是个稻草人，设在大约五十码开外。手里拿着弓的年轻人一字形排开，马雷克从他们背后依次走过。

"要射杀一个人，"他说道，"你们要记住一点：几乎可以肯定地说，他是穿胸甲的，但是他的头上、脖子上或者腿上就不大可能有防护甲胄，所有要想射杀他，就必须射他的头部，或者射他的身体两侧，因为那些地方没有护甲。"

凯特津津有味地听着马雷克的讲解。他做任何事情都非常认真。射杀一个人，好像他真觉得是这回事似的。在法国南部这样一个下午的金色阳光里，耳边传来的是远处道路上的汽车喇叭声，这种想法未免有些滑稽。

"但是，如果你们想阻挡一个人前进，"马雷克继续说道，"那就射他的腿，那他就会立即摔倒。今天我们要使用的是五十磅的弓。"

这里所说的五十磅指的是把这张弓拉开所需的力。弓的本身已经不轻，要把它拉开更谈何容易。箭大约三英尺长，许多年轻人都遇到了困难，尤其是刚刚开始的时候。通常在每个阶段结束前，马雷克都要他们做举重练习，为的是锻炼他们的臂力。

马雷克自己可以拉开一张一百磅的弓。这是他们所望尘莫及的，可是马雷克却说这是十四世纪的标准规格，这种说法实在让人难以置信。

"好吧，"马雷克说道，"搭箭，瞄靶，把箭射出去！"一枝枝箭嗖嗖地飞了出去。"不，不，戴维，拉弓的时候身体不要抖。保持自控。卡尔，注意姿势。鲍勃，位置太高。迪安娜，记住手指的动作。里克，这就好多了。好，再来一遍。搭箭，瞄靶，呃……射！"

（摘自原著多尔多涅河：第七章）

比较：因为受电影的篇幅所限，并没有详细交代马雷克的学术背景。根据原著中的说法，马雷克是乌得勒支大学的研究生，属于新生的"实验"历史学派。这个学派的主要特色就是重新还原一些历史场景，并亲自体验，从而更好地理解这些历史。而马雷克"对此有一股狂热的情绪。他对中世纪的服饰、语言和风情了如指掌,据说他连马上如何比武都一清二楚。"这其实是一处伏笔,如果马雷克不具有这样的学术背景,即便他能回到中世纪的法国也照样是寸步难行。

戈登坐在飞机后部,看着眼前的这个小组,觉得这已经很不错了。的确,他们都是读书做学问的,对情况还不知底。他们之间缺乏协调,没有团体意识。

可是另一方面,他们的身体状况都比较理想,特别是那个外国人马雷克,看上去非常健壮。那个女的身体也不错,手臂上有好些肌肉,手上还有些老茧,显得很能干。他觉得她在压力之下能够挺得住。

可是那个英俊的小伙子也许没有什么用处。克里斯·休斯看着窗外,从玻璃里看见自己的形象,然后用手把头发朝后捋了捋。戈登见状叹了口气。

对第四个显得有些紧张的小伙子,戈登还吃不准。显然这小伙子户外活动不少,因为他的衣服已经褪色,戴的眼镜上还有划痕。戈登看出他是个搞技术的,精通各种设备和电路,但对世界则不了解,所以很难说在困难情况下他会做出什么反应。

那个大块头马雷克说道:"你能不能跟我们说一说,到底发生了什么事情?"

"我想你已经知道了,马雷克先生,对吧?"戈登说道。

"我有一份六百年前的羊皮纸文件,上面有教授写的字,他使用的墨水也是六百年前的。"

"是的。你有。"

马雷克摇摇头。"可是我不大相信。"

"这个问题仅仅是个技术上的现实,"戈登说道,"是真的,是可以做到的。"他从座位上站起来,走到他们这边。

"你说的是时间旅行。"马雷克说道。

"不是,"戈登说道,"我说的根本不是时间旅行。时间旅行是不可能的。这已是尽人皆知的了。"

"时间旅行的概念是没有道理的,因为时间并不在运动。我们之所以认为时间在流逝,是因为我们的神经系统产生了错觉,是我们对事物的看法。实际上,时间并没有流逝,是我们在流逝。时间本身是不变的,它是一种永恒。因此过去和未来并不是存在于不同的地方,跟纽约和巴黎处于不同地方是两码事。由于过去并不是一个地方,你就无法进行时间旅行。"

他们都没有吱声,只是看着他。

"弄懂这一点非常重要,"戈登说道,"国际技术公司的技术跟时间旅行毫无关系,至少没有什么直接关系。我们所开发的,是一种空间旅行的形式。说得确切一点,我们是利用量子技术来使正交的多宇宙坐标发生变化。"

他们看着他,露出茫然的神情。

"也就是说,"戈登说道,"我们到多宇宙的另一个地方去旅行。"

"多宇宙是什么呢?"凯特问道。

"多宇宙是用量子力学界定的世界。它的意思是……"

"量子力学?"克里斯说,"量子力学是什么?"

戈登顿了顿,然后说道:"这个问题很难。由于你们都是搞历史的,我来从历史的角度跟你们谈谈吧。"

(摘自原著多尔多涅河:第十四章)

比较:在电影里,戈登只是 ITC 的保安主管,而原著中他的身份是国际技术公司的副总裁。所以,他可以在接马雷克等人的飞机上就向他们讲述事情的原委,而不是像电影中表现的那样,要等飞机到达目的地后,由其他人进行说明。更重要的是,原著中的这段内容点出了这部小说的理论基础,区别于其他的时间旅行类科幻小说。

马雷克听见嘹亮的号角声和远处演武场上鼎沸的人声,声音是从一扇高高的窗户里飘进牢房的。那卫兵愁眉苦脸地抬头看了看,冲着马雷克和教授骂了几声,又走回自己的板凳旁边。

教授悄悄地说:"你的旅行标牌还在吗?"

"在,"马雷克说道,"你的呢?"

"不在了,给弄丢了。我到这里大约三分钟以后就丢了。"

教授说他降落在林区的平地上,离修道院和多尔多涅河不远。国际技术公司曾向他保证,那地方人迹罕至,位置十分理想。他无须离开机器很远,就能看见他的几个主要考古点。

后来发生的事情纯属运气不好:教授降落时,正巧有一批扛着斧头的伐木工进森林去干活。

"他们先是看见一道道闪光,后来就看见了我,于是统统跪在地上祈祷起来。他们以为看见了奇迹。后来他们认定并不是那么回事,便从肩头取下斧子。"教授说道,"我想他们会杀了我,幸亏我会说奥克西坦语。我说服他们把我带到修道院去交给修士处理。"

修士们让伐木工把他留下,脱掉他的衣服,在他身上寻找圣伤痕迹。"他们连相当隐秘的部位都看了个仔细。"教授说道,"这时候我提出要见修道院院长。院长想知道拉罗克堡那条秘密通道的位置。我怀疑他对阿尔诺有过许诺。不管怎么说,我向他暗示,那个秘密可能就记载在修道院的文献里。"教授咧着嘴笑了笑。"我很乐意为他去查阅那些羊皮纸文件。"

"是吗?"

"我认为我已经找到了。"

"那条秘密通道?"

"我想是的。它顺着一条地下河流而走,因此可能相当长。它的起点是一个名叫绿色小教堂的地方。找到入口需要一把钥匙。"

"一把钥匙?"

卫兵吼了几声,马雷克停了一会没有说话。克里斯站起身,掸了掸绑腿说:"我们必须离开这个地方。凯特在哪里?"

马雷克摇摇头。如果他刚才听见从走廊传来的叫喊声不是意味着凯特被抓获,那她到现在还是自由人。不过他认为他们还没抓住她。如果能与她联系上,她也许能帮他们逃走。

这意味着要想办法制伏那个卫兵。问题是从走廊的拐弯处到卫兵坐的地方起码有二十码,根本无法偷袭他,不过,如果凯特位于耳机的有效接收范围之内,他就能……

克里斯一边敲击牢房的铁栅,一边大喊:"嘿!卫兵!叫你哪!"

马雷克还没来得及说话,卫兵就出现在眼前,好奇地看着克里斯,只见他从铁栅中伸出一只手,对卫兵打手势。"嘿,过来!上这来!"

卫兵走上前,对着克里斯伸在铁栅外的手猛抽下去。突然,克里斯用毒气罐对他喷起来,呛得他一阵猛咳,站立不稳,摇晃起来。

克里斯再次把手伸出铁栅,一把抓住卫兵的衣领,对准他的脸又喷了一下。

那卫兵眼睛朝上翻了翻,沉重的身躯向后摔去。由于没及时松手,克里斯的手臂猛撞在横杆上,痛得他惨叫着把手松开。那卫兵身体离开铁栅,倒在走廊正中的地上。

远得够不着的地方。

"干得漂亮,"马雷克说道,"下一步怎么办?"

"你知道吧,你可以帮我一把,"克里斯说道,"可你很不主动。"

他跪在地上,将手臂尽量往外伸,直到铁栅顶住了胳肢窝。他张开手去抓,伸开的手指几乎碰到了卫兵的脚。但仅仅是几乎而已,还是够不着。他的手离他的脚心还差六英寸。克里斯使劲伸手去够,嘴里还咕哝说:"要是有什么东西,一根棍子或者钩子什么的,就能把他拖过来……"

"那是没有用的。"教授在另一间牢房里说。

"为什么呢?"

他向前走到亮处,透过铁栅看了看。"因为他身上没有钥匙。"

"他没带钥匙吗? 钥匙在哪?"

"挂在墙上。"约翰斯顿指着走廊另一头说。

"哦,该死。"克里斯说。

那卫兵躺在地上,手抽搐了一下,一条腿痉挛似的蹬了蹬。他就要苏醒了。

克里斯惊慌地说:"我们现在该怎么办?"

(摘自原著加德堡:第十四章)

比较:原著中的这段内容显然比电影中表现的要详细得多,而且从原著的描写中看,马雷克等人带了很多现代物品回到中世纪,这跟电影中强调不能带任何现代物品回中世纪的交代有明显的不同。而且,电影中去掉了原著中马雷克和克里斯参加演武场决斗的情节,其实那是原著中最精彩的段落之一,很值得一读。

德凯尔咧嘴一笑。"要诡计是不行的。这才是真家伙。真正的剑。好好看着点,朋友。"

德凯尔准备再次挥剑进攻。虽然他仍然站立不稳,但却在迅速复原。他的剑呼呼地砍过去,克里斯一低头躲过去了,那剑插进堆放在旁边的火药包里。灰色的颗粒顿时扩散到空气中。克里斯继续后退,感到脚碰到了地上的一只钵子。他刚要把它踢到一边,却感觉到它的分量不轻。那不是放火药的钵子,里面是很重的胶状物,而且气味很难闻。他立即明白了:是石灰味。

这意味着他脚下的钵子里是自燃火。

克里斯迅速弯下腰,把钵子拿在手中。

德凯尔停下来。

他知道那是什么。

克里斯趁德凯尔犹豫之际,把钵子直接向对方的脸扔去。钵子打在他的胸口上,把褐色的胶状物溅在他的脸上、胳膊上和身上。

德凯尔怪叫不已。

克里斯需要水。可哪有水呢?他看了一圈,大失所望,但他已经知道了答案:这个房间里没有水。这时,他后退到了一个角落里。德凯尔冷笑起来。"没有水吗?"他说道,"太糟糕了,坏小子。"

他把手中的剑横过来,向克里斯逼过去。克里斯的后背已经贴着石头,他知道自己这下完了,不过至少其他人也许还能离开。

他看见德凯尔正慢慢地稳步逼上来。他可以闻到德凯尔呼出的气息。他离他很近,近得简直可以啐他一口。

啐他一口。

想到这里,他当即朝他吐了一口唾沫——不是吐在德凯尔脸上,而是在他胸前。德凯尔哼了一声,大不以为然:这小子连吐唾沫都不会。这时,沾上唾沫星子的胶状物开始冒烟,嘶嘶作响。

德凯尔低头一看,大惊失色。

克里斯又朝他吐了一口唾沫。接着又是一口。

嘶嘶声越来越大。接着就冒出了第一个火星。德凯尔身上马上就会烧起来。他拼命用手在胶状物上拍打,结果反而使它扩散了。由于他皮肤上带有水分,他手指上的胶状物噼里啪啦直响。

"你好好看着点吧,朋友!"克里斯说道。

他说着朝门口跑去。他听见身后呼啦一声：德凯尔浑身着了火。他回头一看，只见德凯尔的整个上半身都是火，正透过火焰死死地瞪着他。

克里斯拔腿就跑，跑得飞快，赶快远离火药库。

在中间那道门口，其他几个人看见克里斯向他们跑来，边跑边挥手。他们不明白他的意思，便站在门的中央，等他赶上来。

他大喊"快走，快走！"，示意他们赶快躲到墙那边去。马雷克回过头，看见火药库里蹿出了火苗。

"快走！"他说着把其他人向门里推，推进里面的院子。

克里斯穿过大门，马雷克一把把他抓住，拽了过来。也正是在这个时候，火药库爆炸了。一个巨大的火球从墙边升起，熊熊大火的火光照亮了整个院子。爆炸气浪把那些士兵、帐篷和马匹全冲倒在地上。到处是一片混乱。

"别想什么临时栈道了，"马雷克说，"我们快走。"他们跑着穿过院子。他们看见最后一道门楼就在前面。

（摘自原著加德堡：第五十八章）

比较：电影中摧毁火药库、单挑德凯尔都是马雷克的戏份，但是原著中却是克里斯干的。更有趣的是，在克莱顿的初稿中，克里斯是把从自己伤口中流出的血洒到对方，引燃沾在德凯尔身上的自燃火。这一描写被认为过于离奇，后来在定稿中才改为了"吐唾沫"！

多尼格在光线暗淡的讲台上来回踱步。听众席上的三个公司经理静静地坐着，看着他。

他说，"迟早有一天，娱乐——连续的、无穷无尽的娱乐——奇巧设计会驱使人们去寻求可信性。可信性将成为二十一世纪的难题。什么是可信性呢？不是被公司控制的东西，不是预先构建和预先安排用以创造利润的东西。原本存在的东西，有其自身形态的东西就是真实可信的。在所有事物中最可信的是什么？过去。

"过去是在迪斯尼乐园、默多克、英国电信、日产公司、索尼公司、国际商用机器公司以及其他现代社会的其他造就者之前就业已存在的世界。过去的兴起和衰亡没有受到它们的侵入和定形。过去是真实可信的。这无疑将会使过去变得充满吸引力。

因为过去是现在这个公司的唯一选择。

"人们将做什么?他们正在做。当今,增长最快的旅游是文化旅游。人们想参观的不是其他地方,而是其他时代。人们想让自己置身于中世纪有城墙的城市、巨大的佛教庙宇、玛雅金字塔城、埃及大墓地。人们想漫步并陶醉在过去的世界中。那个业已消失的世界。

"他们不想被欺骗。他们不想等着那些东西被包装得很漂亮或者收拾得干净。他们希望它真实可信。谁会保证这种可信性呢?谁会成为过去的品牌?国际技术公司。

"我要向你们展示我们对全世界文化旅游点的计划。我将着重谈谈在法国的一个项目,当然我们还有许多其他项目。在我们的每个项目中,我们都把遗址交给那个国家的政府,但是,我们拥有遗址周边的土地。这意味着我们将拥有旅馆、饭店和商店,拥有整个旅游设施。更不用说书籍、电影、导游手册、香水、玩具以及所有其他东西了。游客买门票进入遗址只花十块钱,但他们把五百块钱花在遗址外面的生活设施费用上。这后者就将由我们控制。"

微微一笑。"当然,这将使我们的工作进行得有滋有味。"

一张图表在他身后出现。

"我们估计,每个遗址一年将创造二十多亿美元的收益,包括商品。我们估计到下一世纪的第二个十年结束的时候,整个公司的年收入将超过一千亿美元。这就是请你们向我们投资的一个理由。

"第二个理由更为重要。在旅游业的外表下,我们事实上正在创造一个智力品牌。这样的品牌现在还只用于软件,还没有用于历史。然而历史是社会所拥有的最强大有力的智力工具。让我们清醒一点。历史不是对过去事件不带感情的记录,也不是学者们痴迷于他们琐碎争执的游戏场所。

"历史的目的是为了解释现在——就是解释我们周围的世界为什么是这个样子。历史告诉我们,这个世界上什么是重要的,它是怎样形成的。它告诉我们为什么我们所珍视的东西是应该珍视的。它还告诉我们什么是要忽视或者抛弃的。那是真正的力量——意义深远的力量。界定整个社会的力量。

"未来存在于过去——存在于控制着过去的人。这样的控制以前绝不可能出现。现在,它出现了。我们国际技术公司想帮助我们的顾客决定我们现在所生活、工作和消费的世界。在这样做的时候,我相信我们会得到你们的全力的衷心支持。"

没有掌声，只有惊愕的沉默。历来如此。这要花他们一点时间才能弄清楚他说的是什么。"谢谢诸位。"多尼格说完便大踏步走下讲台。

（摘自原著加德堡：第六十章）

比较：原著中唐涅格的这篇宣言式的演讲并不见于电影之中，却最能反映出这个人物作为一家高科技企业掌门人的勃勃野心。难怪有人说，高科技业者就是一群在梦想家与疯子之间徘徊，并随时寻找发财机会的人。

【说书论影】

二〇〇三年上映的《重返中世纪》(Timeline)是迈克尔·克莱顿(Michael Crichton, 1942—2008)生前最后一部由其小说改编而成的电影。在中国，迈克尔·克莱顿作为一名"科幻作家"广为人知。但在他的故乡美国，迈克尔·克莱顿却跟当地的科幻圈没有任何交集。人们熟悉他是因为他是有名的导演、制片人和"高科技惊险小说"作家。

迈克尔·克莱顿于一九四二年十月二十三日出生在芝加哥，在纽约州的长岛长大成人。一九六四年，二十二岁的克莱顿就读哈佛大学文学系，但显然这个身高两米的大个子并不讨教授的喜欢。据克莱顿自己说，就读文学系时，克莱顿提交的报告总是

迈克尔·克莱顿

得不到高分，他认为是教授有意刁难，所以他决定测试一下这个教授的实际水平。于是，他把乔治·奥威尔的文章当作自己的报告递交给了教授，结果得到了一个"B–"的分数。这让克莱顿非常失望，索性从文学系转到了人类学系，并选修医学预科课程，隔年重新就读哈佛医学院。一九六九年，克莱顿从哈佛医学院毕业，并取得医学博士学位，随后到加州沙克生物研究中心从事博士后研究。这期间，克莱顿也开始了自己的写作生涯。

一九六九年，迈克尔·克莱顿出版了他的第一部畅销小说《安德洛墨达品系》(The Adromeda Strain)。小说讲述了一颗被地外微生物污染的卫星坠落在一个小镇上，镇上的居民因遭受感染，短时间内大量死亡。政府派出由四名顶尖科学家组成的"野火小组"负责应对此事。当科学家们终于找出诱使地外微生物变异的方式之时，实验室内发生了泄漏事故，为了以防万一而装设的核弹自爆装置自行启动。小组成员仅有最后三分钟的时间来化解危机……仅就创作技巧而言，《安德洛墨达品系》谈不上高明，但作者巧妙的在小说中注入了大量科技文献符号，给人以别具一格之感。从而奠定了克莱顿式小说的基本风格。

《安德洛墨达品系》不仅给迈克尔·克莱顿带来了丰厚的版税收入，还卖出了电影版权。这让克莱顿下定决心弃医从文，走上了职业小说家的道路。二十世纪七十年代，迈克尔·克莱顿先后创作了小说《终端人》(The Terminal Man, 1972)、《火车大劫案》(The Great Train Robbery, 1975)、《食尸者》(Eaters of the Dead, 1976)，并以编导的身份参与了多部电影的拍摄，其中就包括曾经在二十世纪七十年代末的中国内地引起轰动的科幻片《未来世界》(Future World)。

二十世纪八九十年代，迈克尔·克莱顿完成了他最重要的几部科幻小说，包括《刚果惊魂》(Congo, 1980)、《神秘之球》(Sphere, 1987)、《侏罗纪公园》(Jurassic Park, 1990)、《失落的世界》(The Lost World, 1995)、《重返中世纪》(Timeline, 1999)。这些小说几乎都被改编成了影视剧。而对于广大中国观众来说，最为熟悉的大概就是由克莱顿亲任编剧、大导演斯皮尔伯格执导的《侏罗纪公园》。

科学家从封闭在琥珀里的蚊子身上提取到了恐龙的 DNA，并让已经在六千五百万年前灭绝的恐龙重现人间。国际遗传科技公司的总裁约翰·哈蒙德投巨资在努布拉岛建起了以真恐龙为最大卖点的主题公园。然而，一场突如其来的飓风令岛上的安全系统瘫痪，正在岛上工作的科学家和其他工作人员遭到了食肉恐龙的袭击。危急时刻，人们只能选择利用各自的专长帮助自己与同伴们一同逃离出这片史前的杀戮地带……《侏罗纪公园》的热映在全球范围内引起了持续至今的恐龙热潮。很多古生物学家都认为，是《侏罗纪公园》拉近了他们与公众的距离，让他们的工作得到了更多的关注和支持。

而在一九九九年出版的《重返中世纪》，被认为是迈克尔·克莱顿"继《侏罗纪公园》之后，又一部震撼力极强的小说。他把新兴的边缘学科——量子科技和中世纪的复杂历史大胆而巧妙地糅合起来,创作出这部熔科幻和历史于一炉的小说。"这样的评价其实并不过分。乍看起来,克莱顿似乎又在翻炒时光旅行的冷饭,但仔细读下去就会发现,小说中所表现的其实是基于量子理论的"远程传送"系统,时光旅行只是这项实验的副产品罢了。不过,既然要表现一群被传送到中世纪的历史学家,按照克莱顿作品的一贯风格,当然会做大量的考证工作,以求精准的细节真实。这一点,单从原著后附的参考书目中开列的八十多条有关中世纪研究的专著和论文就可见一斑,足证作者写作态度之严谨。这种严谨的态度也直接"传染"给了小说里的人物。书中的主角之一、历史学家马雷克就不是一个传统意义上的学究型人物,他不仅对中世纪的服饰、语言和风情了如指掌,就连如何进行马上比武都一清二楚,令读者大开眼界。

二〇〇三年,由理查德·唐纳执导,迈克尔·克莱顿亲自担任编剧,把《重返中世纪》搬上了银幕。这部制作费用仅八千万美元的电影,在当今大片如云的好莱坞,只能称得上是一部小制作电影。电影的主要取景地在加拿大。为了让电影达到最佳效果,剧组不但按一比一比例复原了城堡,还在城堡脚下搭建了一个小镇。为了营造出逼真的中世纪战争场面,剧组特别召集了超过千人的临时演员阵容,并派人到欧洲请专家制作专用道具,务必做到在细节上的逼真精致。于是,一场货真价实的中世纪大战就呈现在了观众们的眼前。

进入新世纪,迈克尔·克莱顿依然笔耕不辍,二〇〇二年出版了描写纳米机器人技术的《猎物》(*Prey*),二〇〇四年又推出了环保主题的《恐惧状态》(*State of Fear*),而二〇〇六年的《危基当前》(*Next*)则被认为是他最灰暗的一部作品,书中大量描写了基因科技与社会伦理之间的激烈冲突。二〇〇八年十一月四日,迈克尔·克莱顿因患癌症去世,终年六十六岁。翌年,他未完成的遗作《海盗经纬》(*Pirate Latitudes*)出版。这部小说延续了克莱顿一贯的创作风格,故事紧凑、情节多变、危机四伏,每一个段落都是一场冒险,一翻开书页就欲罢不能。然而,略显仓促的结尾告诉我们,迈克尔·克莱顿的身后再无"迈克尔·克莱顿"。

在美国,迈克尔·克莱顿同时在美国作家协会、美国导演协会、电影艺术和科学学会等多家行业组织中任职,可以说是"唯一一个同时在畅销书、电影、电视剧三个领域取得非凡成就的人"。至于他对于科幻小说的贡献,中国科幻作家郑军曾评论道:"克莱顿的作品完全不再有黄金时代过于遥远的时空背景。他所创作的全部科幻小说都发生在当代,并且能够指出非常具体的地点。实际上,这种从现实背景中发展出超现实情节的写法,比一开始就设定遥远时空背景的写法更困难。相比之下,一张白纸更好画最新最美的图画,而克莱顿坚持要在'画面'已经很丰富的现实生活中添上传奇性的几笔,这反映了作者真正卓越的想象能力。应该说,比起新浪潮,克莱顿这种思路是对黄金时代科幻小说主要缺点的更为有价值的改变,也是科幻文学比较有前途的发展方向。"①

【超级链接】

向大师致敬

《深海圆疑》是根据迈克尔·克莱顿的小说《神秘之球》改编的一部海洋题材的科幻电影。在这部电影中有个绝妙的道具就是儒勒·凡尔纳的小说《海底两万里》。主角哈瑞将这本书带进了深海基地。而片中的"神秘之球"则根据他的潜意识,复制了许多本《海底两万里》放在基地里。但他只能复制哈瑞读过的那些内容,余下都是空白页。正是这一线索使片中的人物最终悟出了隐藏在"神秘之球"背后的秘密。这样的情节设计,显然是身为编导的迈克尔·克莱顿在向凡尔纳这位深海科幻的祖师爷致敬。

【延伸阅读】

一、【美国】迈克尔·克莱顿,《重返中世纪》,译林出版社,2000 年。

二、【美国】迈克尔·克莱顿,《刚果惊魂》,译林出版社,2009 年。

三、【美国】迈克尔·克莱顿,《侏罗纪公园》,译林出版社,2009 年。

四、【美国】迈克尔·克莱顿,《失落的世界》,译林出版社,2009 年。

五、【美国】迈克尔·克莱顿,《喀迈拉的世界》,时代文艺出版社,2009 年。

---

① 郑军,《第五类接触——世界科幻文学简史》,百花文艺出版社,2011 年,P177。

天使与魔鬼应是指麦肯纳神父本人才对

历史也是一种科学，所以也可以成为科幻的题材。历史科幻的有趣之处，就在于颠覆某些你原本认为理所当然的事情，告诉你一个完全不同的"真相"。可当你真的拼命瞪大眼睛，竖起耳朵，想要了解更多的时候，它却会笑嘻嘻的告诉你，这不过是个真实的谎言。如果这么说还不能让你体会个中三味，那就请来读丹·布朗的《天使与魔鬼》吧。

IX

真实谎言：
《天使与魔鬼》

【精彩剧透】

梵蒂冈,罗马天主教世界的中心。在这座"上帝之城"中,教皇享有至高无上的权利和尊荣。然而,这位深受世人爱戴的宗教领袖、教皇塞莱斯廷五世,却在毫无征兆的情况下,突然辞世。按照教会的传统,曾经戴在老教皇手上、象征教皇神圣权力的渔人权戒在众教士的见证下被销毁,以防有人利用它封印伪造的旧日文件。罗马教廷将闭门九昼夜为教皇服丧。从老教皇过世,到新教皇选出之间,称为"圣位空缺"。在最后的几天,从世界各地赶来的红衣主教们将汇聚罗马,参加老教皇的安葬仪式。服丧期结束的时候,全体红衣主教将在西斯廷礼拜堂内闭关,进行秘密会议,为全球数十亿天主教徒们选出新教皇。而这位即将产生的新教皇也将面临前所未有的巨大挑战——现代社会日新月异的发展,正在让古老信仰变得岌岌可危。科学正在取代神话,创造现实中的奇迹。就在距离梵蒂冈不到一千公里的日内瓦,一项新的科学奇迹即将诞生。

位于瑞士日内瓦的欧洲核子研究中心,简称"欧核中心",其为世界上最大的粒子物理研究实验室。这天,一项注定要改写人类科学史的伟大实验即将展开。随着大型强子对撞机的开启,人类第一次大规模的制造出了反物质。看到实验成功,参与这个项目的欧核中心科学家们都感到欢欣鼓舞。其中,最高兴的自然是一直积极推动这个项目实施的女科学家维多利亚·维特勒。她通过视频连线向正待在反物质储存控制室内的合作伙伴、核物理学家兼神父斯尔瓦诺·本特沃里奥通报实验取得成功的消息。然而,斯尔瓦诺却显得神色凝重,他开始怀疑自己和同事们的所作所为是否已经跨越了人与神的界限,同时一丝不祥预感也袭上他的心头。年轻的维多利亚没有老斯尔瓦诺那么多愁善感,她带着愉悦的心情,迈着轻松的步子,离开中央控制室,向斯尔瓦诺所在的实验室走去。

在走廊上,维多利亚看见一个陌生的工程师,他似乎是生长在欧洲的阿拉伯人,腋下夹着安全帽,手里提着金属箱。两个人擦肩而过,维多利亚并没有特别注意,因为欧核中心有成千上万名这样的工程师,分属不同的部门,她也不是每个人都认识。当她走到实验室入口处的时候,照例把头靠近虹膜扫描仪进行安全识别。只是,当她把头抬起来的时候,无意中发现自己的下巴似乎沾上了鲜血。这让维多利亚感到有些困惑。可不等她再多想,气闸门便打开了,维多利亚走了进去。突然,她看见前面的地板上有一团血肉模糊的东西。等她缓过神来,定睛一看,那竟是一只被生生挖出来的活人眼球。受惊的维多利亚几乎瘫软在地,立即意识到出了大事。她忙不迭地跑进反物质储存控制室。斯尔瓦诺已经不在那里,一个反物质储存器也不翼而飞了。维多利亚连忙赶去斯尔瓦诺的办公室,但她在那里看到的却是合作伙伴已经残缺不全的尸体。

在马塞诸塞州的剑桥市,哈佛大学宗教符号学教授罗伯特·兰登正在游泳馆里晨泳。这是他坚持多年的习惯。然而,一个穿风衣、提着带有教皇标志(王冠下的交叉十字钥匙)深色皮包的中年男人悄然出现在泳池边。罗伯特以为是他之前要求进入梵蒂冈档案馆的请求得到了批准,于是便游到了泳池边。可事情并没有向罗伯特设想的方向发展,来人自称叫克劳迪·欧文森西,是梵蒂冈警方派驻在纽约联合国总部的专员。他对罗伯特说,昨晚半夜他接到来自梵蒂冈的一通电话,要他"尽快找到罗伯特·兰登教授"。说着,他从提包里拿出了一份传真。罗伯特只瞄了一眼,就被上面的图案惊呆了。

离开了游泳馆,兰登教授和欧文森西警官并排走在哈佛大学的校园里。罗伯特简要的向来访者介绍了传真上那个神秘符号的来历:这是一个古老的秘密组织"光照派"所使用的文字符号,称为"对称字"。这是一个双向图,颠过来倒过去,又或者旋转一百八十度,都呈现出完全对称的形态,同时它又是一个有着明确含意的文字,但四百年来却从未有人能够破解。据传,某个十六世纪的艺术家创造出了对称字,并把它赠送给了推崇对称之美的"科学大师"伽利略。只有当光照派积蓄了足够的力量,可以东山再起的时候,对称字才会重现人间,并达成光照派的最高目标。这些都写在罗伯特·兰登的著作《光照派的艺术》之中,也是欧文森西警官大老远赶来找罗伯特的原因。不过,罗伯特告诉对方,他只完成了这部书的第一卷,因为没有得到进入梵蒂冈档案馆查阅资料的允许,他无法继续研究下去。

当两人走进兰登教授的办公室,欧文森西警官终于说出了他此行的真实原因。就在罗马当地时间凌晨三点到五点之间,四位红衣主教先后被人绑架。随后,绑匪向负责教皇和梵蒂冈警卫工作的瑞士侍卫队发出了恐吓信,威胁将要从当地时间晚上八点开始,每隔一小时就要在罗马公开处决一名红衣主教。鉴于形势严峻,梵蒂冈警方决定邀请对光照派颇有研究的罗伯特·兰登教授前往梵蒂冈协助调查。最终,罗伯特还是在好奇心的驱使下,接受了对方的邀请。

梵蒂冈位于意大利首都罗马城西北角的高地上,是个名副其实的国中之国。兰登教授和欧文森西警官在抵达欧洲后,立即换乘专用直升机前往梵蒂冈。在飞机上,罗伯特告诉欧文森西警官,光照派在十七世纪之前,都是非暴力的和平组织,正如他们的名称"开明之士",这些人大都是物理学家、数学家和天文学家,他们只是担忧教会排斥科学的态度而献身于科学真理的探索。可是,教会对他们的言行非常不满,展开了残酷的镇压和清洗,逼迫光照派转入地下,使其成为一个暴力的地下组织。

此时,已经是罗马时间下午六点三十分左右,在西斯廷大教堂内,教士们正忙着为选举教皇的秘密会议做最后的准备。其中,绝大多数人、包括大部分参与投票的红衣主教都不知道绑架案的发生。而作为主持新教皇选举的大选举人红衣主教施特劳斯是少数知情人之一。在秘密会议即将开始前,他的亲信西美昂神父向他报告了瑞士侍卫队解救被绑架的红衣主教们的进展情况。忧心忡忡的施特劳斯深知,按照教会的传统,候选人不在场是不能参选的。而被绑架的四位红衣主教是呼声最高的四位候选人。他们不在,就无法选出新任教皇。天主教会正在面临两千年来最大的危机。

经过一路颠簸,罗伯特·兰登终于抵达了梵蒂冈。迎接他的是梵蒂冈警察局的督察长奥利维塔。奥利维塔带着罗伯特前往瑞士侍卫队总部,面见瑞士侍卫队队长(侍卫长)里克特。在见面前,奥利维塔提醒兰登,瑞士侍卫队是一项天职,成员都是些虔诚信仰者,有着非同一般的狂热,里克特队长更是如此,而且他与刚刚去世的教皇交情匪浅。罗伯特爽快地接受了奥利维塔的忠告。一行人在下午六点五十三分的时候,进入到瑞士侍卫队总部。

此时的侍卫队总部内,弥漫着一股令人窒息的压抑气氛。奥利维塔走到里克特队长的身边向他汇报情况,罗伯特则坐到了门边的一把椅子上。

兰登

维多利亚

他刚一坐下，就发现身边已经坐了一位年轻漂亮的女士。她就是欧核中心的女科学家维多利亚·维特勒。不一会，里克特侍卫长便走了过来，跟维多利亚和罗伯特打了招呼。随后，一行人向屋内走去。奥利维塔对兰登说，事情又发生了变化，绑匪又传来了新的消息。维多利亚则向里克特队长讲述了不久前发生在欧核中心内的那幕惨剧，并告诉他储存着反物质的电子容器被盗走了。听完了维多利亚的讲述，里克特指着监视器问她，屏幕上显示的东西是否就是装有反物质的容器。维多利亚点头称是，并说如果不能及时找到丢失的容器，等到容器内的电池耗尽，处于悬浮状态的反物质将与正物质发生湮灭反应，产生相当于五千吨 TNT 爆炸当量大爆炸。

　　紧接着，屏幕上播放出绑匪寄来的恐吓视频。在视频中，绑匪声称要毁灭教会的四大支柱，并在教皇候选人身上打上烙印，之后将他们献祭于科学的圣坛上，在光明之路的尽头，梵蒂冈城将会被光湮灭。从这段视频中，罗伯特解读出了两个重要线索：其一是所谓的"烙印复仇"，公元一六六八年，教会逮捕了四名光照派科学家①，在他们胸前烙上十字架，并公开处决，史称"净化事件"，这次光照派显然要进行"以眼还眼、以牙还牙"的报复；其二是"光明之路"，作为秘密组织，光照派无法公开活动，于是他们在罗马城内按照四大科学元素"土、风、火、水"分别设置了四个秘密联络点，连接这些联络点的路线就是"光明之路"，这条路径最终将把成员引向光照派的大本营——秘密教堂。光照派从来不向组织以外的任何人透露他们的这个藏身之处，新成员需要通过破解一系列的暗号和隐语，才能找到秘密教堂的所在。这一方面可以保护秘密教堂不被教廷的密探查获，另一方面也是对新成员的入会考核。罗伯

---

① 实际执行者应该是欧洲中古史上臭名昭著的宗教裁判所。

特·兰登认为,这些以天主教建筑为掩护的联络点,极有可能就是光照派准备杀害四名红衣主教的场所。不过,罗伯特向里克特队长提出,要找到光明之路的确切所在,必须允许他进入梵蒂冈档案馆查找线索。对此,里克特认为罗伯特有假公济私之嫌,而且现在是"圣座空缺"时期,没有人有权批准罗伯特的申请。而罗伯特反问里克特,圣座空缺时期,不是应该由前任教皇的内侍代行教皇职权吗?里克特被问得哑口无言,再加上情况危急,便只好答应带他们去见教皇内侍。

在教皇办公室,罗伯特等人见到了前任教皇的内侍帕特里克·麦肯纳。听过来人的叙述,麦肯纳神父表情凝重,他说自己深知"净化事件"是教会历史上的一个污点,会招致报复也并不意外。随后,他要求里克特侍卫长尽全力搜查爆炸装置。尽管对被年轻的神父呼来喝去略感不满,但侍卫长还是接受了"代理教皇"的指令。而对于罗伯特·兰登进入教会档案馆的请求,麦肯纳神父请教授进到里间屋,问他是否信仰上帝。这个问题大大出乎罗伯特的意料,起初他的回答语焉不详,但在神父的再三追问下,罗伯特回答说:"如果信仰上帝需要天赋的话,那我自认没有这种才能。"不知这样的回答是否让麦肯纳神父完全满意,但结果是神父批准了罗伯特的请求。

从教皇办公室出来,维多利亚对罗伯特·兰登说,她认为反物质存储器应该就藏在"光明之路"尽头的光照派教堂里。于是,两个人结伴前往档案馆。在奥利维塔的陪同下,罗伯特和维多利亚前往位于梵蒂冈档案馆地下的机密档案保存室。半路上,维多利亚问罗伯特要去找什么。罗伯特回答要去找伽利略的几本书。他还告诉维多利亚,伽利略既是光照派的成员,同时也是天主教徒,因为他不认为科学与宗教是截然对立的。后来,一位不知名的光照派成员将四尊雕塑分别放置在罗马城内的四座教堂里。分别代表"土、风、火、水"的四尊雕塑就是光照派秘密联络点的标志,并隐藏着前往下一个地点的路径信息。而找到他们的线索就隐藏在伽利略的著作当中。

兰登和维多利亚在梵蒂冈查阅案卷

就在罗伯特等人进入档案馆的同时,麦肯纳神父前往西斯廷大教堂,面见红衣主教施特劳斯,试图说服他同意暂停新教皇的选举,并马上疏散所有的神职人员以及聚集在圣彼得大教堂广场上的信众。但红衣主教并不赞成教皇侍从的主张,认为那样做将会让敌人的阴谋得逞。他要求帕特里克坚守教会的传统,尽自己本分。无奈之下,麦肯纳神父只得唯唯而退。

另一方面,在关押四位红衣主教的地窖里,负责"献祭"的杀手正在品尝香醇的红茶。不久前,他刚刚在日内瓦的欧核中心残忍的杀害了核物理学家斯尔瓦诺,并神不知鬼不觉地盗走了装有反物质的电子容器。现在他正在等待下一步行动的命令。事实上,他并没有等太长时间,就收到了指令。随即,他来到被囚禁的红衣主教面前,嘴边露出了诡异的微笑。而在壁炉里,一副对称字烙铁已经被烧得火红。

在档案馆里,罗伯特正靠着他十年间研究光照派所积累的知识,寻找那本隐藏着"光明之路"线索的伽利略著作《图解》。这本书是伽利略晚年的著作,书稿完成后被偷偷带出罗马,送到荷兰,由书商用莎草纸印刷出版。一旦教会来查抄禁书,阅读者就可以随手把书扔到水中销毁。由于损耗巨大,现存于世的很可能只剩下梵蒂冈档案馆内收藏的这一册了。几经寻找,罗伯特·兰登终于找到了伽利略的《图解》。维多利亚自愿帮他做拉丁文翻译。然而,翻遍全书,却连一点线索的影子都没找到。心急如焚的罗伯特随手翻着书页,偶然间在书页的内侧发现了一个带有一排文字的浮水印,循迹看去,竟然在书页缝隙间找到了用水印秘写的一段英文:通向光明之路已经铺就,这是神对你的考验……不等罗伯特看完,深感时间紧迫的维多利亚趁门外的侍卫队员不注意,直接从书上把那页纸撕了下来。

离开档案馆,罗伯特等人驱车前往罗马历史最悠久的建筑物——万神殿。因为根据书页上水印文字记述的内容,通往光明之路的第一站就是著名雕塑大师拉斐尔的"土塚",而拉斐尔就葬在万神殿。路上,与罗伯特和维多利亚一起行动的奥利维塔向瑞士侍卫队总部汇报了罗伯特的发现。侍卫长里克特也带着一队人马走向万神殿。当双方在万神殿前碰面的时候,距离绑匪宣布要处决第一位红衣主教的时间还有二十多分钟。但万神殿的周边却平静如常,看不出丝毫将要发生血案的迹象。这让所有人都感到疑惑不解。为了避免引发游客的恐慌,维多利亚和罗伯特自告奋勇,假扮成一对新婚夫妇,进入万神殿内查看动静。然而,在殿内走了一圈之后,罗伯特和维多利亚突然发现,这里并非是拉斐尔最初的落葬地。而且,所谓的"土塚"是一个暗示，指的并非是拉斐尔的坟墓，而是他设计的一座带地下室的礼拜堂。但这座建筑又在哪里呢？情急之下，罗伯特直接向在场的一位导游发问。导游略加思索，告诉罗伯特，他只知道一个那样的地方。罗伯特对他的这个回答非常满意。

从万神殿里出来，维多利亚和罗伯特找到里克特侍卫长，告诉他真正代表"土"的建筑应该是建在人民圣母堂内的齐吉礼拜堂。只是，里克特对罗伯特的忍耐似乎已

野心勃勃的麦肯纳神父

经到了极限。他不再相信罗伯特的推断，命令手下的侍卫队员返回梵蒂冈侍卫队总部。无奈之下，罗伯特只好请奥利维塔和欧文森西两位警官驾车送他和维多利亚前往齐吉礼拜堂。此时距离绑匪预告的杀人时间只剩下不到四分钟了。

当他们赶到的时候，八点的钟声已经响起。而人民圣母堂的周围布满了脚手架，似乎正在进行建筑维修。罗伯特和维多利亚最先找到了入口，进入到建筑物内。经过一番搜寻，一行人终于找到了齐吉礼拜堂，并在礼拜堂的地板上发现了地穴的入口。只是，当他们进到地穴里时候，看到的只有来自德国的红衣主教埃布纳的尸身，他的胸前被烙上了光照派的对称字标志。

在西斯廷教堂内，选举教皇的秘密会议第一轮投票已经结束。为了避免在场的任何人选票过半，所有的红衣主教都把选票投给了自己。他们在等待呼声最高的四位候选主教到来。根据传统，所有的选票混上特殊的配料，投入火炉中焚毁。而黑色烟雾则通过长长的烟囱飘散到广场上空，象征着新教皇还未选出。

当得知发现遭绑架的红衣主教的尸体后，里克特立即带人赶到人民圣母堂。而罗伯特·兰登通过放置在现场的一座贝尔尼尼的雕塑"哈巴与天使"，找到了下一座代表"风"的教堂的线索。里克特留下一部分人继续处理凶杀现场，自己则和罗伯特等人驱车前往西南方的圣彼得大教堂，尽管这座教堂的设计者是米开朗琪罗，但教堂前圣彼得广场的设计者正是贝尔尼尼——渗透进教会内部的光照派大师。罗伯特

麦肯纳神父与主教在一起

相信,代表"风"的雕塑就在圣彼得广场上的某处。

当众人赶到圣彼得广场的时候,奉命赶来的狙击手已经占据了广场上的所有制高点,并用瞄准镜紧张的搜寻着可疑目标。但罗伯特发现,广场上并没有代表天使的雕塑,只有圣徒的雕塑。心急如焚的罗伯特抬手看表,却无意中看到了地面上的浮雕,他立即让众人去寻找有关"风"的浮雕。可是这回他们还是没能赶上暗杀者的脚步,在九点的钟声回响消失之际,圣彼得广场上的一个小女孩发出了骇人的尖叫声。又有一位红衣主教被杀害。凶手竟然在众目睽睽之下,逃之夭夭。更令人震惊的是,在被害红衣主教身边还发现了光照派的一份声明,宣称是他们毒杀了前任教皇。

带着糟糕的心情,众人回到了梵蒂冈教皇办公室。教皇内侍麦肯纳神父对光照派宣称毒杀了前任教皇的说法不屑一顾,但是他也承认,教皇生前身体不佳,需要每天定时注射肝素。而一旁的维多利亚告诉大家,如果肝素注射过量,会引起心力衰竭或脑出血,症状与中风非常相似。鉴于局势复杂,光照派有可能把同样的声明发给媒体,麦肯纳神父认为梵蒂冈应该抢先发表声明,澄清事实。但在场的西美昂神父却持反对意见,并援引红衣主教施特劳斯在秘密会议开始前的训谕,禁止除自己以外的任何人对外发表声明。对此,麦肯纳神父也无可奈何。他转而询问罗伯特·兰登,是否有了下一座教堂的线索。罗伯特回答,因为已经掌握的线索太过模糊,需要再去一次梵蒂冈档案馆进行调查。麦肯纳神父表示同意。这次维多利亚并没有和罗伯特同行,因为她要留下查看刚刚从日内瓦转送过来的斯尔瓦诺的日记,从中寻找凶手的线索。

鉴于罗伯特上次进入档案馆时的所作所为,一名瑞士侍卫队队员被指派全程监督罗伯特。罗伯特翻查了教会的资产档案,从中找到了一条有关火的线索—— 表现了一位修女在梦中与天使接触的雕塑,"圣特雷萨的沉迷"!然而,档案馆内的电力供应突然中断了,输送氧气的通风系统停止了工作,罗伯特和陪同他一道前来的侍卫队员顿时陷入巨大的危机中。

在教皇办公室,麦肯纳神父思虑再三,尽管根据梵蒂冈的传统,禁止对教皇进行尸体解剖,但是为了搞清楚事实真相,他还是决定破例带领维多利亚等人前去查看前任教皇的尸体。在去梵蒂冈圣墓的途中,麦肯纳神父告诉维多利亚,他本人是个孤儿,前任教皇就是他的养父。因为无论是作为教皇内侍还是养子,他都必须查明真相。果然,当教皇的棺椁被打开的时候,尸体的形态显示,前任教皇的确是因为过量注射肝素而死于非命的。

在档案馆里,罗伯特拼尽全力,用多米诺骨牌的方法推倒了几排书架,用冲击力打碎了钢化玻璃墙。与此同时,通风系统竟然奇迹般的重新开启,罗伯特这才捡回了一条命。离开档案馆,罗伯特对奥利维塔和欧文森西说,他怀疑有光照派分子混入了侍卫队中,否则很难解释为什么档案馆会如此巧合的停电。不过,现在已经没有时间去证实这个猜测了。他们必须马上赶往代表"火"的建筑——维多利亚圣母堂。

在教皇宫内,麦肯纳神父向上帝祈祷,寻求启示。维多利亚则发现,斯尔瓦诺的日记被人拿走了。而在西斯廷大教堂里,红衣主教们仍没有就教皇的人选达成一致。突然,原本应该在新教皇选举产生前一直被闭锁的大门,被人打开了。麦肯纳神父带人闯了进来。施特劳斯红衣主教见状,立即发言抗议这一违背传统的行为。而麦肯纳神父却在众人面前发表了一段慷慨激昂的演讲,并请求红衣主教们立刻移驾到圣彼得广场上去避难。

当罗伯特等人赶到维多利亚圣母堂的时候,来自西班牙的盖得拉红衣主教已经被吊了起来,在他的脚下燃起了熊熊的烈火,只待吊绳断裂,主教就将落入火堆,被活活烧死。见到如此情景,罗伯特等人马上赶过去,试图援救红衣主教。但让他们没想到的是,光照派的杀手仍然潜伏在教堂内。欧文森西、奥利维塔和其他随行的警官先后遇害殉职。罗伯特踹开了神龛下的栅栏,躲进了教堂的地下室,才侥幸逃生。

在西斯廷大教堂。短暂的等待之后,施特劳斯红衣主教代表全体红衣主教向麦肯纳神父宣布了他们的决定:红衣主教团决定继续留在西斯廷大教堂内进行秘密会议。同时,施特劳斯红衣主教还要麦肯纳神父把精力放在协助瑞士侍卫队搜寻爆炸装置上。麦肯纳神父带着凝重的神情退了出去。而一旁的西美昂神父则不失时机的建议施特劳斯红衣主教：鉴于目前的局势，他应该考虑放弃大选举人的职位，转而成为教皇候选人。施特劳斯红衣主教接受了他的建议。

当罗伯特·兰登再次清醒过来的时候，已经是十点二十八分，是接到火警后赶来的消防员救了兰登的命。但此时的兰登已经没有时间顾忌身上的伤痛，他向身边的消防队长要来地图，根据圣母堂内的线索，以最快的速度锁定了第四座建筑的位置——纳沃纳广场的四河喷泉。

在瑞士侍卫队总部，得知了斯尔瓦诺的日记被侍卫长里克特拿走的维多利亚，气急败坏的找上门来当面质问里克特。里克特不慌不忙的向维多利亚宣称，根据梵蒂冈的法律，他有权收缴和扣留这些日记作为证物，而且他还表示会在调查结束后，把这些日记退还给维多利亚。之后，里克特就把所有的日记锁进了自己的办公桌。他的这一系列不合常理的举动引起了维多利亚的怀疑。

另一方面，在两位罗马警官的帮助下，罗伯特在十一点前赶到了纳沃纳广场。就在他们将将赶到的时候，一辆灰黑色的面包车出现在喷泉前。一位与罗伯特同行的警官让他留在原地，随后同另一位警官从前后两路向面包车包抄了过去。然而，车上的杀手实在是狡猾之极，竟然不费吹灰之力就解决了那两名警官。当钟声响起的时候，面包车的车门打开，杀手把被五花大绑在一辆手推车上的意大利红衣主教巴乔推进了喷泉池里，随后驾车扬长而去。见此情景，罗伯特立刻大喊着冲上前去，跳进喷泉池里，去救援红衣主教。最终，在众多路人的帮助下，罗伯特终于救起了巴乔红衣主教，并从他的口中得知，光照派的巢穴就在与教皇宫仅有一墙之隔的圣天使堡。

得到消息后，罗马警方的反恐部队和瑞士侍卫队同时出动包围了圣天使堡——光照派教堂的所在地。在那里，罗伯特再次见到了维多利亚。维多利亚告诉他，侍卫长里克特不可信，因为他私自扣留了日记。随后，两人随反恐部队一道进

思考中的罗伯特·兰登很帅气

入到圣天使堡内。

靠着天使雕像的指引,罗伯特等人找到了绑匪曾经用来运送红衣主教们的面包车,但绑匪却已经不知所踪。反恐部队的指挥官命令队员向前继续搜索,而罗伯特则认为通道的入口就在这里。于是,罗伯特和维多利亚两人留在原地继续寻找线索,终于在一道石壁后找到了通往内室的密道。通过密道,两人找到了关押红衣主教们的牢房以及光照派曾经

维多利亚这个角色为本作增加不少亮点

聚会的教堂。他们找到了象征光照派的对称字烙铁,但装有反物质的爆炸装置并不在那里。而罗伯特很快发现,还有第五副烙铁存在,显然光照派锁定的攻击目标不仅是四位红衣主教,还有天主教的最高领袖,也就是教皇本人。他们很快意识到,虽然前任教皇已经辞世,但光照派仍然可以攻击他的代理人——教皇内侍麦肯纳神父。就在维多利亚想打电话通知教皇内侍的时候,光照派的杀手突然出现在两人面前。不过,这个杀手并没有伤害罗伯特和维多利亚的意思,只是警告他们不要继续跟踪自己,并命令维多利亚把手机扔进壁炉里。

等到杀手走远,罗伯特和维多利亚立即通过密道赶往梵蒂冈教皇宫。而在教皇办公室,里克特侍卫长强令侍卫队员离开,他要单独会见教皇内侍。尽管侍卫队员们认为这样做不妥,但是慑于侍卫长的权威,也只好服从命令。而当罗伯特和维多利亚穿过城墙上甬道,向梵蒂冈奔去的时候,他们突然听见城墙脚下传来一阵巨大的爆炸声。原来,当杀手按照幕后老板的指示,准备驾车逃跑时,却引爆了车上的炸弹,一命呜呼了。但罗伯特和维多利亚此时已经无暇顾及那个冷血杀手的死活,他们穿过甬道,迎面是一扇紧闭的大门。情急之下,两人奋力敲打大门,并且高声呼唤。在那扇门的后面,正是教皇的办公室。负责守卫的侍卫队员听到罗伯特和维多利亚的呼喊,立即打开了大门。与此同时,办公室内传来了麦肯纳神父凄厉的惨叫声。罗伯特等人马上冲进了套间。只见侍卫长里克特正用枪指着麦肯纳神父,而神父的前胸被打上

了烙印。见有人进来，神父指着里克特大喊，说他是内奸。侍卫队员立即向他开枪，里克特应声倒地。随后赶到的西美昂神父，从地上捡起烙铁，向麦肯纳神父冲去。帕特里克则指着他大叫："光照派的人！"，侍卫队员再次举枪向西美昂神父开枪射击。

当危机解除后，众人搀扶着受伤的麦肯纳神父坐下。满腹狐疑的罗伯特·兰登则从垂死的里克特手中接过一把钥匙。他没有声张，把钥匙放进了自己的口袋里。通过种种迹象分析，罗伯特·兰登和麦肯纳神父一起推断出藏匿反物质的地点——首任教皇圣彼得的坟墓。随后，众人在麦肯纳神父的带领下，向位于地下的圣彼得墓奔去。在那里，他们终于找到了反物质装置，但是已经没有时间对它进行处理了。情急之下，麦肯纳神父竟然抱起反物质装置，直接冲向地面。众人不知道他要做什么，只好在他身后紧紧追赶。

当麦肯纳神父来到广场上的时候，一架准备用来疏散红衣主教们的直升机正好停在那里。他不容分说，让驾驶员离开飞机，独自一个人带着反物质装置，驾驶直升机升上了天空。直到此时，大家才明白，原来麦肯纳神父准备以身殉道，让反物质在空中爆炸。这样就能保护教会和众多信徒免受涂炭之苦。

渐渐地，直升机消失在午夜的星空中。又过了一会，天空中出现了一朵白色的伞花，原来麦肯纳神父锁定了直升机的操控杆后，从飞机上跳伞逃出。紧接着，天空中迸发出耀眼的闪光，与之相伴的是一阵天崩地裂的巨响，反物质爆炸引发的冲击波从万米高空直冲地面，人们被狂风吹得东倒西歪。不过，很快一切都归于平静。当人们重新抬头仰望星空的时候，麦肯纳神父竟然从天而降，奇迹般的生还了。

在场的众人立即把这一切都归咎于上帝的保佑，纷纷唱起了圣诗，赞美上帝，同时也称颂麦肯纳神父的功绩。红衣主教们也被眼前的景象所震撼，甚至有人干脆提出，应该采取欢呼祝福的方式选举麦肯纳神父担任教皇，因为他的生还就是上帝给予教会的启示。然而，罗伯特·兰登用里克特死前交给他的钥匙打开了侍卫长办公桌，看到了藏在里面的监视屏。监视屏上回放的一段监控摄像视频，戳穿了麦肯纳神父隐匿在神圣外衣下的谎言。

原来，所谓"光照派的复仇"，不过是麦肯纳神父为了谋求教皇宝座的一个阴谋。当他得知欧核中心有关反物质的研究后，就开始精心策划。首先，他利用自己教皇内侍的身份，谋杀了前任教皇。然后，又假托"光照派"的名义，雇佣了杀手，谋杀了核物理学家斯尔瓦诺，夺取了反物质装置。紧接着，他又利用伪造的光照派烙印故布疑阵,绑架并杀害了最有可能成为下任教皇的四名红衣主教。最后,利用反物质装置,把自己打扮成"救世主"!可惜,到头来,还是机关算尽太聪明。眼见自己的阴谋败露,始作俑者自知已经无路可走,只得在圣坛上引火自焚。而教廷为了掩人耳目,宣布麦肯纳神父是因为伤重不治而身亡的。

最终,被罗伯特·兰登救下的红衣主教巴乔被选举为新任教皇卢克一世。而作为对罗伯特英勇行为的感谢,施特劳斯红衣主教代表罗马教廷把伽利略的遗著《图解》赠送给他,以便他能完成自己的著作。罗伯特对此表示了感谢。随后,在众人的注视下,新任教皇走上天台,接受来自圣彼得广场上、乃至全世界天主教徒们的称颂和祝福。

【原著赏析】

小说梗概:哈佛大学的符号学教授罗伯特·兰登半夜里接到了欧核中心主任马克西米利安·科勒的电话。随后,他乘坐 X-33 型超高音速飞机到达了欧核中心的所在地瑞士日内瓦。在那里,他见到了被谋杀的核物理学家兼教士列奥纳多·维特勒的尸体,尸体的胸口上烙着一个秘密组织"光照派"的符号。从维特勒的养女和助手维多利亚的口中,兰登得知,有人在谋杀维特勒的同时,盗走了盛着"反物质"的容器。这个容器一旦爆炸,将足以摧毁整个城市。与此同时,正在梵蒂冈举行新任教皇选举仪式的天主教会接到署名"光照派"恐吓的通知,声称将在公开场合处死候选主教,并在午夜引爆反物质装置,摧毁梵蒂冈和教会。罗伯特·兰登和维多利亚受邀来到了梵蒂冈,协助瑞士侍卫队寻找失踪的主教和爆炸装置。然而,让人意想不到的是,所有这些都是前任教皇的内侍卡洛·文特斯克的阴谋。最终,罗伯特·兰登戳穿了邪恶教士的真面目,阻止了一场迫在眉睫的危机。

眼前的飞机是个庞然大物,要不是其顶部被铲平了,变成了一个完善的水平面,你还真有可能联想到航天飞机呢。飞机停在跑道上,俨然一个巨大的楔形。兰登心想,自己一定是在做梦。这东西看上去就像别克轿车,全然没有机翼,只是在机身的尾部有两个短粗的鳍。艉部伸出一对导向装置。飞机的其他部分都是壳体——从头到尾大约有两百英尺长——没有窗,除了壳体,什么都没有。

"这个家伙加满油后重二十五万公斤。"飞行员介绍道,像个父亲在炫耀刚出生的孩子。"它是靠液氢与固氢的混合物驱动。外壳是碳化硅纤维合成的钛金冲模。这架飞机的推重比是二十比一,而大多数喷气式飞机的推重比只是七比一。主任一定是心急火燎地想要见你,他可不轻易派这个大家伙出来。"

"这家伙能飞?"兰登问道。

飞行员笑了笑道:"噢,当然能。"他领着兰登穿过柏油碎石铺的停机坪,径直朝飞机走去。"我知道这家伙看上去挺吓人的,但你最好习惯它。五年之后,你看到的都会是这些小家伙——民用高速飞机 (High Speed Civil Transports),简称HSCT。我们实验中心是最先拥有这种飞机的用户之一。"

肯定是个不得了的实验中心,兰登心想。

"这一架是波音 X-33 的样机。"飞行员接着说道。"不过还有几十种其他飞机,俄罗斯人有喷气式截击机,英国人有水平起降机。未来就在这里,只不过要假以时日它才能推向普及,你可以跟传统的喷气式飞机吻别了。"

兰登小心翼翼地抬头看了看这架飞机说:"我想我宁愿选择传统的喷气式飞机。"

飞行员指了指上面的梯板。"兰登先生,这边请,小心台阶。"

(摘自原著第四章)

比较:电影中,并没有欧核中心主任马克西米利安·科勒这个人物,与他有关的情节有些被删节,有些转移到了其他角色身上。罗伯特·兰登也没有像原著中描写的那样先到了欧核中心,而是直接被邀请去了梵蒂冈。不过,有一个问题显然电影中交代得并不充分,那就是兰登教授是如何在短时间内从美国到达欧洲。而原著小说中特意设计一种 X-33 民用高速飞机来解决这个问题,也让整个故事显得更科幻!

维多利亚浑身的肌肉都变得僵硬了。"我不知道。我父亲的确跟'欧核中心'的某些人有过节,这你清楚,但这不可能跟反物质有关。何况,我们曾互相起誓,将这个秘密再保守几个月,直到我们一切准备就绪才公开。"

"你确信你父亲做到了?"

维多利亚简直要气疯了:"我父亲从未失信过!"

"那你没告诉别人吗?"

"当然没有！"

科勒吐了口气，停了半晌，似乎在小心翼翼地斟词酌句。"那么，假设确实有人收到了消息，或者有人混进了实验室。试想一下，接下来，他们会怎么做？你父亲有没有把笔记留在这里？比如说关于反物质制作程序的文件等。"

"主任，我受够了。现在，我想讨论些说法。你一直在不厌其烦地假设有人闯入，但你已亲眼见到了这个视网膜扫描仪。我父亲在保密和安全问题上一向谨小慎微。"

"你就听我一回，"科勒怒视着她，断然说道，"有可能丢了什么吗？"

"我不知道。"维多利亚愤怒地扫视了一遍实验室，反物质样品都各就其位，父亲的工作台也井然有序。"没有人来过，"她肯定地说，"上面这里看上去没有任何问题。"

科勒一脸诧异。"上面这里？"

无意中，维多利亚已经泄了底。"是的，这是上层实验室。"

"你们还使用下层的实验室吗？"

"用于贮藏。"

科勒坐着轮椅，移到她面前，又咳了起来。"你把危险品储藏室用来装东西？都装了些什么？"

当然是高危物质，还能是什么！维多利亚按捺不住了，"反物质。"

科勒双手撑着轮椅扶手挺直了身子。"这里还有其他的样品？见鬼，你怎么早不说！"

"我不是说了吗？"维多利亚毫不客气，"你没有给我机会说！"

"看来，我得把楼下的那些样品检查一遍，"科勒下了命令，"快，马上！"

"是那个样品，"维多利亚不忘纠正他，"只有一个，而且安然无恙。没有人有机会——。"

"只有一个？"科勒有些迟疑，"那怎么不把它搁在这上面？"

"我父亲想把它放在岩床下，为了以防万一。毕竟它比别的样品要大。"

科勒和兰登二人飞快地交换了一个警觉的眼色，但这没能逃过维多利亚的眼睛。接着，科勒又朝她移近了一步。"你们制造了超过五千毫微克的样品？"

"这是有必要的。"维多利亚辩解着说。"我们得证明投资和收益率是可观的。"实际上，所有新开发的能源都面临同一个问题：投资和收益的比例问题——也就是说投资方要想赢利需要往项目上投多少钱。试想，如果打造一口耗资巨大的油井，只收获了一桶石油，这无疑得不偿失。但是，同样一口油井，如果只增加一丁点投资就能换来成千上万桶油，那你就赚了。反物质技术也同样如此。兴师动众制造的十六英里的电磁场，消耗的能量要远远多于得到的、少得可怜的反物质。因此，要证明反物质的高效性和可行性，就只能制造更大的样品。

其实，维多利亚的父亲在这件事上一直表现得颇为犹疑，倒是维多利亚起了推波助澜的作用。她认为要想让反物质科技得到重视，她和她父亲必须证明两件事。其一，反物质技术投资能获得极大收益；其二，反物质能被安全地贮藏。最终，维多利亚取得了胜利，她父亲只得勉强默许了。不过有关保密和使用途径的方针是不容动摇的。他坚持把反物质放在危险品储藏室——一个小小的、深入地底七十五英尺的花岗岩洞穴里。这样，这个样品成为他们共同守护的秘密，而且也只有他俩才能进入那个地方。

"维多利亚，"科勒紧张地追问道，"你和你父亲到底制造了一个多大的样品？"

维多利亚心里掠过一阵不怀好意的快感。她知道即使是了不起的马克西米利安·科勒听到了这个数量后也会大惊失色。她的脑海中浮现出反物质的图像，那是一幅让人瞠目结舌的画面。在容器的半空中，一滴肉眼清晰可见的反物质微滴上下舞动。它不是显微镜下的小点，它的大小与BB枪弹不相上下。

维多利亚深吸一口气，鼓足了勇气说："足足零点二五克。"

科勒吓得面无人色。"你说什么！"他止不住地咳了起来。"零点二五克？那不是……几乎五千吨当量！"

（摘自原著第二十三章）

比较：与原著相比，电影中的很多人物关系都发生了变化。列奥纳多·维特勒的地位被斯尔瓦诺·本特沃里奥取代，而且他与维多利亚之间也不再是养父女的关系。顺便说一句，编导人员为了让影片更加真实可信，曾经造访过现实中的欧核中心，并根据科学家们的建议，改用在二〇〇八年才正式启用的大型强子对撞机作为产生反物质的装置，因为如果按照丹·布朗在书中描述的技术方法，得花上二十亿年才有办法创造出足够量的反物质。

　　兰登本能地转了个身,像颗鱼雷一样。挣脱他!但是,这个攻击者占据着任何水球防守队员都不曾有的优势——双脚稳稳地立在地上——一把将他扭转了回来,紧紧地抓住不放。兰登弯着身子试图在水下站稳。黑煞星似乎只爱用一只胳膊……尽管如此,他还是抓得很牢。

　　就在这时,兰登意识到自己根本不是黑煞星的对手。他做了仅能想到的一件事情——不再尝试着浮出水面。不要一头撞在南墙上。他使出最后一点体力做海豚式打水,双臂拖在身后摆成一种别扭的蝶泳姿势,身体猛地向前一倾。

　　兰登突然转变了方向,这似乎让黑煞星放松了警惕。兰登浮在水里,身体侧面拖到了黑煞星的胳膊外侧,使他失去了平衡。黑煞星踉踉跄跄地松开了锁链,于是兰登又做了一次打水动作。锁链"咔嚓"一声断开,兰登顿时挣脱开了。他拼命浮出水面,呼出一口污浊的气体。但他也只是喘了口气而已。黑煞星用一股大得惊人的力气又抓住了兰登,双手按住他的肩膀,整个人的力量全压在了他身上。兰登匆忙站稳双脚,但黑煞星飞起一脚把他给撂倒了。

　　兰登再次沉入水底。

　　他在水下扭动着身子,感觉身上的肌肉火辣辣地疼。这次他的招数没起任何作用。他在不断冒出泡沫的池水中仔细察看池底,想要找到那把手枪。水下一片模糊。这里的泡沫比较密集。杀手把兰登往水底又按了按,朝装在池底的水下探照灯按去,一束炫目的灯光闪过了他的脸。兰登伸手抓住那只圆筒,感觉热乎乎的。他试图挣脱出去,可那只圆筒拴在铰链上,在他手中打起了转。他顿时失去了支撑点。

　　黑煞星还在把他往深水里按。

　　就在那时,兰登看到了那样东西。那东西就在他的正下方,从一堆硬币底下戳了出来,露出一个细细的黑色圆筒。那是奥利韦蒂枪上的消音器!他伸手就去够,可在碰到圆筒时,他感觉那东西摸起来不像是金属,倒像是橡胶。他拉动圆筒,那根富有弹性的橡胶管"噗"的一声甩了过来,像条柔软的蛇一样。这条橡胶管大约有两英尺长,管子的底端还在不停地冒出长长的一串气泡。他根本就没找到那把手枪,那只是喷水池里的一个无毒发泡器……

　　就在几英尺之外,巴格尔主教灵魂快要出窍了。虽然一生都在为这一刻而准备,但他绝没想到竟然要这样结束生命。他的身体忍受着极大的痛苦……灼伤、淤伤,还有那些锁链使他沉入水底动弹不得。他提醒自己,这点痛与耶稣经受过的苦难根本就无法相提并论。

他是因我的罪过而死……

巴格尔可以听到附近传来"噼啪"的打斗声。他简直不能想这件事。

那个杀手马上就要结束另一个生命……那是个有着和善眼神的人,那是想要救他的人。

疼痛一阵阵加剧,巴格尔躺在那里,透过池水注视着上面的夜空。有那么一会,他以为自己看见了星星。

阳寿已尽。

摆脱了所有的恐惧与疑虑,巴格尔张开嘴巴呼了口气,他知道那将是他最后一口气。他看着自己的灵魂变成一串透明的气泡,"汩汩"地飘向了天国。紧接着,他回光返照般短促地吸了口气,池水如冰冷的匕首一样从嘴角灌进他的体内。这种痛苦只持续几秒钟就结束了。

随后……他安息了。

(摘自原著第一百零三章)

比较:在电影里,罗伯特·兰登和维多利亚几乎没有动作戏。但在原著小说中,他们两人都曾跟杀手"黑煞星"正面交锋。甚至最后就是因为维多利亚在关键时刻的出手,才最终结果了黑煞星这个魔头的性命。另外,在原著中,四位被绑架的红衣主教都死于非命,而不像电影中描写的那样,第四位红衣主教被兰登成功解救,并在后来当选为新任教皇。原著中,当选新任教皇的是主持教皇选举的莫尔塔蒂红衣主教。在续作《达·芬奇密码》中,这位新任教皇还曾以背景人物的身份出场。

直升机还在极速爬升,兰登还被困在里面。在敞开的舱门外,时间每过去一秒,罗马的灯光看起来就更遥远。直觉告诉他马上抛弃这个储存器就能死里逃生。他知道这个储存器用不了二十秒的时间就可以降落半英里,但这样就有可能要落到全城人民的头上。

高一点,再高一点!

兰登不知道他们现在到底飞了多高。他知道小型螺旋桨飞机的飞行高度大约是四英里。这架直升机此刻肯定差不多快达到那个高度了。到两英里的高空了吗？还是已经三英里？还是有机会的。如果他们准确地计算出了储存器降落的速度，这个储存器就会刚好在落往地面的途中爆炸，这样对地面上的人群、对直升机都很安全。他向外看了看在下面逶迤伸展开来的罗马城。

"要是你计算错了呢？"教皇内侍说道。

兰登一脸震惊地扭过了头。教皇内侍连看都没看兰登一下，他显然早已从挡风玻璃的可怕映象上识透了他的心思。奇怪的是，教皇内侍早已不再专注于驾驶直升机。他的双手甚至都没有放在油门上。这架直升机此刻似乎处于自动驾驶模式下，锁定为爬升状态。教皇内侍把手伸向头顶，碰到驾驶舱的舱顶，在电缆室的后面摸索着寻找什么。他从里面取下一把钥匙，那把钥匙被粘在看不见的地方。

兰登迷惑不已地看着教皇内侍迅速打开了用螺栓固定在椅子之间的那个金属储物箱，教皇内侍取出某种像是黑色大尼龙袋的东西，放在了身旁的坐椅上。兰登的思绪翻腾着。教皇内侍的举动沉着冷静，似乎早已有了解决办法。

"给我储存器。"教皇内侍语气平静地说道。

兰登真不知道还能再想出什么主意。他将储存器一把塞到教皇内侍手里，说道："还有九十秒！"

教皇内侍竟然这样处理反物质，兰登冷不防被吓了一跳。他小心翼翼地拿着反物质放进了储物箱，接着盖上厚厚的箱盖，用那把钥匙牢牢地锁上了箱子。

"你这是干什么！"兰登质问道。

"免得我们太入迷了。"说着，教皇内侍把钥匙从开着的窗户扔了出去。

兰登感觉自己也随着那钥匙一起坠入了黑夜中。

随后教皇内侍拿起那个尼龙袋，双臂快速穿过那些皮带。他将皮带扣在腹部，像打背包一样将所有皮带系紧，扭头看了看目瞪口呆的罗伯特·兰登。

"很抱歉，"教皇内侍说道，"本来不该出现这种情况的。"接着，他打开机舱门，猛地坠入夜色中。

那个景象烙在兰登恍恍惚惚的脑海中，随之而来的是一阵剧烈的疼痛，那是真的疼痛，肉体上的疼。那是酸痛，火烧火燎般的痛。他祈求让自己死去以止住这种痛苦，但随着流水在耳边拍打的声音越来越响，他的脑海中又闪现出新的画面。他的磨难才刚刚开始。他又看到了那些片断,隐隐感觉到了那种极度恐慌的心理。他处在死亡与梦魇之间,祈求能够解脱,可这些画面却在脑海中变得更加鲜亮。

反物质储存器被锁在了够不着的地方。随着直升机的快速爬升,储存器还在无情地倒计时。还有五十秒。直升机越飞越高,越飞越高。兰登在机舱内发疯似的转着,想要弄明白刚才看到的景象。还有四十五秒。他在坐椅下面仔细寻找,想找出另一个降落伞。还有四十秒。那里根本没有降落伞!得做出抉择了!还有三十五秒。他跑到直升机那开阔的走道上,站在狂风中,低头凝视着下面罗马城的灯光。只剩下三十秒了。

于是他做出了那个选择。

那个令人难以置信的选择……

罗伯特·兰登不带降落伞就从机舱门跳了下去。黑夜吞没了他那翻转的身体,那架直升机似乎火箭般地冲向上空,消失在他上方。在兰登自由下落过程中,急速坠落发出的巨大声响将水平旋翼的响声都淹没了。

垂直落向地面时,罗伯特·兰登有种在高台跳水生涯中从不曾体验过的感觉——那是垂直下落过程中不可阻挡的万有引力。他下落的速度越快,似乎地球引力就越大,越吸引着他向下坠去。但是这次可不是跳入五十英尺之下的游泳池中,而是落到上万英尺之下的城市——那里到处都是公路与楼房。

绝望中,兰登仿佛听到科勒那来自墓地的声音在狂风中的某个地方回响……那是一大早他站在自由落管旁说过的话。一平方码的空气阻力可以使一个降落的身体减速百分之二十。减速百分之二十,兰登这时意识到,这根本不足以让他从这样的坠落中逃生。虽然如此,与其说是怀有希望倒不如说是吓呆了,他还是牢牢地抓住了手中仅有的那样东西,那是在走向机舱门时从直升机上匆匆取下的。这真是一件奇怪的纪念品,但就是这样东西在那一瞬间给了他希望。

挡风玻璃油布一直都放在直升机的后部。那块凹陷的油布呈长方形——大约有四码长两码宽——像张尺寸适宜的大床单……这是他所能想象到的最像降落伞的东西。挡风玻璃油布没有任何的背带,只在两端系有用于把油布固定在弧形挡风玻璃上的橡皮绳。兰登一把抓过油布,双手紧紧抓住绳圈不放,纵身跳下直升机,跳入那片夜空。

(摘自原著第一百二十五章)

比较：电影中，找到了反物质装置的教皇内侍，独自一个人驾驶直升机飞上了天，并在反物质爆炸前跳伞逃生。而原著中的这段情节设计的更加惊险，登上直升机的不光有教皇内侍，还有罗伯特·兰登。也正是在这个过程中，兰登教授对教皇内侍产生了怀疑。最后，作者让兰登用一块油布充当降落伞逃生，实在是有些异想天开，但相信故事进行到这里无论是罗伯特·兰登还是丹·布朗都已经别无选择了。

【说书论影】

提起《天使与魔鬼》(*Angels&Demons*)的作者丹·布朗(*Dan Brown*, 1964—)，恐怕很多人会立即联想到他的另一部小说《达·芬奇密码》(*The Da Vinci Code*)。尤其是在同名电影上映后，全球影迷都为片中由奥斯卡影帝汤姆·汉克斯饰演的哈佛大学符号学教授罗伯特·兰登的阳刚气质和知性魅力所倾倒。然而，在丹·布朗的小说世界中，罗伯特·兰登教授的初登场并不是在《达·芬奇密码》中的巴黎，而是在《天使与魔鬼》中的罗马。

丹·布朗于一九六四年六月二十二日出生在美国新罕布什尔州的艾斯特镇。他的父亲是一位高中数学老师，母亲是一名职业音乐家，负责在教堂演奏管风琴。丹·布朗的青少年时代一直在有着浓厚基督教氛围的艾斯特镇度过，这对他日后的创作生涯产生了潜移默化的影响。

大学毕业后，丹·布朗一度想成为职业音乐人，为此他做过很多次尝试，并曾专程前往洛杉矶，进入国家作曲学院学习。在那里，丹·布朗结识了比他大十二岁的艺术创作系主任布莱斯·纽顿。两个人在交往过程中渐生情愫，并在一九九三年一起搬回到新罕布什尔州居住。一九九七年，丹·布朗和布莱斯正式结婚。婚后，丹·布朗辞去此前在当地学校担任的教职，开始专职写作。布莱斯则是夫唱妇随，在丹·布朗的第一部小说《数字城堡》(*Digital Fortress*)于一九九八年出版后，为其做了大量的推销工作。

或许很多人对于把丹·布朗归入"科幻小说家"的

丹·布朗

行列不以为然,但他的小说处女作《数字城堡》却是一部地道的高科技冒险风格的科幻小说。小说中,美国国家安全局(NSA)斥巨资秘密建造了一台万能解码机,理论上可以破解任何计算机程序的加密密码。然而,NSA 的前程序员远诚友加在互联网上发表消息,声称自己设计了一个名为"数字城堡"的加密程序,可以生成无法被破解的超级密码,并以此要挟 NSA 对外公布万能解码机的存在。不料,远诚友加在西班牙神秘遇害,刻有重要口令的戒指也不翼而飞。为了避免打草惊蛇,国安局局长决定找一位不相关的局外人去调查此事。他找上了局里首席密码破译专家苏珊·弗莱切的男友、语言学家戴维·贝克。贝克接受了这项任务,但让他意想不到的是,这个看似简单的任务,却给他和苏珊带来了意想不到的大麻烦……

尽管《数字城堡》只是丹·布朗的小说处女作,但他驾驭复杂情节的创作天赋已经跃然纸上。读者在阅读小说的时候,仿佛是在看一部由文字构成的"纸上电影"。《出版家周刊》就曾这样评论道:"在这个节奏紧凑、合情合理的故事里,丹·布朗将善与恶的界限模糊化了,使爱国者和偏执狂都能陶醉其中。"只可惜,这部小说叫好不叫座,销量收入仅能打平成本而已。

二〇〇〇年,丹·布朗出版了他的第二部小说《天使与魔鬼》。据说,小说的创作源于作者的一次梵蒂冈之旅。丹·布朗在游览梵蒂冈的地下通道时得知,这个秘密地道就是早期的天主教教皇躲避敌人追赶时的藏身之所,而几百年前,最让梵蒂冈畏惧的敌人就是一个名为"光照派"的秘密组织。这个组织由一些受到宗教迫害的科学家组成,他们发誓要对梵蒂冈进行复仇。时至今日,当代许多历史学家还对这个组织的存在深信不疑,而且认为它是全球势力最强大的组织之一,它渗透到世界的各个角落,却鲜为人知——这段颇有感染力的讲述显然来自一位口若悬河的资深导游,但却为丹·布朗打开了灵感的闸门。

为了增强小说的真实感,丹·布朗花了很长时间在梵蒂冈和罗马城内遍访名胜古迹,寻找素材。以至于后来,有人甚至以《天使与魔鬼》中提及的名胜为主线,编写出了以小说为主题的自助游手册,可见当初作者下的功夫之深。此外,丹·布朗还在小说中大量引用历史资料和历史人物,将真实的人和事融入虚幻的空间中,构造了一个"架空历史"的小说世界。在这个世界中,科学与宗教之间形而上学的冲突,被具体化为阴谋、绑架、谋杀、恐怖、悬疑等畅销书元素,并被作者进行了精妙的排列组合,制造出了惊人的阅读效果。诚如,《科克斯书评》对本书的评价:"一场令人悚然的猫捉老鼠式的较量。一个生死攸关、扣人心弦的惊险故事,一出离奇古怪的事件,一部集宗教、科学、谋杀、推理和建筑学于一体、情节曲折的小说。《天使与魔鬼》获得了满堂彩!"而畅销书作家戴尔·布朗的话更加直截了当:"这真是一本该死的书——拿起这本书我就再也放不下,不把这本书读完我什么事也做不成。"

不过,即便如此,《天使与魔鬼》的首版销量仍旧是不温不火。而丹·布朗在二〇〇一年出版的第三部小说《骗局》(Deception Point)也遭遇了类似的命运。直到二〇〇三年,随着他的第四部小说《达·芬奇密码》的出版,丹·布朗才一举鲤鱼跳龙门,从一个籍籍无名的二流小说家跻身为享誉国际的畅销书作家。《达·芬奇密码》以七百五十万本的成绩打破美国小说销售纪录,目前全球累积销售量已突破六千万册,号称"有史以来最卖座的小说"。在这部以基督教异端传说为素材的小说中,曾在罗马成功阻止了文特斯克神父谋夺教皇宝座的罗伯特·兰登教授再度披挂上阵。在巴黎和伦敦之间,探寻失落的"圣杯"——延续耶稣基督世俗血脉的抹大拉的玛利亚及其后人的秘密。而当谜底揭晓的时候,几乎所有读者都会大感意外。或许是因为涉及了西方基督教文化传统的根基,《达·芬奇密码》自出版伊始就伴随着巨大的争议。而这些争议在新媒体时代,恰恰成为小说提高知名度的助推剂。

由于《达·芬奇密码》的热卖,连带丹·布朗之前的三部小说也受到了热烈的追捧。而作为《达·芬奇密码》前传的《天使与魔鬼》的销售情况相比其他两部小说更好。尤其是在二〇〇四年,丹·布朗的四本小说曾经在一周中同时登上《纽约时报》畅销书排行榜,创造了史无前例的纪录。同时,也证明了丹·布朗的创作风格受到了读者的普遍认可。

二〇〇三年,索尼哥伦比亚电影公司与丹·布朗签约,同时买下了《达·芬奇密码》和《天使与魔鬼》的电影改编权。不过,因为电影版《达·芬奇密码》先上映,因此在系列电影中《天使与魔鬼》反而成为《达·芬奇密码》的续集,与原著的顺序正好相反。当然,顺序颠倒也带来了意想不到的好处。或许是因为《达·芬奇密码》在拍摄时过多考虑了与原著吻合的问题,结果使电影变得"过度冗长且造作"。而在《天使与魔鬼》中,编导剔除了原著中一些冗余的情节,使影片始终保持了紧凑而清晰的节奏,观赏效果大为提升。该片于二〇〇九年五月上映,首周全球票房即突破一点五二亿美元,总收入为四点七五亿美元。尽管成绩亮眼,但比之《达·芬奇密码》曾在全球砍下七点五亿美元票房相比,还是有很大的差距。

二○○九年，丹·布朗的新作，也是以罗伯特·兰登为主角系列的第三部小说《失落的秘符》(*The Lost Symbol*)出版。该书上市前就创下了首印六百五十万册的纪录。不过相比于出版商的预期，这部以华盛顿为背景的新故事，却最终落了个毁誉参半的结局。为此，在二○一三年出版的小说《地狱》中，丹·布朗再次让兰登教授踏上了亚平宁半岛，以但丁的《神曲》为线索，展开了新一轮高科技冒险之旅。

丹·布朗的出现和他小说的走红给包括科幻作家在内的所有类型文学作家一个重要启示。在网络新媒体时代，类型文学间的界限已经变得模糊了。丹·布朗的小说往往把侦探、恐怖、悬疑、科幻、言情等类型文学元素融于一炉，凭借他驾驭复杂情节的创作天赋和技巧，通过以假乱真的细节描写，把一大堆不靠谱的事情写得活灵活现，让人们不由得不信以为真。而且，在小说中大量运用蒙太奇式的笔法，让小说变成了"纸上电影"，非常适合"屏幕一代"的欣赏口味。这就是丹·布朗小说独特的魅力所在。

从凡尔纳、威尔斯到丹·布朗，时间已经过去了一个多世纪。所谓时过境迁，如今的我们已经生活在了前辈们的小说中所描绘的二十一世纪，当代的科幻作者不应只固守前辈开创的题材领域和创作形式，而要适应时代的发展，穿新鞋走新路。唯有如此，科幻小说这家"百年老字号"才会焕发出新的活力。

【延伸阅读】

一、【美国】丹·布朗，《天使与魔鬼》，人民文学出版社，2011年。
二、【美国】丹·布朗，《达·芬奇密码》，人民文学出版社，2011年。

旧年代的计数器

看了这么多欧美日作家的小说改编成的科幻电影,人们不禁要问:有没有中国作家的科幻作品被搬上银幕的例子呢? 有,尽管很少,但的确有。其中,最有代表性的就是被誉为"中国的阿西莫夫"的科幻作家童恩正先生的代表作:《珊瑚岛上的死光》。

X

我的中国心:
《珊瑚岛上的死光》

【精彩剧透】

在大洋彼岸的喧嚣都市,一个年轻漂亮的华裔女孩驾驶着一辆林肯牌轿车在公路上疾驰而过。穿过城区,轿车驶进了郊外一处绿树掩映的乡间别墅。别墅的大门口挂着一块牌子,上面用英文写着"赵谦实验室"。原来,这个开车的女孩就是知名的华裔应用核物理学家赵谦教授的女儿兼助手梦娜。今天,她的心情格外的好,因为她的父亲要在今天进行一项有关原子电池的重要实验,而如果实验顺利成功,那无论是对她还是她的父亲都将有着特别的意义。

在实验室里,助手们正在对实验设备进行最后的检测。其中一个叫马桑的助手笑着对他的同事玛丽说道,他昨晚做了一个梦,梦见他的母亲给了他一个金币。玛丽也半开玩笑的对他说,这预示着他将获得财富。但马桑却不以为然,觉得这应该是意味着今天的实验一定会取得成功。恰在此时,赵谦教授和他最重要的助手、工程师陈天虹走进了实验室。赵教授环视在场的众人,发现梦娜没有到场,便发言询问。当他得知,梦娜还没有来的时候,老教授的脸上露出了一丝不悦之色,并说:"既然定在十点进行实验,就应该在九点四十分进入工作岗位,现在……"不等赵谦教授的话音落地,梦娜清脆悦耳的话语声便传入了众人的耳中,"现在是九点三十九分五十秒。"顺着声音望去,只见梦娜手捧着一束美丽的鲜花,迈着轻盈的步子,来到众人面前。

看到梦娜到来,赵教授用略带责备的语气问女儿去了哪里。梦娜回答是去买花,准备祝贺今天的实验成功。听到这里,在场的众人都露出了会心的微笑。随后,赵谦教授让所有人做好实验准备。梦娜取来了载有电脑程序的磁盘,交给赵谦教授检查。检查无误后,他又把磁盘交给了陈天虹。之后,所有实验相关人员进入到中央控制室内。赵谦教授向陈天虹示意实验开始。陈天虹通过无线电通知在操作间内的工作人员撤离现场。随着警铃声响起,实验进入了开始前的倒计时阶段。

实验准时开始,陈天虹下令接通原子电池,并将载有程序的磁盘插入磁盘驱动器内。与此同时,赵谦教授也输入了启动程序的密码。接下来,赵谦教授和他的助手们通过监视器上的图像和仪器设备上的波形读数观察着实验进程。最终,实验取得了圆满成功,原子电池以最大功率稳定持续的释放电能。实验的成功让所有参与其中的人都感到非常高兴。陈天虹第一个走上前去,紧紧地握住了老师赵谦的手,向他表示由衷的祝贺。其他人也纷纷上前向赵谦教授表示祝贺。梦娜则把事先准备好的花束送到了父亲的手中，并亲吻了他的面颊。同样兴奋异常的赵谦教授也激动地向大家说着："谢谢，谢谢大家！"

就在赵谦教授和助手们欢庆胜利的同时，在世界著名军火商维纳斯公司的总部大楼里，总经理布莱歇斯却正在因手下的分公司经理没有能够从赵谦教授的手中弄到原子电池的专利权而大发雷霆。分公司经理感到有些委屈，他告诉布莱歇斯，他已经用尽了各种办法，开出了很高的价码，但是赵谦教授始终不为所动，就是不肯出售原子电池的专利。听到这里，布莱歇斯决定亲自出马。

为了庆祝原子电池研制成功，赵谦教授在自己的别墅中召开了盛大的庆祝派对。来宾们纷纷向赵教授表示祝贺，并称赞原子电池的研制成功是机械动力发展史上又一次伟大的进步。不过，相比于其他人，陈天虹和梦娜两人的高兴要更多一层，因为他们之前已经约定，如果原子电池实验取得成功，两人就结婚。看着女儿和未来的女婿翩翩起舞，赵谦教授的脸上也露出了欣慰的笑容。

突然，一个气度不凡的中年白人走进了别墅，此人正是布莱歇斯。布莱歇斯一进来，便迫不及待地跟他的老同学赵谦打招呼，并说自己是专程赶来向他表示祝贺的。赵谦教授热情地把这位老同学引进了隔间。两人坐定后，便攀谈起来。布莱歇斯以老同学的身份向赵谦大打感情牌，希望赵谦能与他的公司合作，并承诺只要赵谦与他合作，很快就会成为世界级的富豪。就在两人谈话期间，又有几家公司的负责人打电话给赵谦教授，希望从他那里得到原子电池的专利技术。最终，赵谦教授谢绝了包括布莱歇斯在内的所有人，并意味深长地对布莱歇斯说，鉴于以前的惨痛教训，他要把命运掌握在自己手中。看到赵谦如此固执，布莱歇斯非常失望，只得悻悻而归。

没能从赵谦教授那里弄到原子电池的专利，布莱歇斯自然不肯善罢甘休。一回到公司总部的办公室，他就用可视电话与当地的黑帮分子贝根取得了联系，命令他在今天晚上按计划行动。

赵谦教授与陈天虹

入夜之后，赵谦教授送走了前来庆贺的宾朋，独自回到书房里，对着墙上挂着的全家福照片，思念起已故的妻子。不一会，梦娜和陈天虹也走进书房。梦娜看见父亲黯然神伤的样子，情不自禁地走上前去，依偎在父亲的怀里，对父亲说，如果母亲在世的话，一定会为父亲今天的成就感到高兴。女儿的话让赵谦教授感到了些许的欣慰。他又走到书架前，取下一本精装的英文书，翻开书，扉页上是他当年的挚友胡明理博士亲笔写下的赠言。赵谦教授告诉梦娜和陈天虹，胡明理与他志同道合，十年前两人曾经相约共同研制一种高效激光掘进机，但那之后，胡明理竟然不明不白的死去了。十年后的今天，原子电池实验成功，让他觉得总算没有辜负对挚友的承诺。最后，赵谦教授语重心长地对梦娜和陈天虹说，科学还有很多需要研究的课题，而祖国也需要他们去建设。两个年轻人被他的这番话所打动，脸上露出了会心的笑容。眼见天色已晚，梦娜和陈天虹向赵谦教授道过晚安，便各自回房休息了。只留下赵谦教授一个人在书房里。

半夜，一个鬼祟的身影出现在别墅的走廊上。他悄悄走上楼梯，摸到了书房门口。当正在伏案阅读的赵谦教授抬起头来的时候，猛然间看到一个头上罩着丝袜的蒙面人正用黑洞洞的枪口指着他，不由得打了一个寒战。可当面前的这个歹徒开口向他索要原子电池的技术资料的时候，赵谦教授反而平静了下来，因为他已经大概猜出了这个蒙面人的来历。歹徒命令他打开保险箱，赵谦教授则假意从抽屉里拿出钥匙，打开了保险箱，并让歹徒自己去取资料。歹徒信以为真，伸手去取资料，不想保险箱内装有防盗设备，歹徒的手刚伸进去就遭到了高压电击。歹徒疼痛难忍，发出一声惨叫。赵谦教授趁机想逃出书房，不料却让歹徒抢先一步，堵住了门口。气急败坏的歹徒用激光枪射出一道光束，击中了赵谦教授的头部。赵谦教授应声倒地，歹徒则逃之夭夭。

随着一串急促的警铃声，梦娜和陈天虹先后赶到书房里。看到赵谦教授受伤倒地，两人赶紧上前，把他扶到了沙发上。此时，身受重伤的赵谦教授已经奄奄一息了。弥留之际，赵谦教授拼尽全力，让陈天虹从摆在桌上的雕塑内取出了原子电池的样品，并叮嘱

梦娜

236

陈天虹一定要保护好它。随后,便再也没能说出一句话……

在维纳斯公司的总部,布莱歇斯通过可视电话得知了贝根抢劫原子电池行动失败的消息后勃然大怒,并斥责贝根杀死赵谦的行为让公司蒙受了损失。凶恶的贝根则向布莱歇斯保证不会再有下次。于是,布莱歇斯决定再给贝根一次机会,并言明,只许成功、不许失败。

这次,贝根一伙没有再贸然闯进实验室所在的别墅,而是改在门外蹲点,伺机下手。当他们看到陈天虹驾驶汽车驶入别墅后,立即报告了上去。而陈天虹回到别墅后,把警方的初步调查结果转告给了梦娜和其他助手们。原来,赵谦教授的遇害,是本地的一个黑帮所为,但这个黑帮背后有一个外国财团在控制,而维纳斯公司也是受这个财团控制的。说到这里,梦娜突然想起了刚才布莱歇斯前来致哀时说的一番话。布莱歇斯先假惺惺的对赵谦教授的死表示哀悼,随后便提到陈天虹,说他是赵谦教授生前最得力的助手,而维纳斯公司希望聘请陈天虹来为他们工作。把所有这些事情串联起来,梦娜立刻意识到,杀害了父亲赵谦的那伙人下一个要对付的就是陈天虹。而助手玛丽也注意到,已经有人在对别墅进行监视。大家都认为,再待下去太过危险,应该马上离开。于是,梦娜劝陈天虹应该带着原子电池马上动身返回祖国。但陈天虹却担心自己走后,没人照顾梦娜。对此,梦娜让他一定记住父亲临终前的嘱托,而玛丽等人也主动表示会好好照顾梦娜。陈天虹这才打消了顾虑。可眼前最棘手的问题是,如何才能摆脱黑帮分子的盯梢呢?最后,还是向来机智幽默的马桑想出了一条妙计。

不一会,陈天虹的轿车从别墅里驶了出来。在门外监视的三个黑帮分子立刻驾车跟了上去。两辆车一前一后在公路上飞驰。终于在一个高速公路服务站旁,黑帮分子加速超车,强行拦住了陈天虹的轿车。可是,当他们冲到陈天虹的轿车跟前,打开车门一看,发现里面坐着的竟然是马桑和玛丽。原来,马桑用了一条调虎离山计,用陈天虹的轿车吸引黑帮分子们的注意力,把他们从别墅门前调开,好让陈天虹有机会从别墅中金蝉脱壳。看着懊恼不已的黑帮分子,马桑还故意打趣他们,他手拿酒瓶,问他们要不要一起喝一杯。

逃出了黑帮的魔爪,陈天虹带着原子电池的样品,驾驶一架名为"晨星号"的私人飞机,准备飞越大洋,前往 H 港,借道返回祖国。而在维纳斯公司的总部,布莱歇斯得到了陈天虹在贝根一伙的眼皮底下逃脱的消息,顿时气得七窍生烟。不过,他很

马太

快就平静了下来,又一条诡计浮现在他的脑海中。他立即命令手下,向正在大洋深处游弋的核潜艇发电报,命令艇长沙布诺夫立即击落正在大洋上空飞行的晨星号。沙布洛夫接到电报后,立即吩咐手下启动"死神的火焰"。此时,正在驾驶晨星号的陈天虹,偶尔向海面上望了一眼,看到一艘巨大的核潜艇正在海面上航行。还没等他来得及多想,一道锯齿形的闪电便击中了晨星号。飞机顿时失去控制,一头栽向大海。沙布诺夫船长通过潜艇上的监视器,看到了晨星号坠海的全过程,不禁发出几声卑鄙的笑声。

晨星号坠机的消息很快就通过电视新闻传遍了全世界。当梦娜从电视中得知"晨星号坠海、陈天虹失踪"的消息,顿觉一阵眩晕,犹如五雷轰顶,两腿一软便呆坐到椅子上。不多久,得到同样消息的马桑和玛丽前来别墅探望梦娜。可当他们走进房间的时候,却发现屋子里已经空无一人,只在桌子上留有一张梦娜亲笔写下的字条和一盒录像带。马桑把录像带放进录像机,显示屏上出现了梦娜的身影。录像中,梦娜告诉马桑和玛丽,她不相信天虹会出事,所以决定一个人驾船去出事海域寻找陈天虹的下落,让他们不必担心。看到这里,玛丽由衷的称赞梦娜真是勇敢。而两人也没有其他办法,只好留在家中,等待消息。

在公海上,沙布诺夫的潜艇找到了晨星号的残骸,却没有发现陈天虹的尸体。沙布洛夫下令继续在海面上搜索。而此时,侥幸逃生的陈天虹正拼尽全力向前游去。突然,一条硕大的食人鲨向陈天虹袭来。陈天虹暗叫不好,更加努力的划水,想要摆脱鲨鱼的追击。可他哪里是鲨鱼的对手。眼见,鲨鱼鳍离陈天虹越来越近。就在鲨鱼准备咬住陈天虹的时候,一道红色的激光从不远处的一座珊瑚岛上射来,击中了鲨鱼的头部。鲨鱼立刻一命呜呼,陈天虹也死里逃生。他定了定神,使出仅剩下的最后一点力气,向那座珊瑚岛游去。

当陈天虹终于爬上那座珊瑚岛的时候,他已经精疲力竭,只能在沙滩上勉强爬行。这时,他听到有人用英语问道:"Who are you?"(你是谁?)陈天虹勉强抬起头,回答道"A Chinese narrowly escaped from death."(一个死里逃生的中国人。)"中国人?"

对方竟说出了一句标准的汉语。陈天虹又惊又喜，反问道："你是谁？你在哪？"但对方仍旧淡然地答道："你过来吧！"陈天虹硬撑着站了起来，但没走两步就感到天旋地转，又一头栽倒在沙滩上，失去了知觉。

当陈天虹苏醒过来的时候，发现自己正躺在一间布置考究的卧室里，而且他身上的衣服已经被人换过了。这让陈天虹心中一惊，他赶紧起身去寻找随身携带的原子电池样品。就在他四处寻找的时候，先前那个人的声音再次响起，让他按下床头的电钮。陈天虹照做了。接着，他面前的一堵墙打开了，里面放着他的私人物品和原子电池的样品。陈天虹取回了原子电池，并小心地收藏起来。随后，那个声音又开始询问陈天虹姓名来历。由于不清楚对方的底细，陈天虹便谎称自己是一个姓张的商人，是因为飞机失事才掉进海里。当陈天虹反问对方是谁的时候，那个声音却并没有正面回答，只是说让他在房间里休息两天，之后会送他离开。这样的回答让陈天虹感到非常不满，他激动的质问对方，自己又不是疯子，为什么要被关起来？这句话似乎触动了对方，沉吟了片刻，他便答应给陈天虹在岛上活动的自由，但条件是不能到处乱跑。紧接着，卧室的暗门打开了，陈天虹走了出去。

到了外面，陈天虹才发现，这里原来是一座依山傍海建造的别墅。陈天虹离开别墅，沿着小径在岛上四处探查。突然，他看见一个身着特殊防护服的人影在他眼前晃过。陈天虹吃了一惊，随即决定要跟上去一探究竟。于是，他便跟着前面那人从盘山小道上崎岖而下，一直来到一个溶洞的入口处。身着防护服的人径直走了进去，陈天虹也悄悄地跟了上去。走进溶洞没多远，陈天虹就发觉，这里其实是一个由天然溶洞改造而成的人工设施。入口处有可以自动开闭的电动门，穿过一条甬道便能进入一个特殊的房间，这个房间显然是建在水下的，周围的墙壁上安装了舷窗，可以看到深海中的动植物。又经过一条长长的水下走廊，陈天虹来到了一间宽敞的大厅里。这里安置着各种自动化的科学设备，而向上望去，头顶上是巨大的透明玻璃圆顶，可以欣赏海中美景。所有这一切，让陈天虹震惊不已。他实在不敢相信，在这个荒无人烟的珊瑚岛之下，竟然隐藏着一个如此神奇的所在。

当陈天虹顺着甬道准备返回的时候，却不小心被关进了一个密闭的舱室中。还没等陈天虹反应过来，舱室内的超声波发生器便启动了。陈天虹顿时感觉头晕目眩，痛苦地躺倒在地。就在他以为自己会死在这里的时候，超声波突然消失了。舱室的一扇密封门忽地打开，从门外走进一个身穿白大褂的黑人。他搀起陈天虹，走了出去。

那黑人把陈天虹又带回了他曾经待过的那栋建筑门前，用感应器打开房门，示意陈天虹进去。但陈天虹并不打算再任人摆布，于是他质问那个黑人为什么不给他人身自由。就在此时，一个华裔老者突然出现在陈天虹面前。那老者告诫陈天虹，在岛上乱走对他没有好处，并说自己名叫马太。当陈天虹得知，马太就是之前击毙鲨鱼，救了自己性命的人时，他充满感激地向马太道谢。可是，当陈天虹试图向马太询问他正在从事何种科学研究的时候，马太却不愿多说，拂袖而去。

在维纳斯公司的总部，布莱歇斯正在和沙布洛夫谈话。沙布洛夫告诉布莱歇斯，他们仍然没有找到陈天虹。而布莱歇斯则直言不讳，说他并不关心陈天虹的生死，他关心的是带在他身上的原子电池。恰在此时，布莱歇斯的秘书打电话进来说，公司职员罗约瑟刚刚度假归来，想面见布莱歇斯。布莱歇斯把罗约瑟召进办公室，并嘱咐他不要着急返回原来的工作岗位，等候他的指令。而此时的布莱歇斯同样也在等待总公司方面的下一步计划。

为了澄清事实，争取舆论的同情，马桑等人召开了一个记者招待会，向新闻界公布了赵谦教授被害、陈天虹失踪等一系列事件都是外国财团有意对科学家进行迫害的真相，并呼吁阻止这一强盗行为。而与此同时，梦娜驾驶着一艘快艇，正在茫茫大海上寻找陈天虹的下落。

在珊瑚岛上，陈天虹辗转反侧，难以入睡。他想起了当初与梦娜告别的场景，心中着实是五味杂陈。而在另一个房间里，那个被马太叫作"阿芒"的黑人男仆，让马太服用了治疗心脏病的药，并用肢体动作提醒马太要尽快休息。但马太并没有听从自己这位忠仆的劝告，而是继续进行手头的工作，直到天亮。

当马太终于完成了他的第十项研究，走出书房的时候，天已经大亮了。他看见陈天虹正在花园里读书，便走上前去跟他打招呼。然而，让他没想到的是，这位自称姓张的商人，正在读的却是一本原子物理方面的专业书。这让马太对"张先生"的商人身份产生了疑问。这时，阿芒端上来了一个插了十根蜡烛的生日

复杂的实验仪器

蛋糕。起初,陈天虹还以为是马太要过生日。但马太却告诉他,这是他多年来的习惯,只要完成一项研究,阿芒就会做一个生日蛋糕表示庆祝。听到这里,陈天虹也不禁为马太的成就感到高兴。三人举起酒杯,共同庆祝新成果的诞生。

谈话间,陈天虹从马太的口中得知,这座珊瑚岛叫"马太博士岛",是以他自己的名字命名的。而这位马太博士在将近十年前来到这座岛上,此后一直在岛上从事科学研

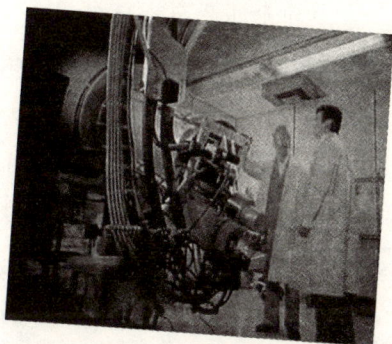

赵谦的实验室

究,过着与世隔绝的生活。跟他一起在岛上生活的人,其中之一就是那个黑人阿芒。他虽然是个哑巴,却是马太博士的重要助手,同时还负责照料马太博士的生活起居。另一个助手名叫罗约瑟,不过此人正外出度假,还没回到岛上。当陈天虹问起马太博士是用什么武器击毙了鲨鱼时,马太博士回答说,他使用的并不是什么武器,而是激光。陈天虹立即提出,希望能看看这种设备。马太博士稍微犹豫了一下,便对陈天虹说,只要他能保证离开岛后,不向外人透露所看到的一切,他可以带他去参观一下。陈天虹爽快地答应下来。

马太博士先是带陈天虹参观了他研制的激光发射器的样机,之后又带他来到了发射控制室。在控制室里,马太博士告诉陈天虹,他研制出的大功率激光器已经可以击穿钢板或者是岩石,并以海岸边的礁石为目标进行了发射演示。随着一道光束射去,坚硬的礁石瞬间化为齑粉。这让身为工程师的陈天虹也不得不发出由衷的赞叹。不过,马太博士也坦言,这套装置耗电量极大,现有的供电设备太过笨重,所以整个装置还不够实用,但他有一个朋友是从事电源方面研究的,再过三个月他就可以去见这位老朋友。马太博士的一番话,让陈天虹想起了赵谦教授曾经提到过的胡明理博士。隐约间,他觉得眼前的这个马太和当年的胡明理之间似乎有某种联系。而马太博士见陈天虹有些发呆,就问他是不是在想什么。陈天虹则赶紧岔开话题,称赞马太博士竟然能在这个与世隔绝的小岛上,与两名助手取得如此重大的科研成果。马太博士则说,其实并非如此,他所需要的东西,都会由"公司"送来。而这个公司其实就是布莱歇斯的维纳斯公司。

在维纳斯公司的总部,布莱歇斯正在和沙布洛夫以及另一个手下开碰头会。布莱歇斯告诉两人,陈天虹事件发生后,国际舆论对他们非常不利,而马太博士岛已经开始被外界注意,所以总公司命令布莱歇斯立即放弃马太博士岛,取回"死光(大功率激光器)"的全部技术资料,并把岛彻底炸毁。对此,沙布洛夫认为,马太博士未必肯乖乖地交出资料。而布莱歇斯却并不担心,因为他手中还有罗约瑟这张牌。他马上命令召罗约瑟回来,和他们一起动身前往马太博士岛。

在岛上,马太博士给陈天虹带来了好消息:罗约瑟刚刚打来电话,说他马上就要回来。马太博士准备让他送陈天虹回去。听到这个消息,陈天虹自然很高兴。可马太博士无意中看到桌子上竟然摆着他当年亲手送给老朋友赵谦的书。于是,他便向陈天虹追问与赵谦的关系。此时,陈天虹知道已经没有任何继续隐瞒身份的必要了。他对马太博士说出了自己的真实身份,并拿出了原子电池的样品。马太博士非常兴奋,说有了它,激光掘进机的能源问题就解决了。当他继续向陈天虹追问赵谦的近况时,却得到了挚友遇害身亡的噩耗。突如其来的消息,让老人的精神受到了极大的刺激,心脏病复发,顿时昏厥过去。陈天虹赶紧把老人扶到床上休息。幸亏阿芒及时赶来,给马太博士注射了药物,老人家这才转危为安。

当马太博士苏醒过来后,他向陈天虹吐露了深埋在心中近十年的秘密。原来这个所谓的"马太博士"就是赵谦教授的挚友胡明理。十年前的圣诞夜,胡明理用自己出售激光追踪仪专利的钱,买下了一座实验室,送给了赵谦,以便他能进行有关原子电池的研究。然而,出人意料的是,从胡明理那里购买专利的科研机构背弃了当初的承诺,把胡明理的专利改名为"激光跟踪仪",并说成是自己的专利。气愤的胡明理去法院起诉这家机构,却最终败诉。更为卑鄙的是,这家机构编造谣言和绯闻,诋毁胡明理的人格。最后,胡明理被当成精神病人关进了疯人院。

就在胡明理在疯人院中备受折磨,度日如年的时候,有一天,布莱歇斯突然来找他,并对他说,只要他与维纳斯公司签署一份为期十年的合同,布莱歇斯就会设法把他从疯人院中接出去,还为他提供资金和设备继续从事科研工作。急于挣脱牢笼的胡明理别无选择,只好签了那份合同。之后,神通广大的布莱歇斯果然把胡明理从疯人院里弄了出去,并对外界谎称"胡明理已经去世"。而改名为"马太"的胡明理,便在维纳斯公司的安排下来到大洋中这座与世隔绝的珊瑚岛上,继续从事科学研究。

听到这里,陈天虹激动地告诉马太博士,他上当受骗了:这个维纳斯公司受控于外国的一个大财团,专门收集各种科研成果用于武器研究。当初,维纳斯公司要收购原子电池的专利没有成功,布莱歇斯一伙就谋杀了赵谦教授,并对他(陈天虹)进行了追杀迫害。对于陈天虹的说法,马太博士将信将疑,他告诉陈天虹,他在岛上从事的研究都与军事无关,都是造福人类的发明,像人工降雨、空间放电,等等。接着,马太博士简要地介绍了一下空间放电仪的工作原理。这让陈天虹联想到晨星号的坠毁。他告诉马太博士,晨星号在坠毁前,周围晴空万里,只在海面上有一艘潜艇活动,一定是布莱歇斯一伙利用装在潜艇上的空间放电装置击落了晨星号。陈天虹的一番话,让马太博士大惊失色。就在此时,阿芒跑了进来,连比带画的告诉马太博士和陈天虹,有人上岛来了。三人一起来到屋门边,向外眺望。

只见,远处的沙滩上,一艘快艇已经靠岸,有七八个人登上了小岛。陈天虹一眼看出,其中的一个人正是布莱歇斯。他告诉马太博士,自己不能跟布莱歇斯见面。马太博士立刻让他躲进自己的卧室中。然后,他镇定的待在自己的房间里,等着布莱歇斯等人的到来。

当布莱歇斯等人走进屋子时,马太博士正不动声色的等着他们。布莱歇斯向马太博士介绍了同行的沙布洛夫。简短的寒暄过后,马太博士便问布莱歇斯为什么乘坐潜艇来到岛上。布莱歇斯谎称是因为沙布洛夫的潜艇上安装了维纳斯公司的设备,他到艇上是为了改进设备,顺便就乘坐潜艇过来了。一旁的沙布洛夫则帮腔说,他的艇上安装了根据马太博士发明的空间放电仪制造的"死神的火焰"。而布莱歇斯则说,这种装置仅用于防御。听到这里,马太博士已经看穿了这伙人的真面目。他继续追问晨星号被击落的事情。沙布洛夫撒谎说,是因为有一个罪犯偷走了晨星号,他们是为了追捕这个逃犯才击落晨星号的。话说到这,布莱歇斯不想再纠缠有关晨星号的问题,他告诉马太博士,维纳斯公司准备批量生产他的"激光掘进机",还拿出了一份新的合同让马太博士签字,并承诺给予他更好的科研环境,继续从事他的研究。同时,他还用言辞恫吓,说马太博士在岛上多待一分钟,就会多一分危险,应该马上离开。

当马太博士从布莱歇斯的手中接过新合同文件后,他看也不看,便把它撕得粉碎,并要求布莱歇斯一伙人马上离开。可布莱歇斯一伙怎么会这么容易就善罢甘休呢!他们向马太博士强行索要资料,而马太博士因为太过激动,心脏病再次发作,瘫倒在坐椅上。布莱歇斯上前给他把了把脉,告诉其他人,马太博士已经不行了。随后,他命令同行的罗约瑟打开保险柜取出资料。此时，阿芒从门外闯了进来，眼见博士痛苦的样子，他愤怒地向布莱歇斯扑去。沙布洛夫见状，立即掏出手枪向阿芒射击。这个忠实的助手，身中两枪，倒在地上痛苦的死去了。随后，布莱歇斯一伙打开保险柜，拿到了他们想要的资料。沙布洛夫则命令他的手下，在岛上安装原子爆炸装置，一个小时后起爆。

当强盗们离开后，一直躲在卧室中的陈天虹冲了出来，给马太博士服用了急救药物，让他慢慢苏醒过来。当马太博士得知，激光器的资料已经被布莱歇斯一伙人抢走后，他强打精神让陈天虹把他搀扶进实验室。然后，马太博士启动了岛上的激光器，向布莱歇斯一伙人乘坐的潜艇发射了一束强力激光。潜艇被击中，顿时炸成碎片。强盗们受到了应有的惩罚。临终前，马太博士叮嘱陈天虹，一定要牢记科学家的责任。

怀着巨大的悲痛之情，陈天虹用礁石埋葬了马太博士和阿芒的尸体。随后，他听到远处传来快艇的马达轰鸣声。原来，是梦娜驾驶着快艇来到了这座岛附近。两个年轻人在经历了生离死别之后，终于又一次拥抱在了一起。但此时，已经没有时间留给他们互诉衷肠了。陈天虹拉着梦娜跳上快艇，迅速驶离珊瑚岛。

随着一声巨大的爆炸声响，一朵蘑菇云从海面上升起，珊瑚岛在核火焰的灼烧中化为灰烬。而从这场劫难中逃脱的陈天虹和梦娜则驾驶着快艇向着祖国的方向疾驰而去。

【原著赏析】

小说梗概："我"叫陈天虹，是一名华侨，师从著名科学家赵谦教授。赵教授倾尽毕生精力研制成功了高压原子电池。他嘱咐"我"要把这项成果带回祖国去。谁知，就在"我"动身回国的前一天，赵教授在家中遭到匪徒的袭击。老教授为了保护珍贵的设计图纸，献出了生命。临终前，他要"我"把电池样品带回国去。于是，"我"驾驶着私人飞机"晨星号"踏上了归国的旅途。不想，在半路上，飞机遭遇了不明闪电的袭击，坠落海中。幸而，海浪把"我"冲上了一座小岛。这座小岛的主人名叫马太博士，他也是个杰出的科学家，与他的仆人阿芒一起住在岛上。后来，"我"终于得知，这位马太博士的真名叫胡明理，因为不愿让自己的发明变成武器，而遭到了打击和迫害。就在他最困苦的时候，他的大学同学布莱恩，邀请他加入了洛非尔公司。于是，他就化名马太,搬到了这座与世隔绝的小岛,继续从事科学研究。可是,这个自称和平主义者的布莱恩,其实是个利欲熏心的军火贩子。他带着某大国的军官沙布洛夫等人强行从马太博士的手中抢走了大功率激光器的设计图纸,并在岛上安装了核弹,企图毁尸灭迹。当布莱恩一伙走后,"我"帮助奄奄一息的马太博士,把激光器对准了那群匪徒乘坐的军舰。马太博士亲手按下了按钮,把军舰炸得粉碎,之后便永远的闭上了眼睛。最终,"我"成功的逃离了马太博士岛,驾驶着小艇向祖国的方向飞驰而去。

　　我是一个华侨,出生在国外,从少年时代开始,欣欣向荣的社会主义祖国就强烈地吸引着我。我如饥似渴地阅读着祖国的报纸杂志,我的祖先在劳动生息的土地上不断地向我发出召唤。祖国取得的每一项成就,都要在我的心底引起无穷的喜悦,无穷的憧憬。我曾经有几次下定决心申请回国,将青春献给祖国的建设事业,但是由于父母年老多病,缺人照顾,才将我劝阻下来。我在大学读完了物理系,取得了学位,就参加了我的老师赵谦教授的私人实验室工作。赵教授也是一个华人,全球闻名的核物理学家。他除了在社会上担任公职以外,还用自己的全部收入建立了一座小型的,但设备完善的实验室,进行一些适合于个人兴趣的研究。

　　两年以后,我的父母相继去世,我觉得回国的时机已经到了,于是向赵教授提出辞职,讲明了我的意图。赵教授听完我的话以后,满布皱纹的脸上出现了伤感之色,"孩子,你应该回去,树高千丈,叶落归根,如果我再年轻一点,也会回去的。"他说,"但是,我希望你再等几个月,等我们把高压原子电池的装配完成以后。你把它带回国去。这是我一辈子心血的结晶,我要把它作为最后的礼物,献给我的祖国。"

　　老教授的声音嘶哑了,我也感动得说不出话来。小型高压原子电池,这是赵教授多年研究的结果。它的特点是能在短时间内放出极大的能量,因此在军事、工业、宇宙航行等方面,都有着不可估量的实用前途。研制工作接近尾声时,已经有好几家大公司提出要购买专利权,价格高到了令人难以置信的程度。如果赵教授同意的话,他立刻可以成为一个百万富翁。然而,一直到现在,我才知道赵教授多年废寝忘食的工作,支撑他的是一片爱国的热情。

　　对于这种请求,我是不能拒绝的。于是,我推迟了行期,帮助赵教授装配出了第一具高压原子电池的样品。经过初步实验,一切指标都达到了设计的要求。我们的劳动终于有了成果,我们的喜悦,真是无法用笔墨来形容。

我很快办好了回国手续,订好了去 X 港的飞机票。赵教授兴致勃勃地为我准备了全套图纸和技术资料,又亲自到当地政府有关部门去办理了技术资料出口和转让的手续。

在我动身的前夕,赵教授特地举行了一次小型宴会,邀请了实验室全体工作人员(他们中的大多数也是我大学的同学)为我饯行。这里面虽然有各种不同国籍的人,但是大家都为我能返回祖国而感到高兴,频频地为中国的繁荣昌盛干杯。科学家之间的情谊和他们对中国的友好感情,使我的内心甚为激动。

宴会结束时已经快十二点了,我回到了二楼自己的寝室。赵教授则又走进了楼下的书房,按照习惯,他还要工作两个小时才休息。

由于想到明天就要启程回到久已向往的祖国,也由于宴会时多喝了几杯酒,我的精神十分兴奋,躺在床上久久不能入睡,直到墙上的电子钟敲了两点,才模糊地闭上了眼睛。就在这时,两声刺耳的枪响划破了寂静的夜空。

枪声离得很近,就在这栋房子里。我从床上一跃而起,披上衣服,冲到楼下,见书房门下的缝隙里,露出了一束光线。我跑到门口,喊道:"赵教授,赵教授!"

没有回答。

我推门进去,发现赵教授躺在地毯上,桌上一盏台灯的光芒,照着他那苍白得极不自然的脸。

我跑过去,轻轻将他扶起,他的胸前有两处枪伤,鲜血已经染红了上衣。

"匪徒……要我交出……图纸。"他的嘴唇翕动着。我低下头,尽力想听清这微弱的声音,"我烧毁了图纸……孩子,你只有把……电池样品……带……带回去,带回……亲爱的……亲爱的祖国去!"

他停止了呼吸。落地式长窗大开着,微风拂动着他的白发。

(摘自原著第一章:高压原子电池的秘密)

比较:从角色安排上看,原著最大的特点就是从头到尾的一个"和尚戏",没有一个女性角色。因而,在改编成电影后,加入了一个原著中没有的女性角色——赵谦教授的女儿梦娜,而陈天虹也多了一个梦娜未婚夫的身份。不过,总的来说,这个角色添加的并不算成功。梦娜自始至终都游离于电影的情节主干之外,感觉上只是一个"花瓶"而已。

马太出生于一个原来定居在日本的华侨家庭。他读小学的时候,有个教师是个曾经参加过第二次世界大战的残废军人。这个教师的全家都死于原子弹轰击下的广岛,他本人也在战场上九死一生,虽然最后侥幸活了下来,也只剩了一只手臂。就因为这,他痛恨战争,不断地向学生灌输战争残酷可怕的思想。这种教育,在年幼的马太心灵中,打上了深深的烙印。

马太中学毕业以后,转到了 X 国,攻读晶体物理学,并且在激光的研究中表现出很大的才能。毕业以后,立即被聘请到一个研究机关工作,成绩卓著。其实,在发明激光测距仪以前,他已经有好几项发明了。

这时,马太已经是一个中年人了,小学教师的话仍然深深印在他的脑海之中,使他对战争的憎恶依然如故。他不关心政治,也没有考虑过自己工作的直接后果,他以为自己是在为造福人类的崇高科学事业服务,这就是一切。优裕的生活和不习惯社交活动,使他从不注意外界的变迁。

激光测距仪试制成功以后,X 国政府为了使他更好地卖力,准备公开嘉奖。在这种时候,他的上司才给他看了几份国防部备忘录的副本。其中一份材料谈到激光测距仪只要略加改制,就可以成为飞机上的投弹仪和坦克上的瞄准仪。另外几份材料则提到他过去的几项发明,它们已经全部用到了军事上,并且取得了很好的效果。

原来如此!原来别人尊重他、利用他,仅仅是因为他的工作全是为战争服务的!

即使是一枚炸弹在胡明理眼前爆炸,也不会更使他震惊了。他只觉得双眼发黑,半晌说不出话来。等到回过神以后,也就怒吼起来,大声抗议。他说他自己受了骗,他要 X 国政府向他道歉,销毁一切利用他的发明而制成的武器。他匆匆赶到 X 国首都,从一个部门到另一个部门,从一个办公室到另一个办公室,激动地陈述多年以前小学教师向他讲过的道理。可是,开始还有人宽容地听他讲,以后就没有人愿意再听他的话,而用各种借口将他赶了出来。当他最后一次到达国防部,发现等待他的不是原先约定的官员,而是几个精神病院的医生时,深深感到自己受到了新的侮辱。从此以后,就放弃了和这些人讲理的念头。

(摘自原著第三章:马太博士岛)

比较:电影中并没有详细交代马太博士的身世,这就让后面很多与他有关的故事情节显得比较突兀,而原著中交代得就比较清楚,使读者能够了解前因后果。而且,在电影里,真名叫胡明理的马太博士与赵谦教授是老朋友,甚至赵谦教授的实验室都是胡明理送给他的。而原著中并没有这样的人物关系设计。

一天黄昏,我和马太坐在走廊上乘凉,欣赏着太平洋上辉煌的落日。正谈得投机,远处海面上出现了一艘军舰的轮廓。它径直朝小岛开来,在离岸两公里的地方下了锚。我认出来,这就是最近在附近演习的某大国舰队中的 P 级导弹驱逐舰。

…………

布莱恩的手已经握住门钮了,他和我现在仅仅是一板之隔。我微微弯下身子,全身的肌肉绷得十分紧张,决心和他以死相拼。就在这千钧一发之际,一声喊叫却使布莱恩回转了身去。

那是阿芒。他刚拿了一托盘玻璃杯和一瓶酒进来,一见自己的主人倒在地上,就从喉咙深处发出一声只有哑巴才能发出的,那种伤心透顶的喊叫。他奋不顾身地向布莱恩扑了过去,一拳把他击倒。直到这时,水兵们才回过神来,手忙脚乱地抓住了阿芒,把他的手反扭到身后。

罗约瑟上前扶起布莱恩,他的半边脸都肿了,嘴角流着血。

看来,这是他生平第一次挨揍。

"设计图纸在哪里?"他粗声粗气地问。

"在……在实验室的保险箱里。"罗约瑟畏缩地回答。

这时,有个水兵跑来报告:刚收到舰上呼叫,情况有变,让快速离岛。沙布诺夫听完,马上对罗约瑟说:"快去取!"又指着阿芒向水兵命令道:"干掉这家伙!立即安放爆炸器,定时在一小时以后起爆!"

罗约瑟指了指躺在地上的马太:"那么……他呢?"

沙布诺夫狞笑一声:"我们放的是核爆炸装置,它可以使马太博士岛永远从地图上消失。原子的烈火将为他举行一次隆重的葬礼,而海洋深处也将是他最后的坟墓!"

水兵们把阿芒拖了出去,片刻以后,门外传来一声刺耳的枪响,宣告了这位忠心的仆人的结局。

听到枪声,罗约瑟颤抖了一下,就像挨了一鞭似的,低着头走了。

（摘自原著第四章：碧海遗恨）

比较：在电影里，布莱恩和沙布诺夫等人是乘坐核潜艇来到马太博士岛的，主要目的是为了掩人耳目。而原著中，他们乘坐的是驱逐舰。其实，乘坐驱逐舰应该是比较合理的情节安排，因为后来马太博士临终前用大功率激光器射击他们。如果沙布诺夫等人乘坐的是核潜艇，由于激光射入水中会发生折射，单靠目视瞄准几乎不可能打中，尤其是在潜艇已经潜航的情况下。相反，用激光器射击水面舰艇的成功几率更高。而忠仆阿芒的死，原著和电影中也有不同，原著中他是被拖出去枪杀的，电影中则是被当场打死。

我不能再违拗他了。三天以前，我、马太和阿芒费了九牛二虎之力，才把机器拆卸开，分三次运到寝室里来。而现在，出于一种拼命的热情，我一个人就把它推到了窗前。

我把马太扶到了机器旁边，他熟练地接通了高压原子电池，将激光器的强度调整到最大。在强力的电流作用下，激光器射出的红光更加亮得刺目。它像一柄复仇的利剑，划破了寂寥的夜空。

远处海面上，军舰开始启旋航行，它的身影逐渐消失在水面的雾气之中，可是这致命的光束已经在后面追逐着它，它是无法逃脱毁灭的命运了。

激光的第一次扫射，就把礁湖边上的一排椰子树齐腰斩断，它们哗啦一声断裂下来。第二次扫射时，马太的手抖颤了一下，光束接触了海面，于是海水爆裂着，一大片蒸汽翻腾而起，遮蔽了月光。最后，马太终于把光束对准了军舰，我先看见光芒一闪，接着就是一声剧烈的爆炸，军舰在浓烟和火焰的包围中下沉了……

马太放开按钮，身子便朝旁边歪倒，我连忙把他扶住，这次复仇已经消耗了他身体中的最后一点精力，他的呼吸愈来愈微弱，脉搏已经难以觉察。月光下，他的脸色惨白得就像一张白纸。他的嘴唇翕动着，拼命想把充塞心头的千言万语告诉我，告诉一切后来的人。

（摘自原著第四章：碧海遗恨）

比较：这一段描写中包含了这部名作中最明显的一处"硬伤"。根据光学的一般常识,如此高功率的激光应该是无法用肉眼看到的。在电影中,这个"硬伤"也没有被修正。事实上,如果考虑增强视觉效果,就应该使用蓝光,而不是红光。由此可见,即便是名作也未必完美无缺。

【说书论影】

《珊瑚岛上的死光》对新中国科幻小说的创作有着特殊的象征意义——这是第一篇发表在国内主流文学界最权威的期刊《人民文学》上的科幻小说,这是一篇赢得首届全国优秀短篇小说奖的科幻小说,这是第一篇被改编成国产科幻片的小说,也是第一篇被改编成话剧并作为庆祝新中国成立三十周年献礼剧目上演的科幻小说。而这篇小说的作者就是童恩正。

童恩正

童恩正(1935—1997),湖南宁乡人,一九三五年八月二十七日出生于江西庐山。父亲童凯教授,早年毕业于美国哈佛大学,是中国无线电工业的元老之一;母亲毕业于上海沪江大学。出身知识分子家庭的童恩正,本该有一个平静安逸的幸福童年。无奈,在抗日战争的大背景下,年幼的童恩正不得不和父母一起随着时代洪流四处漂泊,辗转流亡于湖南西部的安化、溆浦、沅陵、辰溪一带。

抗战结束后,童恩正一家回到长沙。父亲在湖南大学教书,而童恩正则在长沙完成了小学和中学的学业。在读高中时,童恩正因患肺结核,曾在家休养两年。其间,他不仅自修了俄语,而且阅读了大量文学名著,为日后的创作打下了坚实的基础。病愈之后,他曾一度打算参军,但未能成行。一九五六年,童恩正父亲调到成都电讯工程学院①工作,全家迁往成都,童恩正也考入了四川大学历史系学习。

很可能是因为受到家庭环境的影响,在川大攻读文科的童恩正同样对自然科学知识有着浓厚的兴趣,天文物理、生物地质、电子技术,无不涉猎,广采博收。同时,大学时代的童恩正也开始创作并发表作品。一九五七年,他在四川少儿出版社主办的《红领巾》杂志上发表了处女作《我的第一个老师》。一九六〇年,他的第一篇科幻小

---

① 今成都电子科技大学。

说《五万年以前的客人》发表在《少年文艺》杂志上。同年,他的第一部长篇小说《古峡迷雾》由上海少儿出版社出版。小说以古巴国历史之秘为题材,情节从古到今分三条线索,布局周密,气势恢宏。在当时来说,是相当了不起的成就。

正是因为在文艺创作方面的突出成绩,童恩正在一九六一年大学毕业后,由著名演员冯喆推荐,到四川峨眉电影制片厂任编剧。不过,一年以后,他又被调回母校四川大学,在他大学时代的导师、著名考古学家冯汉骥教授门下担任科研助手。从此开始了他在考古研究和文艺创作两个领域"兰桂齐芳"的传奇生涯。

就在童恩正的学术研究和文艺创作都渐入佳境之时,一场史无前例的政治风暴席卷了神州大地。在"文革"中,他被视为"白专"典型,受到不公正的对待,基本中断了小说创作。后来,随着环境的改善,童恩正得以继续从事他钟爱的考古研究,并自学了英语,翻译出了美国人类学家乔治·穆达克所著《我们当代的原始民族》一书。

"文革"结束后,多家出版社向他发出了邀请,有的要重印他的旧作,有的向他约写新稿。对此,童恩正欣然接受,并把自己在一九六三年撰写的一篇小说投给了人民文学出版社。这就是后来发表在《人民文学》杂志一九七八年第八期上的《珊瑚岛上的死光》。后来,他又亲自执笔将其改编成电影剧本。一九八〇年,上海电影制片厂拍摄的同名电影上映,成为新中国影史上的第一部科幻片。此后,《珊瑚岛上的死光》又被改编成话剧、广播剧、"小人书"等多种形式,成为一代中国科幻迷的共同记忆。就连远在莫斯科的苏共中央机关报《真理报》也发文评论这篇小说是"中国文学解冻的标志,各种以前从未有过的视角开始出现。"

如今,有很多年轻人慕名读过《珊瑚岛上的死光》后,都会有一种大失所望之感。这一点也不奇怪。《珊瑚岛上的死光》创作在二十世纪六十年代初,距今已经有将近半个世纪。当时的文艺界,高举"社会主义现实主义"大旗的主流文学占据主导地位,科幻小说仅仅是儿童文学的一个分支,承担的主要功能是向青少年普及科学文化知识。在这种情况下,科幻作家要摘掉"儿童文学"这顶戴在头上的紧箍咒,获得文艺界的普遍认可,就必须向主流文学的价值观靠拢。对此,童恩正自己就曾坦言:"譬如短篇小说《珊瑚岛上的死光》,它的意图绝非向读者介绍激光的常识,而是想阐明在阶级社会中自然科学家必须为一定的阶级利益服务这样一种道理。"①也正是因为《珊瑚岛上的死光》具有这样的思想内涵,它才能在一九七八年发表后获得第一届全国

---

① 童恩正,《谈谈我对科学文艺的认识》,《人民文学》,1979 年第 6 期,P110。

优秀短篇小说奖。这是新中国成立以来官方主办的首次文学奖项评选,与童恩正一起获奖的还有刘心武、周立波、张洁、贾平凹、王蒙等著名作家。然而,三十多年过去了,中国的科幻小说随着市场经济的发展,逐渐回归于类型文学的本来面目。尤其是在网络传媒高度发达的今天,科幻小说的娱乐性越来越被摆在突出的位置上。以这样的眼光回看《珊瑚岛上的死光》,阅读的不适感也就在所难免。

但这并不能抹杀《珊瑚岛上的死光》作为一篇科幻小说本身所具有的某种先进性。虽然在形式上,《珊瑚岛上的死光》继承了"无人岛上的科学怪人"这样一个经典的科幻构思,但在这个科学怪人背后有一个国际性的商业机构提供资金和设备支持,而且小说中提到的"原子电池""死光"等高新但不虚幻的科技产品,增强了小说的现实感与可信度,再加上其中类似谍战故事的情节安排,使其具备了现代高科技冒险小说的雏形。这些都已经远远超越了作者创作这篇小说时的那个年代。

至于后来改编的同名电影,现在的观众大概会认为这是一部恶搞片,而非科幻片。的确,对于现在已经看惯了由电脑特效制作出来的好莱坞科幻大片的观众来说,《珊瑚岛上的死光》实在是太小儿科了。即便是当时也有不少人曾对这部电影的很多细节漏洞提出过批评。一位著名科学家在谈到这部电影时说:"那么高能量的激光怎么是红的,红光是能量最低的光,这样的激光应该是看不见的,如果要加强视觉效果,可以搞成蓝色的嘛。"①不过,在二十世纪八十年代初,在当时的新中国还没有一公里的高速公路,绝大多数国人还不知道电子计算机为何物的情况下,《珊瑚岛上的死光》能够得以拍摄并顺利上映已经算是一个奇迹了。更重要的是,它的出现造成了一种示范效应,随后《霹雳贝贝》《大气层消失》和《小太阳》等科幻电影相继出现。只不过,随着中国电影产业的整体衰落,科幻片作为一个边缘片种,也逐渐淡出了中国电影人的视线。直到二三十年后的今天,尽管经济社会的高速发展让中国电影业在整体上获得了重振雄风的机会,但要再拍出一部影响力堪比《珊瑚岛上的死光》的科幻片似乎还是一个不可能完成的任务。

在发表了《珊瑚岛上的死光》之后,童恩正又创作发表了《雪山魔笛》《追踪恐龙的人》《宇航员的归来》《晖晖的小伙伴》等科幻小说。然而,他念兹在兹的《古峡迷雾》剧本最终也未能拍成电影。

---

① 参见刘慈欣的评论文章《珊瑚岛上的死光》。

一九八〇年,童恩正作为第一位赴美考察的中国考古学家,在美国的加州大学与哈佛大学做了为期一年的研究工作。回国后,他创作了《西游新记》,在后记中作者写道:"一九八一年九月,我从美国考察回国,想为青少年写一部介绍美国实况的书……很自然地,我想起了中国人民家喻户晓的《西游记》中的三位主角:孙悟空、猪八戒和沙和尚。如果让他们再度'西游',必将有无穷的奇趣。把这三位习惯于小农经济社会的人送到现代资本主义社会中,把长期接受东方传统教育的'出家人'置于尖端科学的熏陶之下,这本身就酝酿着一种喜剧性的客观冲突。"在此之后,童恩正逐渐淡出了科幻小说的创作,专注于考古学术研究,逐渐成为国内外学界公认的大师级学者。

一九九一年,童恩正赴美讲学,后移居美国。在美国期间,他担任了多所大学的教授,在学术上卓有建树,著述颇丰。一九九七年四月,童恩正因患急性肝炎,入院进行肝脏移植手术,不幸于四月二十日病逝于美国康涅狄格医院中,享年六十二岁。遵照他的遗愿,童恩正夫人杨亮升及其子女将其骨灰带回祖国,安葬于成都凤凰山公墓。

作为新中国最优秀的科幻作家之一,童恩正见证了二十世纪八十年代中国科幻的第一个黄金时代,而在他身后,中国科幻又迎来波澜壮阔的"跨世纪二十年"。这或许是对天堂里的大师最好的告慰。

【延伸阅读】

一、童恩正,《珊瑚岛上的死光》,湖南教育出版社,1999 年。

二、童恩正,《古峡迷雾》,贵州大学出版社,2010 年。

三、童恩正,《西游新记》,贵州大学出版社,2010 年。

没了大陆,只能在海上钻井平台顶谈心

岛屿消失、陆地沉降、山崩地裂——这些原本只出现在灾难片中的情景,对于震灾多发的日本来说,却并不罕见。尤其是在二〇一一年的东海大地震中,日本东北部由北向南、大约四百四十三平方公里的陆地被海水吞没,总面积相当于东京的百分之七十。这让一个隐匿在所有日本人心中的梦魇再度复活。而只有读过日本科幻作家小松左京的《日本沉没》,你才会知道它究竟有多么可怕!

XI

天地浩劫:
《日本沉没》

【精彩剧透】

在不远的将来——也许就是明天,一场震中位于静冈县骏河湾下三十公里的大地震在毫无征兆的情况下突然发生了!地震发生两个小时后,地处震中附近的静冈县沼津市已是一片狼藉,房屋倒塌、道路损坏、供电中断,市区各处都有因电器短路或煤气泄漏等原因造成的火灾。

地震发生时,小野寺俊夫正驾车行驶在沼津市的公路上。突如其来的地震让他的车失去控制,翻倒在路旁。当他苏醒过来的时候,才意识到发生了地震。所幸,他受的伤并不重,还能勉强从车里爬出来。俊夫举目四望,原本错落有致的街市,此时已经面目全非,简直就是人间炼狱。突然,他看到不远处有一个十几岁的小女孩正漫无目的的走来走去,显然是被这突如其来的灾难吓得不知所措。而就在旁边,一台被震倒的自助加油机正在往外漏油。意识到女孩正面临生命危险的俊夫不顾身上的伤痛,一边高声叫喊,一边向女孩所在的位置冲了过去。但是,接踵而来的余震令俊夫站立不稳,摔倒在地。同时,街边的一根电线杆也被震倒,断裂线缆造成的电火花,引燃了泄露的汽油,瞬间燃起一团火球,径直向小女孩扑去。就在这千钧一发的危急时刻,一架救援直升机用钢索吊挂着一名救援队员及时赶到,在火球烧过来前的几秒钟,把小女孩和同在爆燃波及范围内的俊夫救了下来。劫后余生的俊夫脱下自己的外套,披到小女孩的身上。当他抬起头来,想开口向他们的救命恩人道谢的时候,却发现这个身穿橘红色消防服、头戴东京消防厅制式头盔的救援队员竟然是个二十几岁的漂亮姑娘。而随着大地又一次的剧烈震颤,在远处的火山顶上,橙色的岩浆喷涌而出,直射苍穹。

在骏河湾大地震发生后,日本内阁召开了一个秘密会议。会上,美国国家测绘学会的尤金·考克斯博士向日本政府通报了他们最新的研究成果:在未来几十年间,日本列岛将沉入海底。具体来说,在不远的将来,日本将会沉没,而在骏河湾发生的大地震就是这一过程的先兆。根据估算,这一事态在未来三十年内发生的可能性为百分之五十,在未来五十年内发生的可能性为百分之八十。岩层对流图显示,由于地球内部地幔对流的影响,日本海下面的太平洋板块,在高低相错的地幔交界处聚积,所聚积的板块叫作"巨石"。一旦过大,就会崩溃,形成所谓的"巨石崩溃"现象。届时,由于日本群岛位于这一板块的边缘,将会在地壳变化时被拉入海洋中。与之相伴的将是灾难性的地震和火山爆发。日本的国土将会就此全部沉入太平洋。在演讲的最后，考克斯博士说："唯一值得庆幸的是，我们能在几十年前预见，但若想保全日本却是没有希望的。"

会议结束后，首相山本尚之带着沉重的心情走出会场。正要上车时，他抬头看见不远处的草坪上，一对身着礼服的新人正在和前来祝贺的亲友们一起幸福的合影。看着这些对即将到来的灭顶之灾一无所知的国民，山本首相的心情变得更加苦闷。

在宫城县金华山海域，深海调查艇海神六五〇〇号正在日本海沟水下五千八百三十米处，进行海底地质数据的搜集工作。艇上的乘员包括东都大学地震研究所的田所雄介博士和他的助手小野寺俊夫和结城达也。就在他们进行数据收集的时候，从海底断层中突然冒出了大量气泡。如此景象，三人从未见过。为了安全起见，在达也的指导下，俊夫沉着操作，将深海调查艇成功驶出险境。

回到位于神奈川县横须贺市的日本海洋科技研究中心深水调查艇整备场，俊夫没有休息，继续在海神六五〇〇号上进行模拟操作训练。恰在此时，他的手机响了，原来是有他的电话留言。留言的人是他的母亲，询问他有没有在之前的地震中受伤，希望他能回电报个平安。但忙碌而紧张的工作让他已经无暇顾及家人的惦念。

就在俊夫和其他技术人员对海神六五〇〇号的艇身进行检修的时候，一个同事跑过来，对俊夫说有人找他。俊夫回头一看，来找他的人竟然是大地震当天救助过他的那个女消防员。原来，这个女消防员名叫阿部玲子，是东京都消防厅消防救助机动部队队员。她来找俊夫是为了把俊夫给小女孩披过的那件外套还给他。

两人离开整备场的车间，来到码头上。玲子被码头上停泊的深海钻探船所吸引。俊夫

身着救援服的阿部玲子

告诉玲子，这艘船专门用于地壳构造研究，光船上的钻塔就高达一百二十一米。玲子非常兴奋，问俊夫能不能爬到塔顶上去看看。虽然俊夫觉得有些诧异，但还是

俊夫和被他救下的小女孩

满足了玲子的好奇心，带她爬到了钻塔的顶层。在塔顶，玲子告诉俊夫，他的外公是消防员，而且是市民消防队的队长，每次消防演习的时候，他都会爬到梯子顶端。也正是因为对外公的崇拜，玲子才选择了做消防员。谈话间，玲子提到了那天俊夫原本打算去救助的女孩。她名叫仓木美笑，父亲在地震中去世了，母亲重伤躺在医院里至今昏迷不醒。现在，女孩非常消沉，很想见见俊夫。玲子希望俊夫能去见见美笑，给她点鼓励。俊夫爽快地答应下来。

在东京都品川区有一家小酒馆是玲子的叔父叔母共同经营的。在消防厅工作的玲子也借住在这里。美笑因为母亲受伤昏迷也暂时在这里留宿。黄昏时分，街坊邻居们都来到小酒馆里闲坐，玲子在帮忙端菜送饭，初来乍到的俊夫则坐在一旁。突然，酒馆里的东西都不由自主的开始晃动起来——又发生地震了。由于地震频繁发生，其他人都没有什么特别的感觉。只有美笑吓得紧紧搂着板凳，蜷缩在地上浑身发抖。见此情景，俊夫走上前去，紧紧地抱住美笑颤抖的身体，安慰她受伤的心。

在首相官邸，山本首相召见了内阁中唯一的女性阁员、文部科学大臣(文部科学相)①鹰森沙织，对她表示自己将提议设立特别灾害对策本部，并由她兼任危机管理责任大臣。对于首相的这个提议，鹰森开始有些诚惶诚恐，不知道自己能否胜任。但山本首相对她说，现在台面上的政治人物都缺乏危机感，认为大灾难还是三十年以后的事情，甚至提出要减缓对六十岁以上老人的疏散。山本首相对此忧心忡忡，认为

① 即文部科学省长官(部长)，文部科学省是日本中央政府行政机关之一，负责统筹日本国内教育、科学技术、学术、文化及体育等事务。

左图:山本首相

右图:鹰森沙织

只有抱定哪怕牺牲自己也要拯救更多人的信念,才有可能绝处逢生。他以这样的信念勉励鹰森,让她挑起这副重担。

因为在之前的海底探查中发现了异常现象,田所博士决定收集更多的地质数据,进行深入研究。在高知县足摺岬海域,海底钻探调查船地球号在日本海沟与日本平行的位置,分段将钻头垂直深入海底,固定在海底的钻头打入地壳七千米,探测地幔流动的变化;在北海道大雪山脚下,以人工模拟地震的方法,通过震波进行地下构造分析;在日本海沟第一鹿岛海底山脉,水深三千八百零三米处,以深水调查艇收集熔岩样品;在南太平洋库克群岛的蛮加亚岛上收集沉积岩样本,并送往兵库县播磨科学园区进行放射线分析;在富士火山观测站收集火山及熔岩活动信息……将所有这些收集来的数据,输入计算机,通过数字模型分析预测地质事件的发生时间。在经过漫长而复杂的演算之后,显示在屏幕上的图像让田所博士感到难以置信:日本列岛将在未来三百三十八点五四天,也就是不到一年的时间内,彻底沉入太平洋。田所博士无法接受这样的结果,用双拳猛击电脑屏幕。但当他恢复理智之后,又不得不正视这个事实。

　　转天,他把自己的研究结果在日本政府的特别灾害对策会议上进行了通报。田所博士告诉在场的众人:巨石崩溃不是现在日本面临的唯一问题,更为严重的是所谓的"地壳剥落"。在地幔分界处存在着大量的细菌,这些细菌消化了有机物质以生成沼气,它们在地幔和板块之间不断繁殖,而且大量生成这种沼气,会像润滑剂一样使地幔溶化,然后加速巨石板块的拉力。也正是由于这种现象,日本下沉的速度比美国人预料的快得多。当文部科学大臣鹰森沙织问他还有多少时间的时候,田所博士说出了自己之前的演算结果。闻听此言,山本首相感觉无异于晴空霹雳,呆坐在当场。而其他一些阁员则开始质疑田所博士的结论是危言耸听,缺乏科学性。心急如焚的田所博士被这些无知政客的丑陋言行激怒了,与之发生了言语冲突。现场的保安人员一拥而上,试图把田所博士拖出会场,而田所博士则奋力挣扎,冲到首相面前,向他描述了即将发生的日本列岛的沉没过程:断裂将从北海道南部开始,九州的合泉断裂将引发阿苏火山爆发,横跨日本中部的中央构造线以南的地区都会下沉,其巨大能量会使日本列岛的任何一个活跃断层带都发生破裂,如果本州岛东部到静冈的中央大地沟带一旦破裂,那么一切都将无可挽回,随后富士山会爆发,日本也将会沉没。说完这些,田所博士被保安人员拖出了会场,而在场的高官们则各个呆若木鸡,不知所措。

　　几天后,鹰森文部科学相乘直升机来到地球号钻探船上,与田所博士会面。她告诉田所博士,依据山本首相的意见,也是为了证实他的观点,政府决定成立"第一研究小组",进行相关的科学研究。鹰森希望田所博士能够领导第一研究小组。但田所博士对这个提议反应消极,认为距离日本沉没已经不足一年,与其进行研究,不如想办法赶紧救人。鹰森并没有跟田所博士争辩,只是跟他说,是否参加研究小组是他的自由,但政府已经决定把地球号和其他的研究设备,优先配给第一研究小组使用。这让田所博士非常愤怒,大声表示抗议。鹰森顺势调侃田所太不成熟,过于小孩子气。而田所博士则反唇相讥,说两人二十年前就已经分手,让鹰森不要总是用老婆的语气跟自己说话。话说到此,深知田所脾气秉性的鹰森明白,为了继续进行研究,田所早晚会乖乖就范,所以也不再跟他斗嘴,而是若无其事地离开了。

　　在东京消防厅第八消防方面,本部机动消防救援队训练基地,玲子在进行高空下降训练时,由于绳索故障,从空中摔下,伤了手臂,不得不放假休养。虽然有些不情愿,但当她在家门口看见美笑和俊夫的时候,一下子郁闷的心情就烟消云散了。

夕阳的余晖中，玲子告诉俊夫，她其实跟美笑一样都是地震孤儿。她的父母在阪神大地震中双双罹难，是救难队员把她从废墟中抢救出来的。后来，她来到东京投靠叔父叔母，并成为一名消防救援队员。而这次能够救下美笑这个跟她有类似经历的女孩，玲子觉得非常欣慰。听完玲子的话，俊夫内心也被激起了波澜。他告诉玲子，他自小就喜欢海洋，尤其喜欢驾驶潜艇进入深海，会有一种被整个地球拥抱的感觉。就这样，两个人海阔天空地聊着天，而他们的心也在悄然接近中。

回到日本海洋科技研究中心，俊夫和结城达也被田所博士叫到了整备场车间的僻静处。田所博士告诉他们，自己的研究团队已经解散，让两人做好另谋高就的准备。而且，田所博士还告诉他们，最好尽快离开日本，因为日本将在一年之内沉入太平洋——当然，这消息现在还属于最高机密，不能再透露给其他人。听了田所博士的话，两人面面相觑。而恰在此时，一队小学生在老师的带领下，来到整备场内参观已经退役的日本第一艘深海探测艇，也是海神六五〇〇号的老前辈——海神二〇〇〇号。

在东京羽田国际机场的贵

上图：望着远方的玲子和充满希望的美笑

下图：潮水翻涌

宾候机厅内,鹰森文部科学相把准备好的"第二阶段对外难民疏散计划书"呈交给山本首相,而山本首相即将带着这份计划书前往中国,寻求帮助。临行前,首相把自己孙女的名字写下来,交给鹰森,并说希望自己的孙女能有个美好的未来。但对此,山本首相似乎并没有绝对的信心,他说到,很多人对他讲,美国和其他国家会因为日本未来将失去经济价值而袖手旁观。此外,在众多的谏言中,有一条似乎在不同的领域中获得了共鸣,那就是日本应该什么都不做,让日本人与他们世代生息的土地一同走向终结。对于这个在山本口中"只有日本人才会有"的想法,他个人在内心中隐隐的有一种认同感,但作为首相,他只能继续为国民作为人的生存权利而奔走。

不幸的是,与鹰森的这番谈话竟成了山本首相最后的遗言。就在首相专机起飞后不久,北海道大雪山脉地区发生了强烈地震,十胜山和富良野山发生了火山爆发。而当首相专机飞到阿苏山上空的时候,突如其来的火山爆发喷射出的熔岩流吞没了专机。首相和飞机上的全体成员无一幸免。同时,受到地震和火山爆发的影响,九州地区的熊本市遭到了毁灭性破坏,历史遗存也未能幸免。

很快,火山爆发和首相遇难身亡的消息传遍了日本,人们奔走相告,震惊不已。日本自卫队总部发布紧急灾害命令,派遣航空自卫队 RF-4E"鬼怪 II"式侦察机赶往事发地点,执行搜救任务。与此同时,位于长崎县的云仙、妙见、国见三座火山爆发,位于鹿儿岛县的樱道火山爆发,而在四国、大阪等地区也相继发生了地震,震中位于四国地区的吉野川——那里正位于田所博士的预言曾提到过的中央大地沟带上。

在日本政府的中央灾害对策本部内,兼任危机管理责任大臣的鹰森沙织正在与其他阁员一起密切注视灾情的发展。此时,与重灾区高知县的通信联络已经中断,本州岛北部则发生了间歇性地震,当地的通讯和航线也全部中断。面对危局,鹰森以担当大臣的身份,下令实施灾难措施法,调动自卫队参与救灾。

灾难的爆发,导致社会秩序紊乱。人们开始疯狂抢购各种生活必需品;高速公路上排满了逃难的车辆;国内航班全部取消,大量旅客滞留机场;股市崩溃,大量资金外逃,银行遭遇挤兑风潮。

在山本首相遇难后,原内阁官房长官①野崎亨介成为代理首相。与山本首相相比,野崎是个更加老奸巨猾的政客。他不顾鹰森的反对,以安定民心为名,在新闻发

---

① 日本内阁官房长官相当于政府秘书长,在内阁其他部门进行协调沟通,并代表政府"颜面"出任发言人。首相不能行使职务五天以上时,官房长官可代行首相职位,是日本内阁中首相以下的第二号人物。

布会中谎称"日本沉没将在五年后,而且政府已经有了应对措施",并把与外国交涉疏散难民的工作交给外务大臣(外交部长)负责,自己则打着"保护日本国民"的旗号,悠闲的待在首相官邸,静观时局变化。而全体日本国民被告知,他们将全部被疏散到其他国家,大家只需静待通知,问题不过是哪一户人家被疏散到哪一国而已。

正在玲子叔叔家经营的小酒馆里用餐的邻居们也在电视中看到了代理首相的新闻发布会。人们开始谈论自己会被分配到哪个国家,尽管大家都努力用轻松的语气谈论这件事,但一股压抑的气氛还是迅速在小酒馆里蔓延开来。而电视中,有个灾难的报道还在不停的滚动播出。

随着灾难进程的不断加速,从空中俯视,北海道、本州、四国等地已经大部分没入海中。在广岛,自卫队派出军车协助难民撤离。在成田新东京国际机场,国际航班频繁起降,向国外运送撤离的侨民。而在特别灾害对策本部内,鹰森一边命令驻外大使们加强交涉力度,以求各国增加接收日本难民数量,一边调集所有能够调集的大型船只,以提高对外输送侨民的能力。

在京都,价值连城的历史文物被小心翼翼的打包装箱,在自卫队的押运下,装船运往美国。对此,鹰森向代理首相野崎提出质疑,问他为什么不用运送珍宝的船来输送难民。而野崎回答说,他即将访问美国,商定"今后的事情"。这让鹰森意识到,野崎是要把这些珍宝作为给美国人的"贿赂"。之后,野崎的发言变得更加冷血,他告诉鹰森,现在还有多少人需要安置已经不是问题,因为剩下的人早晚都会死。

野崎的这番言论,让鹰森对政府的救灾对策彻底失望。她匆匆赶往东都大学地震研究所,找田所博士商量,希望他能给出拯救日本人的方案。听了鹰森的一番话,田所博士用铺在桌上的一张报纸向她形象的解释了阻止日本继续沉入海中的方法。具体来说,就是在板块受到拉力下沉的过程中,会产生弯曲,并开始出现裂痕。据此,可以把钻头打入地壳,在钻杆中装满炸药,但仅仅几根钻杆是不够的,一定要埋下数百根钻杆,然后再一个接一个引爆,这样板块就会断裂。说到这,鹰森问田所,什么炸药会有如此大的威力。田所博士告诉她,一种正在试验中的 N-2 炸药可以做到,其爆炸威力可以与核爆炸相媲美。如果能实施这一方案,起码能延缓太平洋板块的下坠,争取更多的时间来救更多人;如果幸运的话,还能阻止一部分国土沉没。但问题是,要实施这一方案,就需要动用现在世界各国所有的海底钻探船。仅此一项,就几乎是不可能完成的任务。

就在鹰森和田所博士讨论如何阻止日本沉没的同时,大灾难的进程仍在向前推进。越来越多的地方受到灾难侵袭,在横滨港、神户港,载满难民的各种船只蜂拥而出,驶向外海,似乎没有什么能阻止这股逃离日本的狂潮。

俯瞰日本

在公寓里,达也向俊夫提到自己的妻儿已经在一位挪威友人的帮助下,在当地的临海的小木屋里安顿下来。而俊夫则告诉达也,英国的一个研究小组已经向他发出了邀请,问达也要不要跟他一起过去。达也拒绝了俊夫的好意,并说为了今后还能带着儿子在海边漫步,他要留下来帮助田所博士完成拯救日本的任务。对此,俊夫默然以对。

傍晚,俊夫、玲子和美笑在回去的路上遇见了玲子的叔母,从她口中得知了美笑的母亲已经苏醒的消息。三人兴冲冲地感到医院。可是,呈现在他们眼前的却是美笑的母亲正在接受紧急抢救的情景。痛苦至极的美笑不顾一切扑到母亲怀里,母亲拼尽最后一点力量,摘下氧气面罩,对美笑说,要她无论如何都要坚强的活下去,随后便撒手人寰。晚上,在玲子家的阳台上,同样曾经失去双亲的玲子把已经成为孤儿的美笑紧紧地抱在怀中,安慰她,鼓励她要坚强起来。

在总房半岛外海的太平洋水域,来自美国、挪威、法国、中国等国的海底钻探船齐聚于此,准备执行以拯救日本为目标的钻探任务。面对声势如此浩大的钻探船队,田所博士也不禁称赞起鹰森出色的交涉能力。对此,鹰森只是一笑置之。钻探作业开始后,田所和鹰森站在地球号的停机坪上,眺望着四周正在紧张工作的船队。田所问鹰森,为此赌上二十年的政治生命是否值得?鹰森回答说,日本即将沉没,现在最不用担心的就是她的政治前途了。

在北海道西南部的函馆,强大的海啸掀起滔天巨浪,转瞬间便彻底吞没了市区。而在东京,玲子的叔父叔母居住的社区由于排涝的缘故,也被纳入了疏散范围。玲子因为有勤务在身,没有和其他人一起撤离。就在运送居民的卡车即将发动前,美笑因为不愿意离开玲子,抱着她的脖子不放,玲子只好安慰她说,自己很快就会去跟大家会合。当卡车驶离的同时,俊夫突然出现在玲子的面前。

两人回到已经空空如也的小酒馆里,俊夫告诉玲子,他在英国找到了一份工作,虽然还不知道何时能够启程,但他希望能带玲子和美笑一起走。玲子对俊夫的这个提议完全没有思想准备,在短暂的错愕和激动后,她怀着极其纠结的心情拒绝了俊夫的好意,并说自己要回到自己的工作岗位,去救援更多像美笑一样的孩子们。俊夫开始激动起来,他告诉玲子,如果现在不走,就会被遗弃在这里,而且剩下的时间已经不多了。但玲子告诉俊夫,她无论如何也不能抛弃大家,独自获得幸福。随后,玲子含着眼泪,走出了小酒馆。此时,街道上已经一片狼藉。而在夕阳映照下的天空中,为数众多的大型客机正运载着难民们逃离日本。

在琦玉县入间空军基地,航空自卫队开始动用 C-17 大型军用运输机协助疏散难民。而空中监测显示,日本的九州地区也已经大部分没入海中。在石川县的七尾市,逃难的人们纷纷搭上渔船出海。尽管整个朝鲜半岛均禁止私人船只靠岸,而且宣称一旦有难民上岸均将以非法移民论处,但求生的本能驱使人们拼命抓住最后一丝求生的希望,不顾一切的要逃离日本。

在被玲子拒绝后,俊夫回到了他位于福岛县会津地区的老家。虽然这里尚未遭到破坏,但也已经接到了撤离的命令。俊夫到家的时候,正巧赶上在俊夫家工作的酿酒工人准备举家撤离。临行前,俊夫的姐姐把酿酒用的酵母送给了那个即将离开的工人,说这样一来,无论走到天涯海角都能酿出地道的日本清酒。

在内室,俊夫见到了久未相见

逃难的人们

的母亲。母亲的身体很健康,精神也很好,这让俊夫感到非常欣慰。他告诉了母亲自己即将前往英国,从事海洋古生物研究的事情。对此,俊夫的母亲表现得非常平静,只是回忆起俊夫已经过世的父亲以及两个孩子童年时的情形。最后,俊夫的母亲告诉他,自己不准备离开这里,而是准备守着这家她和俊夫的父亲留下了众多美好回忆的酿酒厂,直到终了。俊夫觉得母亲的决定实在是有些不可理喻。而母亲告诉俊夫,有些东西比生命更宝贵,比如爱!

在东京都的调布飞机场,成千上万的等待撤离的市民拥到机场的围栏前,局面几乎失控。而在机场内,位高权重的大人物们则带着自己的家人,被允许优先登上飞机。与此同时,在世界各地,由于短时间内拥入了大量日本难民,也引起了难民接收国的社会动荡,各种各样的示威抗议活动每天都在上演,考验着各国执政当局的承受底线。

而在特别灾害对策本部中,鹰森和他的同事们还要应付更加棘手的问题。由于对日本的前景持有极端悲观的看法,美国抛弃了对日本曾经做出的承诺,开始大量抛售日元和日本债券。如果这样的情况在国际金融市场上蔓延开来,不必等到日本沉没,日本的经济和财政就会提前崩溃。屋漏偏逢连夜雨,疏散委员会传来报告,小松和广岛两地的火山灰浓度已经超过危险水平,飞机已经无法飞行。

在海边,等待疏散的人们远远地看到了海上自卫队"大隅"号两栖攻击舰的身影。两艘大型气垫登陆船从登陆舰的后舱门驶出,直接开到海滩上,将难民转运到舰上。

俊夫回到东京后,在日野市的临时避难所遇到了美笑和玲子的叔父叔母一家人。俊夫把从老家带回来的蔬菜、土产和清酒都拿了出来,与大家一起分享。夜色中,大家围着篝火谈笑风生,仿佛又回到了灾难发生前的日子。但事实上,在座的大多数人都知道,自己事实上已经被政府抛弃了,如果发生大规模的火山喷发,他们将必死无疑。只是,大家都努力的不去想这些,依然以苦中作乐的态度面对生活。

等大家都纷纷回去休息后,俊夫又和玲子的叔母聊起了玲子的事情。玲子的叔母告诉俊夫,其实玲子对俊夫要带她一起去英国的事情是很高兴的,玲子自己其实也很喜欢俊夫,只是男女之间的事情总是很微妙的。后来,他们又聊起了玲子的外公。玲子的叔母告诉俊夫,其实玲子的外公并不是消防员,当年玲子无依无靠,到东京投奔他们夫妻的时候,学校里的很多孩子都欺负她。于是,她就编了"我的外公是消防员"的谎话,只有这样,其他孩子才不敢欺负她。这让俊夫对玲子的了解又深了一层。

新一轮的地震同时在静冈、长野和新潟等地爆发,东京也受到波及,震感强烈。就连鹰森坐镇的特别灾害对策本部也受到了波及,设施严重受损。东京市区遭受的破坏更是空前严重。更糟糕的是,富士山观测站传来消息,随着地震的不断加剧,原本处于休眠状态的富士山也出现了喷发迹象。这让对策本部中的人们意识到,最严重的情况就要发生——中央大地沟正在发生移动,支持日本列岛的最后一根支柱即将倒下。一旦富士山喷发,会把日本本岛一分为二,到那时,日本沉没的趋势将无可挽回。而随着东京港区和千代田区的下沉,对策本部所在地也变得不再安全,鹰森不得不下令政府部门及工作人员马上疏散。

随着灾害继续向纵深拓展,大阪、奈良、京都、名古屋这些日本著名城市都相继遭到地震、海啸及其他次生灾害的袭击,昔日繁华的都市转瞬间就变成了生人勿近的人间炼狱。在富山县的鱼津港,正在码头上登船的难民们遭遇了突如其来的大海啸,无数人遭遇了灭顶之灾。在福冈、长野、仙台,逃难的人们在漫天飞扬的火山灰中穿行,不知该逃向何方。而此时,玲子正跟他的同伴们在救灾的最前线,努力的救助着每一个需要帮助的人。

经过艰苦的工作,汇集在太平洋上的钻探船队终于完成了所有的钻井作业,并将炸药安放到了竖井当中。田所博士把这个好消息打电话告诉了鹰森,随后派结城达也驾驶海神六五〇〇号潜入深海安装起爆器。然而,就在海神六五〇〇号即将把起爆器安装到位的时候,突如其来的高密度水流令海神六五〇〇号失去控制,跌入海沟之中。由于连接海神六五〇〇号的脐带钢缆断裂,海面上的田所等人束手无策,只能眼睁睁地看着达也和海神六五〇〇号在深海中被巨大的水压碾成碎片。

回到岸上,田所博士把俊夫叫到了整备场,把达也的遗物交给了他,请他代为转给达也的遗属。面对怀着深切自责感的田所博士,俊夫问他是否还有其他计划。田所博士回答,事到如今,他已经无能为力。恰在此时,俊夫扭头看见了安置在整备场内作为展品的海神二〇〇〇号,于是一个大胆的念头在他的心中产生了。

晚上,在救援队的营地,俊夫找到了满脸疲惫的玲子。他告诉玲子,自己明天就要飞往英国。玲子听到这话,不知该如何回答,只好敷衍了两句。这让俊夫很不高兴,他冲上前去,抓住玲子的肩膀,问她是不是喜欢自己。玲子听到俊夫的话,也开始激动起来,她大声说,自己喜欢俊夫,而且非常非常喜欢,但这让她不知如何是好,因为在她上小学的时候，地震就夺去了她几乎所有亲人的性命，从那时起，她就已经打定主意，不再喜欢任何人，以免再为失去所爱的人而伤心不已。可现在，她已经无可救药地爱上了俊夫，让她感到无所适从。所以，她打定主意要努力工作，不再去想她跟俊夫的事情。听到这

对日本命运忧心忡忡的田所博士

里，俊夫默默地走上前去，把玲子深深的搂在怀里，深情的亲吻着她那美丽的嘴唇……当晚，俊夫和玲子在帐篷里度过了属于他们两个人的第一夜——也是唯一的一夜。但两人之间什么也没发生。因为俊夫说，他已经发誓不仅要让玲子，还有让美笑、玲子的叔父叔母以及其他人都得到幸福。就这样，俊夫彻夜未眠，守护着梦乡中的玲子直到天明。

转天早上，玲子看到了俊夫留在她身边的一封信。信中写道：我应该向你道歉，说去英国其实是骗你的，现在我已经决定不去了……就像你冒着生命危险去完成你的任务一样，我也找到了自己的使命，为了达成你救出最后一个人的愿望，我要潜入海底……我从前只做自己想做的事情，现在我明白了，有些事是我必须要做的……与你共度的时光虽短暂，但跟你在一起，我觉得非常幸福……我相信，你和美笑会开心的活下去，要勇敢地活下去，答应我……我真的高兴认识了你，谢谢！

原来，俊夫已经打定主意，他要驾驶老旧的海神二〇〇〇号潜入深海，去完成达也没有完成的任务。然而，负责此项工作的田所博士深知，海神二〇〇〇号的极限潜深只有两千米，如果强行下潜，必定有去无回。对结城达也的负疚感，让他无论如何也不愿意自己的另一个助手再去送死。但俊夫告诉他，自己已经体会到了达也当初冒险潜入深海时的心情，因为跟达也一样，他现在也成了无论如何也要保护周全的人，而他将用自己的双手创造奇迹，就算这奇迹要用他的生命来交换也在所不惜。

当直升机缓缓降落后，田所博士和俊夫走上了登机旋梯。就在俊夫即将走进机

灾难中的日本古建筑

舱的前一刻，他猛然看见骑着摩托车的玲子赶了过来，停在了距离直升机不远的地方。玲子丢下摩托车，跌跌撞撞地向直升机的方向跑来，俊夫也向着玲子跑了过去。两人在漫天飞舞的火山灰尘中紧紧地拥抱在一起。尽管对玲子充满了不舍，但俊夫最终选择了义无反顾地登上直升机，去完成他的使命。

在地球号钻探船上，田所博士向俊夫最后一次交代了整个行动的过程。而地球号上的所有工作人员，在海神二〇〇〇号入水时，都跑到了甲板上，目送英雄踏上不归之路。潜艇入水后，俊夫小心翼翼的驾驶着它，躲避各种障碍物，向深海挺进。很快，海神二〇〇〇号的潜深就超过了它的设计极限值，最终达到了海平面以下三千八百零二米的预定水域，但是由于艇身负荷过大，部分操控设备已经失灵，俊夫不得不改用手动方式进行操作。经过一番搜索，俊夫找到了达也上次遗留下的起爆器。可就在他操作机械臂，准备把起爆器拿回来的时候，一阵海流把起爆器冲进了深海峡谷之中。俊夫来不及多想，顺势操纵海神二〇〇〇号也潜了进去。虽然俊夫最后勉强抓住了起爆器，但是由于水压过大，海神二〇〇〇号的动力和操控系统严重受损，只能再维持十五秒的运行。此时，一直在海面上指挥作业的田所博士已经彻底绝望，可又不知道该对俊夫说什么好。而在海底的俊夫却通过对讲机告诉田所博士，这点时间已经足够他创造奇迹的了。说时迟，那时快！俊夫果断的抛弃压舱物，让海神二〇〇〇号从深海峡谷内浮了上来。之后，顺势把潜艇撞向起爆竖井，用海神二〇〇〇号剩余的最后一点动力，用机械臂把起爆器丢了进去。之后，海神二〇〇〇号彻底失去了动力，悬停在深海中。而俊夫则抓住制服上玲子给他缝补过的针脚，默默的等待着最后时刻的到来。

随着一声惊天动地的巨响,强大的爆炸能从竖井中喷涌而出。紧接着,其他竖井中的炸药也随之炸响。在板块上,撕裂出一道巨大的裂缝,而熔岩活动也随之发生逆转,原本已经蓄势待发的富士山,重新归于平静。日本沉没的进程终于被阻止了。

在日本海上自卫队"下北"号两栖攻击舰上,鹰森沙织代表日本政府向国民发表了公告,宣布要把日本拖入海底的板块移动即将终止,留在船上的人们很快就将回家,而对于灾难中的往生者和他们的家属,鹰森向他们致以最诚挚的哀悼。最后,鹰森向全体国民公布了为拯救日本而驾驶深水潜艇牺牲的两位艇长的名字:小野寺俊夫和结城达也,并代表国民向他们致以崇高的敬意。

而在俊夫的老家,一只燕子飞进了小野寺家屋檐下的鸟巢里。俊夫的母亲看到已经空置了三年的鸟巢又有了生气,脸上露出了宽慰的微笑。而在遥远的大山深处,被困多时的美笑等人突然听到头顶上传来救援直升机的轰鸣声。他们抬头望去,赶来营救他们的正是玲子……

【原著赏析】

小说梗概:小笠原群岛北部一个七十米高的小岛一夜之间沉入海底。地球物理学者田所博士与深海潜水器驾驶员小野寺俊夫和助手幸长信彦潜入伊豆冲海底,在水下七千米处的海底发现了异常的龟裂与乱泥流。与此同时,日本列岛上火山活动频繁、地震不断。为此,日本政府秘密召开了专家听证会,会上田所发出了日本即将沉没的警报。将信将疑的政府部门立即制定了应付紧急状态的"D-1"计划,展开秘密调查。随着调查的深入以及"京都大地震"和"东京大地震"的发生,日本沉没已经无可避免,日本政府不得不在"D-1"计划的基础上制订了旨在拯救日本的"D-2"计划,请求世界各国接受一亿日本难民……伴随着剧烈的地壳变动,大海啸席卷陆地,日本列岛沉没,劫后余生的日本人开始了历史性的流浪生活。

"出事啦?"抓住坐椅的幸长副教授问道。昏暗的灯光下,他额头上沁出的汗珠闪闪发光。

小野寺没作回答,径直提起潜水舵,将潜艇又提升了三十米。在这一位置上,抖动现象大为减弱。这种现象教科书里从来没见过。小野寺暗自思忖,近八千米的海底竟会出现如此大能量的底层流,简直不可思议……这应该是一次新的发现。升到距海底六十米左右时,他将潜艇艇体调整到水平位置。此时,振动也基本消失了。

…………

方向性极强的超声波直插水下,潜入六十米处,它描绘出的图像令人惊奇不已:在一直被认为是海底的平面向下一百米处出现了一个坚硬的、真正的海底平面。而六十米至八十米之间则是第一次反射的模糊的云层般的图像。

"是DSL!"小野寺不禁大吃一惊。乱了,全乱了!八千米的海底之下怎么能出现深部散射层呢?按常规,在水中上下浮动的超声波反射层被称为假象海底,它最多只能是在水中三四百米至五十米的范围内随着日照的深浅而上下浮动的浮游生物形成的浮游团块。但现在,这一现象怎么能出现在深海海底的淤泥密云层里了呢?

…………

"先生!你看……"幸长副教授叫道。

小野寺将脸转向正面的监测窗,只见底波冲击前刚刚发射的那枚照明弹正远远地漂浮在水中,放射着光芒。在泥云团上方清澈的深海水中,它将滚滚的黄灰色泥云团照得清清楚楚。在光线的末端,有一个巨大的家伙,一面跳跃着向上翻滚,一面迅速向四周扩散。定睛一看,这是一团泛绿的、浓密的泥云,它是从海沟底部遥远的另一端——一个黑乎乎突起的海沟崖前喷射而出的,它在刹那间坠入泥的云海,又毫不留情地推开泥云,掀起惊涛骇浪。

"乱泥流!"田所博士失常地惊叫起来,"这是乱泥流!从来没有人看到过真正的乱泥流。"

"可是,在这么深的海底……"幸长副教授像是被针深深地扎了一下,"而且,还是从海沟崖那里喷发出来的。"

"返回。"小野寺好不容易才压制住内心的恐慌,"船上来消息,说海面上已出现波浪。"

"海神号"升到了翻滚的泥云团上端八十米处——放眼望去,在海沟最深处,一股来路不明的、遮天蔽日般的高密度泥流正在一路狂奔,不停地翻滚着。"海神号"像一只断了线的气球,在清澈如大气层的黑暗的海底世界里一米一米地迅速向八千米高的大气与水的分界处——那个充满光明的银色屋顶飞去,这是一个没有呵护、孤立无援的归程。

(摘自原著上部第一章:日本海沟)

　　比较：电影中，田所博士等人勘探海底时只出动了一艘深潜器，而在原著中参与深海勘测的深潜器有好几艘。同时，原著中对海底异常现象的描绘也比电影中表现的翔实得多。

　　看来已猜中大半了。但小野寺并没将实情告诉玲子，因为从某种意义上来说，这毕竟有关公司的秘密。去年，开发部曾对伊豆半岛和 S 岛之间的长达几公里的海底进行了调查。虽然他只参加了海底情况的预备性调查，但之后开发部在那里进行了钻探取样，好像发现了某种矿脉。有消息说那是座金矿……毋庸置疑，部长肯定掌握了一些最新情报。

　　…………

　　虽然天黑如漆，但小野寺仍能感觉到玲子的一双眼睛在凝视着自己。与天一色的海水缓缓冲刷着两人的身体，身下湿润的沙子被海水一点点带走，玲子的目光停留在小野寺身上，像是被他那简单直接的回答惊呆了一般。小野寺对这种无聊的对话开始有些不耐烦了。

　　玲子突然长长吐了一口气，气息的尾声中却含有些颤抖。她支起手臂，一转身，滚向小野寺，平躺在他的身边，一阵窸窣声过后，突然响起了音乐声。

　　"怎么回事？"小野寺吃了一惊。

　　"集成半导体，嵌在手镯里，防水的……"玲子的胸口剧烈起伏着，声音沙哑地喊道，"你在干什么？快抱住我！"

　　"在这？"

　　"是，刚认识，太草率？你不是说过你对性爱不讨厌吗？"

　　小野寺没吭声，望着昏暗的海面，他还在思忖。原来如此，小野寺对部长的手腕钦佩不已。反正部长这月老是当定了。玲子的父亲拥有 S 岛的产权，同时又是名门望族，无论对渔业联合会还是各种地方势力说话都还是有分量的，方方面面都摆得平。不择手段地让自己的部下成为其掌上明珠的乘龙快婿，这中间，恐怕同蕴藏在 S 岛和伊豆半岛之间的某种矿藏的开采有关，不管事情发展到哪一步，对自己来说都有着巨大的利益。不仅如此，从部长的做法来看，搞不好他还有借此独立门户的野心呢。为实现这一目标，玲子的资本家父亲的财力，不，当然还包括那些聚在别墅里、

"半开玩笑"地说要开发海底游乐园的几位年轻名流们的研发计划,或许都跟这事有着千丝万缕的联系……想到这位表面若无其事地——简直就是不动声色地——精心编织这张无论成败都对自己有利的关系网的部长,小野寺有些不寒而栗了。部长的老谋深算可谓滴水不漏,这才叫作部长的天性。与小野寺这种性情中人相比,简直有着天壤之别。

事情已再明白不过了。既然如此,难道自己还要往部长不动声色编织的这张网上扑吗?作为一位工薪职员,为着自己的将来是应该往上扑的。但小野寺对这个组织——所谓的人类社会——从骨子里就不感兴趣。占据着他心里的,只有眼前这片起伏荡漾、漆黑一团、蕴藏着无限生机的大海,远处若隐若现的岛屿,和永远悬挂在空中、透过大气层给大地投来淡淡光线的繁星。

(摘自原著上部第二章:东京)

比较:在原著中,俊夫与玲子的情感纠葛只是故事的一条副线,而且玲子的身份是富家千金。而在电影中,俊夫和玲子的交往上升成为情节主线,并且玲子的身份变成了父母在地震中身亡的孤儿,因为崇拜身为"消防员"的祖父,而选择加入了东京消防署机动队,成为一名直升机救难员。另外,原著中俊夫的老家在神户,而电影中神户变成了玲子的老家,俊夫被设定成静冈县会津地区一个小酿酒作坊主的儿子。

"的确,日本地下好像正发生着某种变化。"山城教授说,"但是,谁也说不清它意味着什么,况且,今天晚上又不是进行学术讨论,目的只是为了让首相和大臣大体上了解些情况……"

"当然,我正是为了对首相说明这些情况才来参加这个会的。"田所博士"啪"的一声合上了笔记本,"我觉得,作为当政者,恐怕应该做好充分的思想准备才行啊。不管发生什么,绝不动摇,这才是当政者应有的姿态嘛。总之,我个人的看法是,可能会发生相当严重的问题,我有这个预感。"

举座顿时一片沉寂。首相不安地把视线投向山城教授。

…………

"还有一件事,也许大家会以为我又在危言耸听了。其实,我们可以在地壳运动中识别进化的形态,但这恰是我们经常容易忽视的问题。造山造陆运动发生的周期似乎是随着地质年代的推进而缩短,而其变动的振幅却在加剧。当然,对这个问题也是存在着不同意见的……这种地壳运动的进化,在几百万年内,大大加快了速度。这一点,和动物的进化是相同的。我们假设地壳运动从明天开始进入一个转折期,那时,就很可能出现前所未有的、完全崭新的现象,或许会出现依靠过去的观测实例的总和都无法预测的崭新现象。要知道,我们科学观测的历史还太短。那么,我先告辞了。因为还有工作,今天晚上还要加夜班……"

田所博士一吐为快后,立刻起身,走出了房间。

"还是那个老样子。"有个学者嘟囔道,"总是说些云山雾罩的话,把水搅混……"

…………

正在这时,屋门一响,田所博士去而复返。大泉教授惊愕得像是被什么东西卡住了喉咙似的。

"钢笔忘拿了……"田所博士自言自语地从桌上抓过他那枝粗笨的"勃朗峰"牌钢笔,径直朝外走去。

"田所先生……"首相突然招呼道,"刚才,你说执政的人要有充分的思想准备,什么程度才叫充分呢?"

"刚才不是说过了吗?现在还不能肯定……"田所博士耸了耸肩,"不过,最好把日本遭遇灭顶之灾的可能性也估计在内。日本将完全消失也说不定啊……"

这时,屋里发出了哧哧的笑声。田所博士稍显尴尬,怏怏地出了房间。

会议结束后,人们散去。首相府的一名秘书从大厦的地下停车场将自己的汽车开出,到外苑附近停了下来,用车载电话拨了个远郊号码,接电话的是个老人。

"会已经开完了……"秘书说,"仍然没有令人耳目一新的东西。我把发言的主要内容大致汇报一下。"

随后,秘书读起了会议记录。

"只有一个叫田所的学者发言有点意思。他对日本下沉问题夸夸其谈……啊?叫田所雄介。是的。您对他好像挺熟,啊?"秘书略显惊诧,"知道了,如果您现在方便的话,我马上就过来。"

秘书挂上电话,舒了口气,然后朝控制板上的时钟瞥了一眼,是十点三十五分。

（摘自原著上部第二章:东京）

比较:在电影里,田所博士的年龄比原著里描写的要年轻得多,在学术界的地位也要比原著中描写的高得多。所以,原著中的田所博士需要借重渡老人、幸长副教授等人的力量。另外,在原著里山本首相是后来日本应对灾难时的总指挥,而在电影里,担负这个任务的是文部科学相鹰森。

"中国有回复了……"在避难计划委员会的办公室,邦枝对中田说道,"回复表示,到八月为止暂时可解决两百万人……总共可接收到七百万。好像还在交涉,希望能有所增加。"

"不大可能吧?"中田摇了摇头,"不管国土有多广大,但国民平均生产总值小的国家恐怕难以承受吧。首先粮食问题就得考虑。"

"对方国家也希望接受农民,还有高级技术员……"

"那么,指定安置区是哪里呢?广东省吗?"

"不,先定在江苏省。据报告说,为了将长江河口部的崇明岛安排为居住区,目前正在着手准备。"

"崇明岛?"中田突然抬起脸望着空中。

"怎么啦?"

"不,我是在想那里刚好在吴淞的对面。"

"是啊,有什么不妥吗?"

"不……不……没什么。"中田说,"苏联呢?"

"也是在沿海的州。至少萨哈林的南部和千岛群岛这些地区会受到影响,对方也在拼命撤走那里的人。所以看样子,是指望不了对方派舰艇给我们了。"

在联合国成立了日本救助特别委员会,而且终于开始活动了。

配备船只和筹措救济物资等实际工作,已经由以日内瓦难民救济高级专员署为中心的组织展开了。日本的撤出计划无论如何都少不了各国海军的支持,所以,联合国秘书长宾博士极力否定了大国代表们提出的希望将其设置在难民救济高级专员署下面的意向,而设立了直属联合国的特别委员会。特别委员会成员国为包括各大国在内的世界各地区的十七个国家,由联合国非洲经济委员会成员、曾进入过经社理事会的坦桑尼亚代表恩比先生就任委员长。美、苏两国分别派出副委员长,在高级专员署担任副专员的马耳他代表出任秘书长。像约旦、孟加拉国这类小国,之所以也夹在英、德、法这样的发达国家及印度尼西亚等亚洲诸国里成为成员国,是因为有宾博士特别的关照。他希望在有实力的大国中,加入一些虽没实力、却在历史上尝到过被压迫痛苦和辛酸的新兴国家,彰示道德意义。

特别委规模最大的工作,就是承接到现在为止日本独自与许多国家之间开展的接受难民交涉工作,向世界各国分配要接受的日本难民。作为海、空紧急运输的专家,具有柏林空运及六十年代向刚果派遣联合国军队经验的美国布朗·巴格海军中将,作为特别顾问到特别委赴任。而日方作为没有否决权和交涉权的特别成员,曾任外务省特别顾问的野崎八朗太,以及曾担任过有关核问题和资源问题的联合国科学外交特使的小此木咲平博士也加入了委员会。

(摘自原著下部第五章:即将沉没的国度)

比较:在原著中,日本即将沉没的消息传出后,国际社会对日本展开了积极的救援工作。但在电影里,日本却几乎成了国际社会的弃儿。这中间,恰恰反映了从原著写作到电影上映的几十年间,日本经济由起飞到停滞,使得国民对外部世界的看法发生了颠覆性的变化。不过,相信在后来真实的历史发展中,最出乎作者预料的就是中国的崛起。

九月份是劫难最后的一幕。

由于救援队的四组人在火山爆发中死亡,救出最后几百人的水陆两栖舰受到台风的袭击沉没,在台风的间隙依然疯狂进行的救援活动,终于完全终止了。

四国已经往南移动了一百公里,完全沉入了水面。九州分裂出来的南端,也同样往西南偏南方向移动了几十公里,也被水淹没了。中九州的阿苏山和云仙山的一部分,虽然还露在水面上,却在不断地爆发。在西部日本,琵琶湖一带像龙的头被砍掉了一样,东端向南、西端向北旋转式地移动着,被切割成碎片后还在继续往下沉。东北的北上山地也已经滑到了海面几百米以下,奥羽山脉四分五裂并持续地爆炸着。据说,北海道大概只剩下大雪山还露在海面上了。

日本沉没临终前最后的故事,在已经谁也不能接近的中部山岭、关东山脉继续着。或许是由于移动的能量为地下不断地提供热能的缘故,在这里海水侵入已经破碎的山,并反复发生爆炸。山被炸成粉末四处飞溅,大陆斜坡整体不断向海底移动。

日本海沿岸的地方,却有一阵子曾经相反的发生了某种程度的隆起。然而,它就像转动着要沉入海中的船,在即将沉没前另一边船舷会被高高地推出水面一样,盲目巨人的力量,正把这边船舷往深海里推下去。

(摘自原著下部结尾:龙之死)

比较:在电影中,依靠小野寺俊夫最后时刻的自我牺牲,日本免于彻底沉没。但在原著中,日本最终没能逃脱彻底沉没的命运。

【说书论影】

从某种意义上说,《日本沉没》(《日本沈没》)是唯一一部具有国际影响力的日本科幻小说。它的作者就是有"日本科幻的推土机"①之称的小松左京(1931—2011)。

小松左京,本名小松实,一九三一年一月二十八日生于大阪市西区京町堀,其父是一名机械制造商。一九四九年,十八岁的小松左京从兵库县神户高等学校②毕业,考入京都大学文学系意大利文学专业。在学习期间,他参加了学校内的文学社团"京大作家集团"。在这个团体中,后来走出了数位享誉日本文坛的知名作家,小松左京就是其中之一,其笔名中的"左京"就来源于大学时代的居住地——京都市左京区。

大学毕业之后,小松左京做过经济杂志《原子》(《アトム》)的记者,在父亲的工厂中做过帮工,为电台写过日式相声的脚本。其间,他在一九五七年与夫人克美结婚。

一九六一年,小松左京以《让大地充满和平》(《地には平和を》)获得了早川书房举办的"第一届科幻小说大赛(第一回SFコンテストに)"的鼓励奖(选外努力赏)。③翌年,在第二届比赛中他以《茶水泡饭的滋味》

小松左京

---

① 对于这个绰号的确切含义,有很多种说法,就字面理解应该是有"开拓者""急先锋"的意思。通常的讲法是说他带头克服了日本科幻文艺发展中遇到的许多困难。
② 日本学制中的高等学校(简称"高校")相当于中国的普通高中。
③ 这篇小说后来于一九六三年一月发表在《宇宙尘》第六十三期上。

（《お茶漬の味》）获得了三等奖。①一九六二年七月,他在科幻杂志《宇宙尘》(《宇宙塵》)第五十七期上发表了小说《一号样本》(《さんぷる一号》),文中的主人公"我"一直被喂食合成食品,养得很肥,终于有一天"我"发现自己原来要成为别人的食物。十月,又在《SF杂志》(《SFマガジン》)上发表《易仙逃里记》。从此,走上了职业小说家的道路。

由于整个青少年时代都置身于二战的阴影之中,"毁灭"成为小松左京最重要的文学母题。在《让大地充满和平》中,作者构筑了一个平行世界,叙述了一九四五年以后二战并未结束,一个年轻人准备继续为保卫日本而战的故事。就此看来,小松左京似乎是个地道的"右翼分子"——事实上,他的确曾经在很长一段时间内,被国人当作日本右翼作家而大张挞伐。其实,从小说的字里行间,人们读出的是这样的一个疑问:一个无条件投降的日本是否比死于美军刺刀下的日本更加真实和美好?这是经历过二战战败和"战后重建"的日本人普遍存有的困惑与疑问,也是后来在二十世纪六七十年代引发日本大规模社会运动的心理动因之一。由此,小松左京紧紧地抓住了日本人作为岛国居民固有的不安感和作为战败者的失落感,最终成就了不朽的名著——《日本沉没》。

《日本沉没》于一九六四年开始动笔写作,到一九七三年由光文社出版时,已经历时九年。起初,小松左京本想让这部小说成为一个多卷本的长篇巨著。但后来出版社方面出于销售因素的考虑,希望把故事做适当压缩,最后决定以上下卷的形式出版。在首次刊印时,出版社只下达了两卷各三万册的印量。但随着小说人气的不断攀升,销量暴增,出版社多次加印,发行量增加至上卷二百零四万册、下卷一百八十一万册,合计三百八十五万本,创下当时日本战后小说类畅销书的最高纪录,获得了"空前的大畅销书"的评价。小松左京本人的版税收入达到一亿两千万日元,一举跻身世界文坛百万富翁排行榜前五名。

在谈到《日本沉没》的创作主旨时,小松左京曾不无感慨地说:"昭和四十八年(一九七三年)出版的《日本沉没》第一部是在昭和三十九年(一九六四年)举办东京奥运会那年开始写的。当时距离悲惨的战败还不到二十年,日本却又沉醉于经济的快速增长中了。对于这样的日本,我那时有一个强烈的想法:日本这样下去行吗?不

---

① 由于一等奖和二等奖空缺,小松实际上等于是优胜获得者。这篇小说后来于一九六三年一月发表在《SF杂志》。

久前还以必死的决心参加'本土决战',还要'一亿玉碎',可转眼间却又仿佛根本没有发生过战争似的。这样的日本果真能以'世界的日本'的形象一路走好吗？于是，我产生了让一度曾失去'国家'的日本人在'虚构'中再次面对同样危机的想法；并且，我希望大家一起来思考到底何为日本人、日本是一个怎样的国家等问题。这就是我创作《日本沉没》这本书的初衷。因此，本书的主题设定成了失去国土的日本人沦为难民在世界各地漂泊，而最初的题目也定为《日本漂流》。但是，我用了九年时间才写到日本沉没，出版社再也不能等了，所以只好先以'沉没'结尾，并暂定为第一部。"①从中我们不难看出，小松左京在创作中继承了自明治维新以来，日本知识精英阶层普遍具有的忧患意识，同时又反映出日本战后一代普遍具有的焦虑情绪。这种焦虑情绪来自于日本战后经济奇迹创造的经济巨人形象与身为战败国的政治侏儒形象的强烈反差。事实上，早在《日本沉没》出版之前，小松左京于一九六六年在《SF 杂志》上发表的科幻小说《无尽长河的尽头》（《果しなき流れの果に》）中，就曾经描写过日本人在"不久的将来"失去国土的情形。或许对于作者而言，他心中的"日本"早已沉没，创作小说的目的不过是把自己的心魔以具体的文学意象展现给世人罢了。

与欧美科幻小说相比，日本科幻小说普遍偏"软"，这大概与日本科幻作家中，读文科出身的人较多有关。而且，在日本文坛，类型文学之间的分野似乎并不明显，同一个作家可能兼写科幻、推理、恐怖、爱情等不同类型的小说。《日本沉没》就曾经在获得第五届日本科幻星云奖的同时，还获得了第二十七届日本推理作家协会奖。但只要认真读过《日本沉没》，我们就会为作者丰富的知识积淀和精准的细节描写所折服。即便是最苛刻的评论者，也不得不承认这是一部严格意义上的"技术流"科幻小说。而作者小松左京能够写出这样一部小说也绝非偶然。在日本，小松左京除了"科幻推土机"绰号之外，还有一个"人形计算机"的绰号，讲的就是他的知识面覆盖极广，天文地理、人文社会无所不包，被公认为一个百科全书式的人物。事实上，这也几乎是世界各国优秀科幻作家的共同之处。

就在《日本沉没》出版的当年，日本东宝电影公司获得改编授权，由森谷司郎任导演，桥本忍任编剧，中野昭庆负责特效制作。一九七三年十二月二十九日，电影版

---

① 小松左京、谷甲州，《日本沉没 II》，青岛出版社，2008 年，后记，P287。

《日本沉没》公映。尽管整部电影的制作仅仅用了短短四个月的时间，但基本上还原了原著的效果。影片上映后，累计入场观众约为八百八十万人次、票房收入约二十亿日元，创造了日本影史上的纪录。

在一九七三年电影版推出后，日本 TBS 电视台于一九七四年十月六日到一九七五年三月三十日期间，播出了二十六集的电视剧版。NHK 广播电台则在一九八○年播出了广播剧版。由此，《日本沉没》实现了全媒介覆盖。

一九七六年，由迈克尔·加拉格尔翻译的《日本沉没》英文版 *Japan Sinks* 由讲谈社国际公司出版。尽管这个译本仅摘译了原著的三分之一左右，但仍然让小松左京成为少数几个能够打入英语小说市场的日本科幻作家。而在此之前的一九七五年，由人民文学出版社以"内部参考"读物的形式，在大陆地区出版了《日本沉没》的第一个中文节译本。当时的中国内地还正处在"文革"的狂潮之中，翻译出版这部小说的目的是为了批判日本"一小撮军国主义势力向外侵略制造反动舆论"。①

一九九八年九月，日本五大电影公司之一的松竹株式会社（松竹映画）曾打算拍摄《一九九九年日本沉没》。但最终因为预算过于庞大未能如愿。直到七年后的二○○六年七月，由东宝电影公司翻拍的新版《日本沉没》才在影迷们的热盼中上映。新版的导演是樋口真嗣。喜欢日本动漫和特效电影的人对他一定不会陌生。他曾经是 GAINAX 动画公司的元老之一，参加过《王立宇宙军：奥内米斯之翼》《飞越巅峰》《不可思议之海的兰莉娅》《新世纪福音战士》以及《怪兽哥斯拉》系列电影的特效制作，在业界有"奇才"之称。而在电影中分饰男女主角的是日本偶像团体 SMAP 的成员草弸刚和日剧小天后柴咲幸。该片在日本上映后，又被引进到了中韩等国，其中在韩国公映时，曾力压同档期韩国所有本土片成为票房冠军。

在新版电影上映的同时，《日本沉没》的第二部也与读者见面了。早在一九七三年版《日本沉没》的结尾，作者就明确标写了"第一部·完"的字样。但从此以后，第二部迟迟没有推出。直到二○○三年十一月，年过古稀的小松左京决定以项目组的形式完成第二部的写作。经过大量的准备工作后，最后委托日本科幻作家俱乐部会长谷甲州执笔，历时一年完成，赶在新版电影公映前一星期上市销售。第二部的时空背景被设定在日本沉没的二十五年后，漂泊到世界各地的日本难民，在与当地社会的

---

① 小松左京，《日本沉没》，人民文学出版社，1975 年，出版说明。

摩擦中建立起自治团体,并努力维持着高科技和国家的存在感。而处于流亡状态的日本政府则在秘密策划在日本列岛沉没区域,建设能容纳一百万人口的巨大人工岛,以此作为复国的基础……

在第二部出版后,也曾有人问起过小松左京是否有创作第三部的计划。对此,小松曾幽默的回答道:"这要跟谷甲州谈谈,看看用不用在太空中弄出个'巨大人工浮岛'来。"言犹在耳,但小松左京却已经永远没有机会看到第三部问世了。二〇一一年七月二十六日,就在日本发生举世震惊的"三一一"特大地震海啸与核泄漏事故后的四个半月,小松左京因肺炎在家中去世,享年八十岁。

作为日本战后科幻小说界的标志人物,小松左京曾经六次获得日本科幻星云奖,其创作的《日本沉没》《首都消失》等小说已经跻身于世界级科幻名著的行列。一九九三年,日本群马县的天文爱好者小林隆男将新发现的小行星命名为"小松左京星"。二〇〇〇年,日本著名出版公司角川春树事务所为鼓励年轻作家从事科幻创作,创设"小松左京奖"。这些都足以证明小松左京及其作品的社会影响力。然而,斯人已逝,一个时代终结了!我们不禁要问,日本科幻的明天会怎样?

【超级链接】

日本以外全部沉没

一九七三年,在《日本沉没》畅销庆功宴上,大家闲聊的时候,突然提到"如果日本以外的国家都沉没了会怎样"的话题,在场的筒井康隆对这个话题颇感兴趣,于是回去后便提笔创作了一篇带有恶搞性质的短篇小说《日本以外全部沉没》。结果,这篇意外之作竟然获得了一九七四年第五届日本科幻星云奖短篇小说奖,与获得长篇小说奖的《日本沉没》并列在榜单中,蔚为奇观。在小说里,日本以外的国家因为不明原因突然沉没,一大票外国名流跑到日本避难,他们拼命的学习日本语言文化,整天想着如何讨好日本人。日本人则变得趾高气扬,将外国人当下等人看待。可是,好景不长,最终日本也没能逃脱沉没的命运。筒井康隆以他惯用的黑色幽默笔法,正话反说,讽刺了当时日本人普遍存在的崇洋媚外心理。二〇〇六年,借新版《日本沉没》上映之势,《日本以外全部沉没》也被搬上了大银幕。

科幻有缘人

电影中,小野寺俊夫的扮演者草彅刚是日本著名偶像团体 SMAP 成员。这个偶像团体中还包括日本著名男星木村拓哉。草彅刚也是个地道的科幻有缘人,在二〇一一年上映的影片《我与妻子的一千七百七十八个故事》(《仆と妻の1778の物语》)中,他饰演了一个沉迷科幻创作的小说家。据说,这个角色身上同时汇聚了星新一、小松左京和筒井康隆三个人的影子。

【延伸阅读】

一、【日本】小松左京,《日本沉没》(上下册),四川科学技术出版社,2005 年。

二、【日本】小松左京 & 谷甲州,《日本沉没 II》,青岛出版社,2008 年。

独具特色的日本动漫电影

你是否相信，自己身边最熟识的同学其实是一个来自二十七世纪的未来人。而他会制造一种带有薰衣草香味的神奇药水，让你自由的穿越时空。这个不可思议的故事"发生"在二十世纪六十年代的日本,故事的主角被人们叫作"穿越时空的少女"。

XII

浪漫往事:
《穿越时空的少女》

【精彩剧透】

芳山和子是昭德大学药物研究所的研究员。一天,她在实验室里做实验,先把一颗樱桃放进培养皿中,然后又放入了几只蚂蚁,再在培养皿中滴入几滴药液,盖上盖子,观察反应。恰在此时,她的助手从门外走进来,送了几份数据资料给她,并提醒她下午两点要去开会。可就在这一转眼的工夫,和子再回头看培养皿的时候,里面的蚂蚁竟消失得无影无踪了。

和子的女儿名叫芳山明里,今年高中三年级,刚刚参加了昭德大学药学部的入学考试。这天正好是公布录取结果(放榜)的日子。一大早,明里一路小跑赶到大学里,在录取榜单前急切地寻找着自己的考生号。当得知自己被录取后,兴奋的明里立即向妈妈打电话报喜。刚刚完成了试剂浓缩的和子,在接到女儿的电话后,也马上从实验室跑到了阳台上。此时,楼下的明里手舞足蹈,呼喊着向母亲宣布:"奇迹发生了!"而楼上的母亲也忍不住大声的恭喜女儿。结果,引来了周围人的侧目,不知道他们到底在搞什么。但这对母女却仍然忘我地沉浸在喜悦和兴奋之中。

为了庆祝女儿顺利考上大学,和子带着明里去公园划船野餐。边吃边聊的时候,明里突然问起父亲是个怎样的人,并说自己对父亲的印象已经很模糊了。原来,自从明里一出生,母女两人就没有跟明里的父亲一起生活了。母亲笑了笑,说明里的父亲是个怪人,回到日本后仍在拍电影,现在好像还在山中隐居。明里这才知道原来父母间还有联络,便问母亲为啥不告诉自己。母亲笑着对她说,因为她从来没问过。

在私立御园生高中的射箭部,明里这些高三年级的前辈们最后一次参加部内活动。不过,明里的射箭功夫实在是马马虎虎,刚拉开弓,箭矢便大头朝下耷拉了脑袋。明里的好友看到如此有趣的情景也忍不住挖苦了她一句。明里却不以为意,只是脸上带了少许尴尬的表情。

放学后,和子的老邻居、经营酿酒作坊的浅仓吾朗开着自家的面包车来到学校,帮明里把宿舍里的东西运回家。和子跟吾朗是一起长大的发小,吾朗对和子一直抱有好感,当他从明里的口中得知,和子说自己是个可靠的人,在身边会感到安心时,心中不免觉得有些得意。

就在吾朗准备发动汽车离开的时候,他突然发现有一封原本打算托明里转给和子的信落在了车上。思来想去,他决定还是亲自去一趟大学,直接把信当面交给和子。

　　和子接到了吾朗的电话，急忙跑到教学楼门口。吾朗把信交给了和子。和子打开信封，发现里面有一张男女合影照片，其中穿着女装校服的正是高中时代的和子，另一个穿着校服的男生与她年龄相仿，但和子却无论如何也想不起那个男孩子究竟是谁。除了照片，信封里还装着一枚从枝干上折下来的薰衣草，是吾朗特意从邻居深町家的温室中摘下来放进去的。而那间温室应该就是照片拍摄的地方。

　　薰衣草的芬芳香味，让和子找到了一种似曾相识的感觉。她的头脑中出现了一幅模糊的影像，令她回忆起高中时代"星期六的实验室"。但除此以外，她再也想不起其他细节。下班后，和子在回家的路上仍然在想着照片上那个神秘的男生，想从自己的记忆中找出他的名字。结果，她在穿越人行横道的时候，被身后疾走的路人撞到。就在她俯身去捡掉在地上的东西时，有关那个男孩子的影像突然从她的记忆深处涌了出来，她想起那个男孩子名叫深町。谁知，就在此时，一辆轿车从远处疾驰而来，撞上了和子。和子受伤，被送进了医院。

　　正在家里收拾东西的明里接到母亲出了车祸的消息，立即赶去医院。在加护病房，医生告诉明里，她母亲身上的伤势并不严重，但由于头部遭到撞击，陷入了昏迷状态，目前只能等她自己醒过来。进到病房之中，明里看到躺在病床上昏迷不醒的母

倔强地保持距离

亲，心如刀绞。一旁的护士提醒她要多跟患者说话，这样有利于病人的病情，随后便退出了病房。护士离开后，明里再也无法控制自己，在病床边哭成了泪人。

　　吾朗在得知和子车祸住院后，也赶到了医院。见到明里的心情低落到了极点，吾朗出言安慰，让她回去好好休息，免得和子醒来，看到她的样子会心疼。此时，电视里的新闻专题节目正在回溯一桩发生在三十六年前一九七四年三月三日的严重车祸。当时，一辆满载着归乡者和滑雪客的深夜长途巴士在三月二日晚上从东京新宿站出发，前往秋田县能代市。巴士由国道四号线

北上,在福岛县黑河市青野桥町附近的黑河峰发生了坠落山谷事故,造成车上三十八人全部遇难。看到这,吾朗告诉明里,三十六年前他也差一点坐上这趟死亡巴士,只是因为他当时太粗心,把车票忘在了家里才幸免于难。不过,吾朗现在觉得这些都是命运使然,他安慰明里说,和子的运气很好,一定会醒过来的。

明里

明里回到家里,替母亲准备住院期间的换洗衣服,无意中在衣橱里找到一本相册。相册的扉页上写着"长谷川明里"的字样。原来,长谷川就是明里生父的姓氏。相册里的照片都是明里出生后不久拍的。看了这些,明里觉得应该把母亲车祸住院的事情告诉父亲。于是,她打开电脑,找到了她父亲长谷川政道发来的 E-mail,把母亲受伤住院的消息作为回复发了出去。

不久后,明里在母亲的病床前迎来了自己的十八岁生日。或许是女儿悲伤的呼唤起了作用,和子竟然奇迹般的苏醒了。和子醒来后,马上就要下床。明里及时制止了她。于是,和子就拜托明里回到一九七二年四月的一个星期六,去初中的理科实验室,见那个名叫深町一夫的人。母亲的话搞得明里一头雾水。接下来,和子把大学实验室的钥匙以及照片都给了明里,并告诉她,实验室里保存着可以回到过去的药。吃药以后,只要默念想要去的时间就能穿越时空。最后,和子嘱咐明里,见到那个人后要告诉他,她没有忘记彼此间的约定。说完这些,和子再度陷入昏迷之中。

明里来到了母亲工作的大学实验室,从抽屉里找到了母亲和子收集来的一大玻璃罐装有昭和时代的旧日元硬币和盛在金属盒的两试管药剂,显然这些应该是用来进行时间旅行的道具了。虽然味道不是很好,但是明里还是一憋气,喝下了一管药剂,并念出了"一九七二年四月星期六"。然而,接下来竟然什么也没发生。这时,明里开始觉得自己有点太天真了,不管怎么说,时间旅行这种事情实在太匪夷所思了。转念一想,会不会是她把时间记错了,也许应该是一九七四年二月。明里刚想到这里,突然觉得周围有些不对劲,她连忙低头看手表,发现手表的表针正在疯狂的逆时针旋转着。匆忙中,明里念出了"一九七四年二月星期六的实验室"。随后,她便跌入了时间隧道。

当明里苏醒过来的时候,发现自己正躺在一间杂乱不堪的小房间里。身边不远处还躺着一个和衣而卧的陌生青年。不一会,那个青年也睡醒了。他告诉明里,自己名叫沟吕木凉太,这里是他家。昨天,他在理科实验室里,被从天而降的明里砸了个正着。不过,后来看明里晕了过去,他无计可施,便把她背回了自己家中照料。明里这才想起,昨天当她穿越时空来到这里的时候,她曾经见过这个男孩子,还曾向他询问自己所在的地方是不是世田谷西中学的理科实

上图:茫茫人海他在哪里呢

下图:时空穿越开始

验室。凉太回答他说这里是大学的实验室。随后,明里便晕倒了。

听到这,明里赶紧问凉太今天是哪年哪月哪日星期几。凉太回答她说是一九七四年二月二十七日星期日。明里这才发现,原来自己走错了时间,比她该去的时候晚了将近两年。心急火燎的明里不顾一切的冲出了房间。凉太见她落下了背包,赶紧提包追了出去。结果,一上大街,明里就被一九七四年的街巷里弄搞得晕头转向,只好找凉太做向导,前往世田谷西中学。

在学校门口,明里和凉太遇见了一群刚刚放学的女生。明里把照片给他们看,其中一个女生认出照片里的女孩是去年从这里毕业的芳山前辈,至于照片里的男生却没人认识。这让明里非常失望。

离开学校后,凉太带明里去附近的小饭馆吃饭。凉太以为明里是因为跟家里闹别扭而离家出走的女孩,便劝她吃完东西后回家。但此时的明里无家可归,于是决定向凉太和盘托出。她告诉凉太,自己是来自二〇一〇年的未来人,到这里是为了与一个人相见。如此荒唐的说法,凉太自然不信,还以为她是摔坏了脑袋。为了证明自己

的确来自二〇一〇年,明里从包里翻出了一枚平成十九年的五百日元硬币,还向凉太展示了一件在二十世纪七十年代绝不可能存在的东西——照相手机。凉太很快就被这件"复合式通讯装置"所吸引,渐渐开始相信明里说的话是真的。随后,明里又把自己为什么会来这个年代的前因后果都告诉了凉太,并说无论如何都要替母亲把话传给深町一夫,这样或许能让母亲再次苏醒。最终,凉太被明里的话语打动了,同意让明里暂时住在自己家里。

凉太带明里回家,还没等他们进屋,迎面碰上了两个邻居,男的叫门井,女的叫奈津子。他们错把明里当成了凉太的女朋友。为了避免麻烦,明里自称是凉太的表妹,凉太也赶紧帮腔说明里是为了考学从乡下过来的。两人一唱一和,总算是没有引起邻居的怀疑。他们两个回去以后,明里突然发觉刚才那个自称奈津子的人,好像在哪里见过,连忙从包里翻出一本娱乐期刊。果然,在期刊的彩页上登着市濑奈津子三十多年后的照片,那时她已经是连续五年蝉联"得罪了她就会祸及后代子孙的艺人"奖项的演艺名人!

转天,凉太和明里再次来到了世田谷西中学。两人趁放学后老师和学生都已经离校的机会,潜入了教职员办公室,翻查毕业生纪念册。但是,翻遍了七三级学生的毕业纪念册,明里只是找到了母亲芳山和子的照片,却未见深町一夫的踪影。这让明里和凉太大惑不解,因为和子与深町一夫的合影中,两人校服上都有三年 C 班的标志,说明两人应该是同班同学,但为什么就是在毕业生纪念册中找不到呢?明里思来想去,还是觉得最好的办法就是干脆直接去问"母亲"。于是,她从纪念册上抄下了和子的地址,然后拉上凉太一起赶了过去。

然而,当他们赶到那里的时候,却发现大门紧闭,似乎已经有一段时间没人居住了。就在他们不知所措的时候,一个骑自行车送货的青年从门前经过,无意中向他们望了一眼。明里从那人的轮廓中认出他是年轻时的浅仓吾朗,并叫了他的名字。果然,那人就是浅仓吾朗。

明里对吾朗说自己是和子的表

放学的午后

妹,从乡下来找和子姐姐,但没想到她已经搬家了。吾朗告诉明里,和子已经搬到横滨去了。明里又问吾朗是否见过照片里的男生,吾朗回答说没见过。明里再问他能否告知和子现在的学校和住址,吾朗说详细住址要等他送完货回家看了才知道。他让明里晚上打电话给他,到时候他会把地址告诉明里的。

吾朗骑车离开后,凉太问明里能不能抽空陪他一下。之后,凉太带明里来到了大学里的电影研究会。原来,凉太正在用八毫米摄影机拍摄一部以"二○一一年的未来世界"为主题的特效电影。他叫明里过来是让她来当拍摄助手。这部片子的片名叫"光之行星"。故事讲的是,在二○一一年,地球自转开始发生混乱,失去重力,造成大规模的地壳变动。画家阿弘在避难所的墙壁上画了一株有一百个花蕾的樱花树,他深信当这棵樱花树盛开时,一定会有人来救援。

完成了当天的拍摄之后,凉太把明里带到了住家附近的公共浴池。已经很久没洗过公共浴池的明里,在浴室内尽情地享受着二十世纪七十年代的各种设施,颇有些乐不思蜀的样子。结果,早早洗完,站在门口等着明里的凉太被冻得够呛,在冷风中瑟瑟发抖。

转天,明里和凉太一起去了横滨,找到了高中时代的和子。出乎意料的是,和子对于照片和照片里的男生深町一夫都毫无印象。这让明里大惑不解,明明是母亲为了见这个深町一夫才煞费苦心的做出穿越时空的药剂,想要回到一九七二年的那个重要时刻,怎么会刚刚过了两年就把他彻底忘记了呢?明里只好拜托和子再好好回忆一下,自己明天会再来拜访。

与和子告别后,凉太问明里能不能绕路去个地方。明里答应了。于是,两人绕路去了一栋廉价出租公寓。原来,凉太是要去找一个绰号"五彻"的摄影师朋友。结果,两人一进到公寓的走廊里,明里就听到了一阵古怪的叫嚷声。寻声走去,竟然看见一个大男人赤身裸体的坐在公用洗手池里冲澡。明里吓了一跳,凉太却若无其事地走了过去。原来此人就是凉太要找的五彻。之所以会有这个外号,是因为他曾经为了筹措购买摄影器材的钱,彻夜不眠的连续打了五天的麻将牌。

三人回到房中,凉太和五彻开始研究电影的分镜头本,一旁的明里看着两人一幅煞有介事的样子,感到非常有趣。结果,两人兴致勃勃,一直聊到了晚上。明里则在无意中发现五彻的房间里收藏着和子的照片。

第二天,明里又去见了和子。但和子仍然记不起跟那个男生有关的任何事情。谈话间,明里问和子为什么会转学到横滨的高中。和子回答说,一方面是为了配合自己父亲的工作调动,另一方面也是因为自己将来想读药学专业,所以选了理科较强的私立高中。明里又问她,是何时开始有这样的想法。和子回答说,是上了中学三年级的春天开始,①突然有了这样的想法,而且和子感觉,这是她的使命。说到这,明里又拿出了她从五彻家找到的和子的照片,交给和子。和子看了照片后,说这是一位名叫长谷川政道的摄影师给她拍的,他的绰号叫"五彻",是朋友家的家庭教师。提到"长谷川政道"这个名字,明里不禁一怔,这才明白原来那位不拘小节的摄影师五彻就是自己的生父。

从横滨坐火车回到东京,明里一出车站,就看到凉太正打着伞,站在雨中等着自己。明里非常感动,忙不迭地跑了过去,跟凉太一起回到家里。晚上,两个人裹着被炉,相对而坐,聊起了彼此的家人。凉太说自己的父亲在秋山县经营一家印刷厂,而明里则说自己的父亲早年间离家出走,所以对他几乎没有什么印象。

转天,明里清点了一下带在身边的硬币,发现只剩下四万一千两百日元。这时,凉太看到了报纸上的寻人启事,就问明里要不要试试登报找人。凉太解释说,也许这个深町一夫也是未来人,如果他不存在于这个时代,那么在未来的某个时候,他发现过去有人在找他的话,或许他会有所反应。于是,两个人立即动身前往读卖新闻社。可是,报社的负责人告诉他们,登载一份二十字的稿件,起码要五万日元。两个人不甘心,一再拜托对方,最后负责人被他们的诚意感动,同意特别破例,只收他们四万元。

在等待回复的这段时间,明里在凉太等人拍摄电影的现场帮忙。在拍完楼顶外景,走在楼梯上的时候,五彻告诉明里,他早已看出明里不是凉太的表妹,还说自己已经拿到了奖学金,拍完了电影后就要去美国学习摄影,拜托明里以后要好好照顾凉太。明里则反问五彻要是女朋友不让他去会怎样,说着把从五彻房间里找到的照片交给了他。五彻看了看照片,自信满满地说她一定不会阻止自己。

在拍完了画家阿弘的最后一幕戏后,全片的摄制结束。每一个参与影片拍摄的人都兴奋不已,互相拥抱庆祝。恰在此时,和子出现在了摄影棚的门口。趁大家收拾东西的机会,明里把和子叫到楼门口的廊柱下。她问和子,要是五彻抛下她,去了很

---

① 日本学校的学年从每年四月份开始,到转年三月结束。

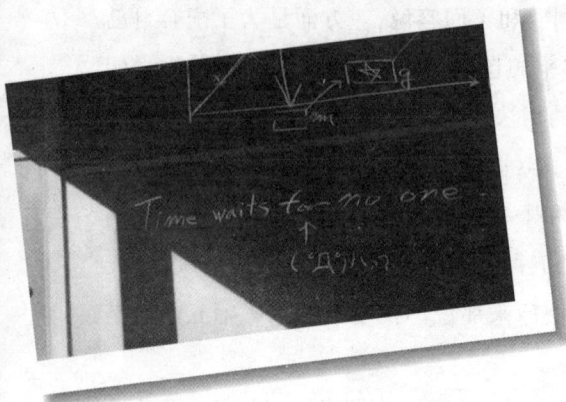

时不我待

远的地方，她会怎么做。和子知道明里说的应该是五彻要去美国的事情，便回答说，自己会希望他努力去做，如果是他想做的事，自己就一定支持他。听了和子的话，明里感觉到自己的父母原来在此时此刻就已经真心相爱了。

晚上，凉太带着明里在路边的小吃摊用饭。收音机里传来吾朗叔叔常常挂在嘴边的歌，明里这才知道，原来这首歌是二十世纪七十年代的流行乐。谈话中，凉太提到明天寻人启事就会见报，大概就能见到明里一直要找的那个人了。明里听出了凉太的话中之意，她很清楚，自己应该很快就会离开这里，回到自己的时代去了。

回到住处，凉太和明里都辗转难眠。明里为了安慰凉太，故意说他以后会成为有名的电影导演，会娶漂亮的女演员做太太，会生下可爱的孩子，只不过到那时，自己对于凉太来说，已经是过去的人了。听到这里，凉太一跃而起，自顾自地冲出了房间，一路小跑到了五彻家。他拜托五彻把摄影机借给他，说要重新修改影片的结尾，而且要自己亲手拍摄。五彻爽快地答应了他的请求。

转天，报纸上果然登出了他们的寻人启事。买了报纸后，他们两个来到了大学门前那条两旁种满樱树的林荫大道。凉太请明里穿上风衣，沿着林荫道向前走，自己则操作摄像机拍摄明里在林荫道上行走的背影，以此作为电影的最后一幕。拍摄结束后，看着满树含苞待放的花蕾，凉太问明里，三十六年后，这里是否还有樱花开放。明里点头答是，并说这一带都不会有变化。凉太又说，要是到那时，也能跟明里来这里看樱花就好了，只不过那时的自己已经是个五十六岁的老头子了。

回到公寓的时候，凉太接到了母亲从老家打来的电话。原来，凉太的父亲因为操劳过度，积劳成疾，患上了脑中风住进了医院。凉太觉得是自己的任性妄为，才让父亲病倒的，非常自责。明里看凉太伤心的样子很是心疼，便出言安慰。但伤心的凉太无法体会明里的好意，自顾自地离开了住所，一个人窝进了电影研究会。随后，凉太开始剪接自己的电影，一干就是一个通宵。

与深町一夫相约见面的三月二日终于来到了。明里独自一人来到中学的理科实验室。可是,等了一天一夜,深町一夫始终没有露面。直到转天早上,一个穿黑夹克的中年男人才出现在明里面前。这个人应该就是深町一夫,但明里觉得非常奇怪,因为深町一夫本应该跟现在的母亲和子一样是在读的高中生,怎么会变成一个中年人呢?来人问明里,为什么要找自己,穿越时空的药剂又是从哪里得到的。明里回答说,自己是芳山和子的女儿,药是母亲做的,因为母亲车祸住院,无法赴约,所以她代替母亲来传话,结果自己搞错了时间,才来到了这里。听了明里的话,来人便对明里讲出了实情,他是来自二六九八年的未来人,本命叫健·十五流,当初是为了实验穿越时空的药剂才回到了一九七二年。可是因为他忘了带返程的药,所以才不得不以"深町一夫"的名义暂时留了下来。一次,他在实验室里配药的时候,不小心打破了容器,正巧从此路过的和子吸入了一些泄露的气体,因而获得了短暂的穿越时空的能力。后来,他们彼此相爱了。但是,他终究还是要回到未来去。临行前,他必须按照规定消除和子对他的全部记忆。对此,和子平静地接受了,但是她告诉深町一夫,就算消除了她的记忆,他们的约定也会留存在心中。如今,女儿明里终于替母亲履行了约定,完成了自己的使命。

然而,深町一夫告诉明里,既然她已经完成了自己的使命,就应该尽快回到她的年代去。而自己来到这里的目的,就是要把她和跟她有关的人的记忆消除掉。但此时的明里还有心愿未了,于是她请求对方能让她去见一个人最后一面。深町一夫同意明里的请求,答应等她到晚上。

凉太回到家里,看到明里给他留的字条后,立即赶去他们第一次见面的大学实验室。在实验室里,明里告诉凉太,自己终于把母亲想说的话带给了那个人。而凉太则告诉她,自己准备乘夜间巴士

上图:我在未来等着你
下图:有爱的三人组,可惜有些小孩要回到未来

返回秋田老家。临行前,凉太把"光之行星"的电影底片交给了明里,并说自己一定会回来,把电影做完。到时候,希望明里能跟他一起看电影。明里目送凉太走出了实验室,眼泪不禁从眼眶中流了出来,她非常清楚即便凉太今后能回来,自己也早已经不在了,甚至凉太会像母亲一样,根本就不记得自己的存在。想到这里,明里再也控制不住自己,从实验室里冲了出去,飞奔到走廊上,抱住了即将离开的凉太。凉太也被明里的真情感动,轻轻地吻了她的额头,叮嘱她不要把底片弄丢了。然后,平静的转身离开。

带着怅然若失感觉,明里在夜晚的东京街道上走着,不知不觉间就来到了新宿站附近。突然,明里看到一个背着全副滑雪装备的人从身边走过,非是旁人,正是她最熟悉不过的浅仓吾朗叔叔——当然,现在还是年轻版的。原来,吾朗正准备乘坐夜间巴士去秋田县的滑雪场旅游,但却把车票忘在了家里。现在距离发车只剩下二十分钟了,吾朗为此非常的懊悔。在跟吾朗谈话时,明里突然想起自己在医院里看到的那个电视节目,她这才意识到,即将开往秋田的深夜巴士就是那趟在半路上坠落山谷、司乘人员无一生还的"死亡巴士"。而凉太要搭乘回老家的也正是这趟巴士。

在发觉凉太即将面临生命危险的时候,明里不顾一切的冲进巴士站,四处寻找凉太的身影。就在她终于发现了凉太,想跑过去阻止他乘车的时候,明里周围的时间却突然变慢了。深町一夫从身后拉住了明里的胳膊,警告她说未来人是不能改变历史的。但此时的明里为了救凉太已经不顾一切,她扔了用于返程的穿越时间药剂,表示为了救凉太,自己宁可选择留在这里。不过,她最终还是没有追上凉太乘坐的巴士,眼睁睁地看着车子越开越远。深町一夫抱住了伤心欲绝的明里,消除了她有关时光旅行的全部记忆,并把她送回了二〇一〇年,只是他没有拿走凉太的电影底片,把它留给了明里。

明里一觉醒来,发现自己正躺在家里的地板上,对于之前发生的一切,已经完全没有印象。此时,躺在医院里的和子再次睁开了双眼,看见眼前站着一个穿黑夹克的男人。来人从口袋里,拿出了装有照片的信封,并将里面的那枚薰衣草,放到了和子的床头。和子立刻意识到,此人正是她在心中怀念已久的初恋情人。两人虽然只是交谈了几句,但言语间却充满了浓浓的情谊,最后深町一夫对和子说了一句"让我们未来再相见",然后便动手消除了她的记忆。

深町一夫离开的时候,在医院的走廊里,与明里擦肩而过,但明里已经完全不记得他了。当明里走进和子的病房之时，发现母亲已经苏醒了过来，明里连忙用呼叫器喊来了医护人员。经过检查后，医生告诉明里，她的母亲和子已经没有大碍。明里非常高兴。回到病房里，母亲突然对明里说，房间里有很熟悉的味道。明里四下寻找，结果在床头发现了一枚薰衣草，可母女二人却不知道是谁放在那里的。也是在这个时候，明里在自己的衣服口袋里发现了一盒电影底片。

回到家里，明里拿着那盒电影底片，左思右想也搞不清楚这盒底片的来历。恰在此时，家里的电话铃响了。明里接起电话，对方竟然是长谷川政道（五彻），打电话过来是想询问和子的伤势。明里告诉他，母亲已经苏醒，没什么大碍。接着，明里又拜托他借八毫米电影放映机给自己。

在公园里，明里见到了三十六年后的长谷川，但此时两人彼此之间都已不记得当年发生的事情了，有的只是稍显淡漠的父女关系。长谷川向明里问起了片名，并说自己以前跟朋友拍过一部同名的片子，但也没有说更多。两人例行公事式的寒暄了两句后，就各自转身离开了。临走时，明里向长谷川说了声谢谢。

回到家里，明里和两个要好的同学一起看这部名为"光之行星"的无声电影。影片的最后一段是明里走在种满樱树的林荫道上的背影，但明里却已经完全看不出银幕上的那个女孩就是自己。然而，当最后银幕上打出的"导演：沟吕木凉太"的字样，明里却不由自主的流下了眼泪。

当明里再次走在大学门口的那条种满樱树的林荫道上时，树上的樱花都已经绽放，艳丽夺目。带着心中那份怅然，明里又穿上那件属于女主角的风衣，迈着坚毅的步伐，沿着林荫大道，一路走向远方。

【原著赏析】

小说梗概：芳山和子与浅仓吾朗、深町一夫是初三年级的同班同学。一天，三个人一起值日，负责打扫理化教室。打扫结束后，和子回去收拾东西，看到了一个人影，并闻到了一股薰衣草的香味。从此之后，和子竟然神奇般的拥有了穿越时空的能力。和子把发生在自己身上的怪事告诉吾朗和一夫，并向他们证明了自己所言非虚。三人最后决定向理科教员福岛老师求助。福岛老师认为要弄清原委，唯一的办法就是回到事发当天的理化教室。经过努力的练习，和子终于能够自如的掌握穿越时空的方法。她再次回到了那天的理化教室。让她意想不到的是，她见到的人竟然是深町一夫。更让她吃惊的是，一夫坦言自己是来自二六六〇年的未来人，真名叫肯恩·索格尔。他是在研制穿越时空的药剂时，遭遇意外，被困在了和子的时代，而现在他必须回到未来去。临行前，他与和子约定，终有一天会在她眼前以另一个人的身份出现。

"哎呀！到底是怎么回事？"和子惊讶地大叫。

刚才的人影并非虚幻，也不是自己看错了。和子的确看到了阴影，而且对方确实躲在隔屏后面。

和子试着伸手扭动那扇门的门把，门是上锁的。换句话说，对方不可能从这扇门逃出去。那么，人跑去哪里？

消失了？怎么可能？怎么可能会有这种蠢事！然而对方真的凭空消失了，真是不可思议。和子陷入沉思，慢慢地走到摆着试管的那张桌子前面。

从刚才起，和子就闻到一股淡淡的香味，好像是从摔碎的试管中那些液体散发出来的。

"这是什么味道？"

很香，和子脑中浮现模糊的记忆，那是什么味道？我知道这个味道，一种香甜、令人怀念的味道……好像在哪里闻过……

桌上有三个打开的药瓶，她拿起其中一个，看着上面的标签，可是看不懂。

忽然间，她觉得意识有些模糊，那股香气突然变得浓烈，侵袭了她的嗅觉，她站不稳，浑身瘫软，趴倒在地板上。

（摘自原著第二话：薰衣草的芳香）

比较：由于原著小说最早发表于二十世纪六十年代，又曾多次被改编成影视剧，因而在二〇一〇年的新版电影中，故事情节进行了大幅度的调整，甚至可以看作是小说的"后传"。在原著中，芳山和子因为恰巧碰到正在配置药剂的深町一夫，偶然获得了短暂的穿越时空的能力。而在电影中，已经身为人母的和子，为了能再见一夫，竟然自己设法做出了药剂。不过，最后真正穿越时空的人是和子的女儿明里。

此时，绿灯亮了。

两人慌张地穿越斑马线。

就在马路的正中央，"危险！"

有人大喊，和子吓了一跳，顿时喇叭声大作，一辆闯红灯的大卡车从十字路口直接朝和子他们冲了过来。

和子连忙后退，一转身猛然撞上了紧跟在后的吾朗。

两人在马路上跌倒。和子倒在柏油路上，看到卡车的巨大轮胎直逼而来，距离她不到三公尺远。

"我快被轧死了。"和子心想。那一瞬间，她用力闭上眼睛。

一阵头昏眼花，和子的脑海中掠过许多画面。

"我就要死了。我即将被车轧死！"和子吓得直发抖。

"早知道会发生这种事，应该窝在床上睡到饱！都是因为睡眠不足才会发生这种事！可是已经太迟了。"和子忍不住祈祷自己还在温暖的被窝中。当然，她的祈祷也只能在瞬间进行，迫在眼前的巨大轮胎直逼而来，柏油路面也随之发出毛骨悚然的震动。和子只有更用力地紧闭双眼。

"我完了！"和子想。

然而，过了两秒、三秒……十秒，却什么事也没发生。

怎么回事？和子紧闭着双眼，失去了意识。

不知从何时起，一股温暖的触感……正是她临死前所期望的感觉；那种躺在被窝里的柔软、安心触感，重新回到了身边。

她惊讶地睁开双眼，晨光透过蕾丝窗帘照进房间里，她仍然穿着睡衣躺在被窝里；仍然置身于自己的卧室中。

（摘自原著第三话：轰隆隆的震动和第四话：梦幻与现实之间）

比较：电影中，和子因为遭遇车祸住进医院，而不得不让女儿明里代替自己穿越时空去见深町一夫。而在原著中，和子在上学路上，险些遭遇车祸意外，却因为拥有了穿越时空的能力，回到了昨天早上，得以幸免。

深町一夫沉思了一会，然后面向和子，轻轻吸了一口气，开始说："这需要花一点时间说明，不过接下来我说的都是真的，希望你能相信。话虽如此，因为你已经历过许多不可思议的事,许多连你自己也无法解释的现象,或许比其他人更容易理解。简单来说,我其实是……未来的人。"

"什么！你是未来的人？"

和子受到很大的冲击,本以为任何事她都能相信,但是一夫这个说法和她的认知落差实在太大了,而且超越了常识的界线；至少,一夫的话超越了和子的理解范围。她愣了好一阵子,才用力摇摇头说:"我没办法相信。"

"我想也是。"令人意外的是,一夫居然干脆地接受了。他轻轻点头说:"这也难怪,简直就像科幻小说的情节嘛。"

"他是在跟我开玩笑吗？"和子心想,"可是,现在的我根本没有心情听他开玩笑。"

"难不成你是搭乘时光列车从未来过来的？"和子极尽讽刺地反问。

一夫一脸正经地摇摇头。"不是的。我是用跟你一样的方式过来的。你应该知道,就是使用时间跳跃和念力移动。"

"他果然是认真的！"和子感觉眼前的房间开始旋转,不禁站稳脚步。

一夫继续说:"如果你不相信我说的话,那就不必勉强,当作听故事,听我说下去就是了。毕竟让你吃了这么多苦头,你也应该有权利听我说明。但如果因为我说的内容太离奇,进而要求我讲得更具体,我得先声明我能说的就只有这些,我最讨厌说谎了。"

"好,我愿意听。"和子说道。

事到如今,再怎么疯狂的内容也得听到最后吧。

"那我要开始说了。对了,在我说之前,还是先把时间停止吧。万一有人过来就不妙了。"

"你说什么？"和子跳起来大叫。

一夫无视于她的反应,从口袋里拿出一个类似小型收音机的装置,拉出天线说:"好了,有了这个,现在只有我和你可以交谈、自由活动。不信的话,你看看窗外！"

和子一脸快哭出来的表情,凝视着若无其事的一夫。

"这个人是清醒的吗？唉,这里真的是现实世界吗？听到一件件怪事,我快发疯了！"

一夫苦笑地看着发愣的和子。

"快点过来看呀!"

他走近和子,把她拉到窗边。一夫的手很冰冷。

"好像女人的手哟……"

和子茫然地想着,在一夫的引导下从二楼窗口眺望学校前面的国道。

商店街前的白色国道上停着几辆车,不论是公交车、卡车还是轿车都停在国道正中央。不对!岂止这样,国道旁的人行道、斑马线上的行人也都停下脚步,却都维持着走动的姿势,还有狗……和子注意到那只狗时,才睁大了眼,因为那只狗居然保持奔跑姿势,飘浮在离地数十公分的半空中。

正确来说,不是汽车、行人和狗停下来,而是时间静止了。和子已经没有力气继续接受惊吓,只有茫然地看着这些超现实、仿佛画中的景象。

"时间……停止了吧……"和子喃喃自语。

周遭太安静了,连刚才听到的汽车喇叭声都消失了。

"应该说是时间往前进,而我们用同样的速度将时间往后拉。所以在我们眼中,感觉时间像是静止了。"

"为什么……你做得到?"

"因为这个装置。它在我们四周布下强大的能量屏障,把我们与外界阻隔起来,在这个肉眼看不见的屏障中,进行了时光倒流。这个强力封锁器还可以应用在其他地方。"

"我……我听不懂,从头到尾……"

"没关系,就算不懂理论也无所谓。"一夫说得很轻松。

他再度拉起和子的手,走到实验室中央。

"好了,我开始说明了。其实话说从头……"

一夫似乎很高兴能对和子说出一切。

(摘自原著第十七话:来自未来的少年)

比较:电影中,明里在穿越时空的过程中走错了时间,没能见到深町一夫,所以干脆在报纸上刊登了寻人启事。身处未来、而且已经人到中年的一夫在察觉到有人在寻找自己后,再一次从未来返回到一九七四年,与明里相见,对她讲出了实情。而在原著中,和子回到了事发当天,见到的那个神秘人竟然是一夫。一夫自知无法再隐瞒下去,于是便向和子讲出了实情。

　　一夫的这番话,让和子觉得很冷酷。可是,他那理智的口吻反而更吸引和子。和子拼命恳求一夫:"拜托你,不要删除我的记忆!我绝对不会跟任何人提起你的!我答应你,会把你的记忆永远藏在心里。我无法接受失去对你的记忆,那样我真的会受不了!"

　　和子的哀求,让一夫痛苦地蹙眉,不过他仍然语声轻柔且坚定地拒绝说:"真的不行,请原谅我!"

　　"好吧,我可不想让他觉得我是不讲理的女孩。"和子决定沉默。她感觉泪水滑过脸颊,赶紧拿手帕擦拭,同时觉得自己这么忘情地恳求一夫实在丢脸。

　　"是这样子吗……"和子只好如此低喃,心中千头万绪。

　　"那我们说再见吧。"一夫慢慢地站起来这么说道。

　　和子吃惊地抬起头,凝视着一夫的脸。我将再也看不到这个人了,可是……

　　"你要回去了吗?"

　　一夫点点头。

　　和子也起身,走到一夫身边。

　　"请回答我一个问题。以后你还会回到这个时代吗?或是从此不再出现?"

　　"我还会再来吧,总有一天……"一夫一边回答,一边拿起桌上那个小型收音机装置,收回天线。

　　"可是,会在什么时候?"

　　"不知道。大概在我完成新药研究的时候吧。"

　　时间似乎又动了起来,汽车喇叭声、店家叫卖声等从国道那里隐约传来。

　　"那你还会来看我吗?"眼看着身影逐渐模糊的一夫,和子努力睁大眼询问。

　　封锁器开始启动,一股薰衣草的气味化成白雾,裹住了和子。

　　"我一定会回来看你的。只不过到时候不再以深町一夫的身份;对你而言,将是一个全新的陌生人……"

　　和子的意识逐渐模糊,但她仍拼命地摇头说:"不,我一定认得出来……一定的,我一定认得你……"

　　眼前一片黑暗,和子缓缓地倒向地板,隐约听到一夫的声音逐渐远去。

"再见……再见……"

…………

一夫回到了未来。在这个时代,名叫深町一夫的少年已经不存在于任何人的记忆里。有关一夫的记忆,完全从福岛老师、浅仓吾朗以及芳山和子的脑海中消失了。深町一夫已不存在于这个世界上。和子班上也不再有学生深町一夫的座位。当然,没有人觉得这件事有什么不合理的。

三天后的晚上,浅仓吾朗家隔壁的澡堂也没有发生火灾。因此,隔天一早和子和吾朗并没有睡过头,很早就出门了,自然也不会在十字路口差点被卡车撞。

这些都是深町一夫回到未来时,为了和子他们的安全所做的调整。当然,和子和吾朗丝毫不知情。

不只是关于深町一夫的记忆,包含被那些超现实现象所困扰、想要找人分享、独自烦恼等相关记忆也都从和子的脑袋中被删除了。

和子又回到了平静的生活。

和子在上下学途中,总会经过一栋漂亮的小洋房。

那户人家是一对看起来很善良的中年夫妇。住家的庭院里有温室,她经过时,总会闻到一股淡淡的薰衣草香气,和子在短时间内宛如置身梦境。

"啊,这香味。我对这香味有一种模糊的记忆……"和子心想,"是什么味道?我知道这味道。一种香甜、令人怀念的味道……。好像在哪里闻过……"

那户人家的门牌写着"深町"。可是看到那个姓氏,和子什么都想不起来,也丝毫没有印象。

有薰衣草香味隐约围绕在和子身旁时,她心里会这么想:"总觉得有一天会有一个很棒的人出现。那个人认识我,而我也认得那个人……至于对方是什么人,何时会出现,我不知道,不过我们一定会见面。那个很棒的人……总有一天……会在某处出现……"

(摘自原著第二十二话:记忆将要消失和第二十三话:再度相遇的人)

比较:原著中,一夫遵守了未来的法律,抹掉了和子对自己的记忆以及曾经生活在过去的一切痕迹,留下的只是和子心中最真切的感动与怀念。而电影里,一夫不仅要在一九七四年阻止明里改变历史,并抹去她的记忆,而且还要再到二〇一〇年,去删除和子残留的记忆。不过,这样一来,他也履行了会再次与和子相见的誓言。这样看来,也算是个大团圆的收场吧!

【说书论影】

《穿越时空的少女》(《时をかける少女》)的作者是号称日本科幻界"御三家"之一的筒井康隆(1934—)。筒井康隆出生在大阪,父亲是日本动物生态学的奠基人、大阪市立自然博物馆的首任馆长筒井嘉隆。由于父亲是知名学者,筒井家的藏书极其丰富。小康隆自幼喜爱读书,尤其是喜欢日本著名推理小说家江户川乱步的作品。另外,他也非常热衷于电影和漫画。

筒井康隆上小学的时候正好赶上二战后期。战争结束后,他从疏散避难的乡村小学转回市内的学校就读。转学后,校方对他进行了智力测验,没想到筒井康隆的IQ竟然高达一百七十八。于是,他被当作"天才儿童"编入特长班就读。可惜,筒井康隆的兴趣根本就不在学习上。念初中的时候,他经常逃学去看电影,热衷于少年漫画,还萌生了当演员的念头。升入高中后,筒井康隆的学业成绩没有丝毫长进,却在学校的戏剧部担任部长。其间,除了整天和同学们排演戏剧之外,他还阅读了很多文艺作品、世界名著,为他日后的创作生涯埋下了一块基石。

一九五二年四月,筒井康隆考入位于京都的日本著名私立学府同志社大学文学系,学习心理学专业,后又转入美术史专业。在学习期间,筒井康隆仍然热衷于学校社团的戏剧演出,有关他演出的报道甚至上了当地的报纸。大学毕业后,他满怀热情地参加了日活电影公司的演员选拔,最后却由于身高而落选。这让筒井康隆不得不打消了成为专业演员的念头。但在他的内心深处,却从没有放弃过对表演的热情,即便是做起了平凡的上班族,筒井康隆仍然还积极的参加市民剧团的业余演出活动。

一九五九年,筒井康隆无意中读到了一本科幻杂志,深受震撼,从此开始热衷于科幻小说的阅读和写作。一九六〇年,筒井康隆和家人一起创办了一份科幻迷刊物,名为《NULL》。机缘巧合之下,这份小刊物引起了江户川乱步的注意,并在自己主编的杂志《宝石》上转载了其中的文章。这成为筒井康隆开始科幻创作的重要契机。一九六一年,筒井康隆辞掉了原来的工作,到大阪市北区的一家设计事务所任职。这期间,他结识了小松左京、眉村卓、平井和正等人。

　　一九六五年,对于筒井康隆来说是人生的一个重要转折点。这年,在小松左京夫妇的介绍下,筒井康隆与夫人光子结婚。婚后不久,他带着妻子一道前往东京发展。十月份,筒井康隆以东京与大阪之间的战争为主题撰写了科幻小说《东海道战争》(《東海道戦争》),从此走上了专业作家的道路。

　　《穿越时空的少女》也是筒井康隆的早期代表作之一,创作于一九六五年至一九六六年之间。此前,筒井康隆曾经为一本名为《初二课程》的学习杂志撰写了一篇名为《噩梦的真相》的小说连载。当时,有鉴于"科幻"的概念在日本尚未被普遍认知,筒井康隆担心小说里的科幻要素过于强烈,也许很难被青少年读者接受。所以在这部小说里,并没有以他擅长

筒井康隆

的科幻为重心,而是改为添加悬疑推理成分去达成平衡。然而,过了一阵子,随着电视电影中科幻作品越来越多,来自姊妹刊《初三课程》的约稿便明确的希望他"写一篇主要面向青少年读者的科幻作品",这才有了后来的《穿越时空的少女》。不过,这也是迄今为止,筒井康隆最后一次接受面向青少年读者的小说约稿——据作者所言,在接受邀稿后,筒井康隆其实并没有任何头绪,加上自认为实在不擅长写青少年小说,下笔前十分苦恼,下笔时痛苦万分,所以自从那之后,他就发誓再也不写青少年小说了。究其原因,筒井康隆的小说创作素来以瑰丽的想象和嬉闹讽刺的黑色幽默笔调见长,而青少年小说的创作要求恰恰让他的长项无法自由发挥。

　　即便如此,IQ有一百七十八的筒井康隆还是为全世界的科幻迷们奉上了一部杰作。《穿越时空的少女》从一九六五年十一月起开始连载。为了和《初三课程》月刊"面向初中三年级学生发行"的宗旨相吻合,女主角芳山和子等人被设定为初中三年级的毕业班学生,故事开始时间是"入冬的某个十五日星期六"[1],小说的感情基调也以"离别"的感伤为主。不过,由于故事的连载没能在转年三月——本学年结束时完成,为了让已经升入高中的读者能够读到结局,小说转到了《高一课程》杂志上继续刊载,直到一九六六年五月完结。一九七二年,于鹤书房盛光社出版了这部小说的最

---

[1] 一九六六年的十月十五日正是星期六,正好是日本学校冬季学期开学后不久。

早单行本。

相信当连载结束时包括作者本人在内，没有人会想到，这部因为"电视电影中科幻作品越来越多"而催生出的作品，最终却因为不断被改编成影视剧而连续火爆了四十多年。一九七五年，日本 NHK 电视台首次将其改编为电视剧《タイムトラベラー》。该剧是 NHK 电视台"少年剧场"系列电视剧的首部作品。后来，NHK 又推出了原创的续集《続タイムトラベラー》。从此之后，几乎是每隔三到五年，《穿越时空的少女》就会被改编成一次影视剧。

一九八三年，由日本著名导演大林宣彦所执导的同名电影是《穿越时空的少女》首次被搬上大银幕。该片是大林宣彦"尾道三部曲"①的第二部作品。与原著相比，电影在充满古风与文学气息的场景中削弱了原著的科幻气氛，而是把芳山和子、深町一夫、浅仓吾朗三人之间设计为"三角恋"关系，形成了青春爱情片的主调。尤其是年仅十五岁的女主演原田知世在片中一头短发的俏丽造型，几乎成为芳山和子角色形象的最佳诠释。

此后，日本富士电视台又在一九八五年和一九九四年两度将《穿越时空的少女》改编成电视剧，分别由南野阳子和内田有纪担任女主角。一九九七年，角川书店的社长角川春树自任导演，以黑白片的形式重拍《穿越时空的少女》，并请来原田知世担任旁白，给人以浓浓的怀旧之感。二〇〇二年，日本 TBS 电视台推出了新世纪的第一个改编剧集，由日本青春偶像团体"早安少女组"成员安倍夏美担任主演。

二〇〇六年，《穿越时空的少女》首次被改编成动画电影。曾经因执导"数码宝贝剧场版"而受到业界瞩目的细田守担任该片的导演。不过，很少有人知道，此前的细田守正在经历一个事业的小低谷。二〇〇〇年前后，以新锐动画导演姿态蜚声业界的细田守，曾受吉卜力工作室的邀请担任《哈尔的移动城堡》的导演。但后来因为与其他制作人员产生严重分歧，不得不退出吉卜力工作室。这次打击曾经一度让细田守产生了放弃动画事业的念头。

与以往的改编相比，编导们没有让芳山和子直接变身成为二十一世纪的中学生，而是让她升格做了阿姨，是一个三十多岁仍然独身的剩女，在美术馆负责修复绘画的工作。她的侄女、十七岁的女高中生绀野真琴成为新一代穿越时空的少女。剧情

---

① 因取景地在广岛地区的尾道市而得名，算得上日本最早出现的城市电影。

也相应地进行了调整，体现出明显的轻快与跃动感。

该片在日本上映时，恰逢吉卜力的年度动画大片《地海传说》上映。这让发行方没有对其票房成绩抱有任何过高期望，在全日本也仅向二十一家电影院提供了拷贝。然而一个月后，在凡是上映《穿越时空的少女》的各家电影院门口，都出现了排队买票的长龙。在网络上口耳相传所创造出来的口碑，让各个场次人满为患。发行公司不得不紧急追加投放拷贝，最后上映这部电影的影院增加到一百余家，但仍旧一票难求。最后，这部原本定位针对铁杆粉丝的小众影片，竟然冲出了两亿六千万日元的超高票房，后续的 DVD 发售超过十五万张。

在动画电影取得大成功后，二〇一〇年《穿越时空的少女》再次推出真人电影版。真人电影版延续了动画电影的改编思路，只是芳山和子再次由"阿姨"升级为"妈咪"，为了能与当年的恋人相见，发明了穿越时空的药物。而穿越时空的任务则由其女儿芳山明里承担。值得一提的是，动画版中为绀野真琴配音的声优(配音演员)仲里依纱此次以本来面目(上次只有声音而已)出演了芳山明里一角，成为迄今为止第一个穿越了两次的少女！

每一次影视剧的上映都会引发原著小说的热卖。在首次发行单行本后，角川书店曾在一九七六年、一九九七年、二〇〇六年和二〇〇九年四次再版《穿越时空的少女》，从时序上看，几乎都是与同名影视作品的推出相配合。此外，《穿越时空的少女》还曾经三次被改编成漫画。

虽然《穿越时空的少女》为筒井康隆赚取了现实时空中的财富和名望，但对于他的创作生涯来说，这还只是一个起点而已。从一九七〇年以《灵长类南进》和《双肩下握颈》分获首届日本星云奖最佳长篇小说和最佳短篇小说双奖之后，筒井康隆又五次荣膺日本星云奖，奠定了他在日本科幻小说创作领域的大师地位。一九八九年，他以《对 Yoppa 谷的降落》获得第十六届川端康成文学奖，标志其文学成就已经获得了主流文学界的认可。不过，到一九九三年，他的一篇讽刺近未来警察社会的短文——《无人警察》被选入中学教科书，而后便遭到日本智障协会的抗议，说这篇小说中充满了对智障人士的歧视。筒井康隆对这一评价极为不满，双方的口舌之争迅速升级。筒井康隆一度发表"封笔宣言"。直到事件平息后，才再度开始创作。二〇〇二年，筒井康隆因其在文学领域取得的卓越成就获得了由日本天皇颁授、象征日本国民最高荣誉的紫绶奖。

近年来,筒井康隆的创作已经远远超出了科幻小说的范畴,现实题材作品的比重日渐增加。在写作之外,他还积极投身"演艺事业",颇有些老骥伏枥、志在千里的味道。

【延伸阅读】

一、【日本】筒井康隆,《穿越时空的少女》,上海译文出版社,2009年。
二、【日本】筒井康隆,《梦侦探》,上海译文出版社,2010年。

后记

屈指算来,从一九九七年在《科幻大王》杂志上发表第一篇科幻评论算起,到现在已经有十几个年头了。当初,不谙世事的高中生,如今也已经为人师表,不免让人感慨岁月流转,世事变迁。

尽管《源代码——从科幻小说到电影经典》不是我的第一本书,但却是我的第一次"命题作文"。这本书能够摆到诸君面前,其实全赖百花文艺出版社的策划 & 编辑成全(笔名:成追忆)兄的胆大心细。胆大者,敢于做第一个吃螃蟹的人,以"从小说到电影"为主题,以"从电影到小说"为形式,开辟了一种全新的科幻阅读方式,同时展现科幻小说与科幻电影的双重魅力;心细者,从选题策划到篇目选定,再到文字编辑、插图选配,无不尽心竭力,精益求精。身为作者,能够与这样的编辑合作,实在是幸运之至。

再要感谢的就是老友郑军和《穿越时空的少女》简体中文版的译者丁丁虫。郑军兄早年出版的《第五类接触——世界科幻文学简史》一书帮我省去了很多考据的功夫,其姊妹篇《光影两万里——世界科幻影视简史》也是资料翔实、步步为营。而丁丁虫则帮我搞清楚了与小松左京有关的几个问题。在此,一并表示感谢。

最后,我想说的是,今天的中国科幻界与十几年前相比已经有了很大的发展。与我们一同成长的八零后、九零后科幻读者、科幻影迷已经成为了科幻消费的主力。这让我们有理由期待,一个属于中国科幻的"新黄金时代"正在到来。而对于我们这些以科幻为业的人来说,除了以更大的热忱投入到科幻创作中去,别无他途。期待在下一个十年间,能够出现中国的"海因莱因""克莱顿",能够出现中国的"卢卡斯""斯皮尔伯格"。到那时,或许就能写出"全华班"的电影源代码了!

二〇一四年八月二十二日于补树斋

参考文献

[1] 詹姆斯·冈恩(美国).科幻之路[M].一至六卷.福建:福建少儿出版社,1999.

[2] 约翰·克卢特(英国).彩图科幻百科[M].上海:上海科技教育出版社,2003.

[3] 吴岩.科幻文学理论和学科体系建设[M].重庆:重庆出版社,2008.

[4] 郑军.第五类接触——世界科幻文学简史[M].天津:百花文艺出版社,2011.

[5] 郑军.光影两万里——世界科幻影视简史[M].天津:百花文艺出版社,2012.

[6] 维基百科:http://zh.wikipedia.org/zh-cn/.